T0115142

arriésgate

MOLLY McADAMS

arriésgate

HarperCollins *Español*

Título en inglés: Taking Chances
© 2012 por Molly Jester
Publicado por HarperCollins Publishers, New York, NY. EUA.

ISBN: 978-0-71808-026-6

Impreso en Estados Unidos de América
16 17 18 19 20 DCI 6 5 4 3 2 1

CAPÍTULO 1

No podía dejar de sonreír mientras contemplaba mi dormitorio por última vez. Iba a hacerlo, por fin iba a vivir mi vida como a mí me apeteciera vivirla. Había crecido sola con mi padre, y le quería, pero no sabía ser padre. Lo único que parecía dominar era la palabra «no». Prometo que no estoy siendo la típica adolescente quejica, que hasta ahí llegaban nuestras conversaciones. Siempre está detrás de mí, apenas me habla y siempre espera que sea perfecta. Tampoco es que pueda extrañarme su manera de ser, porque lleva en los Marines desde que terminó el instituto, y al parecer se le da bastante bien. Los chicos que pasaban por sus unidades le respetaban y él siempre estaba orgulloso de ellos. Yo me había educado en casa y, como consecuencia, acabé yendo con él a trabajar todos los días y estudiando en su despacho. Enseguida aprendí que, si no entendía algo, era mejor no preguntar. Solía mirarme con una ceja levantada, suspiraba y después seguía con lo que fuera que estuviera haciendo. Se suponía que yo debía haber terminado cuando él empezaba los entrenamientos por las mañanas, de manera que pudiera salir con él, pero aun así no decía una sola palabra. La única interacción que tuve realmente fue con sus marines. Si alguien me preguntaba, yo respondía sin dudar que me había criado un puñado de infantes de marina inmaduros a los que adoraba, no mi padre.

Y ahora, después de dieciocho años luchando por lograr una perfección que, a ojos de mi padre, no podía alcanzarse, por fin iba a liberarme, disfrutar de mi experiencia universitaria, fuera cual fuera, y con suerte averiguar quién era yo. Podría haber ido a una universidad de aquí, pero decir que mi padre era estricto habría sido quedarme muy corta, y deseaba experimentar cosas que sabía que jamás podría experimentar si me quedaba aquí.

—¿Estás segura de querer hacer esto, Harper? Hay facultades excelentes en Carolina del Norte.

Yo lo miré directamente a los ojos.

—Estoy cien por cien segura, señor, de que esto es lo que necesito hacer —¿he mencionado que solo me permite llamarle «señor»?

—Bueno —miró a través de mi ventana—, las cosas serán diferentes aquí —se dio la vuelta y salió de la habitación.

Y eso era todo lo que iba a decir. Para ser sincera, era una de las conversaciones más largas que habíamos tenido en meses. Cuatro frases. Era sorprendente que pudiera hablarles a sus chicos durante todo el día, pero, cuando empezábamos a hablar entre nosotros, tardaba pocos minutos en abandonar la habitación.

Vibró mi móvil y volví a sonreír. A mis «hermanos» no les hacía ilusión que me fuese a California. Desde anoche no paraban de llamarme y de enviarme mensajes al móvil y al Facebook rogándome que no me fuera. Ahora que era mayor y me acercaba más a su edad, los chicos ya no intentaban educarme; me veían como a su hermana o a una amiga y me enseñaban todo lo que necesitaba saber en lo relativo a otros chicos como ellos. Siempre me hacía gracia que la mayoría prefiriera pasar tiempo conmigo en vez de alejarse de la base cuando tenían permiso, pero creo que les gustaba que no fuera una de esas chicas que intentaban desesperadamente llamar su atención. No era que no les gustara ese tipo de atención, pero al parecer yo era una agradable excepción a las mujeres con las que trataban habitualmente.

J. Carter:

¡NO ME ABANDONES! Voy a volverme loco sin tu compañía.

Yo:

Seguro que no te pasará nada, Carter. Prokowski y Sanders parecen estar pasándolo peor que la mayoría… puedes consolarte con ellos ;) O siempre puedes aceptar la oferta de alguna de las guarras de la base. Seguro que ellas te hacen mejor compañía que yo.

J. Carter:

Creo que me entra herpes solo de pensar en ellas.

Yo:

Jajaja! Tengo que irme. Mi padre ha terminado de meter mis maletas en el coche.

J. Carter:

Te echaré mucho de menos, Harper. Diviértete, no te olvides de mí.

Yo:

Nunca.

Jason Carter tenía veinte años y llevaba como un año en la unidad de mi padre. Nos habíamos hecho amigos muy rápido. Era mi mejor amigo y, si yo estaba en la base cuando tenían permiso, siempre era uno de los que optaban por pasar tiempo conmigo en vez de ir a buscar mujeres con sus otros amigos. Siempre me entristecía cuando uno de los chicos era trasladado a otra base o unidad, o cuando terminaba su tiempo con los Marines. Pero estoy bastante segura de que moriría de pena si Carter se marchara, así que no me sorprendía que aquella fuese la sexta vez en una hora que me pedía que no le abandonara. No podría haberlo expresado mejor, yo también le echaría mucho de menos. Contemplé una última vez la casa en la que me había criado antes de reunirme con mi padre en el coche. Esa casa era algo que sin duda no echaría de menos.

Casi doce horas, dos coches y dos aviones más tarde estaba de pie en la habitación de la residencia de la Universidad Estatal de San

Diego. Mi nueva compañera de habitación todavía no había llegado, pero, según los correos que habíamos estado enviándonos durante las últimas semanas, vivía cerca y se mudaría en unos días. Elegí mi lado de la habitación y me apresuré a instalarme antes de darme una ducha y meterme en la cama. Miré el teléfono, vi que eran casi las dos de la mañana y gruñí. Si estuviera en casa, ya estaría en la base con mi padre. Había sido un largo día de viaje y de hacer y deshacer maletas, y utilicé la poca energía que me quedaba para acurrucarme bajo la colcha y quedarme dormida.

—¿Harper? ¡Haaaaarperrrrrrr! ¡Despierta!

Abrí los ojos lo justo para ver una cara sonriente delante de mí. Me incorporé de golpe y eché los brazos hacia delante, mi cuerpo ya estaba en tensión.

—¡Eh, eh! ¡Soy yo, Breanna!

—¿Es que quieres morir? ¡No hagas eso! —debería alegrarse de que yo pensara que seguía soñando, porque crecer con mi padre significaba estar siempre a la defensiva cuando me despertaba.

Ella se rio y se sentó al borde de la cama.

—Perdona, llevo cinco minutos intentando despertarte.

Qué raro, normalmente tenía el sueño muy ligero.

—Pensé que no venías hasta el domingo.

—Bueno, técnicamente es así, todas mis cosas siguen en casa… —señaló hacia la otra mitad de la habitación, aún sin objetos—, pero mi hermano y sus amigos dan una fiesta esta noche y quería preguntarte si te apetecería ir.

Lo más cerca que yo había estado de una fiesta era gracias a las historias que contaban los chicos en la base. Intenté que no se me notara la emoción y me encogí de hombros con indiferencia.

—Claro, ¿cuándo es?

—No empieza hasta las nueve o así, así que todavía nos quedan unas horas. ¿Quieres ir a cenar algo?

—¿Cenar? Pero, ¿qué hora es? —agarré el teléfono y ni siquiera me fijé en la hora, solo vi las veinte llamadas perdidas de mi padre—. Mierda, tengo que llamar a mi padre. Pero después me arreglo y salimos.

Breanna no se apartó de mi cama, así que decidí dejar que se quedara allí, porque estaba segura de que, cuando le oyese gritar, se marcharía. Vi la hora justo antes de pulsar el botón de llamada y me quedé con la boca abierta. Había dormido durante casi dieciséis horas, mi padre iba a matarme. Como era de esperar, respondió al primer tono y empezó con un sermón de desaprobación por no haberle avisado de que había llegado a California sana y salva y por no contestar al teléfono, después dijo que había sido una mala idea dejarme ir allí. Murmuré mis disculpas en los momentos apropiados e intenté ignorar a Breanna, que se reía de la conversación. Puede que casi no habláramos, pero, cuando mi padre se enfadaba, no era algo que pudiera tomarse a la ligera.

—Oh, Dios mío, ya es hora de volar del nido, ¿no te parece?

Yo suspiré aliviada porque hubiese terminado la conversación.

—Sí, bueno, soy lo único que le queda.

—¿Y tu madre?

—Murió.

Se llevó la mano a la boca y abrió mucho los ojos.

—¡Lo siento mucho! ¡No tenía ni idea!

—No te preocupes —le dije quitándole importancia con la mano—, no llegué a conocerla.

Ella se limitó a asentir.

—Pero conozco a mi padre y es la primera vez que me alejo de él, y creo que está preocupado. Ahora que sabe que estoy viva, probablemente no vuelva a saber de él hasta dentro de mucho tiempo.

Breanna seguía callada. Era lo que pasaba siempre que le decía a alguien que mi madre había muerto. En vez de repetirle que no se preocupara por ello, me levanté y me vestí para la fiesta. Por suerte mi melena caoba y espesa era lisa, así que no tardé mucho tiempo en estar lista. Agarré el bolso, me di la vuelta y vi la cara de horror de Breanna.

—¿Qué?

—¿Eso es lo que vas a ponerte?

Me encogí de hombros. Miré los vaqueros cortos y la camiseta de infantería negra y dorada que llevaba.

—Sí.

—Ah, no —se puso a rebuscar en mi armario—. Vale, tú y yo tenemos una XS las dos. ¿Cuánto mides?

—Uno cincuenta y cinco —sí, lo sé, soy muy bajita.

—Un poco más baja que yo… mmm. Vale, venga, vamos a mi casa para que te cambies.

—¿Es que voy mal así?

Arqueó una de sus cejas perfectamente perfiladas y entornó sus ojos azules.

—Digamos que voy a tirar todo tu armario a la basura y a llevarte de compras mañana, porque obviamente esta noche no tenemos tiempo. Y supongo que también tendremos que buscar algo de maquillaje.

Yo asentí. Para ser sincera, nunca había pensado que necesitara maquillaje. No digo que sea realmente atractiva o algo así, solo que nunca me había parecido necesario. Tenía un cutis terso, unos ojos grandes y grises y unas pestañas oscuras y largas. Siempre había pensado que cualquier otra cosa habría sido demasiado. Además, estoy segura de que a mi padre le habría dado un ataque si alguna vez me hubiera comprado maquillaje.

Compramos unos sándwiches de camino y, antes de darme cuenta, ya estaba maquillada y Breanna estaba mostrándome diferentes atuendos. Se decantó por una minifalda vaquera rasgada y desgastada que no creía que fuese a taparme el culo y una camiseta negra de tirantes.

—Vale, ponte esto. ¡Y no mires aún!

—¿No tienes algo para ponerme encima de la camiseta interior?

—¿Camiseta interior? ¡Esa es la camiseta! —me miró como si estuviese loca antes de entrar al cuarto de baño.

Por suerte, la camiseta de tirantes era bastante larga y me permitió bajarme la falda lo suficiente para que no se me viese el culo, pero estoy segura de que nunca en toda mi vida había estado tan poco vestida fuera de mi cuarto de baño. Si Breanna era cinco centímetros más alta que yo, ¿cómo diablos se las apañaba para ponerse algo así?

—Ohh. ¡Mucho mejor!

—¿Estás segura? Siento como si fuera desnuda —seguía intentando tirar de la falda hacia abajo.

—¡Ja! No, estás sexy, te lo prometo —me dio la vuelta hasta que me quedé mirando al espejo.

—Joder —mi padre me mataría, pero admito que creo que me gustaba. Como había imaginado, la falda apenas me tapaba nada y era imposible no tener escote con esa camiseta. Creo que tengo un pecho bonito, pero, cuando la mayoría de camisetas que tienes son de la tienda de ropa militar de la base, pues nunca hay mucha oportunidad de ver algo. Me volví para verme el culo y sonreí un poco antes de mirar de nuevo hacia delante—. Dios mío, ¡mírame los ojos!

—Lo sé, ¿no te encantan?

—Eres un genio, Breanna —observé mis párpados pintados y las pestañas con rímel, que hacían que mis ojos parecieran nubes oscuras de tormenta.

—Bueno, es bastante fácil cuando la modelo tiene tu cara y tu cuerpo. ¿Te importa prestarme tus ojos y tus labios por esta noche?

Me reí, pero seguía asombrada por ni nuevo reflejo.

—Tengo que decir que nunca había llevado puesto algo así, y es la primera vez que me pongo maquillaje.

—¿Hablas en serio? —parecía horrorizada.

—Mi padre es marine. Ni siquiera he tocado el maquillaje nunca. Dios, si ni siquiera he ido a un centro comercial —me reí al ver su expresión de horror.

—Supongo que eso significa que no te importará que te lleve de compras mañana.

—Si puedes ponerme así para una simple fiesta, te permitiría elegir toda mi ropa.

13

Breanna dio un grito, empezó a dar palmas y se dio la vuelta para recoger su bolso.

—¡Sí! Vale, vamos a enrollarnos con un par de tíos.

Dejé de andar y la miré con los ojos muy abiertos. No sé hablar con un chico normal, mucho menos enrollarme con él.

—No es que sea una experta con el sexo opuesto. Nunca he tenido novio ni nada de eso.

—¿Qué?

—¿Qué parte de tener un padre marine no has entendido? Creo que nunca he hablado con un chico que no fuera marine.

—Vale, tiempo muerto. ¿Estás hablando en serio? ¿Te han besado alguna vez? —se quedó con la boca abierta al ver que yo apretaba los labios—. Oh, cariño, te prometo que al menos eso estará solucionado al terminar la noche.

Me ardían las mejillas mientras la seguía hacia su resplandeciente coche, regalo de graduación.

—¡Eh, Bree!

—Hola, Drew —Breanna abrazó al chico que abrió la puerta, que ya parecía ebrio—. Drew, esta es mi nueva compañera de habitación, Harper. Harper, este es Drew.

—Encantada de conocerte —murmuré. Antes de darme cuenta de lo que estaba ocurriendo, me levantó del suelo para darme un fuerte abrazo. Solté un grito ahogado, pero me abstuve de darle una patada.

—Siempre es un placer tener carne fresca por aquí —dijo él, y me guiñó un ojo antes de dejarme en el suelo.

—¡Tranquilo, tigre, que a ella no se la toca! —Breanna puso una cara de falso odio y le clavó un dedo en el pecho.

—Ahh, venga, Bree, no seas aguafiestas.

Yo levanté una ceja y lo miré con una sonrisa. Ni siquiera era atractivo y llevaba en la mano una muñeca hinchable.

—No. A ninguno de los que viven en esta casa se le permite tocarla. Sé cómo sois. Así que pórtate bien, ¿quieres?

Drew masculló algo y se alejó para rellenarse el vaso de plástico. Breanna se inclinó para susurrarme al oído.

—No voy a mentirte y a decirte que no son todos así. Prácticamente todos los tíos que viven en esta casa son tan malos como él, y casi todos los que vendrán esta noche también. Te diré con quién estás a salvo y con quién no.

—Gracias, Bree —le dije con una sonrisa—. Te debo una —aunque tampoco la necesitaba para que me dijera que me mantuviese alejada de chicos como él. Mi padre me permitía relacionarme con los marines no solo porque eran como los hermanos que nunca tuve, sino porque sabía que yo nunca me enamoraría de alguien que hablaba así delante de una chica.

—Qué tontería —respondió Breanna—. ¿Quieres una cerveza?

Dije que sí y la acompañé hasta un grupo que había cerca de uno de los barriles. Tras hacerme con un vaso y beberme la mitad de un trago para acabar cuanto antes con aquel sabor tan asqueroso, la seguí hasta el jardín de atrás para conocer a más gente. No recuerdo casi ningún nombre, pero sé que me llevó varias veces de un sitio a otro y que todos los chicos a los que conocía se quedaban mirándome con la boca abierta. Bree me aseguró que era porque estaba guapa, pero yo ya había empezado a preguntarme por qué no me habría puesto una sudadera y unos vaqueros. Breanna parecía sentirse a gusto cuando los chicos la tocaban y la miraban, y yo no entendía cómo lo hacía. Ya no me sentía guapa, me sentía justo como había dicho Drew. Como si fuera carne. Iba por la segunda cerveza de la noche cuando Bree y algunos más me arrastraron hasta la pista de baile.

Nunca en mi vida me había sentido tan fuera de lugar. Ver como aquella gente se metía mano hacía que me ardieran las mejillas, intenté seguir el ritmo de Bree, pero acabé tropezando de un lado a otro mientras la gente se frotaba contra mí. Giré la cabeza para mirar a la última persona con la que me había chocado y me encontré con unos ojos azules preciosos que me miraban con odio. Me fijé en el resto de la escena y me di cuenta de que me había interpuesto entre él y una rubia pechugona con la que estaba magreándose, así que me alejé lo más rápido posible. Señalé hacia la cocina cuando Bree intentó detenerme, me abrí paso entre la marea de cuerpos pegados y salí del salón.

—¿Qué pasa, Harper?

Me di la vuelta y vi a Drew de pie junto a mí.

—Eh, nada. Es que tenía que salir de ahí —dije señalando por encima de mi hombro.

—¿No te gusta bailar?

¿A eso lo llaman bailar?

—No es lo mío.

Drew colocó los brazos a ambos lados de mi cuerpo, me acorraló contra la encimera y pegó su cuerpo al mío.

—¿Y hay alguna cosa que te interese?

Tú no.

—¿Dónde está el cuarto de baño?

Nada más preguntarlo, un grupo de chicos comenzó a gritar y me di la vuelta para ver a qué venía tanto escándalo. Casi se me salieron los ojos de las cuencas al darme cuenta. El mismo chico con el que acababa de chocarme en la pista de baile estaba ahora bebiendo chupitos de la boca de una chica, deslizando la lengua y los labios por su cuello y su pecho entre chupito y chupito. Al espolvorearle más sal encima, me di cuenta de por qué estaba lamiéndola. Después del tercero, me miró directamente a los ojos y guiñó un ojo antes de llevarse el cuarto vaso a la boca. Negué con la cabeza y ni siquiera esperé a que Drew respondiera, me fui sola a buscar el cuarto de baño. Tras abrir dos puertas y encontrarme a parejas manteniendo relaciones sexuales, empecé a preguntar a más gente dónde encontrar el baño. Cuando entré, eché el pestillo a la puerta e intenté calmarme. Tal vez hubiera oído las historias asquerosas que mis hermanos me contaban cuando era pequeña, pero oírlo y verlo en persona eran dos cosas bien distintas.

Me quedé en el cuarto de baño hasta que la gente empezó a golpear la puerta y salí corriendo por los pasillos intentando no mirar hacia las puertas de las otras habitaciones que ya había abierto. Al doblar una esquina me choqué contra un torso ancho y musculoso y estuve a punto de caerme de culo antes de que él me agarrara.

—Lo siento mucho, pero… —cerré la boca al levantar la mirada y ver de nuevo aquellos ojos azules.

Me sonrió y por un momento me distrajeron sus dientes blancos y sus labios carnosos. Cuando ladeó la cabeza, pude ver que me reconocía y después me dirigió una mirada sexy. A juzgar por cómo se me aceleró el corazón, estaba segura de que había perfeccionado esa mirada hacía años.

—¿Y quién eres tú?

Parpadeé, aparté la mirada de su boca e intenté rodearlo, pero él no me soltaba.

—¿Qué, eres demasiado buena para decírmelo?

Pensé en las dos chicas con las que le había visto y, por primera vez desde que me chocara con él, advertí que había una nueva rubia rodeándole la cintura. Vaya, tres chicas en media hora.

—Eso parece —respondí con una ceja levantada.

La rubia y él resoplaron. Después de soltarme, se cruzó de brazos y me dejó ver sus músculos y los tatuajes que asomaban por debajo de ambas mangas. Tal vez su postura hubiera resultado amenazadora de no haber sido por el desconcierto de su cara.

—¿Disculpa, princesa?

Entorné los párpados e intenté seguir mi camino.

—Eso es, disculpa.

Me dejó pasar y regresé fuera, donde la mayoría de actividades me daba ganas de cerrar los ojos y darme la vuelta. Bree dijo que estaríamos allí toda la noche y, sé que suena infantil, pero lo único que yo quería hacer era esconderme. Encontré un par de sillas en un rincón oscuro del jardín y me dejé caer en una de ellas. Es evidente que nunca seré una gran admiradora de las fiestas. Saqué el teléfono y escribí a Carter.

Yo:

Bueno… No sé por qué a los tíos os gustan tanto las fiestas.

J. Carter:

¿Estás en una?

Yo:

Sí.

J. Carter:

¿Estás bebiendo?

Yo:

Un poco.

J Carter:

… por favor, ten cuidado. Sé mejor que nadie que puedes cuidarte sola, pero nunca antes habías bebido alcohol. No dejes que nadie te dé una copa y tampoco sueltes la tuya nunca.

Yo:

Vale, mamá.

J. Carter:

Hablo en serio, Rojita. Ten cuidado.

Sonreí al leer el apodo que usaba conmigo. Era conocida por ruborizarme.

Yo:

Lo haré. Ya te echo de menos.

J. Carter:

Lo mismo digo. Nadie ha salido este fin de semana. Estamos todos demasiado tristes sabiendo que te has ido.

18

Yo:

Lo dudo. Probablemente estés teniendo una cita ahora mismo, olvidándote de mí.

Estuvimos escribiéndonos durante horas y me di cuenta de que mucha gente se había marchado ya cuando Breanna me encontró.

—¡Harper! ¿Qué estás haciendo aquí tú sola? Llevo mucho tiempo buscándote.

—Perdona, creo que esto no se me da tan bien como a ti.

Resopló y se dejó caer en la silla junto a mí.

—Te acostumbrarás. Cuando conozcas a más gente te lo pasarás bien. ¿Has hablado con alguien?

Negué con la cabeza.

—Después de dejarte, solo me he encontrado con Drew y con otro tío.

—Había muchos tíos aquí. ¿Me estás diciendo que solo has visto a dos en las últimas horas?

—No es eso. Simplemente… destacaba, imagino —no solo porque me había llamado con un apodo con el que había vivido y que había detestado toda mi vida, sino porque era el chico más atractivo que había visto nunca. Tenía esa típica apariencia de chico malo que le favorecía, y por desgracia lo sabía.

—¿De verdad? ¿Y quién es ese chico misterioso?

—Al parecer no es tan misterioso —dije riéndome—. Le he visto con tres chicas diferentes en treinta minutos. Y además era un poco imbécil —no exactamente, pero no me gustaba su actitud chulesca.

—¡Parece justo mi tipo de chico!

La miré sorprendida.

—¡Estoy de broma, Harper! Dios, es divertidísimo tomarte el pelo. Bueno, no es que yo no haya estado metiéndome mano con algunos chicos, pero al menos ha sido a lo largo de cuatro horas —se rio, se puso en pie y me ofreció la mano—. Vamos, casi todos se han ido ya.

—¿Vamos a volver a la residencia?

—¡Pero qué dices! Nunca conduzco si he bebido alcohol en las últimas tres horas. Es una norma.

—Entonces, ¿adónde vamos?

—Bueno, primero vamos a ir a buscar a mi hermano y nos quedaremos en su habitación.

—¿Qué? ¡No! No pienso dormir en su habitación.

—Relájate, Harp. Solo estaremos tú y yo. Siempre me quedo en su habitación después de las fiestas —tiró de mí por el jardín hacia la puerta de atrás.

Yo gruñí e intenté seguirle el ritmo, pero estuve a punto de perder las sandalias por el camino.

—¡Síííí! ¡Bree y carne fresca se quedan a dormir esta noche! —Breanna corrió hacia donde estaba Drew con otro chico al que no reconocí sirviendo chupitos y sonriendo mientras me miraban el pecho.

—Vaya, vaya, pero si es la princesa.

Tensé el cuerpo y fruncí el ceño al verle acercarse. Entorné los párpados y fingí una sonrisa.

—Casi no te reconozco sin una zorra pegada a ti.

Drew y el otro chico se carcajearon.

Él se acercó a mi oído y susurró:

—¿Te gustaría cambiar eso? Esta noche todavía no he llegado a mi límite.

Dios, ¿por qué tenía que estar tan bueno? Mi cuerpo prácticamente vibraba con su cercanía. Me aparté y respondí con la expresión más inocente que pude.

—Oh, lo siento, pero no tengo ninguna ETS, así que no soy tu tipo.

Drew empezó a atragantarse y Breanna escupió su chupito por toda la barra. Recuperó el habla después de toser varias veces.

—Chase —dijo—, será mejor que te mantengas alejado de mi compañera de habitación. Yo les he dicho a los chicos que no se toca.

20

Dejé de mirar al chico y miré a Bree a los ojos.

—¿Lo conoces?

Todos empezaron a reírse salvo el chico que estaba de pie a mi lado. Él tenía las cejas arqueadas y la boca entreabierta. Supongo que las mujeres no solían rechazarlo.

—Bueno, eso creo, es mi hermano.

Oh, mierda. Sentí de inmediato el calor en las mejillas y di un paso atrás. Ahora que me lo había dicho, me daba cuenta de que debería haberlo sabido. Tenían el mismo pelo rubio, los mismos ojos azules y esa sonrisa seductora.

—Un momento, Harper, ¿este es el chico que dices que era imbécil?

Abrí mucho los ojos y miré al suelo.

—¿Has dicho que era un imbécil? —Chase se rio y se volvió hacia la barra—. Ella es la que acaba de decir que soy un promiscuo.

—¡No seas grosero con mis amigas, Chase! —Breanna se tomó otro chupito y le dio un puñetazo en el brazo, aunque dudo que lo notara.

Sin decir nada más, volví a salir al jardín y regresé a mi silla en el rincón oscuro. Allí me quedé hasta que apagaron la música. Por regla general, no permito que los chicos me mangoneen, pero me sentía fatal por haberle dicho eso al hermano de mi nueva compañera de habitación. Por no decir que en aquel momento estábamos en su casa e íbamos a quedarnos a dormir en su habitación. Me llevé las manos a la cara, apoyé los codos en las rodillas y gruñí. Tendría que haber mantenido la boca cerrada. En ese momento Chase se dejó caer en la silla contigua, como si supiera que estaba pensando en él. Aparté una mano y lo miré a los ojos.

—¿Te estás escondiendo? —ahí estaba otra vez aquella estúpida mirada sexy.

—¿Tan evidente es?

Contempló el jardín vacío y después volvió a mirarme.

—Un poco —estiró las piernas y se acomodó en la silla—. Dime, ¿qué hace una princesa como tú en mi fiesta?

Yo resoplé y tuve que morderme la lengua literalmente.

—No estoy segura de lo que quieres decir, pero me han invitado —me salió un poco más brusco de lo que pretendía, pero no pensaba disculparme por ello.

Su mueca desapareció y de pronto pareció enfadado.

—No tienes por qué estar invitada para venir a la fiesta, pero, por si no lo habías notado, no encajas aquí, princesa —dijo con desdén.

Me quedé con la boca abierta, pero después volví a cerrarla. Tenía razón, no encajaba. Pero, ¿en serio? Qué grosero. Al menos cuando me ponía maliciosa podía apreciarse el sarcasmo.

—Si tanto te asquea nuestra forma de ser, puedes quedarte en casa la próxima vez —se levantó deprisa y me dirigió otra mirada de odio antes de darse la vuelta.

Genial. Llevaba en California poco más de un día y las cosas iban de mal en peor.

—Chase —mi voz le detuvo—, lo siento mucho, eso no ha venido a cuento.

Se volvió para mirarme y ladeó la cabeza. Continué hablando al ver que seguía mirándome con una expresión de desconcierto.

—Me educaron para no achantarme delante de nadie, pero me he pasado. Así que lo siento. No te conozco, no debería juzgarte.

De pronto soltó una carcajada y vi que sonreía. Negó con la cabeza, seguía confuso, y también un poco asombrado, antes de alejarse rodeando la casa.

Iba a ser una noche muy larga. Si tuviera idea de dónde estábamos, intentaría regresar al campus andando.

—¡Haaaarrrpppeeerrr! —levanté la mirada y vi a Breanna salir dando tumbos por la puerta de atrás—. ¡Harper, ven aquí, los demás se han ido!

Cuando me acerqué, se enganchó a mi brazo con el suyo y me llevó hacia el salón.

—¿Has besado a alguien esta noche? —me preguntó, arqueó ambas cejas y pareció como si le costara trabajo mantenerlas así.

—No —murmuré.

El mismo chico que estaba tomando chupitos con ella cuando me marché gritó desde la cocina:

—¡Yo puedo ayudarte con eso!

Negué con la cabeza y me dispuse a responder, pero Bree volvió a hablar.

—No, no, no. Ya os lo he dicho, chicos. ¡No se toca!

—Vamos, Bree, ¿de qué vas?

Ella se inclinó para susurrar teatralmente.

—Porque es pura. Completamente pura.

Yo me quedé con la boca abierta y le agarré la muñeca cuando fue a ponerme un dedo en los labios.

—¡Breanna!

Apartó la mano y se llevó el dedo a sus propios labios.

—¡Shhh! ¡Harper, no se lo cuentes!

Un poco tarde para eso. Me sentía totalmente avergonzada. Quería enfadarme con ella, pero apenas se tenía en pie y dudaba que fuese a acordarse al día siguiente. Levanté la mirada y vi a cuatro chicos allí de pie, mirándome con los ojos muy abiertos antes de empezar a reírse. Quería que alguien me matara. Ya. No, primero quería salir de allí. Después, que alguien me matara.

Uno de los chicos que no me habían presentado estaba secándose las lágrimas de los ojos.

—¡Dios mío, princesa! ¿Es verdad?

Me encantaba ver que todos habían empezado a usar mi apodo favorito. ¿Acaso llevaba escrito en la frente que me gustaba que me pusieran apodos? Ni siquiera pude responder, tenía la garganta cerrada y pensaba que iba a ponerme a llorar por primera vez en años. Le solté el brazo a Breanna y me dirigí en línea recta hacia la puerta de entrada, decidida a volver andando al campus. Me detuve al darme cuenta de que Chase estaba bloqueando el pasillo que daba a la puerta, y era el único que no se reía. En su lugar, tenía los labios muy apretados y le lanzaba puñales a su hermana con la mirada.

—Por favor, apártate.

Él me agarró por los hombros y me condujo de nuevo hacia el salón. ¿Qué estaba haciendo? Clavé los talones en la moqueta e intenté avanzar en la otra dirección.

—¡No me toques! —murmuré.

—Confía en mí —me gruñó al oído, y pasamos por delante de los demás, que seguían riéndose de la broma de Bree.

Cuando llegamos a un pasillo en el que no había estado esa noche, uno de los chicos gritó desde la cocina:

—¡Parece que Chase te va a solucionar ese problema, princesa! —eso hizo que todos se carcajearan de nuevo.

Chase se detuvo durante un segundo, maldijo en voz baja y siguió avanzando conmigo. Cuando llegamos al final del pasillo, se detuvo frente a una puerta y sacó una llave para abrirla antes de meterme dentro. Cuando se encendió la luz, parpadeé y me di cuenta de que estábamos en un dormitorio. Me quedé con la boca abierta e intenté zafarme de nuevo. Si al menos pudiera darme un poco la vuelta, podría tumbarlo en el suelo en cuestión de segundos. Pero me tenía agarrada con fuerza y no podía moverme ni un centímetro.

—¡No! ¡Suéltame!

—¡No hasta que no dejes de intentar pegarme!

Paré, pero me mantuve en tensión y él esperó casi un minuto antes de soltarme los brazos. Cuando lo hizo, me volví hacia él y empecé a retroceder.

—Cálmate, princesa —suspiró, no parecía muy interesado—. No voy a hacerte nada.

—Me gustaría que dejaras de llamarme así —dije con los dientes apretados.

Él puso los ojos en blanco, se acercó a un cajón y, después de lanzarme unos pantalones de baloncesto, volvió hacia la puerta.

—Póntelos. Enseguida vuelvo.

—¿Por qué?

—¿Querías dormir con esa falda? —se mordió el labio inferior y se quedó mirándome las piernas—. Te juro que a mí no me importa, pero supongo que estarías incómoda.

24

—Breanna me ha dicho que esta noche dormiría en una habitación con ella y, si eso no va a pasar, prefiero volver a la residencia.

—Puedo asegurarte que ella dormirá en el cuarto de baño. Te daré un minuto para que te cambies y luego vuelvo.

—No pienso dormir contigo aquí.

—Mira, estás muy buena, así que solo por eso van a ir detrás de ti. Pero, si a eso le sumas las pocas palabras que has dicho, que me demuestran lo sarcástica y dulce que eres, la combinación que resulta es muy tentadora. Confía en mí cuando te digo que van a querer cambiar lo que acaban de descubrir sobre ti. Así que, si no te importa, preferiría asegurarme de que eso no pase.

Cerró de un portazo y, menos de tres segundos más tarde, oí que les gritaba a los otros chicos de la cocina y que le decía a Breanna que esa noche se las apañase sola. Yo estaba allí de pie, con sus pantalones de baloncesto y la camiseta de tirantes de Bree, cuando volvió a entrar y cerró la puerta con llave.

—Eso ha sido muy grosero, es tu hermana. Ella también debería dormir aquí.

Me miró con incredulidad.

—¿Hablas en serio? ¿Vas a defenderla después de revelar una cosa así?

Me encogí de hombros y coloqué la falda en una silla sin dejar de darle la espalda para que no viera que habían vuelto a sonrojárseme las mejillas.

—Está borracha. Estoy segura de que no se ha dado cuenta.

—Eso no es excusa —su voz sonaba suave mientras retiraba las sábanas—. Vamos, Harper, métete en la cama.

Su manera de pronunciar mi nombre me provocó un escalofrío por todo el cuerpo y tuve que hacer un esfuerzo por no quedarme mirando su torso desnudo mientras se metía en la cama. Se me aceleró el corazón solo con mirar de reojo aquel torso esculpido y aquellos abdominales firmes. Cuando apagó la luz, sentí que la cama se hundía bajo su peso y me incorporé de golpe.

—¿Qué estás haciendo?

—¿A qué te refieres?

—¡No puedes meterte aquí conmigo!

—Es mi cama —dijo él riéndose—, creo que puedo hacer lo que quiera.

Sé que no podía verme, pero le miré con odio de todos modos. Me destapé, agarré una almohada y me tumbé en el suelo.

—Vuelve a la cama, princesa.

Resoplé al oír mi apodo, pero no dije nada. Sentía sus ojos clavados en mi espalda y, después de lo que me pareció una eternidad, le oí suspirar y la cama crujió. Quería pedirle una manta, pero era demasiado testaruda para hacerlo. Acto seguido noté que me levantaba por los aires.

—¡Dios mío! ¡Bájame!

Me tiró sobre la cama y se me echó encima.

—¡Chase, no!

—Cálmate, me quedaré en mi lado. Podemos hasta poner una almohada entre medias si así te sientes mejor —oí que se reía.

Murmuré y me arrastré hasta el extremo de la cama. Obviamente nunca había estado con un chico en la cama y el hecho de que estuviera a pocos centímetros hacía que todo mi cuerpo temblara.

—Te juro que, si me tocas, me pondré en plan Lorena Bobbitt.

No tardó en darse cuenta de a qué me refería. Se tapó la cara con una almohada para amortiguar las carcajadas.

—¡Dios mío, princesa! ¡Eres mi nueva chica favorita!

—No era una broma.

Su cuerpo todavía temblaba con las risas silenciosas cuando se acercó y deslizó los dedos por mi brazo.

—Uno de estos días acabarás rogándome para que te toque.

No supe si mi siguiente escalofrío fue de placer o de asco, pero aun así le gruñí y le aparté la mano.

—Hablo en serio, Chase. No soy como esas chicas con las que te he visto esta noche.

—Eso es quedarse corto —volvió hacia su lado de la cama y suspiró—. Duerme un poco, princesa, te veré por la mañana.

CAPÍTULO 2

Abrí los ojos de golpe a la mañana siguiente cuando sentí que algo me apretaba. Miré hacia abajo, vi los tatuajes en el antebrazo musculoso que me rodeaba la cintura y solté un grito ahogado al recordar que había pasado la noche en la cama de Chase. Me zafé de su brazo y me levanté de la cama con tanta rapidez que la cabeza me dio vueltas. Se me aceleró de nuevo el corazón al ver el cuerpo de Chase sin camiseta. Sus tatuajes se expandían por sus hombros y, por alguna razón, deseé recorrerlos con los dedos y extender las manos sobre ese pecho y esos abdominales tan bien definidos. Dios, aquel hombre estaba buenísimo.

Chase se incorporó blasfemando hasta darse cuenta de quién era yo.

—¡Dios, princesa! Casi me da un ataque al corazón. Pensé que estaba aquí con una chica —volvió a dejarse caer sobre la almohada y se pasó las manos por la cara.

Eso me devolvió a la realidad.

—¿Chase?

—¿Mmm?

—Siento que no te hayas dado cuenta, pero soy una chica.

Se quitó las manos de la cara, me miró con el ceño fruncido y después recorrió mi cuerpo lentamente con la mirada. Tenía las mejillas encendidas para cuando volvió a mirarme a la cara.

—Me di cuenta anoche, confía en mí —mi cara de interrogación

27

debió de provocar el resto de su respuesta—. Quería decir que pensaba que había permitido a una chica pasar la noche conmigo.

—¿Eh…?

—Alguien con quien me había acostado, princesa. Pensé que me había tirado a una tía y le había permitido quedarse aquí.

—Ah.

Resopló.

—Perdona, ¿eso es demasiado para tus oídos de mojigata?

—No, pero no entiendo por qué iba a ser eso algo malo.

Suspiró profundamente, se incorporó sobre uno de sus codos y me miró directamente a los ojos.

—A las chicas a las que me tiro no se les permite venir a mi habitación, y mucho menos quedarse a dormir. Este es el único lugar que es mío y no pienso compartirlo con ellas.

—¿Así que te acuestas con mujeres y después las obligas a marcharse? —ni siquiera quería preguntarle dónde se acostaba con ellas.

—No, me follo a mujeres… y después las obligo a marcharse.

Negué con la cabeza y me dirigí hacia la puerta.

—Eres un cerdo.

Soltó una carcajada irónica y me vio marcharme.

Cuando salí al salón, vi a Breanna sentada a la mesa de la cocina con uno de los chicos de la casa. En cuanto me vieron, dejaron de hablar. Pensaba que no podía sentirme todavía más incómoda.

Bree me miró avergonzada, se levantó de la silla y me arrastró hacia el salón.

—Harper, lo siento mucho. Brad me lo ha contado todo —se le quebró la voz al final de la frase—. Te juro que nunca haría nada intencionado para avergonzarte. Sé que acabamos de conocernos, pero estaba deseando vivir contigo y no puedo creer que te haya hecho daño nada más conocerte.

—En serio, no importa. He oído historias suficientes y suponía que no sabías lo que hacías.

—¡Sí que importa! Deberías odiarme.

Asentí y miré hacia Brad, que estaba sonriéndome.

—Bueno, no pienso volver a ver a ninguno de estos chicos nunca más, así que no tiene sentido hacerte sufrir —le sonreía e intenté quitarle importancia a la situación.

Aunque aún me sentía humillada, nunca había sido rencorosa y no pensaba empezar ahora. Había ido a comenzar una nueva vida allí y, aunque pareciese haber retrocedido cinco pasos, seguía decidida a hacer de aquella mi mejor experiencia. Con o sin momento embarazoso, tampoco es que tuviera muchas opciones allí. O dejaba que aquello me afectara y me escondía de la gente o mantenía la cabeza bien alta y seguía hacia delante.

Bree aún parecía disgustada y empezaba a sentirme incómoda.

—Bueno, al menos la gente no cree que soy una puta.

Eso hizo que sonriera y después soltara una suave carcajada.

—Eres de las que ven el vaso medio lleno, ¿verdad?

—Desde luego.

Me dio un fuerte abrazo antes de volver a su taza de café y dijo:

—Al menos deja que te compre un nuevo conjunto.

—¡Ja! No te detendré. Pero, ¿estás segura de poder hacer eso hoy? Pensaba que no tendrías cuerpo para nada después de lo de anoche.

—Cariño, siempre tengo cuerpo para ir de compras. Ve a cambiarte. Yo estaré lista cuando tú lo estés.

Volví a la habitación de Chase y la encontré vacía. Me quité sus pantalones de baloncesto y me apresuré a volver a ponerme la falda de Bree. Antes de poder subírmela, se abrió la puerta y entró Chase.

—Es una auténtica pena que no permitas a nadie ver ese cuerpecito tan sexy.

Me puse roja como un tomate, me subí la falda y me volví para mirarlo.

—Cálmate, no tienes nada que no haya visto antes —ladeó la cabeza y levantó una ceja, que desapareció bajo su pelo rubio revuelto—. No digo que no me gustaría ver el tuyo.

—Que te jodan —lo rodeé y me dirigí hacia la puerta.

—¿Eso es una invitación?

—Ni de lejos.

Me agarró de la muñeca, tiró de mí contra su pecho y me acarició la mandíbula con la nariz.

—Cualquier día de estos, princesa, te lo prometo.

Me di la vuelta para mirarlo con odio una vez más.

—Nunca estaría tan desesperada como para desearte —vale, eso era mentira; se me había acelerado la respiración solo con sentir su cuerpo cincelado pegado al mío.

—Ya lo veremos —respondió él con una sonrisa perezosa y sexy.

Breanna y yo estábamos tumbadas en nuestras camas en la residencia después de seis horas de compras en un centro comercial al aire libre. Como había prometido, le dejé escoger toda mi ropa y me pagó uno de los conjuntos. Ahora que habíamos acabado, me arrepentía de haberme gastado tanto dinero, pero me había comprado quince camisetas diferentes, cuatro pares de vaqueros, un par de pantalones cortos y faldas, tres vestidos sexys, pero muy monos y cinco pares de zapatos. Después nos fuimos a Victoria's Secret, donde no paré de sonrojarme mientras ella elegía mis bragas, sujetadores y pijamas. Nuestro último destino del día fue Sephora, donde compramos mi propio arsenal de maquillaje después de que Bree jurara enseñarme a usarlo. Y, para haber comprado todas esas cosas, creo que no estaba del todo mal. Lo único que mi padre me había permitido hacer cuando era pequeña había sido trabajar en una de las tiendas de ropa de la base. Normalmente a los niños de mi edad no se les permitía, pero todos sabían cuál era nuestra situación, así que empecé a trabajar allí cuando tenía doce años y ahorré cada centavo.

—Estoy agotada.

—¡Pero ha merecido la pena! Ahora por fin estás preparada para la universidad.

Al mirar las bolsas de basura donde habíamos metido casi toda mi ropa vieja me reí y dejé caer la cabeza sobre la almohada.

—Creo que tienes razón.

—Ahora solo tenemos que conseguir que te sientas cómoda estando con chicos monos y ya está. ¿Cuál es tu tipo?

«Tu hermano», pensé.

—Eh, creo que no tengo un tipo concreto.

—Entonces, ¿no tienes preferencias? ¿Color de pelo, de ojos, de piel? ¿Atlético, friki, músico?

Surfista robusto, con el pelo rubio y revuelto, unos ojos increíblemente azules, el cuerpo cubierto de tatuajes y la sonrisa más sexy que haya visto jamás. Uno de esos, por favor.

—No, ninguna. Tendremos que empezar desde cero.

Solo pensar en sus tatuajes hizo que me mordiera el labio y fantaseara de nuevo con recorrerlos con los dedos. Era justo el tipo de chico que mi padre no soportaría, así que, claro, me sentía atraída hacia él.

—Eh, Bree.

—¿Sí?

—Hay una cosa que llevo tiempo queriendo… ¿Sabes qué? No importa.

Bree se puso de rodillas sobre la cama y empezó a dar botes.

—¡No, no! Ahora tienes que contármelo. ¿Qué es lo que quieres hacer?

—Bueno, muchas cosas. Pero probablemente sea mala idea hacerlas todas a la vez. Debería dosificarlas y pensar más en ellas.

—Soy toda oídos, Harper.

Suspiré y me acurruqué contra la pared.

—Quiero hacerme un par de *piercings*.

—Pff, pensé que ibas a contarme algo más jugoso —era lógico que no le emocionara, al fin y al cabo llevaba cuatro *piercings* en cada oreja.

La miré con el ceño fruncido.

—¡De acuerdo, de acuerdo! ¿Qué *piercings* quieres?

—No sé cómo se llaman. Pero aquí y aquí —me señalé con el dedo el labio superior y la oreja.

31

—¡Oh, qué monos! El del labio se llama Monroe y el de la oreja es un tragus. ¡De hecho yo también quiero hacerme uno en el labio! ¿Quieres que vayamos juntas un día de estos?

Miré hacia abajo antes de mirarla de reojo.

—¿Y crees que podríamos ir ahora? Llevo dieciocho años sin poder hacer lo que me apetece y estoy un poco impaciente.

—Harper, creo que vamos a ser muy buenas amigas —sin decir una palabra más, se levantó de la cama y se dirigió hacia la puerta. Supuse que eso significaba que nos íbamos.

Me alegré mucho de que ella conociera la zona, porque condujo directa hasta una tienda de tatuajes y, tras charlar con el tío de los *piercings,* nos llevó a su sala a escoger los pendientes antes de que pudiera plantearme que aquello podría ser una mala idea. Para mi sorpresa, no me puse nerviosa hasta que estuve sentada en la silla y él estaba haciéndome las marcas con el rotulador.

—Oh, Dios mío, Breanna, necesito tu mano.

Ella se rio y se acercó a mí.

—No te rías, tú eres la siguiente —con eso se calló.

—De acuerdo, toma aire —dijo el tío—. Y échalo lentamente —tras terminar de ponerme el de la oreja, abrió otro paquete y se puso con el del labio—. Toma aire otra vez… y échalo.

Me lloraban los ojos, pero por suerte ya había terminado. Me miré en el espejo y sonreí. Me encantaban.

—¡Dios, te quedan perfectos! ¡Ahora estoy deseando hacerme los míos! —Bree también había decidido hacerse el tragus para que ambas nos hiciéramos dos *piercings,* pero el de la tienda y ella habían acordado que, en su boca, le quedaría mejor el labio inferior.

Pasados diez minutos ya tenía los suyos. Hice que se comiera sus palabras cuando me agarró la mano en el último momento y apretó hasta que pensé que iba a cortarme la circulación para siempre. Pagamos al tipo, corrimos hasta su coche y nos miramos en los espejos retrovisores antes de marcharnos.

—¿A tus padres les importará?

—¿Qué? Para nada. ¿Has visto a mi hermano? Les encantan sus

tatuajes, así que esto no les importará. Además, estoy segura de que no lograría que se enfadaran conmigo ni aunque lo intentara —se rio—. Déjame adivinar, tu papi se va a cabrear mucho.

—¡Ja! Sí, estoy casi segura de que intentará arrancármelos. ¡Es una suerte que no vaya a volver a casa hasta dentro de diez meses!

—¿Diez meses? ¿Y qué me dices de las vacaciones de Navidad? Me encogí de hombros.

—Me quedaré aquí. Tampoco sería muy distinto a estar allí. No pasamos mucho tiempo juntos si estamos en la misma casa.

—Vaya, Harper, debiste de tener una infancia muy deprimente, ¿verdad?

—En realidad no. Quiero decir que es lo único que he conocido. Pensaba que era lo normal hasta hace unas semanas, cuando tú y yo empezamos a escribirnos —creo que tengo que dejar de hablar de mi pasado, porque la gente siempre parece deprimirse—. Bueno… ¿cenamos?

Sonrió y se giró para mirarme.

—Me has leído el pensamiento. Vamos a por unas hamburguesas. Y luego podemos quedarnos en mi casa esta noche. Mañana llevaremos mis cosas a la residencia.

CAPÍTULO 3

Después de la sesión de orientación la semana siguiente, las clases habían empezado el pasado lunes y la primera semana había transcurrido volando. A Breanna y a mí nos encantaban nuestros profesores y, por suerte, no parecían demasiado estrictos. Yo no había vuelto a ver a ninguno de los chicos de la casa de Chase, pero eso era por mi culpa, porque había estado evitándolos hasta aquel día. Bree siempre comía con ellos y, aunque yo había puesto excusas los primeros tres días, ya estaba harta de comer sola en mi habitación. Jamás lo admitiría en voz alta, pero, después de que Bree se marchara a su primera clase esa mañana, me había cambiado de ropa tres veces y había empleado bastante tiempo en maquillarme. Mi cuerpo temblaba con la idea de ver a Chase y todavía tenía que pasar una clase entera. Por suerte solo tenía una aquel día y además era la última de la semana. Justo cuando terminó la clase, recibí un mensaje de mi compañera de habitación asegurándose de que iría a comer con ellos porque ya me había reservado un asiento. No tenía escapatoria.

—¡Eh! ¿Qué pasa, princesa?

—¡Princesa! ¿Dónde has estado toda mi vida?

Me contuve el gruñido, sonreí y me dejé caer en el asiento junto a Bree. Intenté que no se me notara la decepción al ver que Chase no estaba allí. Nada más maldecirme a mí misma por pasar tanto tiempo arreglándome aquel día, dos manos aparecieron a ambos lados de mi plato y sentí un torso firme pegado a la espalda y el aliento cálido en mi oído.

—¿Estabas escondiéndote de mí, mojigata? —se rio al notar que me estremecía.

—¿Por qué? ¿Me echabas de menos?

—Claro. Eres mi favorita, ¿recuerdas? —me frotó el cuello con la nariz y estuve a punto de derretirme allí mismo.

Suspiré con dramatismo y me aparté de su embriagadora presencia.

—Lamento decir que tú no eres mi favorito.

—¿Estás segura? —me puso un dedo en el brazo, donde se me había puesto la piel de gallina.

—¡Chase! Deja de molestarla y siéntate.

Miré a Breanna y parpadeé al recordar que estábamos en una mesa con un grupo de gente. Chase se sentó a varios asientos de distancia y yo agradecí poder pensar de nuevo con claridad. Miré a mi alrededor y vi a los cuatro compañeros de piso de Chase, a dos chicas que sabía que eran las novias de Brad y de Derek y a otra chica a la que no había visto antes y que me miraba con un odio no disimulado. Tras dirigirle una mirada oscura, seguí haciendo inventario del resto de la mesa. Al otro lado de Chase había dos chicos que había visto en la fiesta, pero no sabía cómo se llamaban, y delante de ellos unos ojos grises que me miraban sonrientes. Agaché la cabeza para mirar mi ensalada y conté hasta cinco antes de volver a mirarlo y ver que estaba hablando con Chase. Levanté la cabeza un poco más para poder ver mejor, me fijé en su pelo rapado, en su sonrisa cálida y en el hoyuelo que apareció en su mejilla derecha al carcajearse. Era ligeramente más corpulento que Chase y, a juzgar por cómo se le pegaba la camiseta al pecho y a los hombros, tenía un cuerpo bien definido. Dios, y yo que pensaba que Chase era el tío más atractivo que había visto jamás. Aquel chico era… simplemente ¡guau!

—¿Ves algo que te guste? —Bree se inclinó hacia mí para ver hacia dónde estaba mirando.

—¿Qué? No.

—Aha, por eso no paras de morderte el labio. Te está mirando otra vez.

Levanté la cabeza y vi que el chico misterioso me sonreía con suficiencia al mirarme a los ojos. Sentí que se me sonrojaban las mejillas y me obligué a volver a mirar a Bree.

—¿Cómo sabemos que no te está mirando a ti?

—¡Ja! Sabía que estabas mirándolo —sonrió y dio un enorme mordisco a su hamburguesa.

—Vaya, cuánta clase.

Bree intentó hablar con la boca llena.

—Estás celosa porque tú no te has pedido una.

Miré mi ensalada e hice una mueca. El estómago me daba tantas vueltas que no creía que pudiera comer nada.

—¿Sabes cómo se llama? —le susurré, pero, antes de que pudiera responder, nos interrumpió Drew.

—Bueno, princesa, ¿cómo es que no te hemos visto últimamente? Han pasado como dos semanas. Me siento tan poco querido...

Me reí y puse los ojos en blanco.

—Oh, lo siento. ¿Tu novia ya se ha deshinchado?

Toda la mesa se echó a reír y Derek le dio una palmada en la espalda mientras hacía esfuerzos para que no se le saliera la bebida por la boca y por la nariz. Un par de chicos empezaron a reírse de «Mindy, la muñeca» y yo me alegré de no ser el centro de atención.

Bree volvió a inclinarse hacia mí y susurró:

—Se llama Brandon, también vive con los chicos, pero no estaba en la fiesta.

—Entonces, ¿lo conoces bien? —deseaba mirarlo, pero no quería arriesgarme a que me pillara haciéndolo.

—En realidad no. Todavía está en tercero y el año pasado vivía en la residencia. Le he conocido esta semana durante la comida.

—¿Todavía en tercero? —pregunté confusa.

36

—Sí, el resto de los chicos están en cuarto.

—Ah —la miré y señalé con los ojos hacia Brandon—. ¿Hay algo entre tú y…?

Ella sonrió y me dio un codazo antes de sentarse erguida.

—Ya les tengo el ojo echado a otros dos chicos.

Asentí y recordé que durante toda la semana había estado hablando de unos chicos de nuestra residencia con los que compartía clase. Al oír mi nombre, levanté la mirada y vi el tenedor de Chase detenido a mitad de camino hacia su boca. Tenía la mandíbula apretada y miraba fijamente a Brandon, que estaba hablando con otro de los chicos sentados a su lado. Cuando terminó de matarlo con la mirada, Chase se fijó en mí y relajó la expresión. Asintió levemente y siguió comiendo.

—Hay fiesta esta noche, ¿venís, chicas?

Bree resopló.

—¿En serio, Zach? ¿Cuándo he faltado yo a una fiesta?

—¿Princesa?

Bree respondió por mí.

—Claro que irá —después me susurró—: No será como la primera. Probablemente no haya ni veinte personas. Las grandes fiestas las reservan para los viernes por la noche.

—De acuerdo —murmuré.

—Estoy deseando compartir cama contigo otra vez, mojigata.

Miré a Chase con los párpados entornados y sentí el calor en las mejillas. Estaba mirando a Brandon con la cabeza ladeada y una ceja levantada. Hasta yo advertí el desafío de su mirada.

—Gracias, pero preferiría compartir cama con la muñeca hinchable de Drew.

Se volvió para mirarme con odio y tuve que hacer un esfuerzo por aguantarle la mirada. ¿Era mala señal que lo único en lo que yo pudiera pensar fuese en cómo me sentiría si sus labios me besaran? Antes de que pudiera pensar demasiado en ello, la chica que me había estado mirando con odio antes rodeó la mesa, se sentó en su regazo y puso la boca en su cuello antes de recorrer su mandíbula con

37

los labios. Él la agarró al instante de las caderas, pero no llegó a apartar los ojos de los míos.

—Yo estaría encantada de compartir cama contigo, Chase —su voz pueril me dio ganas de vomitar. Estoy segura de que yo ni siquiera hablaba así cuando tenía cinco años.

Después de que lo besara, miré hacia Brandon y vi que estaba observándome. No resultaba incómodo, pero no duró tanto como a mí me hubiera gustado, porque podría haberme quedado mirándolo durante horas. No estaba acostumbrada a sentir algo por un chico y ahora no podía parar de mirarlos a Chase y a él. Con uno sentía mariposas en el estómago y con el otro escalofríos ardientes. Estuve a punto de carcajearme cuando me di cuenta de lo estúpido que resultaba sentir algo por Chase, y su actual posición con la morena esa demostraba por qué. De Brandon, por otra parte, no sabía nada. Aparte de su risa, ni siquiera le había oído la voz. Dios, qué ridícula soy. Uno es un promiscuo y con el otro ni siquiera he hablado.

Me despedí de todos, recogí mi mochila y había comenzado a alejarme cuando una voz profunda y aterciopelada dijo mi nombre. No dejé de hablar, pero miré por encima del hombro y vi que Brandon rodeaba la mesa hacia mí y que Chase apartaba la cabeza de la morena mientras nos observaba; la chica simplemente continuó con su cuello.

Brandon comenzó a caminar a mi lado y me ofreció la mano.

—Todavía no nos conocemos. Soy Brandon Taylor.

Dios, aquella voz podría haberme hecho entrar en calor el día más frío del año.

—Harper Jackson, encantada de conocerte.

Sonrió al abrirme la puerta.

—Igualmente. Parece que conoces bien al resto de los chicos, aunque acabemos de conocernos. Dicen que eres la compañera de habitación de Bree.

—Eh, sí. Lo soy, pero en realidad no los conozco bien. Solo había hablado con ellos unos diez minutos antes de hoy.

—¿En serio? Entonces parece que causas una gran impresión en muy poco tiempo.

—Desde luego a ellos les causé impresión —murmuré.

Me miró confuso, pero yo negué con la cabeza para que dejara el tema. Dejamos de caminar cuando llegamos al camino que me conduciría a mí a la residencia y a él a su próxima clase. Me volví hacia él y me fijé en los vaqueros gastados pegados a sus caderas estrechas y en su camiseta negra ajustada antes de volver a mirarlo a la cara. No me había dado cuenta de lo alto que era mientras caminábamos, pero debía de sacarme al menos treinta centímetros. Su altura y su cuerpo musculoso me daban ganas de acurrucarme entre sus brazos, era como si fuese a encajar allí a la perfección. Me mordí el labio inferior y vi que sus ojos grises recorrían mi diminuta figura. No era como los demás chicos de la fiesta, que me miraban como si fuese algo que llevarse a la boca. Su mirada me hacía sentir guapa y me emocionaba que me prestara atención. ¿Me emocionaba que me prestara atención? Contrólate, Harper, lo acabas de conocer.

—Venga, mojigata, vamos —Chase me agarró del brazo y comenzó a tirar de mí.

—¡Chase, para! —me zafé y lo miré con rabia—. ¿Qué es lo que te pasa?

—Voy a llevaros a Bree y a ti a mi casa y tienes que hacer el equipaje para el fin de semana, así que vamos —volvió a agarrarme, pero yo le di un manotazo.

—¿Qué pasa el fin de semana?

—Vais a quedaros conmigo, así que haz la maleta.

Entorné los párpados y empecé a girarme hacia Brandon.

—Bien, espera un momento.

—Harper.

—Lárgate, Chase, te veré en la habitación en un minuto. Vete a buscar a Bree.

Se pegó más a mí, así que suspiré y le dirigí a Brandon una sonrisa patética.

—Lo siento, al parecer tengo que irme. ¿Te veré esta noche? —no sé por qué lo pregunté, ya que al fin y al cabo él vivía allí.

Una sonrisa sexy iluminó su cara cuando estiró la mano para rozarme el brazo.

—Nos veremos entonces —se despidió de Chase con un tenso movimiento de cabeza, se dio la vuelta y se marchó.

Yo pasé por delante de Chase y no lo miré durante todo el camino hasta mi habitación. Se quedó en la puerta mientras Bree y yo hacíamos la maleta para el fin de semana, lo cual me ponía incómoda porque no podía preguntarle a mi amiga qué ropa debía llevarme. Metí cosas que a ella le habían encantado en el centro comercial, algunas bragas, pantalones para dormir, maquillaje y las cosas del baño antes de dirigirme a él.

—¿Por qué no me haces el favor de llevarme esto? —mi voz sonaba cargada de ira y a él pareció hacerle gracia.

Intenté pasar por delante de él, pero me agarró de la cintura, me pegó a su cuerpo y sentí su aliento cálido cuando me susurró al oído:

—Por ti cualquier cosa, cariño.

Se me aceleró el corazón y empezaron a temblarme las piernas. Me quedé entre sus brazos un segundo más de lo necesario y él se dio cuenta. Lo aparté de un empujón nada más ver aquella mueca de suficiencia en su cara.

—Dios, me dan ganas de matarte.

—Vaya, vaya. Una mojigata como tú no debería decir esas cosas —se carcajeó al ver mi cara de odio y se alejó hacia el aparcamiento.

Nada más llegar a la casa, Bree se fue a la habitación de Chase a hablar por teléfono con un chico y me dejó a solas con él. Como no quería dirigirle la palabra, agarré el mando a distancia y me tiré en el sofá para intentar encontrar algo que llamase mi atención y que no fuese él. Me esforcé por no volver a mirarlo. Suspiré y recorrí los canales varias veces sin encontrar nada interesante, así que dejé las noticias. Mi padre habría estado orgulloso de mí.

No soportaba saber que Chase me estaba mirando, o en qué lugar de la habitación se encontraba. ¿Por qué se me erizaba el vello con un chico así? No es que no quisiera, porque, para ser sincera, no había podido pensar en otra cosa en las dos últimas semanas. Pero la gente de clase y su hermana ya me habían hablado de su reputación de polvos de una noche, así que no debería querer estar con alguien como él. Cada día estaba con una mujer diferente, sabía que lo que había ocurrido en la cafetería era completamente normal y Bree decía que no había tenido una relación en cuatro años porque «no es su estilo». Al parecer las chicas sentían que era un privilegio haber estado con él, pero yo no soportaría ser el rollo de una noche de alguien. Se acercó al sofá e intenté que se me tranquilizara el corazón cuando me levantó las piernas, se sentó y volvió a ponerlas sobre su regazo. No era necesario hacerle saber que tenerlo cerca me volvía loca.

—Veo que mi hermana ya ha ejercido su mala influencia sobre ti.

No es que esperase tener una conversación significativa, pero tampoco esperaba eso.

—¿Acaso quiero saber de qué estás hablando?

—De esto —se inclinó para tocarme los labios. Malditos escalofríos que recorrían mi cuerpo cada vez que me tocaba.

—¿Qué pasa? ¿No te gusta?

—Yo no he dicho eso, es muy sexy —deslizó los dedos por mi mandíbula antes de incorporarse con una sonrisa de suficiencia—. Pero me decepciona que ya hayas permitido que te convenza de cosas. Pensaba que no eras de las que cedían con facilidad.

Me quedé con la boca abierta y me llevé las rodillas al pecho para no seguir tocándolo.

—No es que sea asunto tuyo, pero era yo la que quería hacérmelos y sacó el tema. En ese momento no sabía que ella también querría hacérselos y desde luego no permitiría que alguien me convenciera para hacer una cosa así. Me alegra saber que piensas tan bien de mí —sin más me alejé hacia su habitación, pero me encontré la puerta cerrada con llave. No quería tener que volver al salón y verlo, pero tampoco quería quedarme allí de pie como una idiota. Oí que sonaba su teléfono y advertí que su voz se alejaba al salir antes de decidirme a volver al sofá. Apenas me había sentado cuando apareció junto a mí con el brazo estirado y el teléfono en la mano.

—Es para ti —estaba serio y vi que tenía un tic en la mandíbula.

—¿Diga?

—Siento haber llamado a Chase, pero quería hablar contigo.

Miré la pantalla del teléfono y vi el nombre de Brandon. Sonreí y volví a llevarme el aparato a la oreja mientras me relajaba sobre los cojines.

—No importa, ¿qué tal?

—Tengo unas horas libres antes de mi última clase. ¿Te apetecería ir a tomar un café conmigo antes?

Quería responderle algo del estilo de «¡Sí, por favor! ¡Nada me apetecería más que pasarme las próximas dos horas viéndote sonreír!». En su lugar, respondí algo sencillo.

—Claro, ¿por qué no? ¿Quieres que nos encontremos en algún sitio? —¿sabría que yo no tengo coche?

—Voy de camino a casa, llegaré en cinco minutos.

—Ahora nos vemos —sonreí y le devolví el teléfono a Chase, que se había quedado de piedra. Corrí de nuevo hacia su puerta y la aporreé para que Bree me abriera.

—¡Brandon viene a buscarme para ir a tomar café! —dije prácticamente gritando.

—¡Ahora te llamo! —colgó el teléfono y me señaló—. ¡Lo sabía!

—¿Sabías que iba a llamarme?

—¡No, sabía que te gustaba!

Yo resoplé.

—Bree, si ni siquiera le conozco.

—Pero, ¿quieres conocerlo?

—Eh, ¿es que no te has fijado en él? —era ridículamente atractivo y tenía ese aire duro que me hacía estremecer—. Dios, y qué sonrisa.

—Oh, cariño, ya te estás colgando con él.

—Joder, Bree, estoy nerviosa. No sé cómo hablar con los chicos.

—Pero con Chase y con los demás hablas bien…

—Sí, pero porque son más molestos que otra cosa. Y hasta ahora Brandon no lo es, y además está buenísimo —sonreí cuando me dio un codazo.

—Pues intenta verlo como a los demás. Todos te quieren y estoy segura de que le encantarás. ¡Así que no tienes nada de lo que preocuparte!

—Si tú lo dices. ¿Te parece que estoy bien?

—¡Claro que sí! Quería decírtelo en la comida. ¡Estás increíble! Me reí al pensar que esa misma mañana me había vestido para Chase y ahora estaba emocionada por ir a tomar café con Brandon. Y por emocionada quiero decir de los nervios.

—¿De qué te ríes?

Ups.

—De nada.

No se lo creyó.

—Es que nadie me había pedido nunca que fuera con él a ningún sitio —mentí—, y me emociona lo del café. Me siento ridícula por tener dieciocho años y no haber tenido nunca una cita.

—Bueno, tengo la impresión de que eso pronto dejará de ser cierto —justo entonces oímos a Brandon llamándome—. ¡Te veré cuando vuelvas!

Tomé aliento antes de salir de la habitación para encontrarme con él. Sentí el calor en las mejillas cuando me sonrió. ¿Es que todos allí tenían una sonrisa y unos dientes perfectos? Por suerte yo había heredado los dientes de mi madre, que daban la impresión de haber llevado aparato durante años.

—¿Estás lista?

Asentí y agaché la cabeza en un intento por ocultar mi rubor. Por desgracia también he heredado eso de mi madre. Lo seguí y me monté en el asiento del copiloto de su Jeep negro, que parecía perfecto para conducir por el campo. No hubo muchas oportunidades para hablar, a no ser que quisiera acabar con el pelo en la boca, así

43

que me quedé callada hasta que aparcó el coche. Agarré el tirador de la puerta, pero me detuve cuando me tocó la mano.

—Espera —dijo con una sonrisa antes de bajarse del vehículo y correr hasta mi lado para abrirme la puerta.

¿Un dios que parecía modelo y además un caballero? Arqueé una ceja y sonreí.

—Vaya, gracias.

—Claro —me colocó un mechón de pelo detrás de la oreja y sonrió—. Tal vez debería volver a poner la capota.

Yo agaché la cabeza y abrí mucho los ojos.

—¡Oh, no! No lo decía en el mal sentido. Al contrario, lo juro.

De pronto yo estaba interesadísima en la acera.

Me puso la mano bajo la barbilla hasta que volví a mirarlo.

—Harper, siento que me haya salido así. Eres la chica más guapa que jamás he visto, pero te juro que con el pelo como lo tienes ahora mismo, voy a tener que quitarte a los tíos de encima.

Había dicho que era guapa. No pude evitar sonreír y guardé en el bolso la goma del pelo que acababa de sacar.

—Lo dudo, pero gracias.

Brandon negó con la cabeza y me condujo hacia la puerta con una mano en la espalda. Quería que me tocara la espalda con las manos, sentir su calor en mi cuerpo. Pero no pasó de ahí, solo me guio. Hicimos nuestro pedido y volvimos fuera a sentarnos en la terraza antes de volver a hablar. Era agradable que no sintiera la necesidad de llenar el silencio, además eso me dio la oportunidad de calmarme.

—Bueno, háblame de ti —dijo.

—¿Qué quieres saber?

—Todo —me dedicó una media sonrisa y apenas se le vio el hoyuelo.

—No hay mucho que contar —respondí encogiéndome de hombros—. Mi vida ha sido increíblemente aburrida.

Se rio suavemente antes de continuar.

—Vale, de acuerdo. ¿Y tu familia?

—Me crie con mi padre, no tengo hermanos. He estudiado en casa toda mi vida, creo que para que pudiera tenerme vigilada.

—Un momento, ¿estudiaste en casa?

—Sí, ¿por?

—Perdona, pero no esperaba que alguien que hubiera estudiado en casa tuviera este aspecto.

Yo me reí. Me pregunté si habría pensado lo mismo de haberme visto cuando llegué dos semanas atrás.

—Creo que interpretaré eso como un cumplido.

Sus ojos cálidos y su sonrisa confirmaron que así era.

—¿Dónde estaba tu madre?

—Murió en el parto —esperé a que se incomodara y empezara a disculparse profusamente, pero en cambio su mirada se volvió suave y su boca esbozó una ligera sonrisa.

—Mi padre también murió. Iba en uno de los aviones que se estrellaron contra las torres gemelas.

El corazón me dio un vuelco. Nunca entendía por qué la gente sentía pena por mí. Sí, dolía saber que nunca conocería a mi madre, pero no había tenido ocasión de perderla. Ya había muerto. Pero ¿aquello? Nunca comprendería el dolor de Brandon y no sabía cómo intentarlo, pero deseaba borrar ese dolor. Lo que sí sabía era que no necesitaba mis condolencias en ese momento, así que estiré el brazo por encima de la mesa y apoyé la mano sobre la suya. Él dibujó círculos lentos sobre mi pulgar e hizo que se me calentara toda la mano.

—Háblame de él.

Levantó la mirada y me quedé sin aliento al ver su expresión. Si podía describirse a un hombre masculino como hermoso, entonces su expresión fue justo eso.

—Era increíble. Trabajaba mucho, pero siempre estaba en casa para cenar con nosotros. Le llevaba flores a mi madre todos los fines de semana, nunca faltaba a ninguno de nuestros partidos. Me enseñó a jugar al fútbol y a hacer surf. Se aseguró de que supiéramos que podríamos tener cualquier cosa que deseáramos si trabajábamos duramente para conseguirla. Siempre quise ser como él cuando fuera mayor. Todos le querían, era un hombre fantástico.

—Eso parece. Seguro que estaría muy orgulloso de ti.

Me sonrió, se recostó en su silla y me miró con atención.

—¿Qué?

—Nadie me había preguntado nunca eso. Normalmente la gente me dice que lo siente y se incomoda. Es molesto y, la verdad, me cansa.

—¿Te molesta que te lo haya preguntado?

—En absoluto. Es agradable hablar de él a veces. ¿Tu padre habla alguna vez de tu madre?

—Eh, no exactamente. Me dijo lo suficiente para hacerme saber que yo le recordaba demasiado a ella. Para mí nunca ha tenido sentido. Siempre me ha mantenido a su lado, como al hacerme estudiar desde casa, pero siempre dejaba claro que no me quería —cerré la boca antes de poder decir algo más. Respiré aliviada al ver que Brandon no me pedía que se lo explicara.

—Bueno, él se lo pierde.

Sí, pero él no lo veía así. Había sido tan estúpido como para permitir que me criara un grupo de marines salidos.

—¿Eres de por aquí?

—Soy de Arizona, del sur de Phoenix. Pero la familia de mi padre no vive lejos, y por eso en parte vine aquí.

—¿Los ves con mucha frecuencia estando aquí?

Se encogió de hombros y ladeó la cabeza.

—Normalmente una vez al mes. ¿Y tú?

—Mi padre ha estado con el Cuerpo de Marines desde antes de que yo naciera y está destinado en la base de Lejeune.

—¿Y cómo es que has acabado en la Universidad Estatal de San Diego? —se inclinó hacia delante y apoyó los codos sobre la mesa.

—¿Quieres una respuesta sincera?

—Por supuesto.

—Quería alejarme todo lo posible de casa y me encanta la playa.

46

Además solo pude convencer a mi padre porque esto estaba cerca de otra de las bases de los marines.

—Bueno, yo me alegro de que estés aquí, Harper.

Sentí un calor en el estómago al oír mi nombre en sus labios.

—Yo también.

Nos quedamos allí una hora y media, hablando de todo, desde nuestras películas y comidas favoritas hasta las clases y nuestras aspiraciones. Era fácil hablar con Brandon y tenía la impresión de que Breanna llevaba razón. Ya me estaba colgando con él.

CAPÍTULO 4

Cuando regresé, Bree y yo ocupamos la habitación de Chase para prepararnos para la fiesta. Acabé llevando unos vaqueros extremadamente cortos y una camiseta negra con el hombro caído que me encantaba. Me puse una sombra de ojos neutra, un poco de lápiz de ojos y de rímel y me recogí el pelo en una coleta baja. Bree se acercó y me tiró del pelo para darle un aspecto algo revuelto antes de aprobar mi *look*.

—¿Estás emocionada por pasar el fin de semana con Brandon?

Tenía el corazón acelerado y sonreía como una idiota solo con oír su nombre. Me miré la mano izquierda, donde seguía notando el cosquilleo después de que Brandon me la estrechara de camino a casa.

—¡Sí! Solo espero que no crea que va a ocurrir nada porque yo me quede a dormir aquí.

—¿Te refieres a ocurrir, *ocurrir*? ¿O me estoy perdiendo algo?

—No, creo que lo has entendido bien.

—No es que te quedes con él, estarás aquí conmigo.

Yo asentí, miré hacia la puerta y después me volví hacia ella.

—¿Crees que los chicos se lo dirán?

—¿Decirle qué?

—Que soy virgen —susurré. No sabía si había llegado ya a casa y tampoco cuál era su habitación.

Ella resopló y agarró su perfume para rociarnos a las dos.

48

—¿A quién le importa si se lo dicen? Tú misma lo dijiste, al menos no eres una puta y, confía en mí si te digo esto, Harper… a los chicos les encanta saber que una chica no es fácil.

Oímos que aumentaba el volumen de las voces en el salón, así que, después de mirarnos una última vez en el espejo, salimos para reunirnos con ellos. Bree tenía razón, había solo unas veinte personas allí y se encontraban todas rodeando la barra, donde estaba Zach dando tragos a una copa enorme. Miré a mi alrededor y vi la cara de Chase pegada al cuello de una chica y a Brandon entrando por una de las puertas. Nos sonreímos abiertamente cuando se acercó a mí.

—Hola, guapa.

El corazón estuvo a punto de salírseme del pecho.

—¿Qué tal ha ido tu clase? —pregunté yo dándole un suave codazo en el costado.

—Ha sido larga, pero me alegra haber terminado ya esta semana.

—Lo mismo digo. Será agradable tener siempre tres días para relajarse.

Él asintió y se acercó más.

—Entonces, ¿estaréis aquí todo el fin de semana? —advertí una ligera sonrisa en sus labios.

—Al menos hasta el sábado —intenté no pegarme a él al aspirar su colonia. No sabía qué aroma era, pero encajaba con él a la perfección.

—¿Puedo preguntarte una cosa? —miró por encima de su hombro antes de volver a mirarme a los ojos.

—Claro.

—¿Hay algo entre Chase y tú?

Me aparté para mirarlo a la cara. ¿Hablaba en serio?

—No… ¿por qué?

Brandon miró hacia un lado.

—Por nada. Era simple curiosidad.

—Brandon, ¿qué ocurre?

—Nada —Brandon se quedó callado durante unos segundos, mirando mi ceño fruncido antes de confesar—. Cuando te dejé en casa, me llamó por teléfono para decirme que me mantuviese alejado de ti.

—¿Qué?

—Sí, dijo que estás pillada y me recordó de nuevo que has dormido en su cama y que volverías a hacerlo este fin de semana.

¿Pillada? Difícilmente. Señalé a Chase, que estaba recorriendo con la lengua el cuello de la chica y me reí.

—Bueno, dímelo tú. ¿A ti te parece que hay algo entre nosotros? —me volví hacia el salón y él me siguió—. En cuanto a lo de dormir en su cama, dijo que estaba «protegiéndome» de los demás chicos, y te juro que no pasó nada.

—¿Te vas a quedar en su habitación este fin de semana? —no parecía enfadado ni posesivo, simplemente curioso.

—Probablemente, pero será con Bree. Él ni siquiera estará en la habitación —o eso esperaba.

—¿Y no sales con nadie?

Me giré para mirarlo por encima del hombro.

—Todavía no.

Su sonrisa se volvió juguetona y nos sentamos juntos en el sofá.

—¿Así que no tengo que mantenerme alejado de ti?

Se me empezó a acelerar la respiración al mirarlo a los ojos, que estaban a pocos centímetros de los míos.

—Espero que no lo hagas —me incliné más hacia su cara y vi que me miraba los labios antes de volver a mirarme a los ojos. Antes de que nuestras caras pudieran rozarse, Chase me agarró por detrás y me echó sobre su hombro mientras gritaba para que empezara el juego de la cerveza.

—¡Chase! ¡Bájame! —ni siquiera podía disfrutar del hecho de que sus manos estuvieran tocando mis muslos desnudos. Acababa de interrumpir el que podría haber sido mi primer beso, y me incomodaba sentir su hombro contra mi estómago.

—¡Ni hablar! ¡La princesa necesita su trono!

Empecé a darle puñetazos en la espalda, lo que hizo que se riera y me diera una palmada en el culo. Dios, no existía una posición peor para estar. Ni siquiera podía hacer presión para golpearle.

—¡Si no me bajas, cumpliré con mi amenaza!

Él se rio durante otros diez segundos antes de recordar la noche en su cama. Dejó de reírse de inmediato y me bajó al suelo. Pero, claro, yo no iba a tener la última palabra. Me agarró el brazo con fuerza y tiró de mí hacia la puerta de entrada antes de estrecharme contra su cuerpo para poder susurrarme al oído.

—No quiero que estés con él —gruñó y me apretó con más fuerza. Incluso eso me provocó escalofríos de placer.

—¿Qué te pasa con él? ¿Hay algo que haya hecho que te gustaría compartir?

—No es suficientemente bueno para ti.

Negué con la cabeza y no logré zafarme. Empezaba a dolerme el brazo.

—¿Cómo sabes lo que es bueno para mí y lo que no? ¡Ni siquiera me conoces! —murmuré.

Sentí unas manos cálidas sobre los hombros y, aunque me soltó el brazo, Chase parecía más enfadado que antes. Sabía que me había agarrado con fuerza, pero ahora el brazo me palpitaba en el lugar donde había estado su mano.

—Creí que te había dicho que te apartaras de ella, tío —Chase hablaba cada vez más alto y yo veía cómo se pavoneaba.

Sabía que Brandon tenía una actitud intimidatoria, pero parecía muy tranquilo mientras me acariciaba los brazos arriba y abajo.

—Creo que eso no es cosa tuya.

Chase me dirigió una mirada y su voz sonó todavía arisca.

—Si le haces daño, te juro por Dios que te partiré el cuello —y, sin más, pasó junto a nosotros y regresó a la cocina.

Me parecía demasiado.

—Qué ridículo —dejé escapar el aliento, que no sabía que había estado conteniendo, y me giré para mirar a Brandon—. Antes de que me lo preguntes, no tengo ni idea.

Él se rio, me rodeó con los brazos y me estrechó contra su pecho.

—¿Y estás segura de que no hay nada entre vosotros?

—Segurísima. Probablemente me vea como a su hermana, así que se muestra un poco sobreprotector.

—¡Ja! Estoy seguro de que no te ve igual que a Bree.

—¿Qué quieres decir?

No creía que fuese posible, pero bajó más aún la voz y lo único que yo quise hacer fue cerrar los ojos y escucharle hablar.

—Eres preciosa, divertida y asombrosa. Y lo peor es que tú ni siquiera te das cuenta. Han estado todos hablando de ti desde antes de que yo llegara, y ahora entiendo por qué.

—No es verdad, Brandon —puse los ojos en blanco.

Él arqueó una ceja y sonrió.

—No te mentiría. Harper, confía en mí, Chase no quiere ser tu hermano, pero no pienso permitir que intente ser algo más.

Entonces me besó y todo mi mundo se detuvo. Colocó una mano en mi cadera y deslizó la otra por detrás de mi cuello para pegar mi cara a la suya. Sus labios carnosos eran suaves, pero firmes mientras se movían sobre los míos. Se apartó ligeramente para mirarme a los ojos, sonrió y rozó sus labios contra los míos dos veces antes de volver a besarme y recorrer mi labio inferior con la lengua. Yo suspiré, le agarré de la camisa y apreté mi cuerpo contra el suyo. Oí que gemía cuando nuestras lenguas se encontraron y se me puso la piel de gallina por todo el cuerpo. Teníamos la respiración entrecortada cuando nos separamos y me imaginé a mí misma enamorándome de esos labios. Me acarició la mejilla con la yema del pulgar mientras buscaba mi mirada con sus ojos grises.

—Harper, ven, nos toca a noso... ¡ups! Perdón —Bree no parecía muy arrepentida cuando se quedó allí mirándonos con una sonrisa.

—¿Qué pasa, Bree?

—¡Oh! Es mi turno en el juego de la cerveza y quiero que seas mi compañera.

Vale, era la segunda vez que oía lo del juego de la cerveza. ¿Qué diablos era eso?

—Yo no sé jugar.

—Bueno, pero no vas a aprender quedándote aquí enrollándote con él.

Me sonrojé, agaché la cabeza y Brandon se rio junto a mí.

—Venga, vamos —dijo.

Los demás intentaron explicarme el juego mientras Konrad, el rollo de Bree durante el fin de semana, y Drew preparaban la mesa. Yo asentí y empecé a preocuparme al ver que echaban media cerveza en cada vaso. Si eran buenos, no tardaría en acabar borracha.

Me incliné hacia Bree para susurrarle:

—¿Los vasos tienen que estar tan llenos?

—No. Lo hacen porque Drew quiere emborracharte. Esperemos que no ganen muchas rondas.

—Estoy segura de que conseguirá su objetivo —ya me sentía mareada y ni siquiera había dado el primer trago.

Al parecer, es cierto lo que dicen sobre la suerte del principiante, porque solo fallé un tiro y solo tuve que beber dos vasos. Aun con esos, ya me sentía bien y me reía un poco más. Lo sé, lo sé, no aguanto nada. Volvieron a llenar los vasos, en esa ocasión con menos cerveza, y Brandon se puso de compañero con Derek.

Yo arqueé las cejas y le sonreí.

—¿Preparado para perder?

—Nunca he perdido. Adelante, cariño.

Empezaron los chicos y encestaron ambos. Nosotras bebimos los primeros dos vasos antes de encestar también. Brandon encestó después, pero Derek no. Bree y yo encestamos las dos. Yo empecé a regodearme, pero entonces ellos encestaron sus dos tiros. Menos mal que Konrad y Drew no eran tan buenos. Bree encestó el suyo y yo me preparé para lanzar. Pero, justo antes de soltar la pelota, Brandon estiró los brazos por encima de la cabeza y arqueó la espalda. Se le levantó un poco la camiseta y dejó al descubierto la V musculosa que desaparecía bajo sus *boxers*, que apenas se veían por encima de los vaqueros. Fallé aquel tiro. Él se rio y se recolocó la camiseta. Tramposo. Le susurré a Bree al oído mientras Derek se bebía medio vaso y ella se echó a reír. Todos nos miraron como si estuviéramos locas y nosotras nos encogimos de hombros. Brandon levantó la mano y, al hacerlo, yo me agaché como si estuviera buscando algo en el suelo y coloqué el culo frente a él. Falló. Cuando Derek se dispuso a lanzar, Bree se inclinó ligeramente hacia delante para mostrarle el escote y se pasó la mano por el pecho. Su pelota ni siquiera aterrizó sobre la mesa, lo que hizo que su novia le diese una colleja. Bree y yo empezamos a partirnos de la risa después de encestar los siguientes tiros. Antes de que los chicos pudieran lanzar, otros dos chicos a los que yo no conocía se acercaron a nosotras para asegurarse de que no pudiéramos hacer más trampas, aunque tampoco sirvió de mucho. Estábamos riéndonos tanto viendo como los unos intentaban distraer a los otros que nadie encestó sus tiros. Aunque la primera mitad del juego pasó volando, Bree y yo tardamos cuatro turnos en encestar nuestros últimos dos vasos.

—Ya está. Que otro ocupe mi lugar —me reí y retrocedí al ver que Brandon avanzaba hacia mí.

—Te crees muy graciosa, ¿eh?

Asentí y seguí retrocediendo, pero me agarró por las caderas y me besó en los labios. Cuando nos separamos, me levantó del suelo y empezó a llevarme hacia los sofás. Le rodeé la cintura con las piernas y le besé con toda la pasión que me permitía mi embriaguez. Gimoteé cuando me mordió el labio inferior al sentarnos en el sofá. Dios mío, ¿había estado perdiéndome aquello toda mi vida? ¿O mi sangre se calentaba y mi corazón se aceleraba solo porque se trataba de Brandon? Lo agarré por los hombros y me fundí contra su cuerpo mientras me sujetaba fuertemente con sus brazos musculosos. Nuestras lenguas volvieron a encontrarse y Brandon me agarró las caderas con más fuerza cuando arqueé el cuerpo contra el suyo. Antes de que pudiera protestar cuando sus labios abandonaron los míos, comenzó a recorrer mi mandíbula y mi cuello con la boca, y yo abrí los ojos de golpe cuando una voz familiar me sacó del embrujo en el que me habían sumido la lengua y los labios de Brandon.

—Eso es demasiado para una mojigata —murmuró Chase con desdén mientras caminaba hacia la puerta de atrás con la chica de antes.

Abrí mucho los ojos al volver a la realidad; se me había olvidado por completo que no estábamos solos. Al darme cuenta de la posición en la que estábamos Brandon y yo, me bajé inmediatamente de su regazo y me quedé sentada a su lado intentando no mirar a Chase.

Brandon me miró confuso.

—Un momento, ¿te llaman mojigata?

Me sonrojé y me miré las manos. Supongo que los chicos no le habían informado.

—¿No te lo ha dicho? La princesa era completamente virgen hasta que te conoció. Estoy seguro de que ya está preparada para hacerlo. Tal vez tú tengas mejor suerte que yo.

Yo respiraba entrecortadamente por una razón muy distinta a la de antes y no podía mirar a Brandon a los ojos, aunque sabía que él seguía mirándome. Chase y su zorrita se rieron con malicia mientras salían y yo me fui corriendo a su habitación. Debería haber sabido que la cerraría con llave mientras hubiera gente en la casa, pero estaba a punto de echarla abajo para que Brandon no viera lo avergonzada que estaba. Me metí en el cuarto de baño y eché el pestillo al oír que se acercaba con alguien más. Menos de un minuto más tarde, llamaron suavemente a la puerta, Bree entró y cerró detrás de ella.

—¿Me perdonarás alguna vez?

—¿Perdonarte? ¿Por qué? —pregunté yo.

—Por contárselo a todos la última vez.

—Bree, no se lo dijiste con mala intención. ¡Ni siquiera fuiste del todo coherente cuando lo dijiste! Lo que ha hecho él es completamente diferente.

Se sentó en el suelo junto a mí y me pasó los dedos por la coleta.

—¿Lo ha oído todo el mundo?

55

—No, los demás seguían en la cocina, pero yo estaba ahí con Konrad cuando han pasado.

Asentí e intenté alegrarme por ello.

—¿Puedes conseguir la llave de su habitación, por favor?

—Harper, no puedes esconderte sin más cuando alguien intenta avergonzarte.

—Breanna, por favor, no puedo ver a Brandon ahora mismo.

—¿Por qué no?

—¿Es que no has oído lo que ha dicho tu hermano? ¿Cómo podría hacerlo después de eso? Probablemente empiece a llamarme mojigata como los demás —la miré como si aquello fuese evidente.

—No lo conozco bien, pero, por lo que he visto esta semana y por lo que has dicho tú, apostaría a que no es como los demás. Está muy enfadado con Chase por avergonzarte. He tenido que disuadirlo para que no fuera detrás de él y acudiera en tu ayuda. Suponía que querrías hablar conmigo primero.

—Gracias, Bree, eres una buena amiga. Y hablaré con él, pero más tarde. Por favor, ¿puedes ir a por la llave? Ahora mismo me apetece estar sola.

Cerró la puerta al marcharse, pero, segundos más tarde, oí que su voz se acercaba de nuevo.

—No quiere verte ahora mismo. Dale un poco de tiempo.

Supe que era Brandon por lo profunda que sonaba su voz, pero no logré distinguir lo que le decía a mi amiga.

—¡Porque se siente humillada! Pero lo superará… No, si quieres culpar a alguien, cúlpame a mí. Soy yo la que se lo contó a todos el primer día cuando la conocieron… mira, Chase es un imbécil, pero la avergonzarás más si te enfrentas a él. Se asegurará de que sea así, de modo que déjalo estar.

No oí nada más durante unos minutos, hasta que Bree regresó con la llave. Comprobó que no hubiera nadie en el pasillo antes de conducirme hacia la habitación de Chase.

—Las dos primeras fiestas de mi vida y me paso escondida la mayor parte del tiempo.

—Bueno, tú no tienes la culpa de esto. Pero ojalá hablaras con Brandon. No entiende por qué le evitas.

Me reí con ironía y saqué unos pantalones de pijama y una camiseta de mi bolsa.

—Gracias por hablar con él. Creo que me voy a ir a la cama.

—¿De verdad? Si son solo las once.

—Sí, nos hemos levantado pronto. Mañana me quedaré despierta hasta más tarde, ¿de acuerdo?

Agarré el enjuague bucal, el cepillo, la pasta de dientes y la ropa y corrí de nuevo hacia el cuarto de baño. Antes de cerrar la puerta, me volví hacia Bree.

—Gracias de nuevo, Bree. Si vuelves a ver a Brandon esta noche, dile por favor que le veré mañana.

Ella frunció el ceño, pero asintió. Después de lavarme la cara, me puse el pijama y me metí en la cama. No sé cuánto tiempo llevaba allí, pero Chase no tardó en entrar.

—¿Te importa dejarme en paz? —le dije mientras me daba la vuelta en la cama para mirarlo.

—Te lo repito, princesa, estás en mi habitación.

—Bien, entonces me iré —intenté rodearlo, pero me puso las manos en los hombros para que no me moviera—. ¡Chase, suéltame!

—No hasta que hables conmigo.

Ni siquiera podía agitar las manos con rabia.

—¡No tenemos nada que hablar!

—¡Siento haberte hecho daño, pero estaba muy enfadado!

—¿Sabes lo inmaduro que pareces ahora mismo? ¿Has decidido hacerme daño porque estabas enfadado? ¿Qué te he hecho yo, Chase? ¿Y por qué siempre acabo con tus manos encima? Suéltame.

—¡Porque te niegas a pararte y hablar conmigo cinco minutos!

—Entonces deberías entender que no quiero hablar contigo —aun así no me soltó—. ¡Respóndeme! ¿Qué he hecho yo para que te enfades?

De pronto tenía su cara justo delante de la mía, me agarró con

57

más fuerza y solté un grito de dolor. Fue como si estuviera clavándome los pulgares en la carne.

—¡Nada! ¡No has hecho nada, no estoy enfadado contigo! —noté el olor del vodka en su boca y pensé que podría emborracharme solo con su aliento.

—¡En serio, me haces daño! ¡Suéltame y déjame en paz! —todavía no me sentía amenazada, pero instintivamente comencé a realizar diversos movimientos que me habían enseñado en caso de que sucediera.

La puerta se abrió y entró Brandon, seguido de cerca por Bree y algunos más.

—¿Qué diablos, Chase? —gritó mientras avanzaba hacia nosotros.

La dio un puñetazo a Chase en la cara segundos después de que este me soltara. Pegué un grito y di un salto hacia atrás cuando él cayó al suelo.

—¡Aparta tus manos de ella! —Brandon dio un paso hacia mí y me rodeó la cara con las manos—. ¿Te estaba haciendo daño?

Me quedé mirándolo y coloqué una mano sobre la suya. No necesitaba que un chico acudiera en mi ayuda, pero admito que me había excitado al ver a Brandon pegándole un puñetazo a Chase.

—Venga, vámonos de esta habitación —me condujo hacia la puerta y se detuvo junto a Bree—. Bree, lo siento…

Ella levantó una mano para detenerle.

—No. Se lo merecía —nos sonrió antes de mirar con rabia a su hermano, que seguía en el suelo. Brandon debía de haberle dado fuerte—. ¿Puedes asegurarte de que Harper tenga una cama en la que dormir esta noche? No quiero que se acerque a ella.

—Por supuesto.

—Y mantén las manos quietas —agregó con firmeza y una ceja levantada.

—Sí, señora —me apretó con cariño antes de abrirme paso entre la multitud que se había arremolinado en el pasillo en torno a la puerta. Cuando llegamos a su habitación, que estaba a oscuras, se dio la vuelta para mirarme y me rodeó la cara otra vez—. ¿Estás bien?

—Sí, estoy bien. Solo estaba intentando hablar conmigo.

—No tiene que obligarte a hablar con él, ni a quedarte con él en la habitación. Debería haberte soltado la primera vez que se lo has pedido.

—¿La primera vez?

—Lo hemos oído todo, Harper —dijo con un suspiro.

Yo solté un gemido, hundí la cabeza en su pecho y di gracias porque la oscuridad le impidiera ver mi rubor.

—Genial. Estoy empezando a pensar que no debo venir nunca más a esta casa.

—Tal vez solo cuando Chase esté aquí —se rio cuando le di una palmada en el estómago—. Yo te protegeré.

—Ya me he dado cuenta. Creo que le has dejado KO.

—Confía en mí, no lo he hecho. Solo le he golpeado para que se lo piense dos veces antes de volver a tocarte —me soltó para poder mirarme a la cara, o al menos intentarlo, porque su habitación estaba muy oscura—. ¿Te ha molestado?

—No. Me ha sorprendido. No me lo esperaba.

—Lo siento, pero no me ha gustado encontraros por segunda vez esta noche mientras tú le decías que te soltara.

Si le hubiera golpeado yo, no me habría detenido después del primer puñetazo. Y él disculpándose por defenderme. Le rodeé el cuello con las manos para acercar su cara a la mía y me detuve un instante antes de que nuestros labios se tocaran.

—No lo sientas —le di dos besos suaves antes de apoyar la frente en la suya.

—No debería haberlo hecho delante de ti.

Sonreí en la oscuridad. Él no sabía que todo mi cuerpo se había calentado con lo ocurrido, pero yo no pensaba decírselo.

—Pero, ¿estás seguro de que no le has dejado KO?

Su carcajada me rodeó y yo suspiré al notar su calor.

—Me gano la vida con esto, Harper. Estoy seguro de que no le he dado tan fuerte.

—Eh, ¿qué? ¿Que haces qué?

—Peleo. ¿No te lo había dicho Bree?

Estoy segura de que me habría acordado de algo así.

—No. ¿Qué quieres decir con que te ganas la vida peleando? ¿Peleando cómo?

—Artes marciales, aunque suelen ser peleas clandestinas. De vez en cuando participo en algún campeonato local, pero prefiero las clandestinas. Hay menos reglas y está mejor pagado.

De pronto su cuerpo me resultó más intimidatorio. Era alto, duro y lleno de músculos. Y a mí me parecía que era como un modelo de ropa interior, o de Abercrombie.

—Ah —respondí sin convicción.

—Te molesta —declaró.

Negué con la cabeza. No, seguía excitándome, incluso más que antes. ¿Sería raro?

—¿Hace cuánto tiempo que lo haces?

—Empecé a ir a un gimnasio y a entrenar cuando murió mi padre, solo para liberar la tensión. Pero, cuando me encontré con Brad y con Chase en el gimnasio el primer año de universidad, comencé con las peleas clandestinas.

—¿Ellos también pelean? —¿cómo era posible que Bree no me lo hubiera dicho antes?

—En realidad no. Generalmente entrenan en el gimnasio. Han participado en algunas peleas, pero no he visto a Brad pelear desde mediados del año pasado, y Chase igual.

—Ah —repetí. Dios, aquella noche parecía haberme quedado sin palabras.

Brandon me miró con recelo mientras intentaba entender mis pensamientos.

—Da un poco de miedo, pero resulta sexy. ¿Puedo verte pelear?

Él sonrió.

—Si quieres. Estoy seguro de que habrá otra dentro de unos días.

—¿No sabes cuándo es?

—No. Me llaman una hora antes de la pelea. Otras personas se

60

enteran después. Así no hay suficiente revuelo como para atraer atención no deseada.

—¿No deseada? ¿Como la policía?

—Eres lista —susurró contra mi cuello, y me estremecí al sentir su aliento caliente contra mi piel—. ¿Estás preparada para irte a dormir?

En realidad no, pero asentí de todos modos.

—¿Dónde vas a dormir tú?

—Dormiré en el suelo —me dio un beso en la nariz y me levantó en brazos como si no pesara nada.

—¡Madre mía!

Se rio y retiró la colcha de la cama antes de tumbarme encima.

—¿Te das cuenta de que eso podría haberlo hecho yo sola? —pregunté un poco sin aliento.

—Sí, pero ¿qué tendría eso de divertido? —me cubrió de besos desde la clavícula hasta justo detrás de la oreja—. Volveré dentro de unos minutos.

Oí algunos cajones abrirse y cerrarse antes de que se fuera y, aunque intenté calmarme lo suficiente para quedarme dormida, seguía despierta cuando la puerta se abrió cinco minutos más tarde y Brandon entró vestido solo con unos pantalones cortos de deporte. Dios, tenía un cuerpo asombroso. Recorrí su torso con la mirada y me pareció ver algo en su pecho, pero, antes de poder fijarme bien, la puerta se cerró y la habitación quedó de nuevo a oscuras. Agarró una almohada de la cama y la tiró al suelo. Pasados unos minutos más, me di cuenta de que no iba a poder quedarme dormida sabiendo que él estaba allí. Debía de estar incómodo y ni siquiera tenía una manta.

—Oye, Brandon.

—¿Mmm?

Me detuve y estuve a punto de pensármelo mejor. Pero solo a punto. Me asomé por encima de la cama para mirar al suelo, sonreí y acerqué la mano a su torso definido. Deseaba recorrer su cuerpo con las manos, pero más aún deseaba tenerlo rodeándome.

—No quiero que duermas ahí.

—Ah, vale —agarró la almohada y se dirigió hacia la puerta.

—¿Qué? Pero, ¿dónde vas?

—A dormir a la habitación de Drew.

—¿Por qué?

—Para que puedas dormir bien. Te veré por la mañana, Harper. Dulces sueños.

Aquel hombre se dedicaba a pegarle palizas a la gente, ¿y estaba haciendo todo lo posible por asegurarse de que no me sintiera incómoda? Dios, era perfecto. Me reí y me incorporé sobre la cama.

—No. Quiero que te quedes en la habitación, pero no en el suelo.

—¿Estás segura?

—Ven aquí —estiré la mano y esperé a que se acercara. Me la estrechó y se metió en la cama junto a mí antes de darme un beso en la palma.

—De verdad, no me importa dormir en el suelo si te sientes incómoda.

—Lo sé —sonreí para mis adentros mientras pegaba la espalda a su pecho y suspiraba felizmente. No me equivocaba, era como si hubiera nacido para estar entre sus brazos.

—¿Puedo preguntarte una cosa?

Me reí al oír la misma frase que prácticamente había dado comienzo a nuestra noche.

—Claro.

—¿Por qué no querías verme esta noche? Después de lo que ha dicho Chase.

Arg, ya se me había olvidado eso.

—Me sentía avergonzada y me daba miedo lo que pudieras pensar de mí.

—¿Lo que pudiera pensar de ti? ¿Por qué?

Al parecer soy la única persona que lo ve así. Me volví para mirarlo.

—Porque soy rara. Hasta hace dos semanas, nunca había ido

62

a una fiesta, nunca había salido con chicos normales de mi edad y, como ha dicho Chase…

—¿Soy la primera persona a la que besas?

Tardé varios segundos en contestar.

—Sí.

Se rio y deslizó los dedos por mi espalda realizando dibujos al azar.

—Nunca lo habría imaginado. Besas muy bien.

—No es necesario que intentes hacerme sentir mejor.

Volvió a reírse un poco más fuerte.

—Te juro que no lo hago. No podía dejar de pensar en volver a besarte mientras jugábamos al juego de la cerveza.

No tenía ni idea.

—Entonces, ¿no sabías por qué me llamaban mojigata?

—Para nada. Igual que tampoco sabía por qué te llamaban princesa.

—No me gusta ninguno de los dos apodos —murmuré.

—No me los oirás decir —susurró él contra mi cuello, y todo mi cuerpo se estremeció—. Te lo prometo.

Cuando empezó a mordisquearme el cuello, estuve a punto de olvidarme de lo que quería preguntarle.

—¿Te molesta que tenga tan poca experiencia?

Sentí que sonreía contra mi clavícula y me acarició con los labios al negar con la cabeza.

—No. Si te soy sincero, me gusta saber que tus primeras veces serán todas conmigo.

¿Todas? Oh, Dios, se me desbocaba el corazón solo con pensar en acostarme con él. No era algo que deseara aún, pero mentiría si dijera que no quería imaginarme el cuerpo de Brandon pegado al mío.

—¿Alguna vez has estado con alguien? —a juzgar por la tensión de su cuerpo, supe que sabía a qué me refería.

—Sí.

—¿Con cuántas chicas?

63

Se apartó un poco, me acarició el pelo con la mano y la colocó después en mi nuca.

—Harper… ¿de verdad eso es algo que deseas saber?

Ya estaba colada por aquel chico y, si en algún momento decidía que quería mantener una relación conmigo, era algo que necesitaba saber. Por favor, que no fuera como Chase. Tragué saliva.

—Sí, lo es —al fin y al cabo estábamos hablando de que mis primeras veces serían todas con él. Lo justo sería saberlo también… ¿no?

Respiró profundamente y lo pensó durante un segundo.

—Cinco. No soy como otros chicos de por aquí. De hecho yo tengo relaciones, así que mis últimas cinco novias.

Cinco a mí me parecían muchísimas, pero al menos me alegraba que pudiera contarlas con los dedos de una mano. Chase no podría contar las de una semana ni con las dos manos.

—De acuerdo.

—Por favor, que nunca te dé vergüenza hablar conmigo —se inclinó y me susurró al oído—. Nunca te haré sentir incómoda de manera intencionada. Si lo hago, dímelo. Y te prometo que nunca te presionaré para hacer algo que no desees hacer.

—Sé que no lo harás. No me preocupa eso —apreté la cara contra su pecho y resistí la tentación de deslizar los dedos por sus abdominales. Nos quedamos allí tumbados en silencio durante unos minutos más. Yo estuve a punto de quedarme dormida sintiendo sus dedos recorriendo mi espalda, pero todavía no estaba preparada para poner fin a mi momento con él—. ¿Adónde has ido cuando te has marchado?

—¿Me has echado de menos? —preguntó riéndose contra mi pelo—. He ido a darme una ducha.

—Qué rápido —¿en serio? Había estado fuera solo unos minutos. Yo casi tardaba ese tiempo en lavarme el pelo… aunque él no tenía ese problema. Levanté lentamente la mano y le acaricié varias veces el pelo rapado.

—¿No te gusta mi cabeza?

—Al contrario —de hecho, me encantaba sentirla contra la palma de la mano. Llevaba queriendo hacer eso desde que lo viera por primera vez en la cafetería. Seguí recorriendo su cabeza con las yemas de los dedos y le oí gemir.

—No sabes lo mucho que me gusta eso.

Me estiré hacia arriba sobre la cama para besarle primero la cabeza y después la sien antes de bajar hasta sus labios. Pegó su boca a la mía cuando me acerqué y solté un grito de sorpresa. Mantuvo mi cuerpo pegado al suyo, me gustó sentir su peso cuando se giró y se colocó ligeramente encima de mí, y me di cuenta de que intentaba pegarlo más a mí. Me separó las piernas con una de sus rodillas y noté el calor extendiéndose por mi tripa cuando presionó con la rodilla hacia arriba entre mis muslos. Me estremecí cuando llegó con la boca hasta la base de mi cuello.

—Harper —murmuró contra mi piel—, no puedes hacer eso.

—¿Qué he hecho?

Dejó escapar el aliento antes de volver a tumbarse a un lado y estrecharme entre sus brazos.

—No puedes estremecerte así cuando te beso. Me vuelve loco.

Aliviada al saber que en realidad no había hecho nada malo, me mordí el labio e intenté no sonreír como una estúpida. Era bueno saber que le provocaba tanto como él a mí.

—Si no nos dormimos, voy a tener que volver al suelo.

Suspiré decepcionada, pero tenía razón.

—Buenas noches, Brandon. Te veré por la mañana.

—Buenas noches, cariño.

No me asusté cuando me desperté al día siguiente. Sabía exactamente dónde estaba y de quién era el brazo que me rodeaba. Me quedé envuelta en sus brazos unos minutos más, disfrutando de estar allí, hasta que empezó a dibujar círculos con los dedos en mi cintura.

—Supongo que tú también estás despierto.

—Bueno, espero no estar soñando con que estás aquí —Dios mío, ¿podía sonar más sexy su voz?

Me volví para mirarlo y, al ver que se asombraba, me tapé la cara con las manos. Recé para no tener un aspecto horrible. Me había desmaquillado la noche anterior, así que no tendría el rímel corrido, pero seguro que podía haber un sinfín de cosas que no le gustaran.

Me apartó lentamente las manos de la cara.

—Dios, eres preciosa, Harper —me soltó la mano para acariciarme la mejilla y apartarme el pelo de la cara—. Anoche había poca luz para verte, pero ¿ahora? —hizo una pausa y negó levemente con la cabeza—. Preciosa es lo único que puedo decir ahora mismo.

Sonreí y me quedé mirando su cara durante un rato. Había algo raro, pero tardé un tiempo en darme cuenta.

—¡Tienes los ojos marrones!

Se rio y a mí me entraron ganas de besarle el hoyuelo.

—Gracias por la observación.

—No, no. Es que pensaba que eran grises, como los míos.

—Nunca había conocido a alguien con unos ojos como los tuyos. Son hipnóticos —lo miré fijamente, así que continuó—. Los míos son entre grises, marrones y verdes. Depende. Cambian sin parar.

—Pero ayer eran realmente grises y ahora son marrones. No color avellana. Marrones.

—Cambio de iluminación, cambio de color de camiseta, cambio de ojos.

—¿Y qué es lo que hace que se vuelvan verdes? —me tenía fascinada. Quería ver todos los posibles colores.

—No sé, mi tendencia de Hulk, supongo.

Me reí y le di un beso en la mandíbula.

—Bueno, es una pena que ayer no hubiera mucha luz en la habitación de Chase. También me hubiera gustado ver ese color.

Apretó los puños detrás de mi espalda y estoy segura de que gruñó.

—Eh, cálmate.

66

—Perdona —se relajó y aflojó las manos—. Es que siento que uno no fue suficiente. Se merece alguno más por lo de ayer.

Los hombres y su constante necesidad de violencia. Qué ridículos.

—Por favor, no. Estoy bien. Lo único que hizo fue avergonzarme.

—Si vuelve a hacer algo así y yo no estoy, por favor, dímelo.

Respiré profundamente y le di un beso en los labios para no decir nada sobre su naturaleza protectora; simplemente estaba defendiéndome.

—Lo haré —volví a acomodar la cabeza en su pecho y por fin pude verlo bien—. Eh, tienes un tatuaje —acaricié los números de su pecho e intenté encontrarles sentido.

—Tengo varios.

—¿Qué significan los números y las letras? —los recorrí todos.

V U A 175 11 09 01

—Vuelo United Airlines 175. 11 de septiembre de 2001.

—Tu padre.

—Mmm.

—¿Puedo preguntarte una cosa? No tienes que responder si no quieres.

Me metió el pelo detrás de la oreja y me rodeó la cara con las manos.

—Responderé a cualquier cosa por ti.

—¿Por qué volaba en ese avión?

—Dos veces al año tenía que realizar un viaje de negocios de dos semanas por todo el país. Se dirigía hacia su último destino antes de volver a casa —el dolor en su voz era inconfundible y me arrepentí al instante de habérselo preguntado.

—Lo siento —susurré contra su pecho, y le di un beso en el tatuaje. Me quedé allí quieta hasta que volvió a jugar con mi pelo y a trazar círculos en mi espalda, e incluso entonces esperé al menos cinco minutos más antes de decir nada—. ¿Quieres enseñarme los otros?

Sonrió y se dio la vuelta para darme la espalda. Me quedé con la boca abierta al ver todo lo que había en su espalda y en sus hombros.

Sin duda eran más que varios. Unos dibujos tribales cubrían casi todo su hombro derecho y descendían hacia su cintura; pensé que en cualquier otro chico me habría parecido una estupidez, pero en su espalda esculpida quedaba de maravilla. Varias frases en otro idioma asomaban desde la cama junto a sus costillas, en el costado izquierdo. Ocultos entre una golondrina, unas estrellas y una cruz celta había otros diseños que no había visto antes, pero que complementaban a la perfección el resto de tatuajes.

—Brandon, es increíble —susurré.

—¿Te gustan? —comenzó a darse la vuelta, pero le detuve para poder seguir mirando. Él se rio y me agarró la mano para darme un beso en la palma. Cuando me quedé satisfecha, tiré de su hombro hasta que volvió a mirarme.

—Gracias, Harper —me dijo suavemente.

—¿Por qué?

—Por permitirme hablar de él y por saber cómo responder.

Acerqué su cara a la mía y lo miré directamente a los ojos.

—Siempre que quieras hablar de él, aquí estaré.

Me dio un beso rápido antes de levantarse de la cama. Inmediatamente eché de menos sus brazos a mi alrededor y fruncí el ceño.

—No hagas pucheros. Es muy sexy, pero quiero llevarte a desayu… oh… a comer.

Murmuré e intenté levantarme de la cama. Antes de poder poner los pies en el suelo, colocó mis piernas alrededor de su cintura y empezó a devorarme la boca. Nuestras lenguas se tocaron y, por suerte, no parecieron importarle mis escalofríos. Me reí cuando aprisionó mi espalda contra la pared. Su boca fue dejando un rastro cálido sobre mi cuello y mi clavícula hasta detenerse en el hombro. Me retorcí al notar que no continuaba.

Tomó aire entre dientes y sentí el rugido de su pecho.

—¿Estás de coña? —gritó con tanta fuerza que me estremecí, y no me habría extrañado que hubiera despertado a todos los habitantes de la casa.

—¡Brandon! —exclamé yo—. ¿Qué te pasa?

Teniendo en cuenta lo furioso que estaba de pronto, me sorprendía la ternura de sus caricias en mi brazo. Respiraba con dificultad, pero no creo que tuviera que ver con tenerme aprisionada contra la pared. Blasfemó en voz baja y al fin me miró a los ojos cuando me soltó.

Tomé aire al ver el odio en su mirada.

—¿Brandon?

Apretó los labios, apoyó la frente sobre la mía y cerró los ojos. Cuando intenté mirar hacia abajo para ver qué habría visto él, me puso la otra mano bajo la barbilla.

—No —murmuró. Pasados unos segundos, tomó aliento y volvió a mirarme el brazo—. Harper —dijo entre dientes—, quiero que te quedes aquí y que te prepares. Yo volveré enseguida —me dio un beso en la frente y se dio la vuelta para marcharse.

—Brandon, ¿qué suce…? —me quedé con los ojos muy abiertos—. Oh, Dios mío.

—¡CHASE! —gritó mientras salía de la habitación.

Me quedé petrificada hasta que su puerta se cerró de golpe y volvió a gritar el nombre de Chase por el pasillo. Entonces agarré la camiseta que él llevaba puesta la noche anterior y salí detrás mientras me la ponía—. ¡Brandon, Brandon! ¡No!

—¡Chase, abre la maldita puerta! —gritó mientras aporreaba la puerta de Chase.

Ya se había reunido un grupo de gente medio dormida detrás de mí en el salón cuando Bree abrió la puerta.

—¿Qué es lo que te pasa? —le dijo con desdén.

—¿Dónde está, Bree?

Antes de que ella pudiera responder, la puerta trasera se abrió y Chase apareció frotándose los ojos. ¿Había dormido fuera?

—¿A qué viene tanto grito?

—¡Hijo de puta! —exclamó Brandon mientras avanzaba hacia el salón.

—¡Brandon! —yo estaba cerca de la puerta y me puse delante de Chase, que por supuesto no lo permitió. Me colocó detrás de él y vi cómo tensaba el cuerpo, preparado para lo que fuera a suceder—.

No. ¡Brandon, para! —volví a ponerme entre ellos, levanté una mano hacia Brandon y coloqué la otra en el pecho de Chase. No me importaba a qué se dedicara Brandon, o que lo conociera desde hacía solo un día. Sabía que de ninguna manera me haría daño. Sus caricias tiernas de hacía un minuto lo demostraban.

—Harper, por favor, aparta.

—No —me quedé allí con las manos todavía estiradas hacia ambos durante un minuto más. Cuando estuve segura de que no arremetería contra Chase, me acerqué más y coloqué las manos sobre el vientre desnudo de Brandon—. No merece la pena —le susurré.

Su manera de respirar me recordaba a la de un toro.

—¿Me tomas el pelo? Te ha...

—Lo sé —susurré para que solo él pudiera oírme—. Ya lo he visto, Brandon. Pero, por favor, no hagas esto ahora.

—¿Quiere alguien decirnos qué está pasando? —no me volví para ver quién había hecho la pregunta, supongo que uno de los compañeros de piso.

Le pasé a Brandon la mano por el cuello y le obligué a mirarme.

—Ya lo arreglaremos, pero así no, ¿de acuerdo? —le di un beso suave y lo miré de nuevo a los ojos—. Deja que yo hable con él. Te veré en tu habitación dentro de un minuto.

Me miró y después miró a Chase antes de resoplar.

—Ni hablar —sin esperar una respuesta, me tomó en brazos y me llevó de vuelta a su habitación. Quise recordarle que podía andar sola, pero mantuve la boca cerrada—. Lo siento, pero no pienso dejarte cerca de él sin mí —me dio un beso feroz en los labios y después me dejó en el suelo.

—Me lo imaginaba.

—Sé que probablemente te esté enfadando en este momento, pero... —miró por debajo de la manga de la camiseta que yo llevaba puesta y suspiró—. ¿Por qué me has detenido?

—Ya te he dicho que no merece la pena —respondí—. Vosotros vivís juntos y, si os peleáis, estoy casi segura de que no terminaría solo con vosotros dos. No quiero ser la causa de esa pelea, Brandon —no me gustaba estar preocupada por Chase. Él también era un hombre adulto y estaba segura de que esta vez no se dejaría vencer con tanta facilidad, pero no quería que acabara herido y no me cabía duda de que Brandon podía hacerle mucho daño.

Se pellizcó el puente de la nariz y respiró profundamente mientras se sentaba en la cama.

—Tienes moratones, Harper. Moratones. ¿Por qué no me habías dicho que te había apretado con tanta fuerza?

—No me había dado cuenta —mentí.

En ese momento llamaron a la puerta y Chase asomó la cabeza. Brandon se puso en pie, pero le puse una mano en el pecho y recé para que captara la indirecta. Por suerte lo hizo, porque sabía que no podría haberle detenido.

—Bueno, acabas de despertar a toda la casa, ¿te importa explicarme por qué?

Sentí que el pecho de Brandon vibraba bajo mis dedos. Tenían que calmarse.

—Chase —comencé con voz tranquila, ¿ibas muy borracho anoche?

—No lo suficiente como para olvidar por qué me duele la mandíbula —no dejaba de mirar a Brandon y yo sabía que estaría pensando en la manera de devolvérsela.

—Te lo merecías. Estabas siendo muy maleducado.

Él agitó los brazos y al fin me miró.

—¡Solo estaba hablando contigo!

Brandon acercó mi cuerpo al suyo y levantó lentamente las mangas de la camiseta por encima de mis hombros.

—¿Esto es hablar con ella?

Chase me miró los brazos y palideció al ver los tres moratones. Uno en mi brazo izquierdo del comienzo de la fiesta. Podían verse los diferentes dedos. Los otros dos de cuando me había clavado los pulgares en los hombros durante nuestro encuentro en su dormitorio. Negó ligeramente con la cabeza y apartó los ojos de mis brazos para mirarme a la cara.

71

—Oh, Dios, Harper. Yo no… Yo… —tomó aliento y se pasó una mano por el pelo revuelto—. Harper, lo siento mucho. No tenía ni idea. Te juro que no pretendía hacerte daño.

Yo ya sabía, incluso mientras sucedía, que Chase no me haría daño a propósito. Pero no había manera de convencer a Brandon de eso, y parecía que Chase estaba castigándose mentalmente más de lo que Brandon podría haberle castigado con los puños. Pese a la advertencia de Brandon, se acercó a mí, apoyó los dedos en mi brazo izquierdo y los colocó justo encima del moratón más grande.

—Harper —Chase se aclaró la garganta dos veces antes de continuar—, ¿puedo hablar contigo a solas, por favor?

Brandon resopló detrás de mí, pero me dio la vuelta lentamente para que lo mirase. Le di un beso en el cuello y me susurró al oído:

—Iré a por algo de comer. Si hace algo, llámame y volveré de inmediato, ¿de acuerdo?

Asentí y vi cómo se ponía una camiseta y buscaba la cartera y las llaves. Antes de marcharse me dio un beso tan apasionado que casi me olvidé de que Chase estaba allí. Al ver su sonrisa de suficiencia, supe que lo había hecho a propósito. Se marchó después de hacerle una última advertencia silenciosa a Chase.

Chase esperó a oír cerrarse la puerta principal antes de decir nada.

—¿Estás bien? Dios, qué estupidez de pregunta. Claro que no lo estás.

—Sí que lo estoy. Estoy bien.

—¿Cómo puedes decir eso?

—¡Porque es verdad! —Dios, ¿tan frágil se creían que era? Sí, sabía que era bajita, pero mi padre era marine, por el amor de Dios. Hacía maniobras y entrenamientos diarios con los chicos de su unidad. Cuando no estaban haciendo nada, me enseñaban defensa personal—. No me duelen. Ni siquiera sabía que los tenía hasta que Brandon los ha visto.

—No… no era mi intención hacerte daño, te lo juro.

El dolor en su mirada era tan intenso que resultaba evidente que no lo había hecho adrede. Antes de pensar en lo que estaba haciendo, le rodeé el cuello con los brazos y pegué su cara a la mía.

—Sé que no lo era, Chase. De verdad, no pasa nada. Estabas borracho y yo estaba siendo muy cabezona.

Gruñó y se apartó de mí lo suficiente para mirarme como si hubiera perdido el juicio.

—No hagas eso. No hagas como si no pasara nada cuando sí pasa. Haces eso con todos. Y, por favor, no me excuses. Sí, estaba borracho, y no siempre me doy cuenta de lo que hago después de haber bebido, pero eso no es excusa, princesa —pronunció mi apodo con cariño y, aunque me desestabilizó por un segundo, tendría que pensar en ello más tarde.

—Bueno, entonces quizá no deberías beber —bromeé para quitarle importancia.

—Quizá no —frunció el ceño, pero no parecía enfadado, solo pensativo.

—¿Por qué él, Harper?

—¿A qué te refieres?

—¿Por qué Brandon? Nunca te habían besado. ¿Por qué le has elegido a él?

Era tan raro que no estuviese riéndose de mí que casi no supe cómo responder.

—¿Por qué no Brandon? —respondí sin más. Él resopló con una carcajada, pero no dijo nada—. ¿Por qué te molesta tanto, Chase?

—Porque te mereces a alguien que sepa lo asombrosa que eres. No deberías haber dejado que te besara el primer chico que se te cruzaba por delante.

—Hablas como si se lo hubiera dado todo y lo único que hemos hecho ha sido besarnos —retiré los brazos de su cuello y me senté en la cama—. ¿Y quién eres tú para juzgar a quién beso y a quién no?

—Por favor, no lo hagas. No se lo des todo —colocó una mano a cada lado de mi cuerpo y acercó de nuevo su cara a la mía—. Él no te merece, Harper.

Se me había acelerado la respiración y, aunque sabía que debía apartarme, no podía moverme.

—¿Y quién me merece, Chase? ¿Tú? —mi voz fue apenas un susurro.

Sus ojos brillaron antes de que los cerrara y dejara caer la cabeza.

—No. Yo tampoco te merezco. Necesitas a alguien que te mime, que te proteja y que cuide de ti. Alguien que se dé cuenta de que jamás podría encontrar en el mundo a otra como tú, por mucho que buscara —volvió a mirarme a los ojos y nos quedamos mirándonos el uno al otro.

Me quedé perpleja; la emoción de su voz al decir aquello no se parecía a nada de lo que hubiera oído hasta ese momento. Pero apenas nos conocíamos, era imposible que pensara todo eso de mí. Se movió hasta que sus labios quedaron casi pegados a los míos y yo pensé que se me iba a parar el corazón.

—Chase…

Su voz sonó rasgada y noté su aliento en los labios. Aquello fue suficiente para que cerrara los ojos y abriera la boca ligeramente.

—Aquella primera noche yo sí me di cuenta de que jamás conocería a otra chica como tú. Pero te mereces a alguien que haya estado esperándote tanto como tú a él. Y, por mucho que a mí me gustaría poder ser ese tío, no puedo serlo, Harper.

Tuve que contener un gemido de frustración cuando apartó la cara de la mía. Retiró los brazos y me dejé caer sobre la cama, intentando controlar mi errática respiración. No podía ser sano sentir eso por alguien. Dejé escapar un sollozo ahogado cuando colocó los labios en mi cuello.

—Eres asombrosa, Harper. Nunca habrá nadie lo suficientemente bueno para ti.

Enredé los dedos en su pelo, pero no lo acerqué más. Para ser sincera, me daba un poco de miedo lo que podría ocurrir entonces. Si lo besaba, no sabía si podría detenerme. ¿Y qué diría eso de mí? Por fin me habían dado mi primer beso la noche anterior, y hacía menos de quince minutos Brandon me tenía aprisionada contra la pared. La manera en que mi corazón latía por ambos chicos ya me resultaba de lo más frustrante y no quería complicar más las cosas besando a Chase. Y, aunque no conociera a Brandon desde hacía mucho, no podía soportar la idea de hacerle daño. Antes de poder apartar los brazos, Chase metió la nariz por debajo de mi antebrazo y me dio un beso en la muñeca y en la palma antes de soltarme las manos y salir por la puerta.

Me levanté e intenté despojarme de mis sentimientos por Chase antes de irme al baño a lavarme para cuando volviera Brandon. Cuando regresé a su habitación, estaba sentado allí con un café con hielo y una magdalena de arándanos. Sonreí y me acerqué corriendo para darle un beso. Su rostro de piedra se iluminó con una sonrisa brillante justo antes de agarrarme y levantarme del suelo. A ese chico le gustaba mucho levantarme en brazos.

—¿Ha ido todo bien?

—Sí, ha sido amable. Se ha disculpado, ha dicho que no volvería a ocurrir —ya había decidido qué decirle cuando estaba en el cuarto de baño.

—Más vale que no —murmuró contra mi pelo antes de dejarme en el suelo.

Yo me reí y me volví hacia el café.

—Gracias por esto.

—De nada. No es gran cosa, pero esperaba poder salir contigo esta noche.

Estuve a punto de atragantarme.

—¿Salir? ¿Como una cita?

Él se rio y me agarró de la mano para arrastrarme hacia la cama.

—Sí, una cita. Sé que es un cliché, pero ¿qué te parece ir a cenar y después ver una película?

—¡Me parece perfecto! —exclamé con demasiado entusiasmo. Me llevé la mano a la boca y me puse roja como una remolacha—. Lo siento —murmuré contra la palma de la mano—. Nunca he tenido una cita.

Brandon sonrió y me apartó el pelo de la cara.

—¿Y lo de ayer entonces qué fue?

—¿Lo de Starbucks? Pensaba que solo estábamos pasando el rato.

—Dios, eres adorable —me dio un beso en la frente y después se tumbó sobre las almohadas—. De acuerdo, entonces lo de esta noche sí es una cita.

Me mordí el labio e intenté no ponerme a dar saltos. Estaba demasiado emocionada por una simple cita.

—¿Cuándo quieres salir?

—Son casi las dos. Podemos salir a las seis, si te parece bien.

—¿Cuatro horas? ¡Entonces tengo que irme! —me incliné y le di un beso tímido antes de salir corriendo de la habitación para ir a buscar a Bree.

Bree estaba tan emocionada por mí que dejó a Konrad en la cama para ir conmigo a hacernos las uñas. Después tendría que disculparme con él, pero me alegraba que fuera tan buena amiga. No sé por qué estaba tan nerviosa, pero sentía mariposas en el estómago al pensar en la cita de esa noche. Ella me dijo que no me preocupara, porque ya no tenía que preocuparme por si debería o no besarlo en la primera cita, ante lo cual le di un suave codazo en las costillas. Su único consejo real fue que no nos lo montáramos en el cine porque era molesto e innecesario, ya que probablemente volvería a dormir en su cama esa noche, dado que ella planeaba hacer algo más que dormir con Konrad. Yo pensaba que estaba mal sentirme ya tan cómoda besando a Brandon después de tan solo un día, pero, cuando Bree dijo aquello, negué con la cabeza. Al menos yo no era así. Dudaba que fuese a sentirme alguna vez tan cómoda con el sexo. Nos pasamos por la residencia para buscar la ropa que Bree consideraba que sería perfecta para la cita antes de volver a la casa para poder ducharme. Casi había terminado de depilarme cuando oí que se abría la puerta.

—Eh… ¿Bree?

Oí bajarse el asiento de la taza del váter y alguien que se sentaba encima.

—No. Soy yo.

76

—¡Chase! ¿Qué diablos estás haciendo aquí? —intenté cubrirme diversas partes del cuerpo, pero solo mi pecho necesitaba los dos brazos para taparlo todo, así que no tuve mucho éxito.

—Cálmate, princesa, no pienso asomarme.

—Juraría que había echado el pestillo.

—Te das cuenta de lo fácil que me resulta abrir la puerta de mi cuarto de baño cuando tengo la llave, ¿verdad?

—¿Puedes irte para que pueda salir de aquí, por favor? —le pedí mientras cerraba el grifo. Me lanzó una toalla desde el otro lado de la cortina y me envolví con ella, pero aun así no descorrí lo único que nos separaba.

—Primero respóndeme a una cosa. Entonces me iré —esperó mi respuesta, pero continuó al no obtener ninguna—. ¿Vas a salir con él esta noche?

—Sí, Chase, voy a salir con él.

—¿Es eso lo que deseas hacer, o estás intentando devolvérmela por decirte que no lo hicieras?

—Pensaba que solo tenía que responder a una pregunta.

—Harper…

—No, no lo hago para devolvértela. Sí, deseo salir con Brandon esta noche. Y, si vuelve a pedirme una cita después de esta noche, te digo desde ahora que le diré que sí. No entiendo por qué no debo salir con él y, dado que es evidente que tú no me deseas, creo que no tienes nada que decir al respecto.

Descorrió la cortina, yo di un respingo y estuve a punto de resbalar en la bañera.

—Yo no he dicho que no te desee. He dicho que no te merezco.

—Es prácticamente lo mismo —respondí—. Ambos sabemos cómo eres, Chase. Te tiras a todas las tías con las que hablas. No quiero ser una chica cualquiera para nadie y, cuando se trata de Brandon, sé que no lo seré —esperé a que respondiera, pero no lo hizo—. Si puedes convencerme ahora mismo de que tengo alguna razón para no estar con él, entonces empieza a hablar. De lo contrario, déjate de palabras confusas.

—Siempre y cuando él sea lo que deseas, dejaré de molestarte —estiró el brazo para pasar los dedos por el moratón de mi brazo izquierdo y vi cómo se le nublaba la mirada.

Como si aquello no fuera confuso.

Se inclinó para darme un beso en el brazo, después en el hombro izquierdo y finalmente en el derecho. Su mirada se había oscurecido para cuando volvió a mirarme a los ojos.

—Lo siento mucho, Harper —susurró antes de inclinarse y darme otro beso en la comisura de los labios.

Empezaron a temblarme las rodillas, pero logré mantenerme en pie.

—Pídele mi número a Bree. Tengo que trabajar esta noche, pero, si ocurre algo, llámame y allí estaré.

Yo asentí y le vi salir. Ni siquiera sabía que tuviera trabajo, pero estaba segura de que no le llamaría esa noche. No pasaría nada bueno si lo hacía. Si el corazón ya se me retorcía con lo que acababa de ocurrir, sin duda se me rompería cuando le viera con su siguiente chica. No podía permitirme acercarme más a él. Por mucho que deseara que fuera diferente, no lo era, y probablemente nunca cambiaría. Tenía que dejar de pensar en él y concentrarme en mi cita con Brandon. Me sequé el pelo y me ricé las puntas antes de maquillarme con Bree. Ella me dijo que teníamos que elegir con cuidado, porque íbamos a usar mi camisa verde para que resaltara los reflejos rojizos de mi pelo, y no queríamos eclipsar eso. Se decantó por un tono dorado neutro y por suerte me dejó a mí ponerme el rímel y pintarme la raya del ojo. No me gustaba que alguien me acercara objetos punzantes a los ojos. Vibró mi teléfono, lo alcancé y sonreí al ver de quién era el mensaje.

J. Carter:
¡Rojita! ¿Qué tal por California?

Yo:
Increíble. ¿Cuándo vienes a visitarme? ;)

J. Carter:
En cuanto me den el ok.

Yo:
¡¿Lo prometes?!

J. Carter:
Claro. ¿A qué se dedica mi chica?

Yo:
He conocido a alguien y ¡esta noche tenemos nuestra primera cita!!

J. Carter:
Eh… ¿en serio?

Yo:
Sí, en serio. ¿Qué? ¿Es que no se puede salir conmigo?

J. Carter:
Yo no he dicho eso… pero no esperaba que conocieras a alguien, o que tuvieras citas.

Yo:
Al menos podrías alegrarte por mí.

J. Carter:
Me alegro. Llámame luego. Te echo de menos.

Yo:
Yo también.

—Déjame adivinar… ¿Jason?
Levanté la cabeza y miré a Bree.
—Sí. ¿Cómo lo sabías?

—Cada vez que te llama o te escribe, dejas de prestar atención a todo lo demás.

—Bueno, no puedo hablar con él muy a menudo —contesté encogiéndome de hombros.

—Aha. ¿Brandon tiene un competidor?

—¿Qué? Qué va. Carter es mi mejor amigo. Nunca ha habido algo así entre nosotros.

Bree me miró con una ceja levantada y me giró hacia el espejo.

Iba vestida con una camiseta verde que era holgada por la parte de arriba, pero ajustada a la altura de las caderas, llevaba unos vaqueros gastados con las perneras remangadas hasta las pantorrillas y unas chanclas. Después de que Bree le diera su aprobación al vestuario, salí de la habitación para ir a buscar a Brandon.

—Estás preciosa, Harper —susurró cuando entré en el salón.

—Tú tampoco estás mal —le guiñé un ojo. Era mentira, estaba delicioso. Llevaba puestas unas deportivas, unos pantalones cortos color tostado y una camisa negra remangada hasta los antebrazos.

Me llevó fuera y me reí al ver que le había puesto la capota al coche.

—Esta noche no me apetece tener que quitarte a los chicos de encima —me dio un beso y me ayudó a subir al Jeep. No me quejaba, porque aquel día me había arreglado el pelo y no quería que se me estropeara.

Bree tenía razón, no debería haberme puesto nerviosa por la cita. Nos reímos mucho durante la cena, mientras nos conocíamos mejor, y la película fue divertidísima. Como había prometido, no nos lo montamos en el cine, pero los pocos besos que me robó durante la velada me dejaron con ganas de más y, sinceramente, estaba deseando regresar a la casa. Ya me había olvidado de Chase cuando regresábamos. Entramos en una fiesta muy parecida a la primera en la que había estado y solté un gruñido. Con suerte aquella no terminaría igual que las anteriores. Brandon me apretó la mano para tranquilizarme mientras nos dirigíamos hacia la cocina. Bree me arrastró a un lado para que le contara cómo había ido la cita y, aunque me había dicho que no me propasara, frunció el ceño al ver que no le daba detalles jugosos.

—¿Quién es esa? —señaló por encima de mi hombro, yo me di la vuelta y observé el mar de gente. No tardé en reparar en una rubia de piernas largas que estaba colgada del brazo de Brandon. Sonreí al ver que él tenía que quitarle las manos de encima.

Volví a mirar a mi amiga.

—Bueno, ¿qué te parece si vamos a averiguarlo?

Cuando nos acercamos lo suficiente, oí su voz estridente y advertí que estaba borracha.

—Pero, Brandon, cuánto te he echado de menos —le miró haciendo pucheros e intentó deslizar un dedo por su pecho, pero él se lo agarró y de nuevo volvió a apartarle la mano—. Estábamos tan bien juntos, ¿recuerdas? Siento lo de este verano, cariño, pero quiero volver contigo.

A pesar de que él estuviera quitándosela de encima, yo empezaba a sentirme celosa de aquella chica que probablemente fuese su última ex.

—Kendra, en serio, para. Hemos terminado.

—Vamos, Brandon, sé que tú también me echas de menos. Vamos a fingir que los últimos meses no han ocurrido —se inclinó para intentar darle un beso en el cuello, pero Brandon la apartó y la mantuvo alejada.

No era de extrañar que Brandon quisiera darle una paliza a Chase. Yo quería darle un puñetazo a aquella chica y estaba completamente borracha. Decidí que era el momento de intervenir, y no me iba a andar con rodeos.

—Oye, cariño —murmuré al interponerme entre ellos y acercar su cara a la mía para besarlo. Deslicé la lengua por su labio interior y susurré lo suficientemente alto para que Kendra pudiera oírme—. Tengo algo para ti en tu habitación.

Él me agarró por detrás de las rodillas, me tomó en brazos y me llevó hacia su habitación. Miré a la chica una última vez y no pude evitar reírme al ver su expresión. «Fin del juego, zorra. Yo gano».

—Qué provocadora —me susurró al oído—. Pero eres adorable cuando te pones celosa.

—Bueno, no iba a permitir que siguiera tocándote. Ese es mi trabajo.

Sonrió y me dio dos besos sonoros en la mejilla antes de cerrar la puerta con llave y dejarme en el suelo. Me lanzó unos *boxer* y yo los levanté confusa.

—A no ser que quieras abrirte paso a puñetazos hasta la habitación de Chase, eso es lo único que tengo para ti.

—Ah —cuando se volvió de nuevo hacia la cómoda, me quité rápidamente los vaqueros y me puse los *boxer*. Eran tan grandes que tuve que remangármelos, pero me encantaba saber que iba a dormir con su ropa puesta—. ¿Tienes también una camiseta?

Se desabrochó la camisa y se acercó a mí con una sonrisa pícara. Me puso los dedos debajo de la barbilla, me levantó la cara y me besó hasta dejarme casi sin sentido. Sentí su otra mano deslizándose por mi costado hacia el dobladillo de mi camiseta, después noté sus dedos cálidos en mi vientre, seguidos de su otra mano. Salvo por el segundo que tardó en sacarme la camiseta por la cabeza, no separó sus labios de los míos y sus ojos permanecieron cerrados. Un escalofrío recorrió mi cuerpo y empecé a respirar entrecortadamente al pensar en sus manos deslizándose por mi piel desnuda. Se quitó la camisa, me la echó sobre los hombros y siguió acariciándome la cintura y el vientre mientras yo metía los brazos en las mangas. Cuando volví a colocar las manos sobre su torso musculoso, fue abrochándomela lentamente. Estaba casi sin aliento cuando terminó.

Encendí una lámpara y Brandon apagó la luz cuando me tumbé sobre la cama. Se volvió hacia mí y se detuvo a medio camino.

—Esto ha sido una mala idea.

—¿Por qué? —me incorporé deprisa.

Se rio, se metió en la cama y volvió a tumbarse antes de ponerse encima.

—Estás en mi cama, con mi ropa puesta y el pelo revuelto sobre mi almohada —me dio un beso en el cuello antes de susurrarme al oído—: Estás tan sexy que tengo ganas de abrazarte y de no dejarte salir nunca de esta cama.

—Entonces, ¿por qué no lo haces? —pregunté yo con la voz rasgada.

—Dios, Harper, te juro que me vas a matar —apagó la lámpara, se tumbó de costado y me estrechó contra su cuerpo.

Yo me acurruqué junto a él.

—Me encanta estar entre tus brazos —suspiré contra su pecho.

—Encajas aquí a la perfección —me rodeó fuertemente con los brazos y me dio un beso en la coronilla—. Duerme un poco, cariño.

Me desperté a la mañana siguiente al notar los labios de Brandon en mi cuello. Sonreí y deslicé los dedos por su cabeza.

—Quiero despertarme así todas las mañanas —mi voz sonaba áspera por el sueño.

Él se rio contra mi cuello y me dio un beso que hizo que me mordiera el labio para no gemir.

—¿Eso significa que puedo quedarme contigo?

—Siempre y cuando me compartas con Bree. De lo contrario, estoy segura de que me secuestraría.

Brandon me había apartado con cuidado el cuello de la camisa que llevaba puesta y sonreía contra mi clavícula.

—Fui a la guardería y aprendí a compartir con los demás.

Me eché a reír y acerqué su cara a la mía para darle un beso rápido.

—Bueno, pero no quiero que me compartas con todos.

—No tenía intención —se incorporó sobre un codo y me pasó el pulgar por la mejilla—. Quiero que seas mi chica, Harper.

Sonreí y noté que brillaba por dentro. Era sábado por la mañana, nos habíamos conocido el jueves, pero aquello no parecía precipitado en absoluto. Había algo en aquel dios de aspecto peligroso que me hacía sentir segura y valorada. Me sentía tan bien estando con él que casi daba miedo, pero al mismo tiempo resultaba emocionante haber encontrado a alguien que me hiciera sentir así. Acerqué su cara a la mía y me detuve a un centímetro de su boca.

—Me encantaría ser tu chica —susurré contra sus labios.

Brandon me dio un beso salvaje, pero, cuando deslicé los dedos por su costado y los apoyé sobre la cintura de sus pantalones, me agarró la mano y me la separó.

—Acabo de despertarme con la chica más guapa que jamás haya conocido y has accedido a ser mi chica. Si sigues tocándome… bueno, digamos que no puedo prometer nada.

Volví a besarlo, le rodeé la cadera con una pierna y arqueé mi cuerpo contra el suyo. De pronto fui consciente de que lo único que nos separaba eran sus *boxer* en mi cuerpo y los pantalones cortos que él llevaba, y aparentemente él también se dio cuenta. Yo no quería ir más lejos, solo deseaba acercarme más a él. Por desgracia, eso no iba a ocurrir. Volvió a tumbarme sobre la cama y se puso en pie riéndose y negando con la cabeza.

—Iré a preparar café.

Yo hice un puchero y me recosté sobre las almohadas.

—De acuerdo.

Me dirigió una media sonrisa que dejó ver su hoyuelo cuando se inclinó para darme un beso inocente.

—Pensaba pasar el día aquí contigo, pero, si vas a obligarme a darme una ducha fría, tendremos que encontrar otra cosa que hacer.

Yo volví a meterme bajo las sábanas.

—Seré buena, lo prometo —murmuré.

Me miró con sus ojos marrones.

—No hay prisa, Harper. No tienes que demostrarme nada, ni a los demás tampoco. Vamos a tomárnoslo con calma, ¿de acuerdo?

Me puse roja.

—¿Te lo tomaste con calma con las demás chicas? —no estaba segura de querer saberlo, pero no podía evitar sentir que la razón por la que no quería ir más lejos era que en realidad no quería estar conmigo en ese sentido. No me parecía en nada a su última novia, Kendra. Esa chica era como una maldita Barbie.

Brandon suspiró y dejó caer la cabeza sobre mi hombro.

—No. Pero sé lo que estás pensando y te equivocas.

Yo no dije nada, solo esperé a ver si se explicaba y, tras varios segundos de silencio, lo hizo.

—No sé cómo has podido pensar que no te deseo, si apenas puedo dejar de tocarte —me acarició la mejilla con la mano y me mantuvo la mirada—. Acabamos de conocernos, pero ya sé que hay algo diferente en ti y no pienso arruinarlo precipitándome. Pienso tomarme mi tiempo contigo. Esas chicas, sí, tuve relaciones con ellas, pero ellas eran una distracción para mí. Deseaba sentir algo que no fuera enfado porque mi padre se hubiera ido para siempre. No… —tomó aliento y lo dejó escapar—… ellas no eran tú, Harper —lo dijo como si aquello lo explicase todo y, en cierto modo, así era.

El corazón me latía acelerado en el pecho y no podía dejar de sonreír sabiendo que no era la única que ya sentía algo profundo.

—Gracias —susurré antes de darle un beso en los labios.

Al final sí que acabamos pasando el resto del día en su cama y me encantó. Pusimos una película, pero no parábamos de rebobinar porque estuvimos hablando todo el tiempo. Salvo algunos besos en mi coronilla y en mi nariz, lo único que hicimos fue estar acurrucados el uno en brazos del otro. Brandon entrelazaba los dedos con los míos y los sujetaba contra su pecho cada vez que yo empezaba a deslizarlos por su vientre desnudo, y al final acabó poniéndose una camiseta. Fruncí el ceño al verlo, pero sabía que era culpa mía. Salimos de la habitación para ir a cenar con Bree y Konrad aquella noche y, salvo por una salida rápida para ir a comprar café y donuts para todos el domingo por la mañana, repetimos lo del día anterior en su cama. Estábamos medio dormidos intentando ver otra película cuando entró Bree.

—Estaré lista para irme en unos minutos. ¿Tienes ya todas tus cosas?

Supongo que eso significaba que Konrad ya había vuelto a su residencia.

—No, pero no tardaré. Dame unos minutos.

Me dispuse a salir de la cama, pero Brandon me rodeó con los brazos y volvió a tumbarme. Bree se rio y salió de la habitación. Cuando la puerta se cerró, Brandon me acercó más a él.

—¿Te marchas? —me preguntó con suavidad mientras me acariciaba el brazo con los dedos.

—Sí, tengo que volver a mi residencia.

—No tienes por qué. Quiero que estés aquí conmigo.

Lo primero en lo que pensé fue en Chase y en lo que pensaría al respecto. Me reprendí a mí misma y negué con la cabeza.

—No puedo. No vamos a precipitarnos, ¿recuerdas?

Murmuró sin ganas y me apretó con más fuerza.

—Si hubiera sabido que te marcharías al terminar el día, habría dejado claro con qué no íbamos a precipitarnos.

Me reí contra su mandíbula y continué con besos.

—Sé lo que querías decir, pero no puedo quedarme aquí —Dios sabía que me encantaría despertarme con él todos los días. Pero, como bien había dicho, acabábamos de conocernos y llevaba fuera de casa de mi padre poco más de dos semanas. Si eso no era precipitarse, entonces no sé qué era.

—¿Los fines de semana?

—¿Qué pasa con ellos? —pregunté contra su cuello.

—¿Te quedarás conmigo los fines de semana? Probablemente vengas aquí de todas formas.

Me incorporé y lo miré a la cara.

—¿De verdad quieres que esté aquí? ¿No vas a cansarte de tenerme cerca?

—¿En serio, Harper? Te he dicho que quería que te quedaras. Pero tienes razón, es mejor que te quedes en la residencia con Bree. Así que, si tengo que compartirte con ella, pienso usarlo a mi favor.

Puse los ojos en blanco y presioné con las manos sobre su pecho.

—De acuerdo. ¿Qué te parece esto? A no ser que surja algo, me quedaré aquí contigo los jueves, viernes y sábados.

Una amplia sonrisa iluminó su rostro y me mostró su hoyuelo y sus dientes perfectos antes de que me besara.

—Eso suena de maravilla —me dijo mientras me besaba.

—Me siento como si fuera la hija de unos padres divorciados —murmuré, y él se rio.

Nos besamos durante unos segundos más, hasta que oímos a Bree quejarse en el pasillo. En la puerta, Brandon me abrazó con fuerza contra su pecho y me dio un beso rápido en la frente.

—Te veré en la facultad. Que pases buena noche, cariño.

La puerta se abrió y apareció Bree con nuestras bolsas al hombro y las manos en las caderas.

—Cuando quieras, Harper —una vez metidas en el coche, dejó de fingir que estaba enfadada—. ¡Cuéntamelo todo!

Yo me reí y me giré sobre el asiento para mirarla.

—Me temo que voy a volver a decepcionarte. No ha pasado nada.

—¿Qué? —me dirigió una mirada y después siguió atenta a la carretera—. ¡Si no habéis salido de su habitación! No puedes decirme que no ha pasado nada.

Me encogí de hombros y sonreí.

—Hablo en serio, no ha pasado nada. No hemos hecho más que hablar y dormir.

Se quedó con la boca abierta y, transcurridos unos segundos, dijo:

—¿Es gay?

—¿Qué? ¡Dios mío, no!

—Lo siento, pero ¿me estás diciendo que un tío hetero te ha tenido en su cama durante tres días y no ha intentado nada contigo?

—No ha sido así. Hablamos de ello el sábado y decidimos que de momento no íbamos a hacer nada.

Frunció el ceño y pareció más confusa de lo que la había visto jamás.

—Pero… ¿por qué?

—Creo que le da miedo presionarme y, para serte sincera, me alegro. Creo que sería muy fácil dejarme llevar y no poder parar, y siento que ya hemos ido demasiado deprisa. No digo que cambiaría algo, pero me alegra que vayamos a esperar. Cuando pienso en ello, siento que todavía no estoy preparada para dar ese paso. Es mi primer novio y solo han pasado dos días.

—Sí, supongo que, visto así…

—Doy por hecho que Konrad y tú lo habéis pasado bien.

Me sonrió antes de devolver la atención a la carretera.

—De hecho creo que me gusta. Quién sabe, ¡puede que hasta intente salir con él!

Yo negué con la cabeza. Era igual que su hermano. No entendía cómo la gente podía ser así.

—Oh, no mires ahora, pero el hombre de una que yo me sé está a nuestra una en punto —Bree me dio un codazo en el costado mientras caminábamos hacia nuestra segunda clase del día.

Claro, tuve que mirar. Vi a Brandon con un par de chicos y una chica a la que no conocía de pie a un lado. Llegó hasta nosotras su risa profunda y sonreía al oírla.

—¿Vas a acercarte?

Dejé de andar durante unos segundos y después continué por el mismo camino.

—No. No quiero molestarle.

—¡Es tu novio, Harper! Se supone que tienes que ir a molestarle.

Sonreí y dejé caer la cabeza con la esperanza de que el pelo me tapara el rubor.

—Es que me preocupa que no le guste tanto como él a mí. No pensaba que pudiera sentir algo tan fuerte por alguien en tan poco tiempo, y estoy segura de que es porque nunca antes había salido con nadie. Tengo miedo de ser demasiado agobiante y que se canse enseguida de mí —había visto eso muchas veces con los chicos de la base. Sabía lo mucho que se frustraban con las novias que se ponían muy pegajosas.

—De acuerdo, sé que no tienes mucha experiencia en este terreno, pero deja que te dé algún consejo. Tú no le viste cuando Chase te tenía en la habitación. Los chicos no se ponen en plan héroe por una chica por la que no sienten algo fuerte. Y desde luego no les importa proteger su virginidad.

La mandé callar y miré a mi alrededor por si alguien nos estaba oyendo.

—Solo te digo que Brandon siente algo por ti. Confía en mí, no creo que sea unidireccional.

—Si tú lo dices...

—Sí, lo digo. Así que deja de ser invisible y... —miró por encima de mi hombro y sonrió—. Parece que alguien se te ha adelantado.

Antes de que pudiera terminar la frase, Brandon me levantó en brazos y me dio un beso en los labios. Yo le pasé las manos por el pelo antes de rodearle el cuello con ellas.

—Hola a ti también —murmuré contra su boca.

Él sonrió y apoyó la frente en la mía.

—Esta mañana te he echado de menos, cariño.

Su voz me calentó todo el cuerpo y tuve que morderme el labio en un intento por ocultar mi sonrisa idiota.

—Solo tres mañanas más y estaré allí.

—Oh, Dios —intervino Bree—. Es como si yo no estuviera aquí.

Brandon no dejó de mirarme.

—Buenos días, Breanna —me dio otro pico, me dejó en el suelo y me agarró las manos.

—Sí que siente algo —murmuró ella.

—¡Bree! —exclamé yo.

—Sí —Brandon se rio y me apretó la mano—. Sí que siento algo.

Oculté la cara en su pecho para que no viera mis mejillas sonrojadas ni mi expresión de júbilo. Pero no me lo permitió, me levantó

89

la barbilla con los dedos y se inclinó hasta que nuestras caras casi se tocaron.

—Mi clase está a punto de empezar, así que tengo que irme. ¿Te veo en la comida?

Asentí y le di un beso en la mandíbula.

—Luego nos vemos.

Se dio la vuelta para marcharse y me miró por encima del hombro.

—Cuida de mi chica, Bree.

Dejé de sonreír al ver la mirada de odio de la chica del grupo con el que estaba hablando antes. ¿Sería otra ex? Me incliné hacia Bree y susurré:

—Oye, no sabrás quién es esa chica, ¿verdad?

—¿Te refieres a la Barbie psicópata de ahí? La semana pasada comió un par de días con nosotros. Pero no te preocupes por ella, Brandon no paró de rechazarla y eso era antes de que te conociera.

Entonces no era otra ex, pero sí otra chica que deseaba a Brandon.

—Allá donde vayamos aparece alguna chica que me asesina con la mirada.

Bree me agarró del brazo y me condujo hacia nuestra clase de inglés.

—¿Has visto a tu chico últimamente? No me odies, pero está muy bueno. Te juro que debería ser modelo. Muchas chicas lo desearán, sobre todo las que van a verle pelear, así que recuerda que es tuyo y que hay mucha gente dispuesta a patearle el culo si se le olvida. Incluida yo.

Abrí mucho los ojos, pero me interrumpió antes de que pudiera decir algo.

—No se le va a olvidar, es solo una manera de hablar. Acaba de dejarles claro a todos los presentes que está pillado. Brandon está coladito por ti, compañera.

En cuanto lo dijo, se me puso la piel de gallina y me tensé al pensar en lo que podía significar aquello. Chase. Eso de ser físicamente consciente de su presencia empezaba a ser ridículo.

—¿Qué pasa, hermanita? —le pasó un brazo a Bree por los hombros y nos acompañó hacia clase.

—Eh, nada. Pensé que no tenías clase hasta más tarde.

Yo no podía mirarlo, pero me di cuenta de que su paso vacilaba un instante al oír las palabras de su hermana.

—Tenía que ocuparme de algunas cosas a primera hora y no me apetecía volver a casa.

Noté que me ponía un papel en la mano más cercana a él y lo agarré. Las yemas de sus dedos me rozaron suavemente desde la muñeca hasta el codo y tuve que hacer un esfuerzo por no quedarme mirando el sendero de fuego que me había dejado en el brazo. Chase y Bree estuvieron hablando de algo que había en casa de sus padres ese fin de semana hasta que llegamos a la puerta de nuestra clase. Yo seguía sin mirarlo y sin decir nada.

—Que lo pasen bien, señoritas. Luego nos vemos —le dio a Bree un abrazo rápido y a mí un golpe en el hombro antes de alejarse.

Tras ocupar nuestros asientos, me incliné sobre mi mochila y desdoblé el pedazo de papel para que Bree no lo viera.

Hoy estás muy guapa.

Arrugué el papel, lo metí debajo de la fila de asientos y recé para que mi amiga no me preguntara por qué me había puesto roja como un tomate.

Aquella noche, tanto Bree como yo recibimos un mensaje poco después de las diez. Nos miramos, confusas, y corrimos a arreglarnos al leer los mensajes. Brandon iba a pelear en menos de una hora, pasaría a recogernos y nos reuniríamos allí con los chicos de la casa.

—¿Es raro que esté nerviosa por verlo? —pregunté mientras me arreglaba el pelo y me maquillaba.

—No deberías estarlo. Chase ha dicho que nunca pierde y, la vez que yo le vi, fue asombroso.

—¡Pero tú no vas a tener que ver a tu novio arriesgándose a que le den una paliza!

—¡Seguro que no le pasa nada! —puso los ojos en blanco y me agarró la mano—. Vamos, tenemos que irnos.

Corrimos fuera y yo me subí al Jeep de Brandon. Él tenía el iPhone pegado a la oreja y sonrió cuando se inclinó para besarme.

Le dio a alguien la dirección y el nombre de un edificio del que yo nunca había oído hablar y se detuvo un segundo.

—Sí, es dentro de cuarenta minutos. Empieza a llamar a gente —después de colgar el teléfono, me lo entregó—. Guárdamelo hasta que acabe, ¿quieres? —seguía sonriendo y movía nerviosamente la rodilla izquierda.

—¿Estás emocionado? —yo estaba aterrorizada. ¿Cómo podía estar tan emocionado? No es que yo no hubiera visto nunca las peleas del UFC, pero no conocía a los luchadores y además lo veía en la televisión, que era un poco diferente.

Brandon se rio.

—Nunca antes había luchado contra este tío, pero, por lo que he oído, nunca ha perdido y tiene fama de dejar KO a todos sus oponentes, así que pienso demostrarle lo que se siente. Vamos a ganar mucho dinero y además mi chica estará allí. Así que sí, podría decirse que estoy emocionado.

—Pues eres el único —murmuré en voz baja. Debió de oírme, porque se rio con más fuerza y me apretó la rodilla.

Nos detuvimos frente a un restaurante que ya estaba cerrado y fuimos hasta la puerta de atrás. Bajamos las escaleras hacia el sótano y llegó hasta mis oídos el estrépito de la música y de las voces.

—Por aquí —Brandon me agarró la mano con fuerza y yo me aferré a Bree mientras doblábamos esquinas por el oscuro pasillo. Cuando llegamos frente a unas puertas, me rodeó con los brazos y me dio un beso—. Tengo que ir a hablar con el espantapájaros. Tú vete con Bree y buscad a los demás antes de que empiece la pelea. Te veré cuando termine, cariño —se alejó por un pasillo y yo miré a Bree.

—¿Espantapájaros?

—Es el tío que organiza todo esto. Encuentra los lugares, decide quién pelea, arbitra, recauda el dinero. Todo lo hace él.

—Mmm. Bonito nombre.

Breanna resopló, abrió las puertas y yo me quedé con la boca abierta al ver lo que había dentro. No sé qué es lo que esperaba encontrar, pero no me había imaginado a al menos cien personas, más las que seguían entrando por la otra puerta, apretujadas allí en torno a un *ring* improvisado.

—¡Ahí está Jared! —exclamó Bree, y señaló a un chico al que yo no había visto antes, pero justo detrás de él estaban Drew y Derek.

Comenzamos a abrirnos camino hacia el otro extremo de la sala, pero estábamos casi en el mismo lugar cinco minutos más tarde, cuando subió el volumen de la música y un tipo, supongo que el espantapájaros, empezó a animar al público mientras anunciaba a Kale y a Brandon. Ya había mucho ruido con la música y la gente gritando, pero se volvió casi ensordecedor cuando Brandon salió vestido solo con unos pantalones cortos. Su sonrisa era deslumbrante y aquel hoyuelo bastaba para hacer suspirar a cualquier chica, pero después te fijabas en su cuerpo bronceado y musculoso, te saltabas el suspiro y comenzabas directamente a babear. Las chicas allí presentes gritaban por él, y yo sonreí para mis adentros sabiendo que era mío. Bajó un poco el volumen de la música y comenzó la pelea.

Kale lanzó un gancho de inmediato, Brandon se echó hacia atrás y dejó que el puño le pasara por delante de la cara sin dejar de sonreír. Parecía tan tranquilo y seguro de sí mismo que empecé a ponerme nerviosa. Cuando la gente se confiaba, cometía errores, y no me parecía buena idea cometer errores con aquel tío lanzando patadas y puñetazos. No acabaría bien. Kale parecía algo más bajo que Brandon, pero debía de pesar al menos diez kilos más, y parecía malo. Se lanzó de nuevo hacia Brandon y ambos empezaron a pegarse. Un chico alto se me puso delante y tuve que esforzarme por ver. Estaba de puntillas e inclinada hacia un lado cuando Kale levantó la pierna, pero ni siquiera vi si llegaba a golpear a Brandon porque perdí el equilibrio y caí contra el chico que tenía delante. Por suerte me agarró por la cintura antes de que cayera al suelo.

—¿Estás bien, equilibrista? —me sonrió con suficiencia, pero vi que le brillaban los ojos y supe que estaba de broma.

Lo miré con los párpados entornados, pero no pude evitar reírme.

—¡Sí, perdona! —alcé la voz lo suficiente para que pudiera oírme por encima del alboroto.

—Créeme —dijo con deseo en la mirada mientras recorría mi cuerpo con los ojos—, no hay problema.

El sótano se llenó de vítores y de gritos de frustración, el espantapájaros comenzó a gritar por el micrófono.

—¡KO! ¡No puedo creerlo!

Intenté ver a quién habían dejado KO, pero solo vi a la gente aplaudiendo. Todos gritaban, pero no se decían los nombres y, durante unos segundos, temí que Brandon estuviera inconsciente en el *ring*. Me abrí paso hacia delante, pero el chico alto me agarró y me aprisionó contra la pared junto a la que me encontraba en un principio. Quise gritarle que me dejara ir a ver cómo estaba Brandon, pero, cuando me agarró de las muñecas con ambas manos, dejé de pensar en Brandon y me volví para mirarlo.

—Pareces asustada, cariño. Te prometo que no muerdo, mucho.

—¿Cariño? Yo no soy tu cariño —si no hubiera tenido las muñecas agarradas y los brazos pegados al cuerpo, le habría dado un buen empujón para demostrarle lo que pensaba de los desconocidos que me llamaban «cariño». Miré a mi alrededor y vi que nadie nos estaba prestando atención, tampoco veía a Bree. La había perdido al perder el equilibrio la primera vez.

—¿No? —ladeó la cabeza, arqueó una ceja y, pasados unos segundos, me dirigió una sonrisa retorcida. Se inclinó y pegó su cuerpo al mío. Le apestaba el aliento a cerveza—. Bueno, vamos a solucionar eso.

Sé que soy pequeña y que puedo parecer frágil, pero no me educaron cientos de marines para permitir que un pijo imbécil me dijera lo que tenía que hacer. Los desconocidos amables me caen bien, aunque me pongan nerviosa, pero, si alguien me humilla o intenta dominarme, entonces me cabreo.

—Aparta de mi camino —le advertí.

Él respondió pegándose más a mí para hacerme notar lo excitado que estaba.

—Sé que estás asustada, pero iré con cuidado.

Lo triste era que aquel chico era atractivo, su ropa sugería que provenía de una familia adinerada y estaba casi segura de que podría haber tenido a cualquier chica que deseara, ¿y sin embargo se excitaba porque pensaba que iba a aprovecharse de mí asustándome? Intenté que no me entraran arcadas. Me lamió el cuello y me metió la mano por debajo de la camiseta. Yo levanté la rodilla, pero se apartó demasiado rápido y no logré golpearle. Me miraba con odio, pero no borraba aquella estúpida sonrisa de su cara. Se rio e intentó acercarme, pero mantuve los pies pegados al suelo.

—Eres peleona. Me gusta. Creo que nos lo pasaremos bien —me guiñó un ojo e intentó tirar de mí una vez más—. Vamos.

—Eso no va a pasar.

Aquella voz rasgada me hizo suspirar aliviada. Brandon estaba bien.

—¿Puedo ayudarte, hermano? —preguntó el tío alto con calma mientras me soltaba las muñecas.

Brandon se negó a mirarlo o a responderle. Tenía la mandíbula apretada por el esfuerzo de mantener la boca cerrada. Me ofreció una mano y, cuando fui a estrechársela, mi nuevo mejor amigo volvió a agarrarme de la muñeca.

—Lo siento, tío, pero tendrás que buscarte otra chica para follar esta noche. Esta es mía.

Brandon lo miró, apretó la mano derecha y volvió su cuerpo hacia él. Aquel Brandon daba miedo, ni siquiera había mirado a Chase así la mañana en que vio mis moratones. Yo sabía lo que estaba a punto de suceder y no pensaba permitir que Brandon cargara con la responsabilidad, así que actué antes de que pudiera hacerlo él. Le di un rodillazo al imbécil en la ingle y, cuando se dobló hacia delante, le agarré la cabeza con ambas manos y se la estampé contra la rodilla, que seguía teniendo doblada. Empezó a sangrarle la nariz y me manchó la pierna desnuda, le solté la cabeza y dejé que cayera al suelo. Se llevó una mano a la entrepierna y la otra a la nariz para intentar contener la hemorragia.

—Gilipollas —murmuré.

Levanté la cabeza lentamente y me aseguré de esquivar la mirada de mi novio. Creo que le gustaba ser protector conmigo y sinceramente me encantaba que fuese así, pero no pienso acobardarme y representar el papel de damisela cuando un chico que está enfermo de la cabeza me trata así. Sabía que Carter y los demás habrían estado orgullosos de verme usar algunos de los movimientos que siempre me enseñaban, pero no sabía qué opinaría Brandon.

Las pocas personas que habían presenciado el incidente estaban riéndose del tío alto por permitir que una chica tan diminuta le derribase. Yo le sonreí con suficiencia, viéndolo tirado en el suelo, pero me puse seria cuando al fin miré a Brandon y vi sus ojos desorbitados y su boca abierta. Se me encendieron las mejillas y me mordí el labio, preocupada por lo que fuera a decir.

Parpadeó y negó con incredulidad.

—Joder, cariño, eso ha sido muy sexy.

Me reí, salté por encima de mi víctima y me lancé a los brazos de Brandon para darle un beso. Él seguía sin camiseta y estaba bañado en sudor, pero no me importaba. Estaba bien, había ganado la pelea y le gustaba que fuese capaz de defenderme sola. Tomó aliento entre dientes antes de volver a dejarme en el suelo.

—¿Estás bien?

Puso cara de dolor, pero me estrechó contra su cuerpo.

—Sí, estoy bien. Vamos a buscar al espantapájaros.

Cuando salimos de la sala principal y encontramos al espantapájaros y la camiseta de Brandon, saqué mi móvil para llamar a Bree, pero me había enviado un mensaje diciendo que se iba con los chicos. Brandon me presentó al espantapájaros, que soltó un silbido de aprobación y le dio una palmada en la espalda.

—Buena captura, tío. Sigue trayendo a tu amuleto de la suerte a las peleas. Me va a hacer ganar mucho dinero —nos dirigió una sonrisa y entregó a Brandon un enorme fajo de dinero.

Brandon ni siquiera lo contó, solo le estrechó la mano y me pasó un brazo por los hombros para conducirme fuera. Advertí la rigidez de su cuerpo y vi que tardaba más de lo normal en subirse al Jeep, pero no hice preguntas. En su lugar, le envolví una mano con las mías y lo inspeccioné en silencio. No parecía tener ningún corte o moratón, pero tampoco podía ver mucho. Ojalá lo hubiera examinado antes, cuando no llevaba puesta la camiseta.

Sonrió y apartó la mano para colocarla sobre mi muslo.

—¿He pasado la inspección?

Me sonrojé y miré hacia la calle.

—Lo siento.

—No lo sientas, estaba de broma. ¿Te has divertido?

—Bueno, no he podido ver nada por culpa de ese tío, y después estaba demasiado ocupada intentando quitármelo de encima.

Brandon se rio, pero se detuvo abruptamente y volvió a tomar aliento.

—En serio, Harper, eso ha sido de lejos lo mejor que he visto nunca. No puedo creerme que mi chica haya derribado a alguien más rápido que yo —sonrió con brillo en la mirada.

Yo le devolví la sonrisa y me encogí de hombros.

—En realidad no entiendo por qué todos pensáis que soy tan frágil. Recuerda que he pasado casi toda mi vida con un grupo de marines salidos que me trataban como si fuera su hermana pequeña. Desde el principio se aseguraron de que pudiera defenderme sola de tipos como ellos.

—Bueno, pues me alegro de eso, y sí que sé que puedes cuidarte sola. Perdona si a veces me pongo en plan cavernícola contigo, pero es que nunca había conocido a alguien como tú. Para mí eres muy valiosa y mi instinto me dice que cuide de ti.

El corazón comenzó a acelerárseme en el pecho. ¿Cómo era posible que aquel chico fuese mío?

—¿Acabas de decir que te pones en plan cavernícola?

Sonrió más aún y me incliné para darle un beso en el hoyuelo.

—No hagas como si no te hubieras dado cuenta. Me preocupaba que empezara a molestarte. Por eso esta noche he intentado mantener la calma.

—Estoy bastante segura de que tenías justificación cada vez que has hecho algo así. Y no te preocupes, eres protector, pero no posesivo. Eso sí que me molestaría.

—No deseo poseerte, Harper, solo deseo estar contigo.

—Lo sé —respondí con suavidad, pensando en estar realmente con él, aunque no estuviéramos hablando de eso—. ¿Puedo quedarme contigo esta noche?

Me dio un beso en la mano.

—Esperaba que te quedaras.

Cuando regresamos a la casa, Brandon me llevó al cuarto de baño y, tras ayudarme a subirme a la encimera, empezó a limpiarme la sangre de la pierna. Le dejé allí para que pudiera ducharse y fui a su habitación a ponerme algo de ropa suya. Aspiré su aroma, que me envolvía, y sonreí mientras me metía en su cama. No me había puesto pantalón, había optado por una de sus camisetas que me llegaban hasta los muslos. Esperaba que eso le transmitiera mi mensaje, ya que no sabía exactamente cómo decirle lo que deseaba. Apagó la luz cuando entró y se metió en la cama. Se movía con rigidez y con cara de dolor.

—¿Seguro que estás bien? —había pensado esperar a que me lo dijera, pero parecía que le dolía mucho.

—Estoy bien, cariño, ven aquí.

Me estrechó contra su cuerpo y me besó suavemente al principio, pero, cuando deslicé la lengua por sus labios, gimió y aumentó la intensidad. Antes de que los nervios se apoderasen de mí, me incorporé y le pasé una pierna por encima procurando no pegarme a él. Quería que fuese él quien me acercara a su cuerpo. Sentí sus manos en las piernas, subiendo lentamente por mis muslos, bajo la camiseta y, al darse cuenta de que no llevaba pantalones, suspiró contra mis labios.

—Dios, Harper —murmuró, mantuvo una mano en mi cadera, llevó la otra a la parte de arriba de mi espalda y me acercó lentamente hacia él. Se quedó quieto y blasfemó cuando me restregué contra su cuerpo.

—Vale, estás mintiendo —me quité de encima e intenté no tocarlo en absoluto hasta saber dónde le dolía.

Él masculló y volvió a ponerme la mano en el muslo.

—Me habré fracturado una costilla —intentó incorporarse, pero se dejó caer sobre las almohadas—, o dos.

—¡Brandon! ¿Cuándo?

—Kale me ha dado una buena patada, pero estoy seguro de que no están rotas.

—Tienes que ir a que te vea un médico o algo —empecé a levantarme de la cama, pero él me sujetó.

—Te prometo que estoy bien —dijo riéndose—. No sería mi primera costilla fracturada, cariño. Solo tengo que ir con cuidado durante unos días.

—¿Hay algo que yo pueda hacer?

—Puedes quedarte aquí conmigo —respondió antes de darme un beso—. Y, cuando esté mejor, podemos retomar esa conversación donde la hemos dejado.

—Estoy deseándolo —le di un beso en el cuello, me acurruqué junto a él y no tardé en quedarme dormida.

—¡Dios mío, Bree, no puedo ponerme esto! —contemplé horrorizada mi imagen en el espejo.

—¿Por qué? ¡Estás muy sexy!

—¡Si voy casi desnuda!

—Ese es el sentido del biquini. Cuanto menos tela mejor —estaba poniéndose su biquini y mirándose también en el espejo.

Intenté recolocarme la parte de arriba para taparme más el pecho, pero no lo logré.

—¿No tienes algo más grande? Si apenas me caben las tetas.

—No. Ese es el que más tapa —me lanzó una camiseta antes de ponerse ella una encima del biquini—. En serio, Harper, tienes un cuerpo de escándalo. Mataría por tener tu pecho. Tienes que aceptarlo.

—No creo que eso sea posible si voy a llevar esto delante de un grupo de chicos —era jueves y ya habíamos hecho el equipaje para pasar el fin de semana en casa de Chase. Pero lo que Bree no me había dicho hasta el último momento fue que los chicos harían una barbacoa esa noche y pasaríamos la tarde en la piscina.

—Te repito que ese es el sentido. Es la mejor manera de mostrar la mercancía. Brandon se va a morir cuando te vea.

—Creo que me voy a morir yo antes de que pueda verme —murmuré.

Ella puso los ojos en blanco y agarró el bolso y las llaves.

—Estoy segura de que sobrevivirás. Vamos.

Fui quejándome durante todo el trayecto, y seguí incluso cuando salí al jardín solo con el biquini y unos pantalones cortos.

—Harper, deja de intentar taparte. No lo consigues y pareces estúpida.

Miré a mi amiga con odio, pero dejé de intentar taparme. Al menos ninguno de los chicos había llegado a casa aún. Me quité los pantalones y me tumbé sobre la toalla junto a Bree. Había conectado su iPod a los altavoces en el jardín y estuvimos escuchando música mientras nos bronceábamos. Habíamos vuelto a tumbarnos boca arriba hacía unos minutos cuando nos interrumpió un chapoteo seguido de una lluvia gélida de gotas de agua. Ambas gritamos y nos incorporamos de un salto. Al parecer eso era lo que pretendían, pues nos tiraron a la piscina en cuanto nos pusimos en vertical. Yo salí a la superficie escupiendo agua y le di un golpe a Derek en la cabeza en cuanto asomó por el agua.

—¿En serio?

—¡Te voy a matar, Drew! —Bree sumergió a Drew bajo el agua y lo mantuvo allí.

Levanté la mirada y vi a Zach riéndose a un lado de la piscina. Supuse que había sido él quien se había tirado en «bomba». Nadé hasta el borde, salí del agua y corrí a por mi toalla, pero al levantarla vi que estaba empapada por todas las salpicaduras.

—Genial.

Me pasé los dedos por el pelo para intentar desenredármelo y me quedé allí de pie hasta que dejó de gotear. Bree seguía en el agua con los tres chicos, así que decidí ir a buscar toallas para todos. Me dirigía hacia el armario del pasillo cuando Chase salió de su habitación. Se quedó helado y abrió mucho los ojos al fijarse en mi cuerpo.

—Joder, princesa, estás... —se aclaró la garganta y al fin me miró a los ojos—. Joder.

Me sonrojé intensamente y me crucé de brazos.

—Venía a... eh, venía a por más toallas.

Chase abrió el armario y sacó varias. Tiró al suelo todas menos una, que abrió y me colocó sobre los hombros.

—¿Cómo estás? —me rozó con los dedos la mejilla y el cuello y tuve que contenerme para no suspirar.

—¿Eh?

Chase se rio contra mi cuello y me dio un beso en la garganta.

—¿Así de bien?

Parpadeé varias veces, lo aparté e ignoré aquella sonrisa engreída que tanto me gustaba.

—¿Por qué sigues haciéndome esto?

—¿A qué te refieres? —fue a rodearme con los brazos, pero me aparté de él.

—¡A esto! —exclamé señalando su brazo estirado—. No puedes seguir haciendo esto. Ahora estoy con Brandon, tienes que parar.

Su cara adquirió una expresión indescifrable y dejó caer los brazos.

—No más notas, no más caricias y no más besos. No es justo para mí. ¿Tienes idea de lo loca que me vuelves?

Vale, tal vez no debería haberle preguntado eso, porque se le iluminaron los ojos y volvió a sonreír con suficiencia.

—¿De verdad?

—Chase, hablo en serio, esto tiene que acabar.

—Dame una buena razón para parar.

Resoplé y me tapé con la toalla.

—Ya te lo he dicho. Estoy con Brandon.

—He dicho una buena razón, princesa.

—¡Esa es una buenísima razón! Y es la única que voy a darte —me agaché para recoger el resto de toallas y, al incorporarme de nuevo, lo tenía delante.

—Harper.

—No, Chase —cerré los ojos para no dejarme distraer de nuevo—. Por favor, no. Me gusta Brandon. Además, tú tienes muchas chicas a las que no les importa ser tratadas como a una mierda. Yo no soy una de ellas. Vete a buscar a un bombón descerebrado para follártela y después olvidarte de ella.

Oí que tomaba aliento, pero mantuve los ojos cerrados hasta que me di la vuelta para volver al jardín. Dejé las toallas secas, me tumbé boca abajo e intenté olvidarme de Chase. Brad encendió la barbacoa una hora más tarde y Bree se tumbó a mi lado mientras los chicos hablaban de ir a hacer surf al día siguiente. Me resultaba fácil no mirar el torso desnudo de Chase, pero no se me iba la piel de gallina y Brandon parecía no llegar nunca. Estaba tan concentrada pensando en Chase, situado a metro y medio, e intentando mantener una conversación con Bree que ni siquiera advertí la presencia de Brandon hasta que me rodeó con sus brazos y me levantó del suelo. Solté un grito y lancé una patada antes de darme cuenta de que no era uno de los chicos que quería lanzarme de nuevo a la piscina, cosa que había ocurrido dos veces más desde mi encuentro con Chase en el pasillo.

Brandon se rio y me dio un beso en los labios.

—¿Te importa si te rapto unos minutos?

No se me escapó el hecho de que Chase dejó de hablar.

—En absoluto. Durante los siguientes tres días soy toda tuya.

Ya estábamos dentro de casa cuando volvió a hablar.

—Tienes que taparte, cariño.

—¿Por qué? ¿Sabes cuánto tiempo ha tardado Bree en convencerme para que me pusiera esto?

Me dejó sobre su cama y recorrió mi cuerpo con la mirada. Sentí el calor en las mejillas y tuve que obligarme a no taparme.

—Recuérdame que le dé las gracias luego, pero esta noche no tengo paciencia suficiente para ver a los demás mirándote como si quisieran devorarte.

Fruncí el ceño y le acaricié la mejilla.

—¿Has tenido un mal día, cariño?

—Algo así —resopló y dejó caer la cabeza sobre la mía.

—¿Quieres hablar de ello?

—No es para tanto. Es que la gente intenta cabrearme.

—¿Como por ejemplo…?

Me dio un beso y se subió a la cama para ponerse encima de mí.

—No te preocupes por ello, cariño. No es nada de lo que no pueda encargarme.

Me quedé mirándolo durante unos minutos con la esperanza de que se explicara un poco más, pero no lo hizo.

—Está bien, iré a cambiarme para que podamos volver fuera.

Sus ojos se encendieron y me dirigió una media sonrisa.

—Acabo de quedarme a solas con mi chica, no estoy preparado para compartirla aún —me dio un mordisco en la base del cuello y después deslizó la boca por mi clavícula. Recorrieron mi espalda esos escalofríos que parecía incapaz de controlar y él sonrió—. Me encanta saber que puedo provocarte eso —su voz rasgada de barítono estuvo a punto de lograr que volviese a pasarme.

Me besó en la boca e intenté aprovecharme de la situación mordiéndole el labio inferior. Gimió, se colocó entre mis piernas y empujó con su cuerpo contra el mío. Le saqué la camiseta por encima de la cabeza, recorrí su espalda con los dedos y me reí al notar que él también se estremecía, así que repetí la operación. Fue recorriendo con los labios la tira del biquini hacia mi pecho y, al llegar allí, agarró con los dedos el lazo de la parte de abajo y empezó a tirar, pero de pronto se detuvo y retiró la mano.

—Quizá deberías ir a cambiarte. Tenemos que salir del dormitorio —volvió a mirar mi cuerpo y se apartó—. Ahora mismo.

Después de cambiarme de ropa, nos reunimos en el jardín con los demás, que ya estaban sacando las hamburguesas de la barbacoa, y yo intenté no buscar a Chase, que había desaparecido. Lo primero que hizo Brandon fue darle las gracias a Bree por convencerme para ponerme ese biquini, ella nos guiñó un ojo antes de correr junto a un chico nuevo llamado Ryan. Nos hicimos con nuestra cena, Brandon me sentó en su regazo y mantuvo siempre una de sus manos en mi cuerpo. Al terminar de comer, los chicos empezaron a jugar al fútbol mientras Bree y yo recogíamos las sobras. Brandon entró dando saltos en la cocina y me dio un beso sudoroso.

—Vamos a bañarnos en la piscina, ¿quieres venir?

Miré a Bree para ver qué respondía y me volví hacia él para besarlo de nuevo.

—Claro, deja que me ponga el biquini. Enseguida salimos.

Brandon se quitó la camiseta mientras salía por la puerta de atrás. Bree me dio con un trapo de cocina para que dejara de mirarlo.

—¿Qué? Se me permite mirar, es mío.

Ella se rio y guardó el resto de la comida en el frigorífico.

—Bueno, ¿por qué no te pones otra vez el biquini para que él también pueda mirarte?

Sonreí y me fui corriendo a la habitación de Brandon. Acababa de agarrar el biquini cuando vibró su móvil. Miré hacia el escritorio, donde se encontraba el teléfono, y me quité la camiseta. Después de ponerme la parte de arriba, volvió a vibrar. Miré hacia la puerta para ver si venía, me acerqué al escritorio y me quedé sin respiración. Apenas logré dejarme caer en su silla mientras contemplaba la ofensiva pantallita antes de que se apagara. Husmear en su teléfono sería una invasión de su intimidad, pero era mi novio y lo que acababa de ver era sin duda asunto mío. Volví a encender la pantalla y vi que tenía cinco mensajes de una chica llamada Amanda. Deslicé el dedo para desbloquear el teléfono, los mensajes se abrieron de inmediato y me quedé con la boca abierta. Era la chica que estaba en el grupo con Brandon el lunes en la universidad. La que Breanna había dicho que no paraba de flirtear con él la semana anterior. Enseguida vi la foto de su cara y sus pechos desnudos, así como la que había visto inicialmente de sus… eh… partes bajas. El corazón me dio un vuelco cuando leí los otros tres mensajes.

Amanda:
Ya te echo de menos. Estoy deseando que llegue mañana

Amanda:
Estoy deseando sentir de nuevo tus labios en mi cuerpo

Amanda:
Estoy lista para ti

Dejé caer el teléfono y me atraganté con un sollozo. Aquello no podía estar pasando. Fue como si alguien me diera un puñetazo en el estómago y me arrancara el corazón. Tomé aliento para calmarme y no vomitar y me acerqué hasta donde había dejado tirada mi camiseta. Guardé todo lo demás en mi bolsa, recorrí la casa apresuradamente y salí por la puerta principal con las lágrimas resbalando por mi cara por primera vez en años. Esa era justo la razón por la que nunca le daría una oportunidad a Chase. Así era su vida, pero al menos él no lo ocultaba, como parecía estar haciendo Brandon. Dejé escapar un sollozo al pensar en él y tuve que apoyarme en el coche de alguien antes de continuar por el camino de la entrada. No me esperaba algo así de él. Me había alejado unas manzanas de la casa cuando oí que un coche se acercaba disminuyendo la velocidad.

—¿Harper?

Mantuve la cabeza agachada y seguí andando.

Se cerró una puerta y oí pisadas que se acercaban deprisa.

—Harper, pero qué… ¿estás llorando? ¿Qué pasa?

Me sequé las lágrimas con rabia y le esquivé.

—Por favor, déjame en paz.

—¿Qué ha pasado? —me puso las manos en los brazos y se agachó para intentar mirarme a los ojos.

—No ha pasado nada, Chase, deja que me vaya.

—Y una mierda. Estás llorando y vas caminando por un barrio a oscuras. Háblame.

—¿Qué haces aquí?

—Voy a trabajar. Ahora dime qué ha hecho.

Tomé aire y me reí con ironía.

—No hagas como si no lo supieras. Intentaste advertirme, sabías que haría esto —sonó mi teléfono y, tras mirar la pantalla y confirmar que era Brandon, ignoré la llamada y volví a guardármelo en el bolsillo.

—Princesa, te prometo que no tengo ni idea de lo que estás hablando, pero lo mataré por hacerte daño. Por favor, dime qué ha pasado —me rodeó con un brazo, me levantó la barbilla con la otra mano y vi la rabia y la preocupación en su cara.

Dejé escapar otro sollozo y me derrumbé entre sus brazos. Él me sujetó y me susurró palabras de consuelo al oído hasta que volvió a sonar mi teléfono. Lo ignoré de nuevo.

—¿Puedes llevarme a la residencia, por favor?

—¿Estás segura de que quieres ir allí?

Asentí contra su pecho y volví a secarme las lágrimas.

—De acuerdo. Sube a la camioneta, princesa —me ayudó a subir antes de ponerse al volante—. ¿Te está llamando otra vez?

—Sí.

—¿Vas a contestar esta vez?

—No —ignoré la llamada por tercera vez.

Chase se soltó el cinturón de seguridad y se acercó a mí. Me tomó la cara entre las manos y me secó las lágrimas con las yemas de los pulgares.

—Dime qué ha ocurrido.

Abrí la boca para hablar, pero volvió a sonar el móvil.

—¿Qué, Brandon?

—Harper, ¿qué diablos pasa?

—¿En serio? ¿De verdad vas a jugar a ese juego conmigo? —resoplé y me llevé la otra mano a la cara.

—Cariño, ¿de qué estás hablando? ¿Adónde has ido? ¿Y dónde están tus cosas?

—Me he marchado.

—Eso ya lo pillo, pero ¿adónde vas?

Las lágrimas empezaron a brotar de nuevo.

—Por favor, deja de llamarme, Brandon.

—¿Qué? ¿Por qué, Harper?

—¿Por qué no se lo preguntas a Amanda? —pregunté—. Estoy segura de que estará encantada de mostrarte por qué me he ido.

Le oí blasfemar lejos del teléfono.

—Harper, te juro que…

Colgué y apagué el teléfono.

Pasados unos minutos en silencio, Chase me dio la mano y habló suavemente.

—¿Quién es Amanda?

—Al parecer es una chica con la que se acuesta. Bree y yo la vimos el lunes con él y un grupo de chicos —me dieron ganas de abofetearme. Pensaba que era increíble por intentar mantener intacta mi virginidad, pero en su lugar estaba aguantando porque se acostaba con otras mujeres.

Chase me miró a la cara con el ceño fruncido.

—¿Por qué crees que te está engañando?

Le conté a Chase lo de los mensajes y las fotos que había encontrado en su teléfono, y me puse a llorar de nuevo.

—Me siento como una estúpida.

—No deberías —se quedó callado durante unos segundos

107

y después agarró el volante con fuerza—. No puedo creer que vaya a decir esto, pero creo que te equivocas, Harper.

—¿Perdona? ¡Sé lo que he visto, Chase!

—No estoy diciendo eso, pero él no te haría eso. No es ese tipo de chico, pero, aunque lo fuera, nos lo habría contado a alguno. Solemos alardear de las chicas con las que estamos. Y, por mucho que le odie por ello, no hace más que hablar de ti.

Negué con la cabeza y me apoyé contra la puerta.

—¿Te das cuenta de lo incoherente que suenas? Hace una semana me decías que no saliera con él y ahora lo defiendes.

—No lo estoy haciendo por su beneficio, créeme. No quiero que estés con él, eso no ha cambiado. Pero no soporto verte sufrir así.

Nos quedamos callados un minuto más antes de que yo apartara la mano y abriera la puerta.

—Gracias por traerme, Chase.

—¿Estarás bien? ¿Quieres que me quede contigo?

—Estaré bien. Soy más dura de lo que piensas —le dirigí una sonrisa poco convincente—. Vete a trabajar. Ya nos veremos.

Chase frunció el ceño, pero no dijo nada más. Yo subí las escaleras, me di una ducha y me puse el pijama antes de meterme en la cama. Me escocían los ojos de tanto llorar y me hubiera gustado tener colirio. Llamaron a la puerta, pero no me moví. Tenía la impresión de que sería Brandon y, aunque me sorprendía que hubiera tardado tanto en presentarse allí, no estaba preparada para enfrentarme a él. Me dolía demasiado el corazón. Llamaron de nuevo, oí la llave en la cerradura y la puerta se abrió lentamente.

—¿Cariño?

No respondí. Me quedé observando su figura a contraluz con la mirada borrosa. Encendió una lámpara y vi que dejaba caer los hombros cuando al fin me vio.

—Harper —su voz sonaba cargada de emoción.

—¿Bree te ha dado su llave?

Frunció el ceño y asintió despacio.

—Traidora —¿no se suponía que estaba de mi lado?

—Tienes que dejar que me explique. Te juro que no es lo que parece.

—Lo dudo. Y además me ha quedado bastante claro, así que no te molestes.

Brandon dio un paso hacia mí, pero dejó caer el brazo estirado cuando me estremecí.

—No hay nada entre Amanda y yo. Solo está intentando que rompamos.

—Bueno, pues a mí me parece que ha conseguido lo que quería.

Brandon puso cara de horror.

—No. No digas eso. Por favor, Harper.

—Vete, Brandon. No voy a hacer esto contigo —me di la vuelta para mirar hacia la pared y que no viera el daño que estaba haciéndome. El primer novio, el primer beso. Había ido demasiado deprisa y ahora sufría las consecuencias. Su presencia no hacía sino alargarlo más—. Vete a casa, Brandon. Hemos terminado. Adiós.

—Dios, no digas eso, por favor —dijo en voz baja. Se inclinó sobre la cama, me pasó los dedos por el brazo y continuó por mi espalda cuando me estremecí—. No puedo irme hasta que me escuches. Está enfadada porque no paro de rechazarla. Me ha visto contigo esta semana y esta mañana me ha dicho que se aseguraría de que acabara contigo. Justo después de comer he empezado a recibir esas fotos. Lleva todo el día mandándome los mismos mensajes.

—¿Y no te pareció necesario comentármelo? —le pregunté a la pared, pues seguía sin querer mirarlo.

—Pensaba que pararía. La he visto después de mi última clase y le he dicho que lo dejara porque no pensaba abandonarte.

—¿Por eso estabas de mal humor?

—Sí. Ella sabía que te quedarías conmigo este fin de semana y yo tenía miedo de que intentara otra cosa.

—¿A qué te refieres?

Dejó escapar el aliento y volvió a recorrerme el brazo con la mano.

—Me ha dicho que dejaría de enviar mensajes y me ha deseado que pasáramos un buen fin de semana juntos. La manera de acentuar la palabra «juntos» me ha hecho sospechar que pasaría algo.

Suspiré y me di la vuelta para mirarlo. Pareció afligido al ver mi expresión desolada.

—Harper, lo siento mucho, debería habértelo contado antes —me tomó la cara entre las manos y, aunque volví a estremecerme una vez más, no me soltó.

—¿Me estás engañando con alguien? No solo con Amanda.

—No. Solo te deseo a ti.

Estudié su rostro en busca de alguna señal de que estuviera mintiendo, pero no encontré ninguna. Había sido dolorosamente sincero conmigo desde el principio y sabía que ahora estaba diciéndome la verdad. Por esa razón no podía seguir enfadada con él, por mucho que deseara hacerlo. Me había preocupado lo triste que me había sentido al ver aquellos mensajes. Ya me había enamorado de aquel chico y, aunque me sorprendía lo rápido que había sucedido, me asombraba más aún que él pareciese preocuparse tanto por mí. Antes de poder decirle que le creía, su teléfono empezó a vibrar y ambos nos quedamos mirándonos hasta que paró. Abrí la mano y me sorprendió que él me entregara el móvil sin ni siquiera mirarlo. Abrí sus mensajes y vi los mismos cinco mensajes que Amanda había enviado antes. Escribí una respuesta y la envié antes de devolverle el teléfono.

Brandon:
Soy la novia de Brandon. No sé qué intentas conseguir, pero te agradecería que dejaras de enviarle fotos tuyas. No te desea y la desesperación no es atractiva. Así que aléjate, zorra.

Brandon lo leyó deprisa y soltó una carcajada antes de tirar el teléfono al suelo y darme un fuerte abrazo.

—Siento haberte hecho daño.

—No lo has hecho. Debería haberte preguntado antes de salir corriendo.

—Ojalá lo hubieras hecho, pero no te culpo, cariño —me dio un beso en cada mejilla y después en los labios. Luego se apartó y volvió a mirarme a los ojos—. Pero, ¿te importa responderme a una cosa? ¿Por qué te has ido a buscar a Chase?

—No lo he hecho. ¿Cómo sabías que había estado con él?

—Me ha llamado para decirme dónde estabas.

Ya era raro que Chase defendiera a Brandon, pero desde luego no me esperaba que hiciera eso.

—No me he ido a buscarlo. Me he marchado y él me ha visto caminando hacia aquí. Me ha traído.

Todavía parecía preocupado y pensé en todas las veces que me había preguntado si había algo entre Chase y yo.

Tomé aliento, le puse una mano en la mejilla y sonreí.

—Si puedo creerte yo a ti cuando hay una chica que te envía fotos desnuda a tu teléfono, entonces tú deberías creerme a mí en lo referente a un chico que no hace otra cosa que fastidiarme.

Me dio un beso en la palma y colocó la mano sobre la mía.

—Tienes razón. Pero me hubiera gustado ser yo quien estuviera a tu lado, no él. Siento mucho haber tardado tanto en venir.

—No lo sientas. Ahora estás aquí, eso es lo importante.

Sonrió y me besó en los labios antes de estrecharme contra su pecho. Pasados unos minutos volvió a hablar.

—¿Necesitas más tiempo a solas o puedo llevarte de vuelta a la casa?

—Puedes llevarme de vuelta, si primero me prometes una cosa.

—Cualquier cosa —dijo sin dudar.

Arqueé una ceja y le sonreí con incredulidad.

—Cualquier cosa razonable —aclaró dándome un codazo cariñoso.

Resoplé, pero le guiñé un ojo para que supiera que estaba bromeando.

—Si vuelve a pasar algo así, tienes que decírmelo de inmediato. Se me ha roto el corazón al leer los mensajes y no quiero volver a pasar por lo mismo.

—Trato hecho. No quería romperte el corazón —me besó apasionadamente antes de murmurar contra mis labios—: ¿Algo más?

—Sí. Esta noche quiero que sea solo para nosotros.

—Lo será.

—Me refiero a encerrarnos en tu habitación, quedarnos abrazados y olvidarnos del resto del mundo. ¿Crees que puedes hacerlo?

—Creo que podré apañármelas —respondió con una sonrisa sexy.

CAPÍTULO 5

—Bree, ¿estás lista?

—Konrad me ha escondido la bolsa.

—¿En serio? —pregunté.

—No quería que pudiese vestirme.

Me reí.

—Qué bonito. Mira en la lavadora o en la secadora —no me sorprendía que hubiese reemplazado a Ryan por Konrad en algún momento de la noche anterior.

Bree atravesó corriendo la cocina solo con un tanga. Menos mal que todos los chicos se habían ido a hacer surf esa mañana. Regresó con su bolsa y los párpados entornados.

—¿Sabías que la había metido ahí?

—¿De verdad estaba ahí? —me reí con más fuerza y negué con la cabeza—. No tenía ni idea, pero a veces los chicos de la base hacían eso cuando alguien estaba en la ducha. No solo se llevaban la ropa que tenían para ponerse, sino toda la que había en su taquilla, y la escondían en la lavandería. Así vi muchos culos —pensé en Carter y saqué el teléfono.

Yo:

Te echo de menos :(

J. Carter:

;-)

113

Esperé a ver si decía algo más, pero no lo hizo. Me entretuve metiendo las mantas y la comida en el coche mientras Bree se cambiaba para ir a la playa. Brandon había cumplido su promesa la noche anterior. Cuando regresamos de la residencia, me llevó a su habitación sin decirle nada a nadie. Apagó nuestros teléfonos, cerró con llave y se acurrucó a mi lado en la cama. Yo quería pasar tiempo hablando con él y besándolo, pero estaba agotada de tanto llorar y me quedé dormida poco después. Nos despertó Brad a primera hora de la mañana aporreando la puerta para que pudieran irse a hacer surf y, aunque Brandon empezó a decirle que íbamos a pasar tiempo a solas, yo lo saqué a patadas de la cama y le dije que se divirtiera. Bree y yo decidimos ir a la playa más tarde para sorprenderlos, suponiendo que podríamos comer y relajarnos durante unas horas. Yo había preparado docenas de sándwiches y había metido numerosas bolsas de patatas y diversos refrescos en las neveras mientras Bree buscaba su ropa.

Llegamos a la playa y nos alegró ver que los chicos seguían en el agua. Tras colocar las mantas y las toallas, nos sentamos a mirarlos.

—¿Y qué pasa con Ryan?

—Pfff. Estaba demasiado centrado en sí mismo. Me gusta que mi chico esté más centrado en mí.

—¿Y Konrad sabía que era tu sustituto anoche?

Se encogió de hombros.

—Obviamente no le importó.

—Obviamente. ¿Has decidido si vas a salir con él?

—Creo que sí —respondió con una sonrisa. Konrad le había pedido que fuera su novia y ella le había dicho que lo pensaría… mientras mantenían relaciones sexuales. Juro que no la entendía—. De verdad, creo que me gusta, Harper. Estoy acostumbrada a que los chicos se aburran después de acostarnos, pero él no es así. Es como si no pudiéramos dejar de vernos.

—Entonces, ¿por qué estás haciéndole esperar?

Se tumbó boca abajo, de espaldas al agua, y yo hice lo mismo.

—No sé. Quiero decir, he tenido novios antes, pero acabo de empezar la universidad. No sé si quiero comprometerme todavía. Me gustaría explorar mis opciones.

Yo solo la entendía en parte. Ni siquiera había ido a San Diego buscando un chico, y mucho menos un novio. Pero no había manera de negar lo que estaba ocurriendo entre Brandon y yo. Con él cerca, no podía imaginarme de otro modo. Vibró mi móvil y tuve que rebuscar en las bolsas en las que habíamos llevado las cosas hasta encontrarlo.

J. Carter:
¿Dónde estás?

Yo:
En la playa.

J. Carter:
¿Haciendo pellas?

Yo:
No tengo clase los viernes. ¿Tú qué haces?

J. Carter:
¿Qué playa?

No sé por qué quería saber eso, había cientos de playas por la zona. ¿Qué más le daría?

Yo:
Es una playa que está literalmente al final de la calle desde la facultad.

—¿Por qué frunces el ceño?
Miré a Bree y guardé el teléfono.

115

—Carter se comporta de un modo extraño estos últimos días.

—¿Extraño por qué?

—Bueno, normalmente hablamos todos los días. Pero ayer no hablamos nada y los tres días anteriores no respondía a mis llamadas y me escribía un mensaje justo después. Y ahora me pregunta cosas raras. No sé, no es propio de él.

—¿Y no hay nada entre vosotros?

—No, ya te lo dije. No entiendo qué le pasa.

—A lo mejor ahora tiene novia —sugirió Bree—. Estoy segura de que a ella no le gustaría que hablase contigo a todas horas. ¿Sabe Brandon que existe?

—Lo sabe, pero no creo que sepa lo unidos que estamos. O que estábamos —no sabía que mudarme allí significaría perder su amistad.

—¿Y sabe él lo de Brandon?

—Sí, bueno, sabía que teníamos una cita. No he hablado mucho con él desde entonces.

—¡Ahí lo tienes!

—¿Que tengo qué? —le pregunté, confusa.

Se incorporó sobre los codos y me miró.

—Seguro que le gustas y, ahora que obviamente te interesan otros chicos, se está alejando de ti.

—Buen intento —me reí y me incorporé para quitarme la camiseta y quedarme solo con los pantalones cortos y la parte de arriba del biquini—. Ya te lo he dicho. Lo mío con Carter no era así. Él ha salido con muchas chicas desde que le conozco. Pero me duele que se muestre distante. Hemos pasado de vernos y hablar todos los días a esto. Siento como si hubiera perdido a mi mejor amigo.

Bree me miró como si yo no entendiese nada.

—¿Saldrías tú con Brad?

—¡Dios, no! —exclamó asqueada—. Es como un hermano para mí.

—Exacto. Carter y yo éramos como Brad y tú.

Bree se tumbó boca arriba.

—Ah... bueno, entonces no sé qué decirte. Pregúntaselo la próxima vez que hables con él.

—¡Hola, cariño!

Me di la vuelta, vi a Brandon y sonreí.

—¡Hola! Hemos pensado pasar aquí el día.

Agarró una de las toallas y se inclinó para darme un beso.

—¿Tengo que darle las gracias a Bree también por esto? —preguntó mientras recorría con el dedo la tela del biquini. Asentí y me besó de nuevo pegando su cuerpo mojado al mío. Si no hubiera sido por el resto de chicos que regresaban hablando en voz alta, me habría olvidado de que no estábamos a solas en su cama.

—Brandon —dijo Konrad al acercarse a nosotros—, ven a ayudarme a sacar las neveras del coche de Bree.

—¿Neveras? —Brandon me miró y ladeó la cabeza.

—He traído mucha comida porque pensé que tendríais hambre después del surf.

Me dio otro beso antes de ponerse en pie.

—Eres perfecta, Harper.

El corazón se me aceleró al verlo alejarse hacia el coche. Sonó mi teléfono cuando regresaban.

—¡Carter!

—¿Cómo está mi chica? —noté la sonrisa en su voz.

—Hablando del rey de Roma —murmuró Bree junto a mí.

—Estoy bien. Siento que no hemos hablado en mucho tiempo. ¿Va todo bien?

—Ahora mejor que bien —respondió con picardía.

—¿En serio? —sonreí a Brandon cuando se sentó a mí lado—. ¿Y eso por qué?

—Estoy en la playa con algunos de los chicos.

Tuve que concentrarme en lo que me decía, porque estaba embelesada con los ojos marrones de Brandon.

—En la playa ¿eh? Me alegra que os hayan dejado ir pronto el fin de semana. Salúdalos de mi parte.

—No creo que los conozcas, pero transmitiré el mensaje. ¿Y qué tal tu playa?

Me mordí el labio al mirar a Brandon.

—Asombrosa. ¿Y la tuya?

—Tiene unas vistas increíbles. ¿Sabes? Apuesto a que, si gritara con fuerza, podrías oírme desde ahí.

—Qué tonto —dije riéndome.

—No, en serio… aleja el móvil y yo grito. Luego me dices si me oyes o no —esperó unos segundos—. Vamos, Harper, aléjate el teléfono.

Puse los ojos en blanco y accedí.

—De acuerdo, de acuerdo. Me alejo el teléfono —lo dejé sobre la manta y, cuando me incliné para besar a Brandon, oí gritar a alguien.

—¡ROJITA!

Me incorporé de inmediato. Estaba segura de que el grito no provenía del altavoz del teléfono. Lo agarré y me lo llevé a la oreja.

—¿Qué demonios?

—¿Lo intentamos de nuevo? —segundos más tarde, oí que volvían a gritar «Rojita» en la lejanía.

Miré el teléfono, me di cuenta de que Carter había colgado y me di la vuelta para mirar más allá de Bree.

—¿Estás bien, Harper? —me preguntó Brandon.

—¿Has oído a alguien gritar «Rojita»?

—Sí —respondió él, y señaló algo situado detrás de mí—. Ha gritado el tío de ahí detrás.

Me di la vuelta y me quedé con la boca abierta.

—¡Dios mío, Carter! —me levanté de un brinco y eché a correr. Me lancé sobre Carter y le di un fuerte abrazo—. ¿Qué estás haciendo aquí?

—Joder, Rojita. ¿Dónde está mi Harper y qué has hecho con ella?

Me sonrojé y me crucé de brazos.

—Eh, sí. Supongo que estoy un poco cambiada.

Pasó un dedo junto al *piercing* del labio.

—Un poco —sonrió y volvió a abrazarme—. Te echaba de menos, Rojita.

—Yo a ti también —dije contra su pecho—. No puedo creer que no me dijeras que venías. Habría ido a buscarte al aeropuerto.

—Bueno, eso habría sido menos divertido que ver tu reacción ahora mismo.

Me eché hacia atrás para sonreírle. Él también era alto, no como Chase o Brandon, pero medía casi un metro ochenta. Tenía el pelo negro y lo llevaba cortado al estilo de los marines. Sus ojos marrones brillaban.

—¿Cuánto tiempo vas a quedarte?

Sonrió y abrió la boca para hablar, pero fue interrumpido.

—¿Harper?

Me di la vuelta y vi a Brandon mirando a Carter. No parecía muy contento. Y yo entendía que, después de lo ocurrido la noche anterior con Amanda, que yo saliera corriendo y me lanzara en biquini sobre un tío cualquiera parecería alarmante. Sobre todo porque Carter seguía rodeándome la cintura con los brazos. Me acerqué a Brandon y le estreché la mano.

—Brandon, este es mi mejor amigo de la base Lejeune, Jason Carter. Carter, este es mi novio, Brandon Taylor.

Se estrecharon la mano, pero no dijeron nada. Fue incómodo.

—¿Por qué no volvemos? Así te presentaré a los demás —tiré de Brandon hacia nuestros amigos mientras Carter me presentaba a los tres chicos con los que estaba. Tenía razón, no los conocía, pero Carter nunca había estado en California, así que tampoco sabía de qué los conocía.

Presenté a Carter y a los tres chicos al resto de mis amigos y, mientras que Konrad y los demás compañeros de piso se mostraron educados, Chase no habló ni le dio la mano a Carter. Simplemente se cruzó de brazos y lo miró con odio. Lo que más me desconcertó fue ver a Brandon junto a él con la misma postura. No me sorprendió que Carter diera un paso atrás. Esos dos chicos podían dar mucho miedo si se lo proponían. Aspecto duro, altos, con cuerpos musculosos y tatuados. Sí. Darían miedo a cualquiera que no los conociese. Bree se quedó mirándonos con expresión de asombro. Sabía que después me acribillaría a preguntas.

Cuando estuvimos todos sentados en las mantas, le pregunté de nuevo a Carter:

—¿Cuánto tienes de permiso?

—No estoy de permiso —respondió él encogiéndose de hombros.

—¡Carter! —exclamé—. Te juro que, como te hayas marchado sin autorización... —yo sabía cuál era el castigo por abandonar la base sin autorización y, si Carter lo había hecho... bueno, digamos que habría consecuencias.

—No, no —dijo riéndose—. No lo he hecho. Todos saben que estoy aquí. Pedí el traslado a la base de Pendleton cuando tú decidiste mudarte a San Diego. Me aceptaron justo después de que te fueras. Llegué aquí el lunes.

—Un momento, ¿te has mudado porque yo me he mudado aquí?

—Claro.

—¿Mi padre te ha obligado?

—En absoluto. Es que no podía dejarte marchar.

—Oh, joder —murmuró Bree.

Brandon se incorporó y no me hizo falta mirarlo para saber que estaba evaluando a Carter con la mirada. Aquello podía ponerse feo, y yo estaba a punto de decir algo cuando Carter volvió a hablar.

—Quiero decir que no puedo permitir que mi hermanita se cruce el país ella sola, ¿no?

Sonreí a Carter y noté que Brandon se relajaba detrás de mí. Sean, uno de los chicos que iba con Carter, miró a los otros dos chicos y después a Carter con expresión confusa y se dispuso a hablar, pero, al fijarse en Brandon y en mí, cerró la boca.

—Perdona... ¿cómo te llamabas? ¿Brady?

Le dirigí a Carter una mirada de advertencia, pero no dije nada.

Sabía que podría decirme los nombres de todos los que acababa de conocer. Siempre había envidiado que pudiera recordar cualquier cosa nada más leerla u oírla.

Brandon tensó el brazo alrededor de mi cintura.

—Brandon.

—Eso, perdona. ¿Y cómo conociste a mi chica?

—En la facultad. Vivo con Chase. Bree es su hermana, y la compañera de habitación de Harper.

Carter echó la cabeza ligeramente hacia atrás y se le iluminaron los ojos como si acabara de recibir una información muy valiosa.

—Chase, ¿eh? Me alegro por vosotros, no os juzgo.

Brandon resopló y deslizó la otra mano por mi brazo para entrelazar nuestros dedos.

—¿Has oído, Chase? Al parecer estamos juntos.

—Ah. Ahora todo tiene sentido. Por eso estás siempre en mi casa. Supongo que deberíamos tener una cita o algo —respondió Chase sin dejar de mirar a Carter.

Yo le di una patada a Carter en la pierna y le miré para que se comportara.

Él me sonrió y volvió a mirar a Brandon por encima de mi cabeza.

—¿Y qué estudias?

—Estudio una licenciatura doble en servicios financieros y contabilidad, y una diplomatura en *marketing*.

Carter pareció verdaderamente sorprendido al oír aquello. A mí me había pasado lo mismo cuando Brandon me contó que se había matriculado de todas las asignaturas troncales que necesitaría en un centro de formación superior cuando todavía estaba en el instituto, de manera que durante su estancia en la Universidad Estatal de San Diego solo tendría que centrarse en las asignaturas específicas de sus estudios. Era increíblemente listo y aquello aumentaba su atractivo.

—Eso es admirable, supongo —dijo Carter mirándome. Probablemente puedas ganarte bien la vida.

—Ya me gano bien la vida —me acercó más a su cuerpo y vi cómo se tensaban los músculos de su antebrazo.

Puse los ojos en blanco y estaba a punto de poner fin a aquel interrogatorio lleno de testosterona cuando Carter volvió a hablar.

—¿Y eso? ¿Eres encargado en un McDonalds?

Me quedé con la boca abierta y miré a mi amigo con reprobación. ¿Por qué estaba siendo tan imbécil? Brandon se tensó y yo cerré los ojos. Ya empezábamos.

—Peleo. Y se me da muy bien.

Miré a mi alrededor y fue como en una película mala. Todos dejaron de hablar y se quedaron mirando a Carter para ver qué contestaba.

—¿Qué tipo de peleas? ¿Con tortas y tirones de pelo? —preguntó.

—Artes marciales mixtas —dijo Brandon apretando los dientes.

—Ah, perfecto —Carter me miró—. Has conseguido encontrar un novio temperamental y violento, justo aquello de lo que intentábamos que te mantuvieses alejada.

—¡Carter! —exclamé yo.

—Considéralo una advertencia —dijo Carter con odio en la mirada—. Si tocas a mi chica, acabaré contigo.

Brandon fue a levantarse, pero yo me adelanté, agarré a Carter del brazo y tiré de él. En cuanto nos alejamos y creí que nadie podría oírnos, me di la vuelta para mirarlo.

—¿Qué diablos te pasa?

Carter pareció algo avergonzado.

—Solo intento cuidar de ti, Rojita.

—¡Estás siendo un imbécil!

—¡Bueno! —extendió los brazos—. No creo que sea bueno para ti.

Empezaba a estar harta de que la gente me dijese quién era bueno y quién no. Me crucé de brazos y deseé haber vuelto a ponerme la camiseta.

—¿Y eso por qué, Jason?

Vi el dolor en sus ojos, porque sabía que solo lo llamaba por su nombre de pila cuando estaba enfadada con él.

122

—Por lo que hace. Ya le has oído, se gana la vida peleando, Rojita. Ha tenido que hacer un esfuerzo para no pegarme, y eso que acabo de conocerlo.

—¡Porque estabas siendo increíblemente grosero! Y tienes razón, acabáis de conoceros. Si le hubieras dado cinco segundos, habrías visto lo asombroso que es. En su lugar has seguido provocándolo, y ¿por qué no paras de decir que soy tu chica? No soy nada tuyo y lo sabes.

—Eres mi mejor amiga, Rojita —dijo él.

—Y pensaba que tú lo eras también, pero mi mejor amigo no habría tratado a alguien como tú acabas de hacer, y menos a mi novio —me di la vuelta, pero me agarró del brazo.

—Rojita, lo siento. Por favor, no te vayas, te lo compensaré.

Me zafé de él y me acerqué a su cuerpo. A pesar de ser mucho más bajita que él, retrocedió.

—¿Tienes idea de la vergüenza que me has hecho pasar? —le puse las manos en el pecho y le di un empujón—. Cuando les hablaba de ti, no paraba de decir lo maravilloso que eras y lo mucho que te echaba de menos. Y entonces apareces y los tratas así —miré hacia el suelo e intenté recuperar el control de mis emociones. Me sentía avergonzada, furiosa y triste por haber perdido al Carter que conocía. Resoplé con tristeza y volví a mirarlo—. Vuelve a la base, Carter, y por favor no me llames más. No deberías haber venido a California.

Me agarró la mano cuando me di la vuelta y tiró de mí hacia su pecho antes de rodearme con los brazos.

—Lo siento mucho, Harper. He sido un estúpido, pero no sé. Supongo que me sentía amenazado por ellos. Eres mi mejor amiga y me miraban como si quisieran protegerte de mí. Me ha cabreado, y no debería haberlo permitido. Lo siento, de verdad.

Suspiré y le rodeé la cintura con los brazos.

—Porque me protegerían sin dudar. Es igual que en la base, Carter. Estos chicos nos protegen a Bree y a mí. Por eso me siento tan cómoda con ellos. Es como pasar de una familia de hermanos a otra.

—Pero apenas los conoces.

—Carter —dije riéndome—, ¿cuánto tiempo hacía que me conocías cuando le diste un puñetazo a un chico de otra unidad que había dicho algo sobre mi pecho? —cambió el peso de un pie al otro, pero no contestó, así que continué—. Unas dos horas. Es lo mismo.

—No lo es. Quiero ser yo quien te proteja. No quiero que otros hagan mi trabajo.

—Dios mío, pero ¿qué os pasa a los tíos? No necesito que nadie me proteja y no soy tu responsabilidad.

—Ya sé que no —retrocedió un poco y me miró a la cara—, pero hay algo en ti que hace que los tíos se vuelvan locos por cuidar de ti.

Puse los ojos en blanco y maldije mi diminuto cuerpo.

—Lo sé. ¡Ah! —le sonreí—. ¿Te he dicho que el otro día le rompí la nariz a un tío que se puso pesado?

Sus ojos se oscurecieron, pero aun así sonrió.

—No, pero me habría encantado verlo.

—El tío no entendía que no lo deseaba, entonces desafió a Brandon y yo sabía que Brandon haría algo, así que me adelanté. Le estampé la cara contra mi rodilla —entonces levanté la rodilla—. ¿Ves? ¡Aún tengo el moratón!

Carter negó con la cabeza y me abrazó contra su pecho.

—Estoy orgulloso de ti, Rojita —me dio un beso en la coronilla y me tensé, porque no supe cómo interpretarlo—. ¿Me perdonas?

Me aparté y le di un puñetazo cariñoso en el brazo.

—Sí, pero tienes que ser amable con mis amigos. Y tienes que disculparte con Brandon.

—¿De verdad te gusta?

—Sí. ¡Así que sé simpático! —lo agarré del brazo y comencé a caminar hacia los demás—. Es viernes, por lo tanto habrá fiesta en casa de Chase esta noche. Si consigues ganarte la simpatía de todos, podréis venir y quedaros a pasar la noche.

Carter dejó de andar.

—Sí, ¿y qué rollo lleva ese tío? Sinceramente, habría pensado que tu novio era él, porque me miraba como si quisiera matarme.

Yo me reí.

—La verdad es que no tengo ni idea. Brandon y tú os preguntáis lo mismo. Pero tiene buena intención, te lo prometo.

Carter murmuró algo en voz baja, pero yo ya estaba corriendo hacia mi novio, así que no le oí. Brandon se puso en pie al verme acercarme, me estrechó entre sus brazos y sonrió contra mi boca cuando lo besé.

—¿Todo bien? —me susurró al oído antes de dejarme en el suelo.

—Sí. Lo siento mucho. Normalmente no es así.

Brandon miró detrás de mí y le estrechó la mano a alguien.

—Lo siento, tío —dijo Carter—. Significa mucho para mí.

—Lo entiendo —dijo Brandon mirándome a los ojos—. Vamos. Harper ha preparado comida para todos. Tus amigos y tú podéis quedaros con nosotros.

Sonreí contra el pecho de Brandon. Incluso después de que Carter hubiera sido un imbécil, seguía siendo educado con él. Nos sentamos todos a comer y nos quedamos algunas horas más en la playa. Todos salvo Chase parecieron perdonar a Carter por su comportamiento del principio. Incluso Brandon bromeó con él al invitarlos a la fiesta de esa noche.

—¡Carter! —grité mientras corría a abrazarlo después de tomarme otro chupito. Era el tercer viernes seguido que venía a casa de Chase con algunos de los chicos de su nueva unidad.

Me abrazó con fuerza y le estrechó la mano a Brandon.

—Siento llegar tarde. No hemos podido salir antes de la base.

—Me alegra que ya estéis aquí.

La sonrisa de Carter fue cálida y resultó algo confusa.

—A mí también —dijo. Sus palabras se perdieron entre la música, pero era evidente lo que estaba diciendo. Seguía rodeándome con el brazo, pero yo me aparté y rodeé a Brandon por la cintura.

—Vamos a buscaros unas cervezas —dijo Brandon mientras nos guiaba hacia la cocina.

Cuando tuvimos todos una cerveza en la mano, Brandon me dirigió una mirada extraña al intentar por tercera vez iniciar una conversación con Carter, pero él se quedaba mirando hacia delante. Chase atravesó la cocina, seguramente de camino al trabajo, y, al ver a Carter, se puso serio y lo empujó para abrirse paso. Carter lo miró y se terminó la cerveza. No era extraño que Chase se mostrara grosero; que yo supiera todavía no le había dirigido la palabra a Carter. Pero normalmente Carter le hacía algún comentario sarcástico, no se quedaba callado.

—¿Estás bien? —le pregunté poniéndole una mano en el brazo.

Él miró a Brandon y después a mí.

—Perfectamente, ¿por qué?

—Estás muy callado.

—No tengo que hacerte compañía todo el tiempo que esté aquí, ¿verdad? Que yo sepa, esa es tarea de tu novio.

—Eh —dijo Brandon estrechándome contra su pecho—, solo se preocupa por ti, tío. No seas imbécil.

Carter se rio con ironía.

—Ella no tiene razón para preocuparse.

—Mira —me incliné hacia Carter para susurrarle al oído—, obviamente has tenido un mal día, o una mala semana, y lo siento. Pero tienes que tomarte otra cerveza, relajarte e irte a buscar a una chica.

—Eso es lo que haré —agarró otra cerveza del frigorífico y abandonó la cocina.

Brandon me dio un beso en el cuello.

—Déjale, necesita relajarse un poco.

Asentí y ladeé la cabeza para que pudiera acceder mejor.

—No sé qué le pasa. Está muy cambiado desde que llegó a California.

—Tal vez le cuesta adaptarse a su nueva unidad.

—Puede que tengas razón —me di la vuelta, le rodeé el cuello con los brazos y pasé la lengua por su labios inferior. Me reí al oírle gemir—. ¿Quieres bailar?

Me agarró la mano y me condujo hacia el salón, donde se encontraba Bree restregándose contra Konrad; por fin habían empezado a salir de manera oficial. Pegué la espalda al pecho de Brandon y empecé a moverme despacio junto a él. Me encantaba sentir su cuerpo duro contra el mío. Levanté una mano para ponerla en su nuca al sentir sus labios en mi hombro, y coloqué la otra sobre la suya, que tenía apoyada en mis pantalones. Sentía como si mi cuerpo se derritiera pegado a él mientras el calor me recorría, y de nuevo se me aceleró el corazón y deseé estar con él a solas en algún lugar. Cuando empezó una canción más rápida, Bree me agarró la mano y tiró de mí. Brandon se mantuvo detrás. Los cuatro empezamos a bailar tan cerca los unos de los otros que yo no paraba de rozarme contra las piernas de Konrad y sabía que a Bree le pasaba lo mismo con Brandon. Él mantuvo una mano sobre mi muslo, pero deslizó la otra por debajo de mi camiseta y la detuvo sobre la cintura de mis vaqueros. Contuve el aliento al notar que me agarraba con más fuerza y deslizaba el meñique por debajo de los pantalones mientras la mano permanecía extendida sobre mi vientre desnudo. Restregué mi espalda contra él con más fuerza, apoyé la cabeza en su hombro y cerré los ojos para poder sentir solo su cuerpo y oír solo la música. Cuando mis movimientos hicieron que introdujera el dedo anular también por debajo de la cintura de los vaqueros, mi cuerpo se estremeció y sentí su excitación contra mi espalda. No sé si fue por los chupitos o por la música, pero llevé la mano hacia mi espalda y empecé a deslizarla sobre su erección cada vez que se movía contra mí. Siguió bajando con los dedos, acariciando con ellos el dobladillo de mis bragas, y yo dejé escapar un gemido involuntario y arqueé el cuerpo para que siguiera bajando. De pronto dejé de sentir sus manos y su cuerpo contra mí. Me di la vuelta para preguntarle qué pasaba, pero me quedé sin voz al ver la pasión y el calor en sus ojos grises.

—Si no paro, acabaré poseyéndote aquí mismo, delante de todos.

Sonreí con picardía y vi que se convencía a sí mismo para apartarse de mí. Menos mal que uno de los dos recordó que no estábamos solos, porque yo le habría permitido hacerme cualquier cosa en aquel momento, con o sin gente delante. Seguí mirándolo mientras se alejaba hacia la cocina, pero ya había empezado a bailar de nuevo con Bree y con Konrad cuando una mano en mi brazo hizo que me diera la vuelta y me encontrara con Carter, que parecía enfadado. Señaló con la cabeza hacia el jardín de atrás, así que lo seguí a través del mar de cuerpos en movimiento.

—¿Qué…?

Carter se dio la vuelta y me besó en la boca. Yo abrí los ojos desmesuradamente y le di un empujón en el pecho para apartarme.

—Pero, ¿qué demonios haces?

Él seguía sujetándome por los brazos.

—Rojita, te deseo. Te he deseado desde que te conocí el año pasado.

Me quedé con la boca abierta y negué con la cabeza.

—¿Qué?

—Te quiero, Harper.

—No es verdad. Nosotros no tenemos esa relación, ya lo sabes.

—No… no lo sé. Me he mudado aquí por ti, he atravesado el país para poder estar contigo.

Miré a la gente que nos observaba e intenté bajar la voz.

—Carter, eres mi mejor amigo. No hagas esto. No intentes cambiar las cosas entre nosotros. Volvamos a ser como antes.

—¿Es que nunca has entendido nada de lo que he hecho por ti? ¿No oías todo lo que te decía? —me miró con incredulidad—. Nunca te he considerado mi mejor amiga, incluso le pregunté a tu padre si podía salir contigo, y dejó bien claro que, mientras estuviera en su unidad, no podría. Pero yo sabía que pronto te irías, sabía que esa sería nuestra oportunidad para estar juntos.

—Carter —dije con suavidad—, te quiero, pero no de ese modo. Tú mismo lo dijiste. Soy como tu hermana pequeña.

—Sabes que mentía. Tuve que hacerlo porque no esperaste ni

cinco segundos antes de enrollarte con el primer tío que se te puso por delante.

—¡Jason! —exclamé.

—Dame una oportunidad, Rojita. Puedo quererte y cuidar de ti mejor que él. Mejor que cualquiera.

—Estoy enamorada de Brandon, pero, aunque no lo estuviese, nunca te vería de ese modo. Lo sien…

Volvió a besarme y yo me aparté todo lo que pude.

—¡Para! —grité mientras lo empujaba.

En cuanto se alejó unos metros de mí, alguien me agarró por detrás y tiró de mí al mismo tiempo que Brandon embestía a Carter con el hombro y caían los dos al suelo. Sean y otro marine, Anthony, se tiraron encima de él para intentar separarlos, seguidos de Drew y Zach. Me lancé hacia delante, pero Derek me sujetó contra su pecho y me dijo que no me metiera. Cuando empezaron a retorcerse, Brad salió gritando que se separasen. Hicieron falta algunas personas más para que la pelea terminara, Anthony y Sean sujetaron a Carter mientras este seguía intentando lanzarse contra Brandon, y a mí me sorprendió ver que no tenía sangre en ninguna parte. Brandon se quedó de pie con actitud tranquila.

—¿Qué? ¿Nada? —dijo Carter—. Dices que peleas muy bien. ¡Vamos a verlo!

Brandon siguió sin moverse y sin decir nada.

—¡HAZ ALGO! —gritó Carter.

—¡Ya basta! —exclamó Brad desde el otro lado del jardín—. Fuera. Los tres. Marchaos —miró a su alrededor y levantó las manos—. Mejor dicho, todo el mundo fuera. Se acabó la fiesta. ¡Si no vivís u os alojáis aquí, largo!

Todos empezaron a dispersarse, manteniéndose alejados de los dos marines que se llevaban a Carter a rastras. Seguía desafiando a Brandon, que ahora estaba junto a mí y reemplazó los brazos de Derek con los suyos. Pero no me detuvo como había hecho Derek, sino que me rodeó con cariño mientras dibujaba círculos en mi espalda con los dedos.

—¿Estás bien? —me preguntó viendo cómo Carter se marchaba.

—Sí. ¿Le has hecho daño?

—Lo único que he hecho ha sido mantenerlo en el suelo.

Asentí y hundí la cara en su pecho.

—Te juro que no tenía ni idea de esto.

—Ya lo sé —respondió riéndose—, pero eso no significa que el resto no lo supiéramos.

—¿A qué te refieres?

—Como bien ha dicho Carter, todo lo que te dice, todo lo que habla de ti está cargado de deseo. Tú no te dabas cuenta porque pensabas que solo erais amigos.

Me sentía increíblemente estúpida.

—¿Lo has presenciado todo?

—Sí, pero he tardado un rato en poder abrirme paso entre la gente —me levantó la cabeza y me sorprendió ver su sonrisa cuando se inclinó hacia mí—. Y yo también te quiero, Harper. Mucho.

Sonreí antes de besarlo y murmuré contra sus labios lo mucho que le quería.

Después de que todos se marcharan, recogimos la fiesta, pero, cuando Bree y los chicos se sentaron a ver una película, Brandon me dio la mano y me condujo hacia su dormitorio. Apagó la luz, cerró la puerta con llave y se cambió de espaldas a mí mientras yo me ponía una camiseta de tirantes y unos pantalones cortos. Cuando nos metimos bajo la colcha, me rodeó con los brazos y me pegó a su pecho.

—Lo siento si te apetecía quedarte con ellos, pero ha sido un día muy largo y solo quería estar contigo.

Acerqué la cara a su cuello y le di un beso suave en la base.

—Me parece perfecto —pasados unos minutos en silencio, me reí—. Empezaba a disfrutar de las fiestas en esta casa. Supongo que tendré que volver a evitarlas. Demasiado drama.

—Un día de estos, todos se darán cuenta de que no pensamos abandonarnos. Y nos dejarán en paz.

—Eso espero.

—Te quiero, cariño.

—Yo también te quiero —respondí con un vuelco en el corazón.

Salí de la cama a la mañana siguiente para ir al baño y lavarme un poco sin dejar de sonreír. Seguía en las nubes después de que Brandon me dijera que me quería. Yo sabía que estaba enamorada de él desde hacía un par de semanas, pero me daba demasiado miedo decírselo. Supongo que tendría que estarle agradecida a Carter por haber hecho que nos ahorrásemos el momento incómodo de decírnoslo por primera vez. Carter. Dios. Me había dejado diez mensajes de voz y una docena de mensajes de texto la noche anterior disculpándose y todavía no le había respondido. Me daba pena haber perdido la amistad de Carolina del Norte, pero ahora era muy diferente y no sabía si podríamos volver a ser amigos, sobre todo después de la noche anterior. Intenté no pensar en ello mientras me recogía el pelo con un moño suelto. Lo único que me apetecía en aquel momento era volver con mi novio y pasar el fin de semana entre sus brazos.

Tras cerrar la puerta de su dormitorio, me quedé helada donde estaba, contemplándolo. Dios, qué sexy era. Tenía el torso desnudo, y tuve que morderme el labio inferior al ver la uve musculosa que desaparecía bajo sus pantalones, cuya cintura asomaba por debajo de la colcha. Mi cuerpo empezó a calentarse con solo mirarlo y no pude evitar pensar en recorrer el suyo con las manos y con los labios. Me miré y decidí que empezaría el fin de semana por todo lo alto. Me quité los pantalones y la camiseta, agarré la camisa gris y blanca que Brandon llevaba puesta la noche anterior, me la puse y dejé todos los botones desabrochados menos el del centro. Me miré en el espejo, decidí dejarme puestas las bragas rosas, me solté el pelo y le di un poco de volumen. Antes de poder pensármelo dos veces, me metí en la cama, apoyé una rodilla a cada lado de su cuerpo y posé los labios en su vientre firme. Su cuerpo se agitó y volví a besarlo, un poco más arriba. Sonreí al oírle gemir en sueños. Seguí subiendo con los labios y por fin abrió los ojos cuando me senté en su regazo y le di un mordisco en el cuello.

—Harper —murmuró mirándome a los ojos.

—Buenos días —le susurré antes de besarlo en la boca.

Me agarró las caderas y se movió ligeramente para ponerse más cómodo. Gimió y yo di un grito ahogado al notar su erección bajo mi cuerpo. Balanceé las caderas contra él y cerré los ojos para entregarme a las sensaciones. No tenía ni idea de lo que estaba haciendo, pero no quería parar. Empecé a notar en el vientre un calor que aumentaba cada vez que movía las caderas. Brandon deslizó las manos por mi vientre desnudo, me desabrochó el botón y siguió subiendo hasta mi pecho. Se incorporó y exploró uno de mis senos con los labios antes de pasar al otro. Yo suspiraba con fuerza, pero no parecía importarme lo suficiente como para intentar parar, y menos cuando me mordió el pezón. Arqueé la espalda y eché la cabeza hacia atrás mientras lo experimentaba todo por primera vez. Volvió a poner una mano en mi cadera para ayudarme con los movimientos, pero se la agarré, la puse sobre mis bragas y tiré. Al darse cuenta de lo que estaba haciendo, me quitó de encima y me tumbó boca arriba antes de colocarse sobre mí y apoyarse con un codo.

Me besó y deslizó la otra mano desde mi mandíbula hasta mis bragas. Cuando detuvo los dedos, se los agarré y los metí bajo la tela para que supiera exactamente lo que deseaba. No pude seguir besándolo al notar que el ardor de mi estómago aumentaba cuando empezó a mover los dedos. Comencé a sentir entre las piernas una presión que no puedo explicar y gemí con fuerza cuando deslizó un dedo dentro de mí y lo movió al ritmo de mis caderas.

Pasaron los minutos y las sensaciones empezaron a ser demasiado intensas. No sabía lo que ocurría y una parte de mí deseaba que parase, pero la otra parte no estaba dispuesta.

—Dios. Cariño...

Acercó los labios a los míos y me susurró:

—No pasa nada, cariño. Déjate llevar.

No entendía de qué estaba hablando, pero, cuando me arqueé una vez más contra su mano, todo mi cuerpo explotó en mil pedazos. Brandon me besó y amortiguó con la boca mi grito de placer mientras me entregaba a los intensos espasmos que sacudían mi cuerpo.

A eso se refería con lo de dejarme llevar. Dios mío.

Brandon me rodeó con los brazos y tiró de mí hasta que quedé medio tendida sobre su pecho. Me dio un beso en la sien y dibujó círculos en mi espalda con los dedos.

—Te quiero, Harper.

Yo asentí contra su pecho mientras intentaba recuperar la respiración.

—Yo… también… te quiero… guau.

Su carcajada silenciosa sacudió mi cuerpo, me abrazó con más fuerza y tiró de la colcha para taparnos. Me cubrió de besos la mejilla y la mandíbula hasta que mi cuerpo, completamente relajado, sucumbió al sueño. Justo antes de dormirme, creí oírle prometer que me querría siempre.

CAPÍTULO 6

—¿Por qué estás siendo así? —pregunté.

Él siguió mirándome como si yo fuese el mayor incordio del mundo, y no tenía ni idea de por qué.

—¿He hecho algo que te haya ofendido? No me has dirigido la palabra desde el domingo —estábamos a jueves—. Últimamente has estado tan bipolar que ya no sé qué esperar de ti.

Mantuvo la boca cerrada y arqueó una ceja, que desapareció bajo su pelo revuelto. Últimamente Chase y yo habíamos tenido una relación muy rara y ya no sabía qué pensar. Bree llevaba un mes llevándome a casa de sus padres los domingos para pasar el día con ellos y, aunque fue incómodo al principio cuando Claire, su madre, me abrazó nada más entrar por la puerta, pronto me encariñé de ella y de Robert, su marido. Eran extremadamente amables, divertidos y, sinceramente, me gustaba pasar el tiempo con su familia más que en las fiestas de casa de Chase. Sobre todo si eran como la de la semana anterior con la declaración de amor de Carter.

Lo frustrante eran los drásticos cambios de humor de Chase. A lo largo de las últimas tres semanas, había empezado a hablarme cada vez menos, pero, cuando estábamos en casa de sus padres, no se separaba de mí y yo no podía creer que fuese el mismo chico que había conocido en mi segunda noche en California. Era divertido, cariñoso y un artista increíble. Escuchándole discutir con su padre solíamos acabar partiéndonos de la risa, y a Bree, a su madre y a mí nos trataba con un respeto desconcertante. Si a alguien se le acababa la bebida, se apresuraba a rellenársela, siempre se aseguraba de que estuviéramos a gusto y tuviéramos todo lo que necesitáramos, y los besos que le daba a su madre en las mejillas eran los gestos más tiernos que le había visto jamás.

La mayor sorpresa fue cuando fui a su habitación en la casa compartida para decirle a Bree que ya estaba lista para irme y me encontré con un cuaderno de dibujo. Le pregunté por ello en otra ocasión cuando estábamos donde sus padres, salió corriendo escaleras arriba y regresó con un puñado de cuadernos. Tenía mucho talento y no debería haberme sorprendido cuando me dijo que trabajaba como tatuador en la tienda a la que Bree me había llevado para hacernos los *piercings*. Ver cómo se le iluminaban los ojos mientras yo admiraba cada dibujo me provocó un vuelco en el corazón e intenté por todos los medios controlar esos sentimientos. Había pasado un par de horas el domingo anterior viéndole trabajar en unos nuevos diseños que quería tatuarse en los antebrazos mientras su familia veía películas en el salón. En algún momento debí de quedarme dormida en el sofá que compartía con él, porque me desperté sobresaltada al oír una explosión en la televisión.

—Es la película —me susurró, y me acarició la mejilla con los dedos—. No te muevas todavía, princesa.

—¿No moverme? ¿Por qué?

—Ya casi he acabado, dame un par de minutos más.

Oí que su mano se movía lentamente de un lado a otro del papel y esperé hasta que se arrodilló delante del sofá para quedar situado justo delante de mí. Contuve la respiración y vi cómo sus ojos azul eléctrico recorrían mis labios entreabiertos. Se humedeció los suyos con la lengua y se mordió ligeramente el labio inferior mientras exploraba mi rostro con la mirada.

—¿Por qué no podía moverme? —logré preguntar cuando empezó a recorrer la escasa distancia que nos separaba.

135

Se detuvo bruscamente y parpadeó varias veces.

—Eh… bueno… mira. Pero no te asustes, ¿vale? No intentaba ser asqueroso.

—No le puedes decir a alguien que no se asuste. Esas palabras por sí solas ya asustan.

Chase sonrió.

—De acuerdo. Entonces no me pegues ni vuelvas a utilizar conmigo tu entrenamiento.

Antes de que yo pudiera poner los ojos en blanco, levantó el cuaderno delante de mí y me quedé con la boca abierta. Sentí que se me sonrojaban las mejillas y él me malinterpretó. Cerró el cuaderno maldiciendo.

—Sabía que era asqueroso.

—Chase —susurré, y negué con la cabeza en un intento por aclarar mis ideas—, no es asqueroso. ¿Puedo verlo otra vez? —al ver que no se movía, estiré el brazo hacia el cuaderno—. Por favor.

Me lo entregó con un suspiro y me miró con una sonrisa triste.

—Lo siento, pero estabas perfecta. No podía dejar pasar esa oportunidad.

Regresó mi estúpido rubor con más fuerza cuando dijo eso y me concentré en su dibujo. Era asombroso, algo vergonzoso, pero admirable en cualquier caso. Con el sombreado y los detalles, había capturado mi tronco y mi cara y casi parecía una foto en blanco y negro. Era perfecto. Desde el pecho, el cuello y la boca ligeramente abierta hasta la curva de mi pelo sobre la cara y las pestañas sobre mis mejillas. Era yo al cien por cien. Incluso había dibujado mi mano agarrada al cojín que tenía bajo la cabeza, apoyado sobre su pierna, y la manta que me cubría hasta la altura de los pechos. Se me puso la piel de gallina al darme cuenta de que había pasado un buen rato contemplando y duplicando cada parte de mi cuerpo sin yo saberlo. Se equivocaba, no era asqueroso, era precioso y curiosamente íntimo.

—Chase, es… —me aclaré la garganta y volví a intentarlo—. Es increíble —«increíble» era quedarme corta.

—¿Sí?

Lo miré a los ojos y sonreí.

—Sí.

Nos quedamos mirándonos, yo tenía la mente y el corazón completamente divididos. Una parte de mí deseaba dejarse llevar por los sentimientos que había provocado en mí el dibujo, pero la otra me gritaba que me incorporase y me alejase de él. Antes de poder intentar tomar una decisión, se oyeron más explosiones procedentes de la tele y ambos dimos un respingo.

Se me encendió de nuevo la cara al recordar aquel último domingo, y Chase pasó de mirarme molesto a hacerlo perplejo. Yo dejé a un lado mi asombro y mi nostalgia por ese otro Chase y la rabia tomó el control de mis emociones. No sé por qué los domingos era tan diferente, pero al menos durante la semana solía saludarme. Tampoco era que esperase pasar más tiempo con él, dado que siempre estaba con Bree o con Brandon durante la semana, pero, después de aquel domingo, no entendía por qué había estado esquivándome desde entonces.

—Mira, da igual. Estoy harta de intentar entenderte. Si quieres ser un imbécil, adelante. Pero los domingos no sigas fingiendo que no pasa nada malo entre nosotros.

—¿Otra vez estamos con esto? —preguntó él.

—Vaya, si habla. Es un milagro.

—¿Crees que yo resulto confuso? Dios, Harper, qué valor —se rio y entornó los párpados—. Y lo dice la chica que me decía repetidamente que me mantuviese alejado y que, sin embargo, se echó a mis brazos al mínimo problema con su novio. ¿Quieres que me aleje o no? —dio un paso hacia delante, yo di uno hacia atrás y él lo imitó y me susurró—: ¿Por qué sigues luchando contra lo inevitable, cariño? Me deseas. Ahora mismo tu cuerpo está temblando porque estás haciendo un esfuerzo por no tocarme —sonrió al pasar las yemas de los dedos por mi mano—. Solo con tocarte se te pone la piel de gallina. Dime que quieres que me aleje.

—Eres un idiota —gruñí dando otro paso atrás—. Es que no entiendo por qué no podemos ser amigos todo el tiempo. No quiero ser tu amiga los domingos y la chica a la que no saludas el resto de la semana. Quiero lo mismo todos los días. Así que toma una decisión y comunícamela —me moví para pasar frente a él, pero apoyó el brazo en la pared del pasillo y me cortó el paso.

—Te lo diré si me lo dices tú.

—¿Decirte qué?

—Siento que formo parte del grupo de los muchos chicos de Harper, pero sin ninguno de los beneficios. Así que dime, si me comporto como tu amigo, ¿también podré follarte?

Mi puño iba dirigido hacia su perfecta nariz, pero Chase se estampó contra la pared antes de que yo pudiera golpearle. Brandon tenía el antebrazo contra el cuello de Chase y estaba rojo de ira.

—¿Qué coño acabas de decirle? —gruñó mientras apretaba a Chase con más fuerza contra la pared.

La única respuesta de Chase fue escupirle a la cara.

Brandon lo agarró de la camiseta con la otra mano para acercarlo y le dio un puñetazo en el estómago con el brazo que hasta entonces tenía en el cuello. Chase se giró y golpeó la pared cuando Brandon se movió, pero al hacerlo chocó con el puño izquierdo de Chase. Yo empecé a gritarles que parasen y acabaron en el suelo, con Chase encima. Cuando los demás compañeros de piso salieron de sus habitaciones, Brandon le dio un golpe a Chase en la cabeza y este volvió a escupirle en la cara, aunque en esa ocasión estaba lleno de sangre.

—Joder, ¿otra vez? —dijo Brad mientras pasaba corriendo frente a mí y agarraba a Chase por los brazos para echarlo hacia atrás. Derek mantuvo a Brandon en el suelo mientras Zach ayudaba a Brad a llevarse a Chase hacia un pasillo situado en el otro extremo del salón.

—Joder, princesa —dijo Drew pasándome un brazo por los hombros, pero yo me aparté—, sí que vuelves locos a los tíos. Estos han sido los dos meses más entretenidos que he vivido en esta casa, y todo parece ser por ti.

—Drew.

—¿Sí, princesa?

—Si quieres tener hijos en algún momento de tu vida, te sugiero que te marches.

Chasqueó la lengua, pero se apartó.

—Qué susceptible. Oye, B, creo que tienes algo en la cara.

—Estoy a punto de dejar que se levante —le advirtió Derek, y Drew se marchó hacia el jardín.

En cuanto Derek lo soltó, Brandon se puso en pie y se alejó hacia su cuarto de baño sin decirme nada. Derek me entregó la mochila de Brandon y señaló con la cabeza hacia su habitación.

—Espéralo ahí. Voy a hablar con él aunque estoy seguro de que ya sé lo que me va a decir. Dale unos minutos. Y una cosa…

—¿Sí?

—Mantente alejada de Chase. Así será todo más fácil.

Me sonrojé intensamente y asentí antes de encerrarme en la habitación de Brandon. Me quedé allí sentada durante diez minutos que parecieron tres horas. Oí que se abrían y cerraban numerosas puertas, voces en diferentes partes de la casa y lo que debía de ser Chase burlándose de Brandon. Después todos empezaron a gritarse y Brandon empezó a amenazar a Chase. Se abrió la puerta y vi a Derek y a Drew intentando meter a Brandon en la habitación a empujones.

—¡Cálmate, tío! —dijo Derek mientras empujaba a Brandon para que no pudiera salir—. Lo está haciendo para provocarte más. Tranquilízate.

—¡Es mía! —gritó Brandon, y volvió a empujar.

—Sí, es tuya y ahora mismo la estás asustando. ¡Cálmate!

Brandon se dio la vuelta y dejó de intentar escapar cuando me vio. En cuanto los otros dos se apartaron, cerró de un portazo y echó el pestillo, pero no se volvió para mirarme. Apoyó la cabeza en la puerta y una mano en la pared.

Empecé a levantarme de la cama, pero su voz me detuvo.

—No. Dame un minuto.

Cuatro interminables minutos después me puse en pie de todos modos.

—Voy a irme…

—Te llevaré a tu residencia —al fin me miró y negó con la cabeza—. Da igual, le diré a Derek que te lleve.

Sentí un vuelco en el estómago. Yo pensaba salir fuera para darle más tiempo; no esperaba que quisiera que me fuera de verdad. Normalmente intentaba alargar nuestra regla de los fines de semana, aquella era la primera noche desde el sábado que pasaríamos juntos, y deseaba que me fuera a la residencia. Ni siquiera quería ser él quien me llevase. ¿Tan enfadado estaría conmigo por la pelea con Chase? Se me cerró la garganta, así que asentí y agarré mi bolsa.

—Por favor, ¿puedes llevarme a un hotel? —le pedí a Derek cuando me metí en su coche.

—¿A un hotel? ¿No quieres ir a la residencia?

—No. Konrad va a quedarse con Bree esta noche. Llévame a un hotel.

Apretó los labios, pero no dijo nada hasta que estuvimos en la entrada del hotel más cercano.

—No seas demasiado dura con Brandon, ¿de acuerdo? Intenta perdonarlo. Se siente muy mal por hacerte esto.

¿Qué? ¿Por hacerme qué? Dios mío, ¿iba a romper conmigo? No le había pedido que se peleara con Chase, estaba decidida a encargarme de la situación yo sola. Se me llenaron los ojos de lágrimas y ni siquiera pude darle las gracias a Derek por llevarme, temiendo que, si abría la boca, empezaría a sollozar.

Derek se bajó del coche y me acompañó hasta el mostrador de recepción. Yo seguía sin poder hablar, así que le dijo a la recepcionista que necesitaba una habitación para pasar la noche. Cuando ella pidió una tarjeta, él sacó su cartera. Le agarré del brazo, negué con la cabeza y las lágrimas empezaron a brotar.

—No puedo creer que esté a punto de dejarte aquí sola, princesa. Al menos concédeme la tranquilidad de saber que no te he hecho pagar por una habitación por lo que ha ocurrido —le entregó la tarjeta a la mujer, que estaba lanzándole cuchillos con la mirada. Cuando tuve la tarjeta llave en mi poder, me dio un abrazo y se apartó—. Si necesitas algo, díselo a cualquiera.

Oí que la mujer murmuraba «imbécil» en voz baja cuando Derek salió por la puerta. Cuando me metí en el ascensor me di cuenta de la impresión que debía de haberle causado. Entre mis lágrimas y lo que él había dicho, debía de parecer un mal tío. El pobre Derek.

En cuanto llegué a la habitación, me acurruqué sobre la enorme cama y dejé que se me rompiera nuevamente el corazón por el hombre al que creía que siempre amaría. Me llamó una hora después, pero ya estaba devastada con lo que sabía que me iba a decir, así que ignoré la llamada y apagué el teléfono. Tal vez así interpretara que yo ya era consciente de que no me deseaba.

Los golpes me despertaron tiempo después y al principio me asusté porque no sabía dónde estaba. Volvieron a sonar los golpes y miré hacia la puerta. No tenía ni idea de qué hora era, pero Brandon había llamado justo antes de las diez, así que sabía que sería muy tarde. ¿Sería algún borracho intentando entrar en la que pensaba que era su habitación?

—Harper, cariño, abre la puerta.

Abrí más los ojos y me levanté de la cama. Dios, debería haber respondido al teléfono. Romper por teléfono habría sido mucho más fácil que cara a cara. Tomé aliento, quité el cerrojo a la puerta y la abrí.

Brandon entró, me estrechó entre sus brazos y me besó.

—¿Qué diablos estás haciendo aquí, cariño?

¿Yo? ¿Qué estaba haciendo él, y por qué me besaba?

—Estaba volviéndome loco. ¿Por qué has apagado el teléfono?

—No… no quería hablar contigo.

Apartó los brazos y se puso serio.

—No podía soportar que rompieras conmigo.

—Espera, ¿qué? ¿Romper contigo? ¿Por qué demonios iba a romper contigo?

Me quedé pensando unos segundos intentando recordar todo lo que habían dicho Derek y él.

—Porque… ¿es que no…? ¿No era por eso por lo que querías que me fuera?

—¡No! —se inclinó y me rodeó la cara con las manos—. Pensaba que te había asustado con la pelea, pensaba que querías alejarte de mí.

Dejé escapar un sollozo y las lágrimas comenzaron a resbalar de nuevo por mis mejillas mientras negaba con la cabeza.

—Cariño —volvió a estrecharme entre sus brazos—, ¿estás loca? ¿Cómo puedes pensar que no quiero estar contigo? Al ver tu cara en la habitación, estabas aterrorizada y odiaba que hubieras visto aquello. No debería haber perdido así los nervios delante de ti.

—Entonces, ¿no vamos a romper?

—Dios, no.

Me sentí tremendamente aliviada.

—Sí que estaba asustada en tu habitación, pero porque pensaba que estabas enfadado conmigo. Pensaba que estabas enfadado por haberte metido en otra pelea por mi culpa. Y ha sido horrible que se metieran todos.

—Harper, me enfrentaría a cualquiera por ti —me dio un beso y se acercó a la puerta—. Enseguida vuelvo, ¿de acuerdo?

—Antes de que yo pudiera decir nada, salió por la puerta y se alejó corriendo por el pasillo. Cuando regresó, algunos minutos más tarde, me tomó en brazos y, sin dejar de besarme, me tumbó sobre la cama.

—¿Dónde has ido? —le pregunté casi sin aliento cuando empezó a recorrer mi mandíbula con los labios.

—He reservado la habitación hasta el domingo por la mañana —sonrió con picardía y yo me apresuré a quitarle la camiseta.

—Princesa, deja de caminar y háblame.

—¿Para qué? ¿Para que puedas decirme otra vez lo puta que crees que soy?

—No lo creo —soltó un sonido mitad gruñido mitad suspiro—. No creo que seas una puta. Es que me pillaste en un mal día.

—Déjame adivinar, Chase. Me hiciste daño porque estabas muy enfadado, ¿verdad? —le lancé a la cara su misma frase de hacía un mes y se quedó pálido.

Levantó el brazo, me apartó el pelo de la cara y lo mantuvo agarrado mientras me miraba a los ojos.

—Por esto es por lo que te dije que nunca sería lo suficientemente bueno para ti, porque no paro de hacerte daño, princesa.

—Esto no se trata de que seas o no suficientemente bueno para mí. Solo quiero ser tu amiga, pero haces que resulte imposible.

—Amiga —murmuró él en voz baja mientras se rascaba la cabeza antes de agarrarse un mechón de pelo—. Vale, de acuerdo, somos amigos. Pero necesito que dejes de acercarte a mí en mi casa y en la facultad.

—¿Qué? Así es como hemos estado las últimas tres semanas, eso no cambia nada.

—Tiene que ser así —soltó su pelo y el mío al mismo tiempo y se volvió un instante antes de mirarme de nuevo—. Los domingos son el único día en que te tengo. Son los únicos días en los que estás conmigo —yo abrí la boca, pero me detuvo—. No, ya sé que no estás allí por mí… pero estás. Y él no está —dobló las rodillas para estar a la misma altura—. Necesito esos días contigo, Harper. Pero los demás días eres de él y entonces no es buena idea que estemos cerca. Así que mantente alejada, por favor.

—Chase…

—Si crees que actuar como si no existieras no es lo más difícil que he hecho nunca, te equivocas. No soporto no hablar contigo, no soporto no discutir como una pareja de ancianos que lleva casada muchos años y no soporto no poder pasar todos los días junto a ti. Pero así ha de ser. Brandon me odia y, princesa, confía en mí cuando te digo que tiene motivos. Así que, si después de todo lo que te he hecho, sigues queriendo ser mi amiga, tendrá que ser solo los domingos.

—A Brandon le dará igual que seamos amigos —de acuerdo, no estaba del todo segura de que eso fuese cierto.

Chase sonrió y negó con la cabeza.

—Sé que no eres tan ingenua. Ahora vete a comer con mi madre y con Bree y después vuelve aquí para que pueda pasar contigo esas horas robadas.

Caminé hacia la entrada, pero me detuve a los pocos metros.

—Chase.

—¿Sí, princesa?

Miré por encima del hombro y le aguanté la mirada.

—Por favor, ¿vas a dejar de hacerme daño… en todos los sentidos?

Él recorrió la distancia que nos separaba y me dio un fuerte abrazo.

—Vete a comer, cariño.

Eso no era un «sí», ni un «no». Pero no pensaba seguir insistiendo.

CAPÍTULO 7

Los tres últimos meses habían pasado volando. Había sacado tres sobresalientes y un notable en el último cuatrimestre y estaba emocionada por empezar las nuevas clases. Bree era la mejor compañera de habitación que podría desear; me enseñó todo lo que había que ver en San Diego, me ayudó a adaptarme a la vida universitaria y me acogió en su familia. Era como la hermana que nunca había tenido y la quería mucho. Seguíamos pasando todos los domingos con sus padres y con Chase y, aunque era el único día que no estaba con Brandon, formar parte de una familia era asombroso y los domingos pronto se convirtieron en mi día favorito. Me dolía saber que me había perdido aquello cuando era pequeña, pero agradecía lo rápido que Robert y Claire me habían acogido en su hogar y apreciaba el tiempo que pasaba con ellos.

Como había sospechado, solo recibía noticias de mi padre una vez al mes, y además por correo electrónico. Intentaba llamarlo una vez por semana, pero nunca respondía ni me devolvía las llamadas. No me molestaba demasiado, porque incluso cuando vivía en casa, solo hablaba con él si era estrictamente necesario. Carter y yo ya casi nunca hablábamos. Seguía echándolo de menos, pero poner fin a nuestra amistad probablemente hubiese sido lo mejor. Aún me escribía a veces cuando estaba borracho, normalmente me hablaba del club de *striptease* en el que estaba o de alguna chica con la que se hubiera acostado recientemente. Y lo último que supe antes de que su unidad se marchara a Afganistán era que se había fugado para casarse con una chica a la que había conocido el día anterior. Me preocupaba que yo le hubiese empujado hacia ese estilo de vida, pero Bree y Claire enseguida me quitaron esa preocupación.

Chase y yo seguíamos manteniendo nuestra amistad especial. No nos hablábamos durante la semana y, cuando llegaba el domingo, no me apartaba de su lado a no ser que fuera mi día de chicas con Bree y con Claire. Enseguida descubrí que él no soportaba esos días. Daba igual lo mucho que lo deseara, pero mis sentimientos hacia él no parecían desaparecer. De hecho, la tensión sexual entre nosotros crecía cada vez que nos veíamos, en vez de disminuir como yo quería. La semana del puente de Acción de Gracias, nos encontramos en el pasillo de sus padres y me detuvo para poder pasarme las manos por las mejillas y la mandíbula hasta llegar al cuello. Me aprisionó suavemente contra la pared y se apoyó sobre mí. Pese a los latidos desbocados de mi corazón y a mi respiración entrecortada, logré pedirle que no me besara, y esa fue la última vez que estuvimos tan cerca el uno del otro. No entendía mis sentimientos no deseados hacia él, pero me alegraba que pareciéramos haber encontrado un término medio con nuestra amistad y, que yo supiera, no había vuelto a pelearse con Brandon.

Brandon es... asombroso. Me trata como si fuera la única persona en el mundo que le importa y somos prácticamente inseparables. Nuestro acuerdo de dormir juntos únicamente los fines de semana solo había durado hasta mediados de octubre y ahora pasaba casi todas las noches en su cama, pero solo dormíamos. Algunas veces las cosas se habían puesto calientes y habíamos ido demasiado lejos, pero él siempre nos detenía antes de que pudiéramos llegar a hacer eso, y lo amaba por ello. Me había dicho que se lo dijera cuando estuviese preparada y, aun en la pasión del momento, yo todavía no le había dicho nada y él nunca me presionaba. Bree y yo íbamos a casi todas sus peleas y aún no había perdido ninguna. Cuando terminaba, el espantapájaros le entregaba un fajo de billetes y él se lo guardaba en el bolsillo sin contarlo. Yo me moría por saber cuánto ganaba, pero suponía que, si quisiera que lo supiera, me lo diría. No hubo más costillas fracturadas, aunque a veces volvía a casa con un labio partido o un corte en la ceja. Yo prefería el corte en la ceja, porque los labios partidos resultaban un fastidio.

Me había llevado a Arizona con él para pasar las Navidades y a mí me agradaron mucho su madre y su hermano, Jeremy. Su madre estaba encantada de que al fin llevase a una chica a casa, porque así no tendría que pasar otras fiestas rodeada de chicos. Yo la ayudé a cocinar, fuimos a hacernos la pedicura juntas y pasamos una noche de comedias románticas después de deshacernos de los chicos. No me costaba imaginarme en su familia y, aunque pensar en eso después de solo cuatro meses de relación me asustaba, también me emocionaba. No sabía si estaba preparada para hablar de matrimonio, pero con el tiempo creo que me gustaría hacer eso con él.

Brandon pensaba quedarse en Arizona durante todas las vacaciones de invierno, pero yo le había prometido a Bree recibir el año nuevo con ella, así que había volado a San Diego y ahora estaba saliendo del aeropuerto. Agarré el teléfono para llamar a mi novio y me dio un vuelco el corazón al pensar en no verlo durante el resto de las vacaciones. Desde que nos conociéramos, habíamos pasado al menos unas horas juntos cada día. Aquellas dos semanas iban a ser un infierno.

—Hola, cariño, ¿has llegado bien?

—¡Sí! Acabo de recoger la maleta y estoy esperando a que venga Bree a buscarme.

—¿Llegará pronto?

—Me ha enviado un mensaje cuando estaba recogiendo la maleta diciendo que llegaría unos minutos tarde. De hecho aquí llega.

—De acuerdo. Entonces te llamaré más tarde. Diviértete esta noche y feliz Año Nuevo. Te quiero.

Me mordí el labio y sonreí. Oírle decir eso con aquella voz profunda siempre me provocaba un cosquilleo en el estómago.

—Yo también te quiero, Brandon —me guardé el teléfono en el bolsillo justo antes de que mi mejor amiga estuviese a punto de placarme.

—¡Dios, Harper, cuánto te he echado de menos! ¡Dos semanas sin ti son demasiado!

—¡Ja! Yo también te he echado de menos, Bree. La próxima vez tendré que meterte en mi maleta —tras guardar el equipaje en el maletero, subimos a su coche y nos abrimos paso entre el caótico tráfico del aeropuerto en plenas fiestas—. ¿Adónde vamos esta noche?

—Adonde tú elijas. Los chicos van a hacer fiesta en casa y mis padres van a celebrar una fiesta también. Y te prometo que no es tan aburrido como suena. Siempre hay mucha gente, juegan al póquer y beben.

—¿Y dónde estará Konrad?

Ella sonrió y arqueó una ceja como si la respuesta fuese evidente.

—Donde esté yo.

—¿Podemos ir a casa de papá y mamá? También les he echado de menos a ellos —en Acción de Gracias, Claire y Robert me habían dicho que no volverían a responderme si no actuaba como si fueran mis padres. Empezó como una broma, pero se convirtió en una costumbre.

Mientras Bree hablaba por teléfono con Konrad, a mí me vibró el móvil y me sobresalté al ver que era un mensaje de Chase.

Chase:
¿Vas a venir a casa esta noche?

Yo:
No. Pasaré la noche con la familia.

—¿Es tu chico? —preguntó Bree tras volver a subir la música.

—Eh… sí —no sé por qué mentí, pero me sentía incómoda corrigiéndome después.

—¿Os habéis divertido en Arizona?

Me reí al ver sus cejas arqueadas.

—Nos hemos divertido, pero no de la manera que estás pensando. Siento pincharte la burbuja.

—¡Vas a matar a ese pobre chico, Harper! Han pasado ¿qué? ¿Cuatro, cinco meses?

—Lo sé, lo sé. No sé qué me lo impide. No es que no hayamos tenido oportunidad. Es que… no sé.

Bree apagó la música, lo cual nunca era buena señal.

—¿Estáis bien?

—Sí, Bree, estamos mejor que bien, ¡créeme! No es nada de eso. Es que todavía no creo que haya llegado el momento adecuado.

—Si tú lo dices. Pero, en serio, si no lo haces pronto, va a explotar.

—No paras de decirme lo mismo —me moría por preguntarle cómo estaba Chase. Aunque no hablásemos, nos veíamos todos los días. Y que me hubiese escrito por primera vez hacía unos minutos provocaba que se me acelerase el corazón sabiendo que volvería a verlo en breve—. ¿Qué tal la familia?

—Están bien. Mamá se echó a llorar porque no estuvieras el día de Navidad.

—¿Qué? ¿En serio?

—Totalmente. Tus regalos seguían bajo el árbol esa noche y empezó a llorar. Así que tuve que llevármelos a mi habitación para que se calmara.

Yo no sabía qué decir y negué con incredulidad.

—En serio, Harper, estaba destrozada.

—No, no, si te creo. Supongo que todavía no he asimilado lo mucho que significo para ellos. ¿Y dices que tenía regalos? ¿Por qué? —los únicos regalos que a mí me había hecho mi padre habían sido el portátil por mi graduación y el iPhone. Y, para ser sincera, sé que la razón por la que lo hizo fue que yo pensaba comprármelos de todos modos y no quería que me gastase el dinero. Nunca hubo regalos, tarjetas ni felicitaciones navideñas, ni cumpleaños. Así eran las cosas.

—¡Porque todos te queremos!

—Pero… yo no os he comprado nada.

Bree estiró el brazo para darme la mano y habló con suavidad.

—No esperábamos que lo hicieras. Sabemos lo que fue criarte con tu padre. Queríamos demostrarte lo que es una Navidad de verdad —me miró hasta que el semáforo volvió a ponerse en verde—. ¿Has hablado con él?

—No. Le llamé un par de veces y le dejé mensajes —Dios, tenía una vida familiar lamentable. Incluso la familia de Bree me había llamado en Navidad. Y Brandon… —Oh, Dios mío, Bree. ¡Soy estúpida!

—¿Qué? ¡No lo eres!

Tiré de mi collar para mostrárselo.

—Me lo ha regalado Brandon.

—¿Te ha comprado un collar de Tiffany's por Navidad? ¡Buena elección!

—Esa es la cuestión, Bree. No me lo dio en Navidad, sino antes de marcharme. Pensé que era extraño porque nunca me había regalado nada y después de Navidad no nos separamos, así que me habría enterado si hubiera salido a comprarlo después. Pero sabe cómo eran mis Navidades con mi padre y sabe que me entristecía que no respondiera al teléfono. Creo que pensó que me entristecería más aún si me demostraba lo idiota que es mi padre.

—Es un buen tío, Harper. Me alegra que estés con él.

Agarré el collar con fuerza y suspiré en mi asiento.

—Yo también —nos quedamos en silencio durante un minuto escuchando la radio—. Y, salvo la crisis nerviosa de tu madre, ¿cómo han estado el resto del tiempo?

—Bastante bien. Nos hemos relajado mucho. Mamá está intentando aprender a tejer, así que no te olvides de hacerle chistes de abuela, porque le cabrea. Papá se fue con unos amigos al torneo de golf.

—Ah, sí, ¿y cómo les fue?

—Eh… no le preguntes por ello.

—Tiene sentido —su padre no era nada bueno jugando al golf, pero al parecer le encantaba—. ¿Y Chase?

—Ni lo sé. Últimamente está de mal humor.

—¿Y cuándo no lo está, Bree?

Ella resopló.

—No, me refiero a que está peor de lo normal. Literalmente, desde el día en que acabaron las clases, no habla con nadie si no es para hacer algún comentario cortante. Y en Navidades apenas se quedaba con nosotros el tiempo justo para comer. Después se marchaba. Te juro que necesita echar un polvo.

Brandon y yo nos habíamos ido a Arizona el día en que acabaron las clases. ¿Podría ser que...? Dios, quise abofetearme por pensar que mi partida pudiera tener algo que ver con el mal humor de Chase. Creo que me lo tengo demasiado creído.

—Sí, probablemente... Madre mía, ¿todo esto es para su fiesta? —había coches aparcados a varias manzanas de la casa de sus padres y gente que caminaba hacia allí. Por suerte logramos entrar en el garaje.

—Ya te he dicho que es el gran acontecimiento del año.

Bree agarró mi maleta y ambas nos abrimos paso entre la multitud y subimos al piso de arriba para ir a su habitación y que yo pudiera cambiarme. Mi amiga debía de haberles dicho que íbamos de camino, porque mamá y papá ya estaban esperando en su habitación para abrazarme.

—¡Cariño, cuánto te hemos echado de menos!

—¿Cómo está mi pequeña?

Me reía y los abracé.

—Yo también os he echado de menos. ¿Qué hacéis aquí arriba? Os estáis perdiendo vuestra fiesta.

—¡Oh, calla! Teníamos que saludarte, y además tenemos algunas cosas para ti —mamá se sentó en la cama donde estaban las cajas de regalos.

—Oh, Dios mío. Chicos... no hacía falta que me comprarais nada —ahora sí que me sentía fatal por no haberles regalado nada.

Bree me agarró del brazo y tiró de mí hacia la cama.

—Ya te he dicho que lo hemos hecho porque queríamos.

Tomé aliento e intenté no llorar. No había sido una persona sensible hasta que me mudé allí. Cuando mamá y papá me demostraban cómo eran los padres de verdad, solían abrírseme las compuertas y aún no estaba acostumbrada. Bree me había comprado un nuevo conjunto escogido especialmente para esa noche y un bolso que me encantó. Mamá y papá dos pares de botas UGG, una chaqueta carísima con la que había fantaseado desde Acción de Gracias y un día de *spa* para las chicas. Yo me quedé allí sentada con las cosas en mi regazo y los miré con la mirada borrosa. Intenté hablar pese al nudo que tenía en la garganta, pero mis agradecimientos apenas resultaron audibles. Mamá y papá me dieron besos en la mejilla y se marcharon con Bree, que iba a salvar a Konrad de toda la gente mayor de abajo a la que no conocía. Yo me dediqué a guardar en sus cajas las cosas que no utilizaría esa noche para llevármelas a la residencia o a la habitación de Brandon, y ya casi había acabado cuando llamaron a la puerta y se abrió.

—Hola, princesa —Dios, cómo había echado de menos esa voz.

—Chase —tuve que aclararme la garganta para continuar—. No creía que estuvieras aquí.

—Te he preguntado si vendrías a casa —respondió él.

—Sí, pero pensé que te referías a tu casa.

La habitación quedó inundada por la tensión que siempre nos rodeaba. El corazón se me aceleró por su cercanía y me maldije a mí misma. No quería sentir nada por aquel chico y sin embargo allí estaba, deseando que intentara besarme de nuevo. Nos quedamos mirándonos durante quién sabe cuánto tiempo hasta que se acercó, se sentó en el suelo junto a mí y me entregó una cajita.

—Feliz Navidad, Harper.

Acepté el regalo, me quedé mirándolo y solo pude decir:

—¿Por qué?

—Porque eres mi favorita, ¿recuerdas? —resopló y sonrió—. Cuando lo vi, supe que tenía que comprártelo. Por favor, ábrelo.

Desenvolví el paquete tan despacio que seguro que le volví loco y abrí la cajita de cuero. Me quedé con la boca abierta al ver el anillo.

Era una alianza de plata con el símbolo de la trinidad en lo alto. Siempre había querido un tatuaje con ese símbolo. Miré a Chase y negué con la cabeza asombrada.

—¿Cómo lo sabías?

—Lo garabateas en cualquier cosa que tengas delante.

Tenía razón, claro. Si tenía un boli y un papel o una servilleta, siempre acababa dibujándolo. No sabía que alguien además de Brandon se hubiera dado cuenta, y menos él.

—Chase... —ya no pude aguantar más y las lágrimas comenzaron a resbalar por mis mejillas. Agaché la cabeza con la esperanza de que no se diera cuenta, pero lo hizo.

—No llores, Harper. Si no te gusta, o no te gusta que te lo haya regalado yo, puedo devolverlo.

Mi risa sonó más como un sollozo.

—Me encanta, por favor, no lo devuelvas.

—Entonces, ¿qué pasa? —me levantó la cabeza y me secó las lágrimas con los pulgares. Tuve que esforzarme para no apoyarme en sus manos. Era la primera vez que teníamos cualquier contacto físico en más de un mes. Los domingos era un Chase completamente distinto, pero nunca antes lo había visto así. Tan amable y tierno. Me hacía desearlo más.

—Nunca había tenido algo así. No me refiero solo a los regalos, sino al amor que siente por mí tu familia. No lo había tenido hasta ahora y es abrumador. No sé qué he hecho para merecerlo y no sé si soy capaz de demostrárselo a ellos.

—Se lo demuestras, créeme —me miró a la cara durante largo tiempo y terminó de secarme las lágrimas—. Eres especial, Harper. No es difícil quererte —apartó las manos de mi cara, se levantó y salió de la habitación.

Después de lavarme, peinarme, maquillarme y ponerme mi nuevo atuendo, agarré el anillo y me lo puse en el dedo anular de la mano derecha. Me miré en el espejo de cuerpo entero de Bree y sonreí. Mi amiga sabía ir de compras. Llevaba una camiseta verde transparente de manga corta ajustada a la altura del pecho y con un vuelo que me cubría el trasero, debajo una camiseta interior negra, unos vaqueros pitillos gastados y mis UGG negras. No se me daba muy bien dar las gracias, pero esperaba que la familia supiera lo mucho que me había gustado todo.

—¡Vaya! ¡Estás guapísima!

Di una vuelta sobre mí misma para mostrarle a Bree su creación.

—¡Me encanta! Es perfecto para mí.

—Lo sabía —me guiñó un ojo cuando Konrad apareció tras ella con bebidas y ambos se sentaron a una de las mesas de póquer.

Me quedé detrás de su silla e intenté no buscar a Chase con la mirada. De pronto se me erizó el vello de la nuca, miré hacia mi derecha y lo encontré contemplándome y mordiéndose el labio inconscientemente. Se me encendió la cara y traté de prestar atención a Bree, que estaba perdiendo el dinero de Konrad, en vez de a esos labios. Cuando Chase pasó junto a mí, me agarró la mano derecha y pasó el pulgar por el anillo que me había regalado antes de soltarla y sentarse al otro extremo de la mesa. Presencié dos partidas y disfruté de la risa estruendosa de Chase mientras todos en la mesa se burlaban los unos de los otros cuando perdían dinero. Konrad se puso en pie después de la segunda partida y me dio órdenes estrictas de ocupar su lugar y no perder su dinero mientras iba al baño. Supongo que se olvidó de que a mí se me daba tan mal que las personas querían que jugara con ellos solo porque estaba garantizado que se quedarían con mi dinero.

—Será mejor que entregues ya todas sus fichas, princesa, las vas a perder de todas formas —bromeó Chase con su clásica sonrisa engreída.

—Ya era hora —me susurró Bree al inclinarse hacia mí.

—¿De qué?

Por fin ha vuelto a casa. No le había visto tan feliz en dos semanas.

No es que tuviera derecho, pero de pronto sentí celos de la persona con la que hubiera estado. Se me contrajo el corazón solo con pensar en él de ese modo. Sentía como si estuviera engañando a Brandon con mis pensamientos y no me gustaba. Por suerte Konrad regresó antes de que pudiera causar ningún daño, porque no solo no tenía ni idea de qué tipo de mano llevaba, sino que además sentía los ojos de Chase mirándome cada pocos segundos y eso me distraía. La tensión entre nosotros era palpable, incluso en aquella habitación llena de gente, y necesitaba alejarme de él. Di vueltas por la estancia hasta que encontré a mamá y papá sentados a otra mesa y le rodeé a ella el cuello con los brazos.

—¿Qué tal vais por aquí?

—¡Voy ganando! ¿Te lo puedes creer, Harper? —su sonrisa era contagiosa.

—No. ¿Estás haciendo trampas? —la familia de Bree me había enseñado a jugar y, si había alguien tan mala como yo, esa era Claire.

—¡Claro que no! Pero estoy segura de que Robert sí —susurró en voz alta.

Yo me reí y recogí su botella de cerveza vacía.

—¿Quieres otra?

—¡Sí, por favor, cariño!

—¿Alguien más?

Tres personas a las que no conocía dijeron que sí, así que me fui a la cocina y saqué cinco.

—No, no. Si yo no bebo, tú no bebes.

Le lancé una mirada de reojo a Chase.

—Bueno, entonces ¿por qué no te tomas tú una?

—Porque ya no bebo —se encogió de hombros y miró a su alrededor un instante.

—¿Desde cuándo? —no le había visto beber en meses, pero no sabía que hubiese parado.

Chase dejó de mirar a su alrededor y me atravesó con sus ojos azules.

—Desde que fui un imbécil e hice daño a mi princesa.

Dijo mi princesa. Mi. Se me puso la piel de gallina.

—Eh… no me había dado cuenta.

155

—Eres tú la que me dijo que debería parar —respondió.

—Pero no tenías por qué hacerlo, Chase. Eres adulto, puedes hacer lo que quieras.

—Lo sé. Pero beber no me traía nada bueno.

¿Quién era aquel chico y qué había hecho con Chase?

—¿Quieres compartir una? No te va a pasar nada por beberte media cerveza, ¿no?

Se golpeó el estómago y subió su voz una octava.

—Supongo que mi cuerpecito podrá soportar media cerveza.

—Eres tonto. Ayúdame con esto. Estoy en la mesa de tu madre —no podía llamarlos mamá y papá delante de Chase. Pensar en ellos como mis padres cuando sentía aquello por él me resultaba realmente incómodo.

Vimos a Claire ganar doscientos dólares sin hacer trampas y, aunque yo mantuve la cerveza entre nosotros, Chase no la tocó. Cuando quedaban cinco minutos para que acabara el año, todos se arremolinaron en torno a las enormes televisiones distribuidas por la casa para esperar a que empezara la cuenta atrás. Encontré a Bree y a Konrad y me quedé con ellos, aunque dudo que supieran que estaba allí. No habían esperado a la medianoche y ya tenían sus lenguas entrelazadas.

Empezó la cuenta atrás y, cuando llegamos al seis, alguien me arrastró hacia el pasillo a oscuras y me encontré con unos ojos azules mirándome. Me rodeó la cara con las manos y me acarició los pópulos con la yema de los pulgares. Apenas oí a los asistentes gritar los últimos números antes de ponerse a aplaudir, y de pronto sentí los labios de Chase en los míos. Me quedé petrificada durante unos segundos antes de rodearle el cuello con los brazos y mover la boca contra la suya. Cuando recorrió mi labio inferior con la lengua, abrí la boca para invitarle y no me decepcionó. Se apoyó en la pared de enfrente, me agarró de las caderas y me colocó entre sus piernas. Me puso una mano en el pelo y la otra en la parte inferior de la espalda antes de pegarme más a su cuerpo. Yo gemí contra sus labios. En aquel beso depositamos cuatro meses y medio de deseo contenido y de química ignorada. Cuando terminó, supe que nunca volvería a ser la misma. Apoyó la frente en la mía y tuve que llevarme la mano al pecho. Juro que creí que me iba a explotar el corazón.

—Harper —dijo con voz rasgada y apasionada—, pensaré en este beso el resto de mi vida —me apartó, se quedó observándome durante unos segundos y después se dio la vuelta para abandonar la casa.

Yo me quedé mirando el lugar en el que había estado e intenté convencerme a mí misma de lo que acababa de ocurrir. Después me encontré de nuevo en la habitación de Bree, con la espalda pegada a la puerta, sin recordar siquiera haber subido las escaleras. Seguía intentando calmarme cuando vibró mi móvil y corrí hacia mi bolso, pero me sentí decepcionada al ver que no era un mensaje de Chase.

Brandon:
Feliz Año Nuevo, cariño. Te quiero.

Sin duda debería haber ganado el premio a la peor novia del año.

Pasaron cinco días sin ver a Chase y sin saber nada de él. No soportaba que aquello me molestara. No soportaba haber soñado con él. No soportaba que me importase. Estaba locamente enamorada de Brandon, ¿por qué entonces tenía que amar también a Chase? Estaba relajándome en el sofá de Bree, intentando aún justificar nuestro beso, cuando vibró el móvil. Se me aceleró el corazón al ver la pantalla.

Chase:
Bueno... ¿vas a venir algún día a hacerte el tatuaje?

El día que decidimos ser amigos, había vuelto a casa de comer con Claire y con Bree y lo había encontrado dibujando en el sofá. Nada más verme había cerrado el cuaderno y había dicho que estaba diseñando un tatuaje para mí. El único problema era que no se me permitiría verlo hasta no habérmelo hecho y que estuviera terminado. Yo deseaba hacerme un tatuaje, claro, pero en aquel momento me costaba mucho esfuerzo pasar tiempo con él. Sentir sus manos en mi piel durante horas habría sido una tortura a la que no habría podido sobrevivir.

Yo:
¿Cuándo tienes tiempo?

Chase:
¿En serio?

Yo:
:) Búscame una cita. Allí estaré.

Chase:
Hoy abrimos a las cuatro. Ven a esa hora.

Yo:
¿No puedo saber primero lo que es?

Chase:
Podrás verlo cuando esté acabado. Te lo advierto. Tardaré horas.

Yo:
Chase, te juro que si me dibujas algo que odio, te mato.

Chase:
Te prometo que te va a encantar.

158

Yo:
No hagas que me arrepienta.

Chase:
Te veo en un par de horas, princesa.

Eso era justo lo que quería evitar. Antes no creía que pudiera soportar que tocara mi cuerpo, pero ¿ahora, después de aquel beso? Dios, iba a arrepentirme de aquello. Corrí escaleras arriba para darme una ducha y vestirme con ropa suelta con la que pudiera estar cómoda durante y después. Llamé a Brandon para decírselo y se alegró por mí, así que decidí no contarle quién me haría el tatuaje. Se habría enfadado. No me gustaba ocultarle cosas, sabía que lo que estaba haciendo estaba mal y aun así no podía dejar de hacerlo. Por suerte Bree estaría fuera con su novio hasta el día siguiente, porque sabía que se enfadaría cuando descubriera que había ido sin ella, pero necesitaba hacerlo sola. Bueno, en realidad no, pero deseaba estar a solas con Chase. Llegué justo después de las cuatro y seguí a Chase hasta su zona.

—No puedo creerme que de verdad hayas venido.

—Lo sé. De hecho estoy un poco asustada.

Dejó de sonreír y se inclinó hacia mí.

—Entonces no voy a hacerlo, princesa. Lo haré cuando estés preparada.

—No, no. Lo quiero hoy, pero me da miedo porque me va a doler y es complicado no saber lo que es. ¿No puedes dejarme verlo?

—No voy a mentirte y decir que no te va a doler, pero para cada persona es distinto. Algunas personas detestan los contornos, otras el relleno. Otras no sienten nada y otras detestan todo el proceso. Ya te he dicho que te va a encantar. Pero es una sorpresa y no puedo decírtelo.

—En esto confío en ti, Chase.

Me puso una mano en el cuello y me acercó a él.

—Lo sé, Harper, gracias —me dio un beso en la frente, apartó

159

la mano y se apoyó en el mostrador. Yo ya echaba de menos su tacto—. ¿Dónde lo quieres?

—Eh… has dicho que era grande, ¿verdad?

Asintió.

—¿Puedo saber cómo de grande es? Porque la ubicación depende del tamaño.

—Date la vuelta.

—¿Qué? ¿Por qué?

Sonrió y me dio la vuelta.

—Porque ya tengo preparado el contorno y voy a buscarlo para ver el tamaño, y no quiero que lo veas —oí que manipulaba algunos papeles durante unos segundos hasta que volvió a darme la vuelta—. Así de grande.

Me quedé con los ojos muy abiertos y después tomé aliento.

—De acuerdo, lo quiero aquí —agarré el papel encerado y lo coloqué sobre mi cadera—. Quiero que empiece en el extremo izquierdo de mi vientre y continúe por la cadera.

Sus ojos se encendieron al arrebatarme el papel y levantarme la camiseta por encima de la cintura.

—Túmbate de costado —contuve la respiración cuando me bajó ligeramente el lado izquierdo de los pantalones—. Te mantendré tapada, te lo prometo. Solo necesito bajarte esta parte.

—Chase.

—¿Sí?

—¿Has dicho que tardarías horas?

—Sí, puede que tres. Como ves, es grande y el relleno es bastante detallado. Esa parte es la que más tiempo me llevará —lo preparó todo antes de darse la vuelta para mirarme—. Aquí es donde tienes que confiar en mí. Voy a dibujar el contorno, por favor, no mires —cerré los ojos y se rio—. Si necesitas que pare, dímelo, ¿de acuerdo?

—De acuerdo —respiré profundamente dos veces—. Estoy preparada, vamos allá.

Tras dibujar el contorno y preparar la pistola, me apretó la mano antes de colocar la suya sobre mi cadera.

—Has elegido el lugar perfecto. Te quedará de maravilla.

—Más vale —le advertí.

Me quedé helada cuando la aguja tocó mi piel, pero me relajé transcurrido un minuto. No era tan doloroso como había imaginado, simplemente incómodo. Creo que lo peor es el ruido de la pistola.

—¿Estás bien?

—Sí. Tú pon atención a lo que estás haciendo.

Se rio y continuó con su trabajo. Terminó con el contorno y empezó con el relleno. Fue entonces cuando para mí todo comenzó a ir cuesta abajo. Había estado tan concentrada intentando averiguar cuál era el diseño que ni siquiera tuve tiempo de pensar en que sus enormes manos me tocaban. Y ahora no podía pensar en otra cosa. Intentaba hacer ejercicios de respiración para no hiperventilar, pero Chase dijo que me movía demasiado. Me agarró y me estiró la piel de la cintura, la cadera, el vientre y el trasero mientras rellenaba el diseño, y tuve que hacer un esfuerzo por controlar los escalofríos que querían recorrer mi cuerpo. Deseaba que sus manos siguieran bajando, deseaba sentir sus dedos acariciándome. Dios, ¿qué me pasaba? «Piensa en Brandon, piensa en Brandon». Estaba cantando canciones en mi cabeza cuando la pistola se detuvo y Chase acercó su cabeza a la mía.

—¿Estás tarareando?

—Quizá —mierda, no me había dado cuenta de que estaba haciéndolo en voz alta.

Se rio, se quitó los guantes y empezó a rebuscar en un cajón. Se acercó a mí y me entregó su iPhone y unos cascos.

—Lo estás haciendo genial. Enseguida termino —me dio un beso en el cuello y siguió con su trabajo.

La música acabó sirviéndome para distraerme de las fantasías ardientes que poblaban mi cabeza, pero en más de una ocasión tuvo que ponerme la mano en la parte superior del muslo para que dejara de moverme al ritmo de los graves, y eso hacía que las fantasías reaparecieran. Tenía la cadera tan entumecida que no me di cuenta de

161

que Chase había terminado hasta que me dio un beso rápido en los labios. Abrí los ojos y me arranqué los cascos de las orejas.

—¿Sigo moviéndome demasiado?

—No, princesa. Ya he acabado —su sonrisa y el brillo de sus ojos hicieron que se me encogiera el corazón—. ¿Estás preparada para verlo?

—¡No te haces idea!

Se carcajeó y negó ligeramente con la cabeza.

—Cierra otra vez los ojos. Te dejaré abrirlos cuando estemos junto al espejo.

Me puso una mano en la cadera derecha, me agarró la mano izquierda y me trasladó unos metros. Me giró el cuerpo un poco y me susurró al oído:

—Abre los ojos, Harper.

Lo primero que vi fue su expresión nerviosa a través del espejo. Estaba mordiéndose el labio esperando mi reacción. Tomé aliento y su cuerpo se tensó cuando me miré el costado izquierdo. Era precioso. Había cuatro enormes lirios naranjas rodeando mi cadera y yo no podía creer lo asombrosos que eran. Me acerqué más y me fijé en el detalle de cada flor. Gracias a los diseños que había visto y a los dibujos que me había hecho, sabía que Chase era asombroso, pero jamás había imaginado que pudiera hacer algo con tanto realismo. Noté que tragaba saliva y me di cuenta de que yo aún no había dicho nada. Pero es que no tenía palabras. Primero el anillo y ahora aquello. ¿Es que no pasaba nada por alto? Me volví para mirarlo y le pasé una mano por el pelo.

—Por favor, dime lo que estás pensando.

Por desgracia, no estaba pensando en nada. Lo besé y él enseguida me devolvió el beso. De inmediato el resto de tatuadores comenzó a gritarnos que nos buscásemos una habitación. Me aparté y supe que no podría disimular el rubor de mis mejillas. Chase me condujo de nuevo hasta su mesa y me cubrió el tatuaje con crema y plástico antes de recolocarme la camiseta. Era todo sonrisas.

—¿Por qué has elegido ese diseño?

Me deslumbró con su sonrisa.

—Te oí decirles a mi madre y a Bree que eran tus favoritos. Y desde ese día he querido comprarte unos lirios naranjas, pero sabía que probablemente me llevaría otro puñetazo. Y de esta manera lo he conseguido.

—Es asombroso, Chase, gracias.

Se encogió de hombros, pero aun así no pudo contener su sonrisa.

—Hablo en serio —le tomé la cara con ambas manos y lo acerqué—. Me encanta, gracias.

Me dio un beso y me rozó la mejilla con la nariz.

—Dios, eres preciosa, Harper.

Entonces sonó mi teléfono y vi el nombre de Brandon en la pantalla.

—Hola, cariño.

—Hola. ¿Qué tal te queda el tatuaje?

—Eh, aún no está terminado. ¿Puedo llamarte en un rato?

—Voy a salir con unos amigos del instituto. Hablaremos mañana, ¿de acuerdo? Pero envíame una foto cuando esté terminado. Te quiero.

Se me encogió el corazón.

—Yo también te quiero. Pásalo bien esta noche —colgué el teléfono y me fijé en la expresión sombría de Chase—. Chase…

—Tendrás que comprarte un jabón bactericida para limpiártelo.

—Por favor, háblame.

—Eso intento. Mira, voy a darte algunas instrucciones para su cuidado. No te quites el plástico durante al menos una hora. Si ves que tiene mal aspecto, llámame —dejó el papel sobre mi estómago y se apartó.

—¡Chase!

—Tengo otro cliente esperando. Luego nos vemos.

Miré sus ojos nublados y suspiré profundamente.

—¿Cuánto te debo?

—Nada. Era un regalo. Pero estoy ocupado, por favor, vete —me dio la espalda y se marchó.

Genial.

A todos les gustó mi tatuaje, aunque Bree se pasó una hora sin hablarme porque no se lo había contado antes ni le había permitido acompañarme. Chase había realizado un trabajo asombroso y a mí me gustaría poder arreglar las cosas con él, pero había estado evitándome desde aquel día. Parecía dar igual cómo nos comportáramos, porque siempre me evitaba después. Aunque probablemente fuese lo mejor, porque Brandon regresaría en dos días y a mí la culpa me devoraba por dentro y no deseaba sentirme peor. Me odiaba a mí misma cuando pensaba en los besos con Chase, en que Brandon confiaba en mí por completo y yo había estado besándome con el único tío que le preocupaba.

Mamá y papá se habían ido al lago Tahoe con unos amigos el día anterior y Bree me rogó que me fuera con todos a Los Ángeles a pasar el fin de semana, pero fingí estar enferma. Iban a salir de fiesta esa noche y el día siguiente y pensaban compartir habitaciones de hotel ambas noches. Yo habría querido ir, pero todos iban con pareja salvo Drew, y yo no quería tener que lidiar con él. Lo único que quería era quedarme en casa de Bree y lamentarme. Al mudarme allí, no había planeado enamorarme de los dos primeros chicos que se me pusieran por delante. De hecho no había planeado enamorarme en absoluto durante la universidad. Deseaba tener relaciones esporádicas y aventuras, pero, ¿acaso había ocurrido eso? No. Me sentía como Elena, de *Crónicas vampíricas*. Ella tiene a dos chicos increíblemente atractivos enamorados de ella y que harían cualquier cosa por ella. Elena daría casi cualquier cosa por estar con uno, y no para de rechazar al otro, aunque en realidad no pueda mantenerse alejada, para no tener que admitir que también está enamorada de él. Al menos mis chicos no eran hermanos. Gracias a Dios.

Chase entró en casa una hora después de que Breanna se hubiera marchado y se detuvo en seco al verme.

—Pensaba que te habías ido a Los Ángeles —su voz sonaba áspera y su rostro seguía siendo sombrío.

—No. Le he dicho a Bree que estaba enferma.

—¿Y lo estás? —comenzó a avanzar hacia mí, pero se detuvo.

—Estoy bien. Me apetecía estar sola.

—Bueno, yo me iré en unos minutos. Solo he venido a por unas cosas. ¿Qué tal el tatuaje?

—Precioso —respondí—. ¿Podemos hablar de lo de aquel día?

—No hay nada de lo que hablar —dijo por encima del hombro mientras caminaba hacia las escaleras.

Me levanté del sofá con un brinco y corrí tras él.

—Sí que lo hay. Te aislaste por completo y desde entonces me evitas.

—No te evito. Es que no tengo nada que decir.

—¿Por qué me tratas así? ¿Qué te he hecho yo?

—¡Nada!

—Entonces, ¿te dedicas a esto? ¿Haces que las chicas se sientan especiales durante unos días y después las tratas como si no fueran nada?

Se volvió para mirarme antes de llegar a su habitación.

—¿De verdad vas a culparme a mí? De pronto me besas y al segundo estás hablando con tu novio y diciéndole que le quieres.

—¿Qué querías que hiciera? ¿Que no respondiera?

—Ni siquiera importa, Harper —respondió con una carcajada irónica—. Déjalo estar.

—¡A mí sí me importa! Estoy cansada de estar en esta montaña rusa contigo. Nunca sé con qué Chase me voy a encontrar. ¿Será con el Chase frío o con el cariñoso y divertido? ¿Será el que está con cuatro chicas en una noche o el que me dice lo guapa que soy y hace cosas maravillosas por mí y se fija en cosas de mí que nadie más ve? —bueno, Brandon sí las veía, pero eso no me ayudaría en ese momento.

165

Chase siguió mirándome con rabia.

—Eres imposible. Nunca sé cómo actuar contigo. ¡No sé qué deseas!

—¡Te deseo a ti! Siempre te he deseado.

—Entonces, ¿por qué estás intentando hacerme daño de nuevo?

—Porque así es más fácil —su voz sonaba suave ahora y yo vi el dolor en sus ojos—. Estás con Brandon. ¿Sabes lo que es para mí verte con él? ¿Desearte tanto y saber que es con él con quien debes estar?

—Pero, ¿y si yo también te deseo a ti?

—Harper, no hagas eso.

—Estoy enamorada de Brandon, pero no puedo evitar lo que siento por ti y sé que sabes de lo que estoy hablando. Sea lo que sea lo que hay entre nosotros… ha sido así desde que nos conocimos. Es como si necesitara más de ti siempre, pero tú no haces más que apartarme. ¡Siempre haces lo mismo!

—¡Porque no soy lo que necesitas, Harper!

Me acerqué más a él.

—Entonces, ¿por qué me besaste, Chase? Sabías que eso lo cambiaría todo y así fue. Entonces, dime, ¿por qué lo hiciste?

Se pasó una mano por el pelo y dejó escapar el aliento.

—Necesitaba hacerlo —recorrió la distancia que nos separaba—. No paraba de pensar en ti y me estaba volviendo loco. Habría dado cualquier cosa por ese beso y sabía que no volvería a tener otra oportunidad, así que tenía que hacerlo. Tenía que saber si tú también sentías algo.

Yo agité las manos exasperada.

—¿Es que no era evidente? ¿No es evidente que estoy enamorada de ti?

Entonces me besó en la boca y mi grito de sorpresa se convirtió en un gemido. Rodeó su cintura con mis piernas y me apretó contra la pared sin dejar de devorar mis labios.

—Dilo otra vez —respiraba entrecortadamente mientras me besaba.

—Chase —le agarré la cabeza para que me mirase—. Te quiero.

Una enorme sonrisa iluminó su cara antes de que yo volviera a besarlo.

—Dios, Harper, yo también te quiero. Muchísimo —murmuró contra mi boca.

Chase me llevó a su habitación y cayó conmigo sobre la cama. Le levanté la camiseta y, cuando se dio cuenta de lo que estaba haciendo, me soltó el tiempo suficiente para arrancársela y tirarla a un lado. Nuestras bocas volvieron a fundirse y Chase se estremeció cuando deslicé las yemas de los dedos por su torso y por su abdomen cincelados. Mi camiseta acabó en el suelo junto a la suya y sentí que todo mi cuerpo ardía cuando fue dibujando un camino de besos desde mis labios hasta el tatuaje. Me bajó los pantalones tan despacio que pensé que iba a volverme loca y los añadió a la pila de ropa del suelo. Pegó su cuerpo al mío, pero no era suficiente. No sabía si alguna vez podría pegarme a él lo suficiente.

—Te deseo.

Gimió contra mi cuello y me mordió la clavícula.

—No tengo preservativos aquí, princesa.

—No me importa.

—No digas esas cosas —soltó una carcajada—. No soy tan fuerte.

Alcancé el botón de sus pantalones e intenté desabrocharlo.

—Por favor, Chase, no quiero esperar más —gimoteé cuando me detuvo—. Quiero que seas el primero.

Se echó hacia atrás y me miró a la cara.

—No puedo.

—¿No me deseas? —me dio un vuelco el corazón. No me esperaba aquello.

—¡Claro que te deseo!

—No... no lo entiendo.

Se quedó mirándome con una expresión indescifrable.

—Es porque soy virgen —fue una declaración. Claro que no deseaba estar conmigo, siempre se había burlado de mí por eso.

—No en el sentido que estás pensando. Créeme, quiero que seas mía.

Le rodeé la cara con las manos.

—Entonces, por favor —le susurré.

—Princesa —dijo con dolor en la voz—, no puedes querer que sea yo. Con todo lo que he hecho, no me merezco ese regalo.

—Es tuyo. Estoy harta de ignorar lo que siento por ti y de negarme a mí misma lo que deseo.

Vi que su pecho subía y bajaba varias veces al ritmo de su respiración. Al fin habló cuando volví a mirarle a los ojos minutos más tarde.

—¿Estás segura, Harper?

—Te deseo. Por completo.

La sensación de urgencia había desaparecido y dedicamos largo rato a conocernos íntimamente. Cada beso y cada caricia estaban llenos de tanta pasión que no creía que algo pudiera ser mejor que aquel momento en la cama con él. Cuando nuestros cuerpos al fin se fusionaron, grité de placer y de dolor y Chase continuó despacio, haciéndome suya. Ahora entendía por qué nunca había estado preparada para hacerlo con Brandon. Era mi destino hacerlo con Chase. Al terminar, nos quedamos dormidos el uno en brazos del otro.

Me desperté con la cabeza apoyada en su cuello y una sonrisa. Chase me quería. La cara de Brandon surgió en mis pensamientos y la ignoré. Sabía que tendría que enfrentarme a aquel desastre que había provocado, pero en aquel momento no quería pensar en ello. Le di un beso en el cuello y me eché ligeramente hacia atrás para poder contemplar su cuerpo y recorrer los tatuajes que había deseado inspeccionar desde la primera vez que lo vi. Me sorprendió que en el pecho y en el brazo que podía ver no tuviera muchos. Tenía media manga en el brazo que estaba admirando y el otro lo tenía lleno, pero cada tatuaje era muy grande y solo fui capaz de contar seis diferentes. Tuve que contener una carcajada al pensar en el que tenía justo por encima de la cintura. Decía *¿Soy Ron Burgundy?*. Al parecer había perdido una apuesta mientras veía la película de *El reportero*

168

y aquel era el resultado. Estaba recorriendo con los dedos otros tatuajes sobre su hombro cuando su voz rasgada me detuvo.

—Cómo me gusta —murmuró medio dormido.

Le sonreí y seguí acariciándolo.

—He querido hacer esto desde la primera noche que pasé en tu cama.

—¿Y por qué no lo hiciste?

—Bueno, me intimidabas un poco y además me dejaste muy claro que no era el tipo de chica con el que estarías.

Él giró la cabeza para mirarme.

—¿Qué te dije?

—No lo recuerdo exactamente. Te agobiaba la idea de dejar que una chica se quedara a pasar la noche y me dijiste que no permitías que se quedaran a dormir las chicas a las que te tirabas —me mordí el labio y le miré a los ojos—. Hablando de lo cual… ¿te molesta que esté aquí?

Su cara se iluminó con una sonrisa y sus ojos azules y brillantes se encendieron.

—No hay nada que me guste más que despertarme contigo entre mis brazos —me dio un beso en la frente, en la nariz, en las mejillas y finalmente en los labios—. Eres la única chica con la que me he quedado dormido y quiero que siga siendo así. No eres una chica cualquiera. Estoy enamorado de ti, Harper. No querría que estuvieras en ninguna otra parte.

Me estiré para darle un beso e intenté demostrarle lo mucho que yo también le quería. Devoré su boca con pasión y empujé su hombro contra la cama para poder tumbarme encima; el ligero dolor de mi cuerpo despertaba mi deseo de volver a acostarme con él. Me agarró las caderas y pegó su cuerpo desnudo al mío mientras alternaba mordiscos y besos en mi cuello. Arqueé el cuerpo y la madre de todos los rugidos de estómago inundó el dormitorio. Me eché a reír y me encogí sobre su pecho.

—¿Cabe alguna posibilidad de que no hayas oído eso?

Su cuerpo aún temblaba de la risa.

—Ninguna —me dio un beso sonoro en los labios antes de quitarme de encima—. Voy a preparar el desayuno. Enseguida vuelvo.

—De acuerdo, te ayudo —me dispuse a levantarme, pero me empujó sobre las almohadas.

—Déjame hacer esto por ti, princesa —me cubrió de besos la mandíbula—. Quédate aquí. Quiero verte tal cual estás cuando regrese.

Le hice un saludo militar en broma, me acurruqué bajo la colcha y me quedé sin aliento al verlo salir de la cama.

—¿Qué pasa?

—Chase... eres precioso.

Me dirigió una sonrisa deslumbrante al volver a tumbarse encima de mí.

—Precioso, ¿eh? ¿Estás intentando arrebatarme la masculinidad, cariño? —sabía que bromeaba, pero le seguí el juego e intenté decir unas palabras entre besos.

—Perdona. Quería decir duro. Y guapo. Y muy sexy.

Se rio contra mi mejilla y abandonó la cama para ponerse solo unos vaqueros. Eso tampoco ayudó mucho. Le quedaban por debajo de las caderas y acentuaban la uve de sus músculos y aquella ridícula cita de *El reportero*. Grabé su imagen en mi mente y supe que jamás olvidaría a Chase como estaba en aquel momento. Unos minutos más tarde, regresó y capté el olor a beicon, lo que hizo que volviera a rugirme el estómago.

—Cuando te vuelva a llamar, igual deberías responder —dejó caer mi teléfono junto a mí y, con una sonrisa triste, volvió a salir por la puerta.

Miré el teléfono y vi las doce llamadas perdidas de esa misma mañana, las seis de la noche anterior y los dieciocho mensajes de Brandon y de Bree. Tras leerlos y escuchar los mensajes de voz, tomé aliento y me dejé caer sobre las almohadas. No le había dicho a Brandon que no iba a irme a Los Ángeles y, después de que Bree dramatizara el hecho de que estuviese enferma y sola, y al no responder al teléfono en toda la noche y la mañana, ambos habían empezado a preocuparse. Les envié a los dos el mismo mensaje diciéndoles que estaba bien, que me había quedado dormida temprano la noche anterior y había dejado el teléfono en la otra habitación. Que les quería y que hablaría con ellos después de ducharme y de dormir un poco más. Sé que estaba siendo cobarde, pero todavía no sabía qué decirle a Brandon. El estómago me dio un vuelco al recibir su respuesta.

Brandon:
Me habías asustado, Harper. Bree pensaba que te había pasado algo. He adelantado mi vuelo. Acabo de embarcar. Te quiero mucho. Enseguida estoy ahí para cuidar de ti.

No estaba preparada para que terminase mi tiempo con Chase y no tenía ni idea de lo que iba a hacer con los dos hombres que ocupaban mi corazón. Me tapé la cabeza con las sábanas y resistí la tentación de llorar. No había manera correcta de hacer aquello e, hiciera lo que hiciera, haría daño a alguien y perdería una parte de mí misma. Chase no dijo nada durante un rato cuando regresó con una tortilla y beicon. Nos quedamos allí comiendo. Bueno, comiendo él, porque yo tenía la misma loncha de beicon en la mano desde que había vuelto a la cama.

—Cariño, por favor, di algo —me rogó mientras dibujaba círculos en mi espalda.

—Brandon volverá en un par de horas —dije al fin.

Maldijo entre dientes y se dejó caer contra el cabecero de la cama con un golpe seco.

—Pensaba que volvía mañana por la noche.

—Se ha asustado al ver que no respondía al teléfono. Bree le dijo que estaba enferma y sola en casa y, como nadie lograba localizarme…

—Bree me ha llamado varias veces rogándome que viniera a ver cómo estabas. Parece ser que van a volver todos hoy.

—Chase, ¿qué debo hacer? —lo miré a la cara en busca de

171

respuestas, pero parecía tan atormentado que en su lugar me quedé mirándome las manos.

—No puedo responderte a eso, princesa. Nadie puede —continuó pasados unos minutos de completo silencio—. ¿A quién deseas tú?

—¡No lo sé! —exclamé sin dudar—. Te deseo a ti, Chase, pero no puedo hacerle daño. No le haré más daño del que ya le he hecho. A él también le quiero mucho.

Se estremeció como si le hubiera abofeteado.

—Da igual a quién elija, al final la gente sufrirá. ¿Y qué pasará si le dejo? Vive en tu casa, Chase. Tendrá que vernos juntos y será horrible. ¡No puedo hacerle eso! Me quiere. Ha tomado el primer vuelo disponible porque estaba preocupado por mí y quiere venir a cuidarme. ¿Cómo voy a decirle que estoy enamorada de otro? —tomé aliento varias veces en un intento por calmarme y dejar de temblar—. Si le dejara por ti, sería malo para nosotros. Iría detrás de ti, los chicos de la casa tomarían partido. Lo pasaríamos mal. Mi cuerpo te desea, Chase, pero siento que estoy dividida. Necesito… necesito unas semanas para pensarlo. ¿Puedes concederme eso, por favor?

Apretó la mandíbula con tanta fuerza que creí que se le iba a romper.

—¿También vas a pedirle tiempo a él?

—No, no puedo.

Sus ojos se convirtieron en hielo y se quedó con la boca abierta.

—Entonces, ¿vas a volver con él? ¿Fingir que lo de anoche no ha pasado? Te preocupa mucho hacer daño a los demás, pero ¿te das cuenta de que me harás daño a mí? —se levantó de la cama y comenzó a dar vueltas de un lado a otro—. Maldita sea, Harper, ¿no te das cuenta? Soy yo el que tendrá que verte con tu novio mientras espero a que decidas lo que quieres.

Me estremecí cuando cerró de un portazo al salir. Tenía razón, y tampoco quería hacerle daño a él, pero no sabía qué otra cosa hacer en ese momento. Estaba más enamorada de Chase de lo que me había imaginado, pero no podía vivir sin Brandon. Si pensaba que me odiaba a mí misma por haber besado a Chase, ahora sentía que me moría por dentro pensando en cómo había traicionado al hombre al que amaba más que a mi vida. Incluso aunque me pareciera que era demasiado pronto, le había oído hablar con su madre y decirle que creía que yo era la elegida, y no pude evitar sonreír al pensar en un futuro con él. Pensé en un futuro con Chase, pero no llegaba muy lejos. Chase no sentía lo mismo por mí que yo por él. No digo que no me quisiera, pero no significaría lo mismo para él. Si le elegía a él, ¿volvería a mostrarse distante un día y cariñoso al siguiente? ¿Querría estar conmigo solo durante algún tiempo? Por mucho que yo deseara creerme todo lo que me había dicho la noche anterior, en el fondo me aterrorizaba que me dejara como dejaba a las demás chicas. Brandon no haría eso, y además nunca me había tratado mal. Tal vez su cabeza afeitada, su rostro duro y su cuerpo fornido le dieran una apariencia peligrosa, pero ese chico me adoraba y haría cualquier cosa por mí. Estaba decidida, al finalizar el día sería a Brandon a quien elegiría. En el fondo de mi corazón sabía que no podría vivir sin él. Pero, después de lo ocurrido la noche anterior, temía que jamás podría entregarle todo mi corazón como se merecía.

El agua caliente de la ducha no logró calmarme. Sabía que sí podía vivir sin Chase, pero se me rompía el corazón al pensar en no tenerlo en mi vida. Dejé escapar un sollozo y pronto las lágrimas se mezclaron con el torrente de agua que resbalaba por mi cuerpo. Apoyé las manos en la pared de la ducha para mantener el equilibrio y lloré con más fuerza que nunca. Chase me dio la vuelta con sus manos y me estrechó contra su pecho mientras mi cuerpo se convulsionaba entre sollozos. Cuando abrí los ojos, me di cuenta de que seguía llevando los vaqueros y estaban empapados. Lo miré a la cara y memoricé su mandíbula firme, sus labios carnosos, su nariz perfecta, sus ojos azules y su pelo greñudo. Incluso sufriendo era increíblemente guapo.

—¿Por qué estás aquí?

—Porque me necesitas —contestó con voz rasgada—. Y, si esta va a ser mi última hora contigo, no pienso malgastar un solo segundo.

Me besó en los labios y yo le devolví el beso. Fue difícil, pero logró quitarse los pantalones antes de aprisionarme contra la pared y colocar mis piernas alrededor de su cintura. Yo sabía que aquello me rompería más el corazón y dañaría más mi relación con Brandon, pero necesitaba aquella última vez con Chase. Me hizo el amor lentamente mientras el agua caliente nos envolvía y, aunque yo ya no sollozaba, las lágrimas brotaban constantes de mis ojos. Él sabía que aquella era nuestra última vez juntos, y la mezcla de amor, de pasión, de dolor y de tristeza hizo que fuera la experiencia más hermosa de mi vida. Ninguno de los dos habló después mientras nos lavábamos el pelo y el cuerpo, o mientras nos secábamos y vestíamos, pero no dejamos de mirarnos a los ojos en ningún momento. Ellos lo decían todo. Me llevó a su casa para que pudiera recoger el Jeep de Brandon y nos quedamos allí sentados durante otros veinte minutos, agarrados de la mano mientras él dibujaba círculos con el pulgar en mi palma. Miré el reloj y saqué las llaves de mi bolso con un suspiro. Agarré la manija de la puerta, pero su voz me detuvo.

—Harper —dijo con un nudo en la garganta—, te querré durante el resto de mi vida.

Yo no podía darme la vuelta para mirarlo, así que seguí mirando la puerta.

—Tú siempre estarás en mi corazón, Chase Grayson —entonces me fui sin mirar atrás.

CAPÍTULO 8

Me miré en el espejo retrovisor y gemí al ver mi reflejo. Tenía un aspecto horrible, pero al menos parecía que realmente había estado enferma. Tras respirar profundamente varias veces, ignoré el dolor que sentía y me concentré en Brandon. Era con él con quien deseaba estar y a quien necesitaba. No lo merecía, pero, siempre y cuando la deseara, sería suya. Fui a la zona de recogida de equipaje y, tras varios minutos de espera, lo vi entrar rodeado de gente. El corazón me dio un vuelco y salí corriendo hacia él. Le había sido infiel, era una persona horrible, pero estaba locamente enamorada de aquel hombre.

—¡Cariño, te he echado de menos! —me reí cuando me tomó en brazos de inmediato.

Me sonrió y me dio un beso en la frente.

—Dios, yo también te he echado de menos.

—Me alegra que hayas vuelto.

—¿Cómo te sientes, cariño?

—Mejor ahora que estás aquí —le rodeé el cuello con una mano y deslicé la otra por su pómulo, su mandíbula y sus labios.

—Siento no haber estado aquí anoche.

—No lo sientas. No habría sido una noche divertida para ti —en serio, no lo habría sido.

—¿Necesitas algo para volver a estar bien?

Una máquina del tiempo para poder retroceder dos semanas.

—No, en serio, me encuentro mucho mejor. Debió de ser uno de esos virus de veinticuatro horas. Tú llévame a casa.

Casi suspiré aliviada cuando vi que en la entrada no estaba la camioneta de Chase. No podría haberme enfrentado a él al dirigirme hacia la habitación de Brandon. Mientras Brandon se daba una ducha, yo me puse una de sus camisas y unos calzoncillos y me metí en su cama. Sabía que eso le volvería loco y, por horrible que fuera, necesitaba acostarme con él para expulsar a Chase de mi mente. Bree tenía razón, aquel pobre chico iba a explotar si no le llevaba pronto al siguiente nivel. Pero antes no estaba preparada y sabía que ahora tampoco lo estaba. ¿Cómo iba a dejarle amarme y cómo iba a amarlo en ese sentido cuando pensaba que él era la primera persona con la que estaba?

—Oh, Dios, cariño —murmuró al verme.

Fingí confusión y dolor mientras me levantaba de la cama.

—Ah, bueno, si quieres que me cambie lo haré.

Me tomó en brazos y me tiró sobre la cama antes de dejarse caer encima. Me besó y yo me obligué a no comparar sus besos con los de Chase. Vacié mi mente y me centré solo en sus labios y en su mano en mi cintura por debajo de la camisa. Colocó la otra mano bajo mi rodilla izquierda y fue subiendo por mi cadera, pero entonces apartó los dedos, se detuvo y se quitó de encima. Me levantó la camisa hasta la cintura y pasó la mano por el tatuaje. Después sonrió y volvió a besarme.

—¿Te gusta?

—No tienes idea de lo sexy que estás —murmuró contra mi boca.

Pasé las manos por su cabeza y pegué mi pecho al suyo. Levanté la otra pierna hacia su cadera también y, cuando me aprisionó contra el colchón, Bree entró en casa gritando mi nombre.

—Tiene que ser una broma —gruñí mientras me llevaba la mano a la cara.

Brandon se rio con frustración y se levantó para taparme con la colcha antes de ir a buscar una camisa.

—Tenía que parar de todos modos —dijo con una sonrisa, y se agachó para besarme con los ojos encendidos todavía.

—¡HARPER!

—Está aquí, Bree —se volvió hacia mí—. Estás en apuros —se apartó de mí guiñándome un ojo.

—¿Tienes idea de lo asustada que estaba? ¡Pensaba que te habías muerto!

Yo me eché a reír y me reí más aún cuando mi amiga me miró con los párpados entornados.

—¿En serio, Bree? ¿Pensabas que me había muerto?

—Bueno, pensaba que estabas en el hospital, porque siempre contestas al teléfono y nadie podía localizarte. ¿Qué iba a pensar?

—Eh… no me encontraba bien. ¿No se te ocurrió pensar que quizá me había quedado dormida y tenía el móvil en vibración?

—¿No habías dicho que lo tenías en la otra habitación? —preguntó.

—Así es, y estaba en vibración.

—Ah, bueno… entonces no.

Puse los ojos en blanco.

—Siento haberos preocupado, y siento que hayáis tenido que volver un día antes —miré entonces a Brandon—. Bueno, quizá tú no —bromeé.

—Deberías sentirlo. Y voy a matar a Chase —me tensé al oír su nombre—. Todo esto podría haberse evitado si no hubiera estado por ahí tirándose a alguna tía anoche.

Dios, solo esperaba que no se me hubiesen puesto las mejillas como un tomate.

—Bree, su trabajo no es cuidar de mí. No puedes enfadarte con él.

—Tú no vuelvas a asustarme de ese modo. Te quiero.

—Yo también te quiero, amiga —me acerqué a ella para abrazarla—. Y, por mucho que te quiera, necesito pasar tiempo con mi hombre.

Ella resopló y me dio un manotazo en el brazo.

—Sé buena. Hemos traído comida china, por si tenéis hambre.

Brandon se sentó en la cama y yo me puse sobre su regazo.

—¿Qué te parece ir a por algo de comida, traerla aquí y estar solos el resto de la noche?

—Me parece que es justo lo que necesitamos —me pasó el brazo por debajo de las rodillas y me llevó hacia la cocina.

—¡Brandon! —exclamé—. ¡No llevo pantalones, bájame!

Me soltó las piernas rápidamente y tiró de la camisa que llevaba puesta hasta que quedó más larga que cualquiera de mis faldas. Cuando tu novio te saca más de treinta centímetros de altura, sus camisas prácticamente se convierten en vestidos. Echó un vistazo a las cajas de comida para llevar y eligió dos de ellas justo cuando Chase pasó por el salón. Aminoró la velocidad y nos miró. Abrió mucho los ojos y pude ver el dolor en ellos antes de que pudiera recomponerse y dirigirnos un saludo con la cabeza. Yo me había quedado con la boca abierta al verlo y tuve que obligarme a cerrarla antes de que Brandon me mirase. Me di la vuelta para agarrar los cubiertos y me fustigué a mí misma por estar allí riéndome con mi novio llevando solo su camisa. Era lo normal y lo necesario para Brandon y para mí, pero justo lo contrario de lo que deseaba hacerle a Chase. Tomé aliento para calmarme, regresé y le di a Brandon un codazo cariñoso para que me siguiera de vuelta a su dormitorio.

—¿Qué tal el resto de las vacaciones? —le pregunté a Brandon, que estaba sentado con la espalda apoyada en el cabecero de la cama. Yo estaba apoyada en la pared lateral con las piernas cruzadas sobre su regazo.

—Bien. Ojalá te hubieras quedado, pero ha estado bien ponerme al día con mis amigos.

—Me alegro. Gracias por llevarme. Me encantó conocer a tu madre —sonreí para mis adentros al recordar su personalidad jovial—. Es fantástica.

Él asintió y tragó parte de la comida.

—Ya está encantada contigo —dio un mordisco al pollo de mi tenedor y me señaló la mano—. ¿De dónde has sacado eso?

Me miré el anillo y quise poder esconderlo, aunque ya no serviría de nada. Me encogí de hombros para quitarle importancia y respondí mientras masticaba.

—Chase.

Se puso serio y tardó unos segundos en seguir masticando.

—¿Chase te ha regalado un anillo?

—No es para tanto.

—Un anillo —repitió con una ceja levantada.

—Todos los miembros de la familia me regalaron algunas cosas.

—¿Algunas cosas? ¿Qué más te regaló él?

Mierda. Me tomé mi tiempo para masticar y tragar el siguiente bocado, pero me obligué a mirarlo a los ojos.

—El tatuaje.

—¿Chase te hizo el tatuaje? ¿Y no crees que me hubiera gustado saberlo?

No, porque sabía que se enfadaría.

—No sabía que te importara tanto. ¿Habrías preferido que fuera a alguien que no conocías?

—Al menos ese tío no habría intentado quedarse contigo en el pasado.

—Cariño, eso no ocurrió y, aunque hubiera ocurrido, no lo consiguió. Tienes que superarlo.

—Ni hab…

—¿Podemos no hacer esto ahora? Es la primera vez que te veo en mucho tiempo y quiero disfrutar de esta noche contigo.

—De acuerdo. Pero la próxima vez te agradecería que no le dejaras tocarte durante horas.

Se me sonrojaron las mejillas al pensar en las caricias de Chase. Piensa en otra cosa, piensa en otra cosa, piensa en otra cosa.

—Brandon, no estarás celoso… ¿verdad?

—Muchísimo.

—Bueno, relájate un poco, Hulk —me reí y le froté el brazo—. ¿En la cama de quién estoy?

Siguió mirando el anillo con rabia.

179

—En la mía.

Me levanté de la cama y me puse a recoger las cajas de comida china vacías. No soportaba haber dado la vuelta a la situación para sacar el tema de sus celos con Chase. Apoyé la frente en la suya, lo miré a los ojos y hablé despacio antes de irme a la cocina.

—Entonces no tienes nada de lo que preocuparte —le di un beso suave en los labios—. Te quiero, Brandon —en aquel momento me juré a mí misma que pasaría el resto de mi vida compensándole por el mayor error que había cometido. Pero, ¿cómo compensar la situación cuando la otra persona no sabe el error que has cometido?

La vida volvió a la normalidad cuando se reanudaron las clases y Brandon y yo seguimos con nuestra relación. Habían pasado casi dos semanas desde que había vuelto de Arizona y nos iba mejor que nunca. Chase había empezado a evitarme a toda costa y, aunque me entristecía, me alegraba de no tener que verlo todo el tiempo. No sé cómo habría podido enfrentarme a su expresión de desolación cuando Brandon y yo estábamos juntos, que era la mayor parte del tiempo.

Había sido uno de esos días en los que Brandon y yo no podíamos quitarnos las manos de encima, y había resultado una tortura esperar a que acabaran sus últimas dos clases del día. En cuanto terminó, me recogió en la residencia y me llevó a casa de Chase. Nuestros labios no se habían separado mientras recorríamos el camino desde el Jeep hasta su habitación, y su camiseta, seguida de la mía, acabó en el suelo antes de que se cerrara la puerta. Sentí el deseo recorriendo todo mi cuerpo cuando me tumbó sobre la cama y me bajó los pantalones antes de ponerse encima. Yo agarré el botón de sus pantalones mientras él me bajaba un tirante del sujetador y me daba un beso en el hombro. Le bajé la cremallera, él colocó una mano en mi espalda y levantó mi cuerpo de la cama. Se colocó con una rodilla a cada lado y, con la otra mano, me desabrochó el sujetador. Volvió a tumbarme sobre la cama y lentamente empezó a quitármelo, pero entonces sonó su teléfono.

—Siempre igual —gruñó mientras agarraba el aparato—. ¿Qué? —pasados unos segundos se incorporó deprisa y sonrió—. ¡No puede ser! ¿Dónde? Sí, allí estaré —se levantó de la cama arrastrándome con él—. Vamos, cariño, vístete. Hay una pelea.

—¿Me tomas el pelo? —volví a abrocharme el sujetador y me llevé las manos a las caderas—. ¿Vas a quedarte a medias para ir a una pelea? ¡Dile al espantapájaros que se busque a otro!

—No seas así, Harper. Podría ganar fácilmente tres mil dólares con esta pelea.

Me quedé con la camiseta a medio poner. Dios santo.

—¿Tres mil dólares? —hasta aquel momento no me había hablado de cantidades. Los fajos de dinero solían ser grandes, pero podrían haber sido billetes de un dólar.

—Sí. No he tenido una noche así en casi un mes.

—¿Un mes? ¿Cuánto ganas normalmente?

—No sé. Cambia cada vez —se encogió de hombros mientras me sacaba de la casa—. La media son mil seiscientos o mil setecientos.

Me quedé tan sorprendida que dejé de caminar. Brandon peleaba en cualquier parte entre una y tres veces por semana. ¿Y el dinero medio que ganaba era ese?

—¿Qué haces con todo ese dinero?

Suspiró y me tomó en brazos para seguir avanzando, dado que yo no me movía.

—Salvo pagar algunas facturas y comprarme el Jeep, lo he ahorrado todo.

Dios. Nunca lo habría imaginado. Brandon no hablaba de su dinero y tampoco me parecía que pudiera tener mucho. No parecía pobre, solo un universitario normal, así que aquello resultaba desconcertante.

—Bueno, en cualquier caso —dije cruzándome de brazos cuando nos pusimos en camino—, no puedo creerme que hayas parado solo por una pelea.

Cuando nos detuvimos en un semáforo en rojo, me miró y deslizó los dedos por mi mandíbula.

—Lo siento, cariño, no pretendía ofenderte así. Te prometo que, después de esta pelea, volveremos y no saldremos de la habitación hasta el lunes —empezó a conducir de nuevo y me agarró la mano para darme un beso en la palma—. Además, la llamada ha sido muy oportuna. Estaba intentando obligarme a parar. Pronto habría tenido que hacerlo.

Yo fruncí el ceño y miré por la ventanilla. Me alegraba que mantuviera la capota puesta durante el invierno para que no hiciera demasiado frío, pero deseaba que en aquel momento estuviese bajada para que no pudiéramos hablar.

—Esta vez no pensaba dejar que parases.

Brandon me apretó la mano con más fuerza y blasfemó.

—Harper, no lo sabía, lo siento. Te juro que, de haberlo sabido, no habría respondido a la llamada —blasfemó de nuevo—. No debería haber respondido incluso aunque estuviéramos a punto de parar. Era nuestro tiempo juntos.

—Yo te tengo para mí todo el tiempo, no pasa nada.

—Sí que pasa. Lo siento mucho, por favor, no te enfades conmigo.

Sonreí, pero me sentía mal.

—No estoy enfadada. Vamos a terminar con esto y luego volveremos a la habitación, como has dicho —sinceramente, no intentaba ser grosera, pero al fin había decidido que esa noche era la noche. Sé que él no era consciente de eso todavía, pero el hecho de que estuviera preparada para hacerlo con Brandon y nos hubieran interrumpido me ponía un poco nerviosa. Como si tal vez todavía no debiera tener sexo con él. Deseé haber mantenido la boca cerrada y no haberle dicho que deseaba hacerlo. ¿Cómo íbamos a volver a detenernos después de haberlo dicho? Aunque sabía que lo estaba haciendo, no pretendía que se sintiera mal, simplemente estaba enfadada conmigo misma.

Se mantuvo callado el resto del trayecto en vez de ir hablando con energía como solía hacer antes de una pelea. Me dio la mano y recorrió conmigo el laberinto de pasillos de aquel lugar. Cuando llegamos a las puertas que daban a la sala, me dio un beso y se fue a hablar con el espantapájaros. Yo me sentía fatal. Había estado muy emocionado con aquella noche y yo le había puesto de mal humor. Me sentí mal entrando en aquel sótano inundado de música y de gente después de los últimos cuarenta minutos, pero me quedé junto al palco que ocuparía el espantapájaros, como hacía en todas las peleas, para que Brandon supiera dónde estaba.

El espantapájaros me dio un gran abrazo y dio comienzo a la pelea. Se dio cuenta de que Brandon no estaba como de costumbre, pero pronto se le olvidó cuando mi novio se lanzó sobre el otro tipo. Antes de que empezaran yo no había estado prestando mucha atención. Me parecía que aquella pelea era muy desigual, dado que el otro luchador no hacía gran cosa, y no entendía cómo podía dar tanto dinero. De pronto el tipo le agarró la mano izquierda a Brandon y la retorció en su espalda antes de darle una patada a Brandon en mitad de la espalda. Dejé escapar un grito cuando le soltó la mano y se le quedó el brazo colgando y desencajado. Tiró a Brandon al suelo, su cabeza rebotó en la colchoneta que cubría el cemento y el espantapájaros tuvo que sujetarme para que no saliera corriendo hacia él. Lo último que Brandon necesitaba era que saliese corriendo allí, pero me salió de forma instintiva.

Brandon rodeó con la pierna al otro luchador a la altura del pecho y lo tiró al suelo también. Utilizó entonces ambas piernas para ahogarlo y supe que pronto se desmayaría. Pasados unos segundos de tensión, el otro tipo se rindió, Brandon le soltó y se puso en pie lentamente. Ignoró a la multitud que le vitoreaba y gritaba y se arrastró hacia el espantapájaros y hacia mí, me dio la mano y tiró de mí hacia la habitación en la que había esperado antes de la pelea. Cuando llegamos allí, se dejó caer en una silla y soltó un quejido de dolor al intentar sin éxito recolocarse el hombro. Yo me quedé quieta con la mano en la boca, horrorizada mientras lo miraba.

—Necesito —apretó los dientes y resopló— que me lleves —volvió a resoplar dos veces más.

—Deja de hablar, cariño. Lo sé. Te llevaré al hospital —agarré su camiseta y me senté en el suelo contra sus piernas—. ¿Quieres ponerte la camiseta al menos en un brazo o no?

—Intenta ponérmela.

Le metí la prenda por encima de la cabeza y logré meterle el brazo derecho por la manga. Después le cubrí con ella el brazo izquierdo para que al menos no se le balanceara y le di un beso en la frente.

—¿Tu cabeza está bien?

—Me pondré bien. No puedo creerme lo que ha pasado. Estaba demasiado distraído.

—Oh, Dios mío, Brandon. ¡Lo siento mucho! No debería haber hablado contigo de eso antes de una pelea. No estaba enfadada contigo, te lo prometo. Solo estaba molesta por la situación.

—No importa, cariño. No es culpa tuya.

—Brandon —le di un beso en la mejilla—, te quiero. Lo siento.

—Yo también te quiero. Ven aquí —me dio un beso en los labios y le ayudé a levantarse de la silla.

Empezamos a caminar cuando el espantapájaros entró corriendo.

—Ey, tío, ¿estás bien? Necesitas que te vea un médico.

—Va a llevarme ella. Ya te diré cómo va —Brandon me entregó el fajo de dinero que acababa de recibir y le estrechó la mano al espantapájaros.

Cinco horas y media después, por fin regresábamos a casa de Chase. Brandon tenía una ligera conmoción y se había rasgado algunos ligamentos al dislocarse el hombro. Se suponía que debía llevar un cabestrillo, pero se lo había quitado junto con la venda en cuanto habíamos vuelto al Jeep. Yo me asusté cuando nos mostraron la radiografía del hombro y nos explicaron que en algún momento tendría que operarse, pero mantuve la boca cerrada. Lo cual probablemente fue tan malo como verbalizarlo, porque Brandon vio mis ojos asustados, apretó la mandíbula y supo que estaba volviéndome loca.

—Cariño, dime en qué estás pensando —me rogó mientras yo le acariciaba el cuello con la nariz.

Suspiré y me tumbé boca arriba.

—Estoy preocupada por ti.

—Ya te he dicho que estoy bien. No quiero que te preocupes por esto, no es nada.

—Brandon, por favor, no te lo tomes a mal, pero no creo que pueda seguir viéndote pelear. Es que… —busqué las palabras durante algunos segundos—, al ver lo que te ha ocurrido me he asustado y el espantapájaros ha tenido que detenerme para que no saliera allí corriendo. No puedo soportar ver que te ocurra algo así de nuevo. ¿Me odiarías si no volviera a ir? Te esperaré en tu cama, pero no puedo ver las peleas.

Me abrazó contra su costado derecho y me dio un beso en la frente.

—Nunca podría odiarte, y menos por algo así. Siento que estuvieras preocupada. Siento que tuvieras que verlo.

—No te disculpes. Me alegro de que estés bien. Bueno, todo lo bien que puedes estar ahora mismo —suspiré contra su pecho y él me apretó con fuerza.

—Te quiero, Harper.

—Yo también te quiero. Muchísimo —le di un beso y me acomodé para dormirme al fin.

Sonreí mientras Chase me besaba y me conducía hacia su habitación, que habíamos abandonado hacía una hora. Suspiré al darme cuenta de dónde estábamos, lo aparté un poco y miré confusa a mi alrededor.

—¡Chase, no podemos hacer esto aquí! ¿Y si entra uno de tus compañeros? Dios mío, ¿y si Brandon vuelve a casa temprano? —habría jurado que estábamos en casa de sus padres. ¿Cuándo habíamos llegado a la suya?

—No te preocupes, princesa, nadie nos pillará.

Una parte de mí me decía que era muy probable que alguien nos pillara, pero, cuando sus labios acariciaron mi cuerpo desnudo, ya no me preocupé por detenerlo de nuevo. Pasé los dedos por su pelo y aparté su cabeza de mi vientre para acercarla a mi cara.

—Supongo que esta vez tendremos que intentar no hacer mucho ruido —le susurré.

Chase gimió y se colocó entre mis piernas. Noté la presión que tanto deseaba y él pronunció mi nombre, pero sin mover los labios. Parpadeé y me quedé mirando su boca al volver a oír mi nombre. Esa no era la voz de Chase. ¡Dios, Brandon estaba allí!

—¡Chase! —murmuré—. Chase, tenemos que parar. ¡Va a entrar aquí!

Me dirigió una sonrisa pícara y empujó su cuerpo contra el mío.

—Que entre.

Entonces se abrió la puerta y mi novio asomó la cabeza.

—¡Brandon, no!

Brandon sonrió y me miró.

—Despierta, cariño.

¿Eh?

—Vamos, cariño, tenemos que irnos a clase.

Miré entonces a Chase, que estaba zarandeándome el hombro. Después miré a mi novio. ¿Qué demonios estaba pasando?

—Harper, levanta —no supe quién había dicho aquello último.

Abrí los ojos, me incorporé y me choqué contra un torso desnudo.

—¡Brandon! —estuve a punto de gritar.

—¡Dios, Harper! Cálmate —Brandon me rodeó con los brazos y me dio un beso en la coronilla—. ¿Estás bien?

Me aparté de su pecho para mirarlo a la cara, después miré a mi alrededor. Era su habitación.

—Creo que… estaba soñando.

Soñar era quedarme corta. Hasta el final todo me había parecido muy real. Lo había sentido todo. ¡Seguía excitadísima! Sentía náuseas por haber tenido un sueño en el que engañaba a Brandon. Seguía intentando asimilar la culpa de haberle engañado de verdad y no quería tener que enfrentarme a eso también.

—¿Era una pesadilla?

—Eh, no. No pasa nada —aunque sí que pasaba. ¿Por qué no podía dejar de pensar en él?

—¿Estás segura? Tienes el corazón a cien por hora y estás empapada en sudor.

—Estoy bien. Solo me he asustado un poco.

Brandon se encogió de hombros.

—De acuerdo. Entonces vístete. Tenemos que irnos a clase.

Me quejé, pero me levantó de la cama y me dejó en el cuarto de baño. Brandon había estado haciendo ejercicios de fisioterapia para el hombro con su entrenador y ya estaba mucho mejor. Solo le dolía después de entrenar, pero se lo tomaba con calma y le había dicho al espantapájaros que tendría que pasar de las dos últimas peleas. Yo no sabía cuándo regresaría y tampoco se lo preguntaba. Sinceramente no quería que regresara, pero no pensaba pedirle que renunciara a algo que le encantaba. Tras vestirme y arreglarme, entré en la cocina y me quedé de piedra. Chase estaba allí de espaldas a mí hablando con Bree. Debió de oírme entrar en la cocina, porque tensó la espalda y se irguió después de haberse agachado para hablar con su hermana.

—Eh, buenos días —pareció casi una pregunta.

Bree se asomó por detrás de su hermano y sonrió.

—¡Buenos días, muñeca! ¿Cómo has dormido?

Chase apenas me miró por encima del hombro y no dijo nada. Eso me dolió.

—Muy bien, ¿y tú?

—De maravilla —se mordió el labio y se sonrojó.

—Arg, ¿en serio, Bree? Al menos ahórratelo hasta que me haya ido —Chase hizo un sonido de arcada y salió.

Mi sueño no le hacía justicia a su voz. De hecho aquella era la primera vez en semanas que le oía decir algo y, por desgracia, no iba dirigido a mí. Le vi marcharse por el pasillo y después me giré para poner en marcha la cafetera.

—Bueno, Harper, ¿hay algo que quieras compartir conmigo? —me preguntó Bree de manera sugerente.

Me quedé helada. Mierda. Chase se lo había contado. ¿Cómo podía haberme hecho eso? ¿Y por qué mi amiga parecía tan contenta?

—¿A qué te refieres? —pregunté con la voz temblorosa.

—Eh… vamos a ver. Brandon y tú estabais muy cariñosos y él te llevó a su habitación a las siete de la tarde sin dejar de besarte. ¿Cómo que qué quiero decir?

Oh, gracias a Dios. Dejé escapar la respiración y relajé los hombros.

—Estábamos cansados.

—¡Oh, venga! No me digas que anoche tampoco hicisteis el baile del conejo en la cama.

—¿El qué? —me di la vuelta para mirar a mi amiga y me empecé a carcajear—. Breanna, ¿de dónde diablos sacas esas cosas?

—¡Esa no es la cuestión! ¡Confiesa!

—Lo siento, Bree. En realidad no hicimos nada —sonreí y agarré la cafetera llena.

—¿Todavía? —se llevó las manos a la cabeza—. Harper, ¿cómo puedes seguir torturando a ese pobre chico?

—Es que aún no estoy preparada y él lo respeta. No como algunas personas que conozco —la miré intencionadamente y ella se limitó a poner los ojos en blanco.

—Tengo la impresión de que no quieres hablarme de ello. Que te estás guardando los detalles más jugosos —resopló y se cruzó de brazos.

No tenía ni idea de lo acertada y, al mismo tiempo, lo equivocada que estaba.

—Bueno, pues yo tengo la impresión de que te vas a seguir sintiendo decepcionada durante un tiempo. No estoy preparada para estar con él en ese sentido, fin de la historia. Serás la primera en saberlo cuando finalmente decida acostarme con Brandon. Incluso te avisaré antes de decírselo a él.

—¿Lo prometes?

Había elegido las palabras con cuidado para no mentirle.

—Lo prometo.

Se quedó allí mirándome mientras yo me servía la leche en el café.

—¡Tal vez sea porque no sabes lo que tienes que hacer!

—Pues dímelo tú. ¿Cómo es tu vida sexual, Bree?

—¡Asombrosamente fantástica!

Sonreí y me apoyé en la encimera. Sí, se me daba de maravilla desviar la atención. Estuve escuchando mientras me contaba su vida hasta que Brandon entró en la cocina a por su taza de café.

—¿Ya está hablando otra vez de Konrad? Te juro que habla del tema más que él, que ya es decir —me dio un beso en la nariz y se movió hasta quedar apoyado en la encimera y yo apoyada en su pecho. Me acomodé entre sus brazos, intentando amoldarme a su cuerpo caliente, que debía de estar hecho para el mío.

—Para ser sincera, he sacado yo el tema, pero creo que está intentando compensar nuestra falta de vida sexual —me reí y me volví para mirarlo.

—Lo haremos cuando estés preparada —se encogió de hombros, pero yo vi el deseo en su cara. Seguíamos estando a punto, pero no habíamos vuelto a sacar el tema desde aquella noche en su Jeep. «Tortura» era sin duda una buena palabra para describir lo que le estaba haciendo.

Bree cambió al fin de tema pasados unos minutos cuando yo ya iba por mi segunda taza de café, pero ya apenas podía concentrarme en lo que estaba diciendo. Sacudí la cabeza como para despejarla y me incliné un poco hacia delante con la esperanza de lograrlo. Pero no fue así. Juro que me sentía como si estuviera en un episodio de Charlie Brown, pero a cámara lenta. Era como si mi amiga estuviera hablando bajo el agua, y me sentí confusa al ver que se levantaba de la mesa y se acercaba a mí con cara de preocupación. ¿Por qué parecía tan asustada? Oí un golpe amortiguado y algo me dio en la pierna. Me hizo daño, pero no podía mirar hacia abajo, aunque estuviese lo suficientemente inclinada como para intentarlo. Brandon me agarró justo antes de que mi cara golpeara el suelo y perdiera la consciencia.

Oí que la gente decía mi nombre y supuse que estaría dormida otra vez. Creí que había abierto los ojos para ver quién estaba en aquel sueño, pero solo vi oscuridad. De pronto alguien estaba gritándome mi nombre al oído y abrí los ojos de golpe.

—¡Dios mío! ¿Estás bien? ¿Qué ha pasado? —Bree estaba justo delante de mi cara y, si hubiera podido apartarme, lo habría hecho.

¿Por qué Brandon de pronto resultaba tan incómodo? Quiero decir que su cuerpo es duro como una roca, pero era una roca cómoda junto a la que me acurrucaba cada noche. No como aquello que tenía detrás. Giré la cabeza y noté el frío del azulejo en la mejilla.

—¿Estoy en el suelo de la cocina?

Brandon entró corriendo en la cocina con Chase y con Brad. Los tres parecían preocupados.

—¿Está despierta? —Brandon miró a Bree mientras se arrodillaba junto a ella.

—Sí. Acaba de despertarse —respondió.

Intenté incorporarme, pero me pesaba tanto la cabeza que apenas pude levantarla cinco centímetros del suelo antes de rendirme y volver a golpear el suelo con ella.

—Au.

—Tienes que quedarte tumbada, cariño. ¿Cómo te encuentras?

Vi que Brandon estiraba la mano para acariciarme la mejilla y volví a mirar a Bree.

—¿Me he quedado dormida aquí?

Bree se rio y me estrechó la mano.

—Más bien no. Te has desmayado.

—¿De verdad?

—Sí, Harper. Nos has asustado a todos —me reprendió, pero parecía aliviada.

Brad entró en mi línea de visión.

—El sofá está listo. Trasladadla allí.

Yo sabía por experiencia que cualquiera de esos chicos podría levantarme sin ayuda, pero por alguna razón decidieron moverme al sofá entre los tres.

—Estoy bien, no seáis ridículos.

—Cariño, has estado inconsciente durante…

—Lo entiendo, pero ahora estoy bien —y era cierto. Sentía que podía levantarme del sofá e ir a preparar el desayuno. Hablando de lo cual… me rugió el estómago al pensar en la comida. Me lo señalé y les sonreí a los cuatro—. ¿Veis? Estoy bien.

Brad estaba apretándome la pierna y me hacía daño. Bree miraba su mano y Chase y Brandon me miraban, ambos con cara de preocupación.

—Eh, Brad, ¿podrías no apretarme tanto? Me estás haciendo daño.

Él sonrió avergonzado y apartó la toalla ensangrentada.

—Pero qué…

—Has dejado caer la taza y se te ha clavado un trozo en la pierna —me informó Brandon antes de darme un beso en el cuello—. ¿Cómo te sientes realmente? Y no me mientas —me susurró al oído.

Levanté la mirada y vi a Chase dejar caer la cabeza y alejarse cabizbajo. Una parte de mí quería ir a consolarlo e intenté que no se me notara.

—Estoy genial, de verdad. Siento como si no hubiera pasado nada.

Brandon pareció meditarlo durante unos segundos antes de ayudarme finalmente a incorporarme.

—¿Ves? Perfectamente —la cabeza me dio vueltas y sentí náuseas por un momento.

Brandon sonrió y me dio un beso.

—Entonces iré a prepararte algo de comer. Probablemente haya sido eso. Anoche no cenaste.

—Ni comió —intervino Bree, y me sonrojé al ver que Brandon me miraba con el ceño fruncido.

—Bree —dijo.

—¿Sí?

—¿Puedes acompañarla mientras se ducha? Por si acaso vuelve a pasar.

—Claro. Vamos, Harp, tienes un aspecto horrible.

—Yo también te quiero, Bree —le respondí con una sonrisa.

Me di una ducha, sin incidentes, y prácticamente absorbí los huevos y las tostadas que Brandon había preparado, aunque hubiera suficiente para Bree y para mí juntas. Para cuando terminamos, ya me había perdido la única clase del día, así que Bree y yo decidimos irnos de compras, naturalmente. A Brandon no le hizo mucha gracia la idea, porque intentaba que me quedase en la cama, pero, después de haber comido, me sentía mejor que de costumbre, así que me dejó ir a regañadientes. Según entramos en la segunda tienda, Bree me puso una mano en el brazo y me volvió hacia ella.

—¿Estás bien, Harper?

—Sí. ¿Por qué? ¿Qué sucede? —pregunté.

—Bueno, hemos caminado como treinta metros y prácticamente estás sin aliento.

Arqueé una ceja y me dispuse a hablar.

—Vale, de acuerdo, igual he exagerado un poco —añadió mi amiga—. Pero estás roja, sudando y te cuesta respirar.

—Bueno, hoy hace mucho calor, pero salvo eso estoy bien.

—Harper, llevas una camiseta de manga corta y hace como diez grados en la calle.

—¿De verdad? —al fin se me había calmado el corazón, así que tomé aliento y disfruté al sentir que se me llenaban los pulmones.

Bree me dio la mano y me arrastró hacia el coche. Yo ni siquiera pude quejarme. Me sentía bien, pero lo único que deseaba era echarme una siesta. Cuando regresamos, Brandon salió a recibirnos y se preocupó al ver mi cara roja y mi respiración trabajosa.

—¿Ha vuelto a desmayarse? —le preguntó a Bree.

—No, pero no se encontraba bien.

—¿A qué te refieres? ¿Le ha pasado algo?

—Estoy bien aquí, no me ha pasado nada. Solo necesito echarme un rato. Si ya habéis terminado de tratarme como a una niña, me gustaría poder hacerlo —pasé junto a él y me dirigí hacia su cama.

No era su culpa y no se merecían que les respondiera mal. Pero me sentía frustrada al ver lo rápido que había pasado de sentirme bien a casi no poder mantener los ojos abiertos y querer dormir. Me metí en la cama de Brandon completamente vestida y me quedé dormida antes de pensar en quitarme los zapatos.

El resto del fin de semana me encontré bien y Brandon y Bree actuaron como si fuese a desmayarme en cualquier momento. Respiré aliviada cuando pasó el domingo. Bree, Claire y yo hicimos día de chicas porque Chase volvió a escaquearse del día familiar, y el lunes volví a clase. Bree y Brandon ya se habían calmado, dado que no había tenido más episodios extraños, y estaba segura de que lo superarían por completo si lograba pasar el día sin incidentes. Y así lo hice. Tenía tanta energía aquel día que prácticamente fui corriendo a cada clase y Bree tuvo que sujetarme para obligarme a caminar. Por suerte, Brandon también parecía haberse recuperado del incidente del desmayo, porque, cuando volví a su habitación esa noche, me lanzó de inmediato sobre la cama y empezó a besarme y a desnudarme. No había tenido un encuentro ardiente con el amor de mi vida desde el miércoles, y sentía que ya lo necesitaba.

CAPÍTULO 9

—Así que Chase hoy tampoco está.

—Lo sé. Mamá y papá empiezan a estar molestos con él. Se ha perdido los últimos días familiares.

Se había perdido cinco, aunque no era que yo llevara la cuenta. No le había visto ni una sola vez desde hacía más de una semana, cuando me había desmayado y, aparte de eso, solo le había visto de pasada tres veces desde que nos despidiéramos hacía un mes y dos días. Lo sé, soy patética.

—Tal vez no debería venir a los días familiares, Bree. Puede que sea yo la razón por la que ya no viene.

Eso hizo que al fin mi amiga levantara la vista del portátil.

—¿Por qué dices eso?

—No sé, quizá no le guste que me entrometa en vuestro tiempo en familia —sufría por él y me gustaría que no fuera así. Deseaba casarme con Brandon, me había dado cuenta de ello por fin hacía dos semanas y no había estado tan segura de nada en toda mi vida; así que el hecho de que Chase siguiera sintiendo algo por mí me frustraba mucho. Desde la noche que Brandon había regresado de Arizona, no me había arrepentido ni una sola vez de haberlo elegido a él. No sé cómo explicarlo, pero, cuando pensaba en mi futuro, él era el único hombre que veía. Pero necesitaba despedirme de Chase para siempre, aunque aún no supiera cómo hacerlo.

—No estás entrometiéndote —Bree soltó una carcajada y siguió con el vídeo que estaba viendo—. Te juro que encajas mejor que él en esta familia. Ojalá tuviera otro hermano, te obligaría a casarte con él para que pudieras ser mi hermana.

Me atraganté con la patata que acababa de meterme en la boca y salí de la despensa para beber un poco de agua. Cuando me tranquilicé, me senté en un taburete y volví a meter la mano en la bolsa.

—¿Estás comiendo otra vez, Harper?

Me detuve un segundo y después me metí el puñado de patatas fritas en la boca.

—¿Sí?

—Hace menos de media hora te has comido dos hamburguesas —Bree miraba la bolsa de patatas con asco—. Nunca te había visto terminarte una.

—Lo sé —suspiré mientras enrollaba la bolsa—. Los últimos dos días he tenido tanta hambre que creo que me va a bajar la regla.

—Todavía no —dijo ella, segura de sí misma—. Aún nos queda algo más de una semana —Bree y yo pasábamos tanto tiempo juntas que nos habíamos sincronizado. Y la verdad era que aquella no había sido una semana divertida para nadie.

—¿Estás segura? —me parecía como si hubiese pasado una eternidad desde mi última regla.

—Mmm —se echó a reír y pinchó otra vez en el vídeo—. Dios mío, Harper, ven a ver esto.

Me quedé a su lado, pero no me fijé en lo que estábamos viendo. Estaba demasiado ocupada intentando recordar cuándo me había bajado la regla por última vez. Bree tenía que estar equivocada, porque no recordaba haber celebrado nuestro festín de chocolate y comedia romántica mensual. A mí no me gustaban, pero ella nunca dejaba que me escaquease. ¿Cuándo había sido la última vez? Tenía que ir a mirar mi teléfono. Allí tenía un calendario donde apuntaba mis periodos. Empecé a comer otra vez sin darme cuenta mientras pensaba en las veces en las que había evitado cualquier cosa que no fueran besos inocentes por parte de Brandon. No hería sus sentimientos, porque él sabía lo que sucedía cuando me ponía así.

195

—Anda, mira quién ha decidido unirse a la fiesta. Mamá y papá ya están acostados.

Me di la vuelta lentamente para mirar a Bree. ¿Estaba hablando conmigo? Había parado el vídeo y estaba apoyada en la silla, con los brazos cruzados y mirando con odio hacia el salón. Seguí su visión y dejé caer la bolsa al verlo allí de pie.

—Estaba ocupado. Harper, ¿puedo hablar contigo?

—Eh —volví a mirar la expresión molesta, pero confusa de Bree—. Sí. Sí, supongo —di dos pasos y me agarré a la encimera—. Uhh. No, otra vez no.

—¿Estás bien? —ambos se acercaron a mí y yo levanté una mano para detenerlos.

—Estoy bien. Me he mareado por un segundo —tomé aire para calmarme—. Pensaba que iba a volver a desmayarme.

Bree ladeó la cabeza y me miró con curiosidad. Chase parecía no saber si ayudarme a mantenerme en pie o no tocarme en absoluto.

—¿Cómo te sientes ahora? —me preguntó Bree.

—Bien, supongo. Ha sido raro.

—Chase, quizá no sea un buen momento.

—No. Estoy bien, Bree. Enseguida vuelvo —seguí a Chase hasta el camino de la entrada y, aunque deseaba recorrer la distancia que nos separaba, me mantuve alejada—. Hola —dije con patetismo. ¿Cómo iba a poder despedirme de él si ya me costaba trabajo no besarlo?

—Hola, princesa.

—¿Dónde te habías metido?

—Trabajando mucho. Y con las clases, y el surf. Eso es todo. Asentí y me miré los pies.

—Tu familia te echa de menos.

—¿Y tú?

—Claro que sí, Chase —¿cómo podía pensar que no?

—Harper, te he dado tiempo más que suficiente. No puedo soportar mantenerme alejado de ti. Necesito saber a quién eliges.

—¿De verdad quieres hacer esto ahora? ¡Bree podría estar escuchándonos desde la puerta!

196

—Sí, ahora. Necesito saberlo.

—Chase, ¿cómo puedes pedirme que elija entre vosotros dos? —pregunté entre dientes y le aguanté la mirada de rabia—. Me abandonaste, como haces siempre. ¿Esperabas que pensara que aún me deseabas después de haberme evitado por completo durante un mes?

Él agitó los brazos.

—¡Estaba dándote tiempo! ¡Me pediste que te diera tiempo!

—No quería que me evitaras como a la peste. Quería que lucharas por mí. Que me demostraras que me querías como decías.

—Claro que te quiero, Harper, y por eso te he dado tiempo para pensar en las cosas sin que yo interfiriera.

Di un paso atrás y él uno hacia delante. Le respondí pasados unos segundos de silencio.

—Lo siento, Chase, pero no puedo.

—No. No, no…

—No puedo estar contigo. Quiero a Brandon, lo siento —susurré.

—Cariño, no digas eso. Lucharé por ti, de verdad. Por favor, dame una oportunidad.

—Probablemente una parte de mí siempre te querrá, pero no puedo correr el riesgo contigo, Chase. Algún día me abandonarás y eso me destrozará.

—¿Qué? ¡No! Yo no haría eso, te juro que no —se acercó a mí y dejé que me abrazara.

—No puedes estar solo con una chica. Tú eres así. Y no me importa, Chase, de verdad que no. Cada noche estás con chicas diferentes, pero, cuando yo pienso en el amor, pienso en para siempre. Tú no puedes darme eso, así que no voy a hacerme daño a mí misma teniéndote solo durante un breve periodo de tiempo.

Me levantó la cara y me miró a los ojos. Los suyos estaban humedecidos por las lágrimas no derramadas y al verlo me quedé desconcertada.

—No he estado con nadie salvo contigo desde que empezaste

a salir con Brandon. Sabía que no habría nadie como tú y no tenía sentido perder el tiempo con otras.

Yo deseaba creerlo y en realidad lo creía. Ya no estaba con chicas, pero eso no cambiaba nada. Chase había vuelto a abandonarme. Daba igual lo que dijera, siempre me abandonaría. Le di un beso suave en la comisura de los labios y me aparté de sus brazos.

—Te quiero, Chase.

—Cariño, por favor, no hagas esto.

—Tengo que hacerlo. Lo siento.

Él me agarró la mano.

—¿Por qué? ¿Por qué no puedes estar conmigo?

No respondí. Ya le había dicho las razones por las cuales no podía permitir que me hiciera daño.

—¿También te acuestas con él, Harper?

—¿Y eso qué importa?

—Por favor —cerró los ojos y tomó aliento—. Dime si te estás acostando con él.

Quería decirle que no era asunto suyo, pero no me salieron las palabras.

—Solo he estado contigo —me soltó la mano y, cuando me dirigía de vuelta hacia la casa, me di cuenta. Dios mío. Abrí mucho los ojos y solté un grito ahogado. Dios mío, no.

—¿Qué? ¿Qué sucede?

—Tengo que irme —grité y corrí hacia la puerta.

Aquello no podía estar pasando. Subí las escaleras de dos en dos y entré corriendo en la habitación de Bree para buscar mi teléfono. Ignoré el mensaje de Brandon y abrí el calendario. Bree no mentía. Se suponía que me quedaba una semana y media para que me bajara la regla. Regresé al mes anterior y vi que no había apuntado el día que había empezado, porque no me había bajado. En el calendario aparecían los días de ovulación, y justo en el medio se encontraban los dos días en los que había estado con Chase. Apagué el teléfono y blasfemé cuando Bree entró en la habitación.

—¿Estás bien? ¿Qué te ha dicho? ¡Te juro que es un imbécil!

—Na-nada. No es por él. Es que me he mareado otra vez.

—Bueno, ¿y qué quería? Porque se ha marchado después de que tu subieras aquí corriendo como una exhalación.

«Piensa, Harper, piensa».

—Eh… me preguntaba… me preguntaba por un tatuaje que quiere Brandon.

Se quedó allí mirándome durante unos segundos. No me creía y no podía culparla.

—¿Necesitas algo?

—Dormir —y volverme loca sin que tú me estés mirando.

Decidimos no regresar esa noche a la residencia y nos fuimos a dormir. Hundí la cara en la almohada y me dije una y otra vez que estaba equivocada, que aquello no estaba pasando, que era solo un sueño.

Me desperté a la mañana siguiente, me levanté de la cama de un salto y estuve tarareando en la ducha. La noche anterior me había estresado demasiado y me había olvidado de mi regla del mes anterior. Me habría vuelto loca si no me hubiera bajado entonces, y no había sido así, de modo que ahora parecía que podía estar… no, ni siquiera iba a decir esa palabra. Bree dijo que iba a ponerse a preparar el desayuno, así que terminé de vestirme y bajé a reunirme con ella.

—Ya tienes mejor aspecto —sonrió mientras echaba las yemas de los huevos en la plancha.

—Me encuentro mejor. No sé qué me pasaba anoche. Probablemente había comido demasiada comida basura.

—Y que lo digas. Nunca te había visto comer tanto.

Me reí, pero de pronto me detuve. ¿Qué pasaba?

—¿Qué es ese olor?

Bree se apartó del fuego y olfateó el aire.

—Yo no huelo nada salvo los huevos.

—¿Están malos? —abrí el frigorífico y miré la fecha del envase. Todavía les quedaba una semana. Cerré la puerta y fui al armario a por un vaso. Cuando pasé por detrás de Bree, me vino de nuevo el olor de los huevos. Apenas me dio tiempo a llegar al fregadero antes de vomitar todo lo de la noche anterior.

Bree me sujetó el pelo y me dio un vaso de agua cuando terminé. Cuando al fin la miré, me sorprendió ver que parecía enfadada. Tenía los labios apretados, los brazos cruzados y una ceja levantada. No era estúpida y lo había averiguado.

—¿Me tomas el pelo? —preguntó—. ¡Ni siquiera me habías dicho que te hubieras acostado con él!

Empecé a temblar y las lágrimas resbalaron por mis mejillas.

—Esto no puede estar pasando —dije mientras me deslizaba hacia el suelo—. Estoy enferma, nada más, ¿verdad? ¡Esto no está pasando!

Se sentó en el suelo frente a mí y me dio un abrazo.

—Shh, todo saldrá bien —me frotó la espalda con las manos para tranquilizarme—. ¿Te has hecho la prueba, Harper?

—No, no puedo —sollocé—. No puedo estar embarazada.

Bree suspiró, se puso en pie y me levantó con ella.

—Bueno, entonces quizá no lo estés —su sonrisa triste indicaba que no se lo creía ni por un momento—. Pero vamos a averiguarlo. Venga —sacó dos botellas de agua grandes del frigorífico y me las entregó—. Empieza a beberte esto. Yo conduciré.

No nos dijimos nada durante todo el trayecto hasta la farmacia. Cuando aparcó el coche, negué con la cabeza y le entregué mi tarjeta. Cinco minutos después salió con una bolsa llena de cajas y me la entregó. Me quedé mirando la bolsa y, pasado un minuto, empecé a leer las instrucciones.

—Tú lo sabías, ¿verdad?

Ella suspiró y me dio la mano.

—Lo suponía.

—¿Cómo?

—Son muchas cosas. Has estado comiendo mucho últimamente, el de anoche no fue tu primer mareo. Te quedas sin aliento cuando vamos a clase, y te negaste a separarte de Brandon cuando yo pasé por nuestra semana infernal el mes pasado. Yo seguía pensándolo, pero, cada vez que mencionaba el tema del sexo, me decías que aún no estabas preparada. Y luego lo de hoy… pues ha sido la última pieza del rompecabezas.

No dije nada más, seguí bebiendo agua e intentando que mi cuerpo no temblara. Cuando regresamos a casa de papá y mamá, ella esperó en el dormitorio mientras yo me hacía las cuatro pruebas. Si iba a averiguarlo, deseaba estar segura. Bree me abrazó mientras yo sollozaba después por los resultados. Habían aparecido una carita sonriente, un «Sí», un signo positivo y un «Embarazada».

—¿Qué voy a hacer? —me eché la colcha por encima de la cabeza y me hice un ovillo.

Mi asombrosa amiga me quitó la colcha y me levantó la barbilla hasta que la miré. Ella también lloraba.

—Se lo vamos a decir a mamá —quise negarme, pero ella continuó—. Te prometo que no se enfadará, solo se pondrá triste por ti. ¿Sabes que ella se quedó embarazada de Chase cuando tenía diecisiete años?

Negué con la cabeza. Parecían jóvenes, pero eso no lo sabía.

—Pues sí. Ella te entenderá, Harper. Puede pedirte cita con el médico y después tendrás que encontrar la manera de decírselo a Brandon —suspiró y me pasó los dedos por el pelo—. Es un buen chico. Cuidará de ti.

Volví a sollozar y a temblar.

—No puedo decírselo a Brandon. No es él. No es él. Bree, no te he mentido.

Ella esperó a que me calmara y mi respiración regresara a la normalidad.

—¿Qué quieres decir?

—No te he mentido, Bree. No me he acostado con Brandon.

—¿Le has puesto los cuernos? ¿Con quién?

—No puedo. Me vas a matar, Bree.

Ella se levantó de la cama dando un brinco y me miró horrorizada.

—¡¡¿Te has acostado con mi novio?!!

—¡No! ¡Te juro que no! Nunca te haría una cosa así, Bree. No me gusta Konrad en ese sentido. Dios mío, ¿cómo has podido pensar una cosa así?

Ella resopló y volvió a sentarse.

—Bueno, no hay otra razón por la que podría odiarte lo suficiente como para matarte. Siento haber pensado eso.

—No lo sientas. Es culpa mía. Yo soy la causante. Bree, no quería hacer daño a Brandon, te lo juro. Le quiero, de verdad.

—¿Pero?

—Quiero también a otra persona. Me ha rogado que deje a Brandon, pero no podía —me ahogué con las últimas palabras.

—¿Cómo no me lo has dicho antes? ¿Cómo podía no saber que…? Siempre estás con Brandon, no lo entiendo —de pronto dio un respingo—. Un momento. Siempre estás con Brandon. ¿Cuándo ha pasado esto?

—La noche que os fuisteis todos a Los Ángeles —respondí.

—¿No estabas enferma? —se molestó de nuevo al ver que le había mentido.

—No, solo quería estar a solas para llorar por él, y entonces apareció.

—¿Dónde?

—Aquí.

—¿En la casa? ¿Le invitaste a venir aquí?

—No, Bree. No le invité —vi su cara de confusión y, pasados unos segundos, noté cómo se le encendía la bombilla.

—Oh, joder —murmuró—. ¿Chase y tú?

No respondí, solo esperé a que empezara a gritar, pero no lo hizo.

—¿Por qué no me lo habías dicho, Harper? —parecía dolida.

—No sé —respondí con sinceridad—. Me odiaba a mí misma por haberle hecho eso a Brandon. Apenas podía asumirlo y no sabía cómo decírselo a nadie más. Deseaba contártelo, de verdad. Pero, como es tu hermano, pensaba que te parecería mal.

—¿Y él sabe que le quieres?

Asentí e intenté hablar pese al nudo que tenía en la garganta.

—Él también me quiere.

Pasados unos segundos en silencio, Bree volvió a hablar.

—Tiene sentido. Hemos estado todos muy preocupados por él estos últimos meses. Estaba ausente y gruñón. Ahora que lo pienso, no puedo creerme que nadie se haya dado cuenta de que solo parece contento cuando estáis los dos aquí —se detuvo un instante—. ¿Qué te dijo anoche?

—Quería que decidiera entre Brandon y él. El mes pasado, antes de que regresarais, le dije que necesitaba unas semanas.

—¿Y elegiste a Brandon?

—Sí —apenas fue un susurro—. Aunque Brandon no hubiera existido, yo no podría estar con tu hermano. Quiero a Chase, pero sé que me abandonaría. Cada vez que se enfada o se disgusta, me evita durante largos periodos de tiempo. Pero Brandon sí que existe y yo no podía imaginarme dejándolo —me reí, pero me salió forzado—. Lo único que deseaba era no hacerle daño, ¿y ahora esto? Voy a destrozarle, Bree. Soy una persona horrible.

—Un poco —respondió ella, e intentó reírse—. Vas a tener que decírselo a los dos.

—Lo sé. No hay manera de darle la vuelta. Con Brandon no me he acostado nunca y Chase sabe que es el único chico con el que he estado. Cuando Chase se entere de lo que pasa, no se separará de mí. Ya sabes cómo es, y Brandon averiguará que él es el padre —sentía todo mi cuerpo helado—. Dios mío, Bree, voy a tener un bebé. Voy a ser madre. No sé cómo hacerlo. No puedo ser madre. ¡No quiero que el bebé crezca como crecí yo! —estaba a punto de hiperventilar—. No puedo hacerlo. No puedo hacerlo. Sería una madre horrible, Bree. ¡No quiero hacer esto!

—¡No es verdad! Vas a ser una madre fantástica, Harper. Nadie tiene un corazón mayor que el tuyo. Sí, tuviste un padre horrible, pero no serás como él —me agarró de las muñecas y esperó hasta que me calmé de nuevo—. Y puede que te cueste creerlo, pero a Chase se le dan de maravilla los niños. Todos nuestros primos le quieren y siempre está tomando en brazos a los bebés. Entre él y tú, ese bebé va a recibir mucho amor. Y, claro, mamá, papá y yo nos aseguraremos de malcriarlo sin parar.

Entonces me reí, me reí de verdad.

—Espero que tengas razón. Van a ser unos meses muy duros, pero me alegro de tenerte aquí conmigo, Bree. Eres como una hermana y siento no habértelo contado antes.

Ella le quitó importancia a mi disculpa.

—¡Es que no puedo creer que el muy imbécil no usara preservativo!

—Eh, eso fue culpa mía. Él quería parar porque no tenía, pero yo prácticamente le rogué que siguiera. Y la segunda vez…

—¿Hubo una segunda vez?

—Al día siguiente. En esa ocasión creo que a ninguno se nos pasó por la cabeza. Yo acababa de descubrir que volvíais a casa y, aunque le dije que necesitaba tiempo para elegir, ambos sabíamos que no le elegiría a él. Y ocurrió.

—Vale, vale, no quiero los detalles. Sigue siendo mi hermano.

En ese momento Claire asomó la cabeza por la puerta.

—Acabo de volver de la tienda. ¡Pensaba que ya estaríais en clase!

Gracias a Dios que no había oído lo que estábamos diciendo. Hasta que Brandon lo supiera, no quería que nadie más se enterase de quién era el padre.

—Eh… hola, mamá.

Pareció preocuparse.

—Harper, cielo, ¿qué pasa? ¿Habéis estado llorando?

Bree me apretó la mano, ambas nos incorporamos sobre la cama y, después de que me animara con un movimiento de cabeza, miré a su madre y tomé aire. Empecé a llorar de nuevo antes de poder decir nada. Entre sollozos e hipidos logré decir:

—Estoy embarazada.

Claire no se enfadó; como había vaticinado Bree, solo se puso triste por mí. Todas lloramos mientras me abrazaba y solo pareció ligeramente sorprendida cuando le dije que no era de Brandon. De hecho pareció aliviada cuando se lo dije. Bree y yo nos miramos extrañadas, pero no dijimos nada. Por suerte no quiso saber más cuando le pregunté si podía decirle quién era el padre después de haber roto con Brandon. Juró que, salvo a Robert, no se lo diría a nadie más y después se fue a llamar a su ginecóloga para pedir cita. Lo único que pidió fue que Bree y yo pensáramos en la posibilidad de dejar la residencia y mudarnos a su casa.

—Será más seguro para el bebé y para ti, y así nos aseguraremos de que comas bien —razonó.

A Bree y a mí no nos importó. Si no estábamos en casa de Chase, casi siempre estábamos allí de todos modos. Solo íbamos a la residencia cuando estábamos enfadadas con Konrad o con Brandon. Y, después de que hablara con Brandon, tenía la impresión de que tampoco sería muy bien recibida en esa casa.

—Ah, y deberías llamar a tu padre.

Esa iba a ser una conversación difícil. Le llamé de inmediato dos veces y no respondió. Tampoco esperaba que lo hiciera. No había hablado con él desde finales de agosto, pero habría preferido decírselo por teléfono que por correo electrónico. Por desgracia esa era la única opción. Agarré el portátil y escribí un correo rápido en el que explicaba lo que acababa de descubrir, le decía que lo sentía si le había decepcionado. Le pedía que me llamara para que pudiéramos hablar y le decía que le quería. Sabía que respondería pronto, así que me quedé allí sentada esperando. Debería haber imaginado su respuesta, pero hasta Bree soltó una retahíla de tacos antes de salir corriendo por el pasillo para ir a contarle a su madre lo que había dicho.

Has tomado tus propias decisiones, ahora tendrás que vivir con ellas. Si tienes el bebé, no vuelvas a poner un pie en mi casa. Este cuatrimestre ya está pagado, pero, si quieres seguir estudiando, búscate la manera de pagarlo. Ahora estoy ocupado, Harper, no tengo tiempo para hablar contigo.

Sentí como si me hubieran dado un puñetazo en el estómago, pero sabía que no tenía sentido disgustarme por el padre que nunca me había querido. Me obligué a sonreír cuando Bree y su madre regresaron.

—Bueno, ya van dos… solo quedan tres por decírselo.

A Claire se le llenaron los ojos de lágrimas, pero asintió.

—Tienes cita para dentro de una semana a partir del miércoles, cariño.

—Gracias por ayudar, mamá —murmuré.

Pasamos el resto del día trasladándonos de la residencia, aunque tampoco me permitieron hacer mucho. No paraba de decirles que me encontraba bien, pero pese a mis intentos acabé supervisándolo todo. Mamá me asignó la habitación de invitados y me dijo que si el padre acababa siendo un capullo, podría vivir con ellos y montar allí también el cuarto del bebé. Miré a Bree, que era toda sonrisas; al menos ella estaba segura de que Chase no se largaría. Creo que sus padres tampoco le permitirían ser un padre ausente, pero, cuando reuniera el valor para hablar con él, me aseguraría de que supiera que no tenía que hacer nada si no lo deseaba.

No vi a Chase ni supe nada de él hasta el miércoles siguiente. Llevaba todo el día tan agitada por la cita con el médico que ni siquiera me di cuenta de que estaba allí hasta que me choqué con él. Literalmente. Bree, mamá y yo estábamos escribiéndonos todo el tiempo; ellas estaban intentando calmarme y yo estaba tan concentrada en mi teléfono que me choqué con él y con un grupo de chicos.

—Pero ¿qué…? ¿Princesa?

Recogí mi teléfono del suelo, me incorporé y me di la vuelta para marcharme lo antes posible. No podía verlo, aquel día no.

—¡Harper, espera! —me agarró del brazo y me dio la vuelta para que lo mirase—. ¿Ya ni siquiera vas a decir hola?

—Hola —se me quebró la voz y mantuve la mirada fija en el suelo.

Chase me puso una mano bajo la barbilla y me levantó la cara hasta que lo miré con los ojos inundados.

—Cariño, ¿qué sucede?

Dios, no quería oírle llamarme así. Recordé nuestros momentos juntos y se me calentaron las mejillas al instante.

—Nada —me aclaré la garganta y parpadeé—. Será alergia o algo así.

Su mirada indicó que no se lo creía, pero no insistió. Dio un paso atrás, dejó caer la cabeza, suspiró con pesar y cambió varias veces el peso de un pie al otro.

—Últimamente no te he visto por mi casa. Sé que no quieres estar conmigo, pero no pienses que no puedes estar allí. No os molestaré a Brandon y a ti.

—No es esa la razón por la que no he ido. Eh… he roto con él.

Chase levantó la cabeza de golpe.

—¿De verdad? ¿Cuándo? ¿Por qué no me lo habías dicho? —intentó disimular su sonrisa de alegría, aunque sin conseguirlo.

—Hace poco más de una semana. Pero me dolió más de lo que puedo explicar y necesito tiempo para superarlo. No puedo acudir corriendo a ti porque Brandon y yo ya no estemos juntos.

Me acarició las mejillas con las manos y se agachó hasta quedar casi a mi misma altura.

—Te quiero, te daré todo el tiempo que necesites. A no ser… a no ser que ya no me desees.

Apreté la cara contra su mano izquierda, cerré los ojos y aspiré su aroma masculino.

—Ya te lo he dicho, siempre te querré, Chase, pero todavía no estoy segura de que no vayas a abandonarme. Y por ese miedo no sé si puedo estar contigo. Y han cambiado algunas cosas desde que hablamos por última vez, y puede que cambies de opinión con respecto a mí.

—Eso no es posible.

Aparté sus manos de mi cara y coloqué sus brazos tatuados alrededor de mis hombros. Después de darle un beso en el cuello hundí la cabeza en su pecho.

—Ojalá eso fuera cierto —mi vida había cambiado drásticamente en muy poco tiempo. Por razones evidentes había tenido que romper con Brandon y ahora Chase y yo íbamos a tener un bebé. Por ese giro de acontecimientos, cada vez deseaba más y más tener una vida con Chase, deseaba que estuviera a mi lado con el bebé. Allí, entre sus brazos fuertes, casi me permitía creer que tal vez pudiera ocurrir. Pero Chase estaba a punto de terminar la universidad, era tatuador profesional y se pasaba casi todas las mañanas haciendo surf. No me lo imaginaba sentando la cabeza conmigo y con un bebé.

—Lo es, Harper —se le quebró la voz al decir mi nombre y las lágrimas comenzaron a resbalar por su cara—. Te quiero muchísimo. ¿Por qué no te das cuenta?

«Dios, no, no llores otra vez», pensé. Se me inundaron de nuevo los ojos al mirarlo. No podía significar tanto para él como para mí ponerse a llorar en público solo con pensar en no estar juntos, ¿o sí?

—Tengo que irme, lo siento.

—Harper, por favor. Por favor, no te vayas, háblame, cariño.

Mantuve la cabeza agachada y doblé la esquina para reunirme con Bree junto al aparcamiento. Ella abrió mucho los ojos al vernos juntos y fijarse en nuestras caras humedecidas por las lágrimas. Miré a mi alrededor y vi a la gente que nos miraba confusa mientras Chase me rogaba que parase. Probablemente yo también me habría quedado mirando si hubiera visto a un chico atractivo de metro noventa lleno de músculos y de tatuajes llorando. A él no parecía importarle. Negué con la cabeza en dirección a Bree y ella controló su expresión.

—¡Harper, por favor, habla conmigo!

Llegué junto a Bree y me volví hacia él.

—Lo haré. Hablaremos, pero ahora mismo tengo que irme.

Dejó escapar un suspiro ahogado cuando levanté las manos para secarle las lágrimas.

—¿Lo prometes? —asentí y susurró—: Te quiero —me dio un beso en el interior de la muñeca y me vio apartarme. Bree le rozó suavemente el brazo y él dio un respingo, nos miró nervioso y pareció relajarse al ver la sonrisa de su hermana. Ni siquiera se había dado cuenta de que estaba allí, a pesar de que mi amiga tuviese el brazo alrededor de mi cintura. Ahora que la había visto, se fijó en el resto de la gente que nos miraba, agachó la cabeza y se alejó.

Cuando nos metimos en el coche, Bree me agarró la mano y me miró.

—En mi vida había visto llorar a Chase. No me cabe duda de que está completamente enamorado de ti, Harper. Tienes que decirle que estás embarazada de él.

¿Nunca le había visto llorar? Eso me hizo sentir aún peor, porque yo le había hecho llorar tres veces en el último mes y medio.

—Lo haré, pero hoy no. Primero tengo que decirle a tu madre que él es el padre.

Bree se mordió el labio y me miró sin estar muy segura. No creía que fuese a decírselo. Les había dicho lo del embarazo a su madre, a mi padre y a Brandon el día que me enteré, pero había pasado más de una semana y todavía no había hablado con Chase.

—Vamos, tenemos que ir a comer para que pueda decírselo a mamá.

Ella sonrió, arrancó el coche y condujo hacia el restaurante. Por el camino pensé en esa noche con Brandon. Además de Bree, él era el único que sabía lo de Chase y aún me sorprendía que no hubiera dicho nada.

—Cariño, ¿qué sucede? —Brandon me agarró las manos y me condujo hacia su habitación.

Ver la preocupación en sus ojos hacía que fuera más difícil. Me odiaba a mí misma por hacerle aquello y no soportaba lo que estaba a punto de hacer.

—Ven aquí —me envolvió entre sus brazos—, dime qué ha pasado.

Apoyé las manos en su pecho y empujé hasta que me soltó.

—Tal vez quieras sentarte.

—Me quedaré de pie —dijo con desconfianza.

—Brandon… —«Hazlo, Harper. Igual que con mamá y con tu padre. No des rodeos». Me detuve y tomé aliento—. Me he… Estoy embarazada.

Se dobló ligeramente por la cintura como si le hubiera dado un puñetazo en el estómago.

—Eso no es posible —dijo confuso mientras se dejaba caer en la cama—. No hemos… —le cambió la cara y dejó escapar el aire—. Dios mío. ¿Me has engañado?

No tenía sentido intentar contener las lágrimas, porque brotaban con demasiada fuerza.

—Brandon, lo sien…

—¿Me has engañado?

Me mordí el labio y asentí.

—¿Y estás embarazada? —parecía completamente derrotado. Habría preferido que se enfadara conmigo, habría sido mucho más fácil.

—Sí.

Se pasó la mano por el pelo rapado.

—¿Con quién? Da igual. Ya lo sé.

—¿Lo sabes? ¿Te lo ha dicho?

—No soy estúpido, Harper. Veo cómo le miras cuando crees que no te observo, y te muerdes el labio y te quedas ausente cada vez que miras ese maldito anillo.

Lo sabía.

—¡Brandon, lo siento! Solo fue un fin de semana y me odio por ello.

—¿Él ya lo sabe? —preguntó mirándome a los ojos.

—No —dije con apenas un susurro.

Nos quedamos mirándonos durante una cantidad de tiempo indeterminada, ambos llorando en silencio, hasta que me hizo una última pregunta.

—¿Por qué, Harper?

Quería inventarme una excusa, decir que estábamos borrachos y que me arrepentía, pero necesitaba saber la verdad.

—También le quiero a él, Brandon.

Se estremeció y cerró los ojos.

—Sé que no lo merezco, pero ¿podrías no decírselo? Y, si vas a enfadarte con alguien, por favor, enfádate conmigo. He sido yo quien te ha hecho esto.

—Nos lo has hecho a los dos, Harper —se puso en pie lentamente, se acercó a la puerta y la abrió—. No diré nada. Siempre he sabido lo que sentía por ti y, si le has elegido a él, entonces no hay nada por lo que pueda estar enfadado contigo. Pero ahora necesito que te vayas, por favor.

No me miró cuando me fui, se quedó sujetando la puerta con fuerza e intentó respirar con calma.

—Lo siento mucho —susurré antes de marcharme.

Levanté la mirada, sorprendida al ver que ya estábamos en el restaurante.

—Bueno… allá vamos.

—¿Cómo crees que se lo va a tomar? —preguntó Bree pasándose una mano por el pelo, corto y rubio.

—Ja. Esperaba que me lo dijeras tú.

—Ah, no. En esta situación no sé qué esperar.

La miré horrorizada.

—¿Y si me odia? ¿Y si me echan, Bree?

—Jamás te harían eso. Y nunca podrían odiarte. Simplemente no sé cómo va a tomárselo.

Dejamos de hablar cuando entramos y mamá nos recibió con abrazos.

—¡Estoy muy emocionada con la cita! Podrán decirnos para cuándo darás a luz y, si estás de suficientes semanas, podremos oír los latidos —daba botes y palmas.

Dios, aquello iba a ser real.

—¿Es normal que yo no esté precisamente emocionada en este momento?

—Claro que sí, cariño, pero ya has pasado por lo más difícil. Ahora es cuando se pone emocionante.

La camarera nos tomó nota de la bebida y pedimos la comida sin mirar la carta. Siempre íbamos allí en nuestro día de chicas. Hablamos sobre las clases, sobre Konrad y Bree, sobre si pensaba volver a clase el curso siguiente, cosa que no pensaba, y comenzamos a hablar sobre si prefería un niño o una niña.

—Eh, mamá, hoy he visto al padre del bebé.

Ella se quedó con la boca abierta.

—¿Se lo has dicho?

—No, aún no. Pensaba que tal vez debía decírtelo a ti primero.

—Bueno, no entiendo por qué ibas a tener que decírmelo a mí primero, a no ser que... ¿lo conozco? —abrió mucho los ojos y pareció estar aguantando la respiración.

—Sí. Podría decirse que sí.

Bree intentó disimular su carcajada con una tos y agarró su té helado para beber.

«Como una tirita, Harper. Arráncatela». Tomé aire y lo solté.

—Es Chase.

—¡Oh, gracias a Dios! —exclamó Claire llevándose la mano al pecho.

Bree escupió el té y yo me quedé con la boca abierta y dejé caer la cuchara.

—¿Qué? —gritamos las dos al unísono.

Nos mandó callar y miró a su alrededor antes de inclinarse sobre la mesa.

—No tienes ni idea de lo aliviada que me siento —levantó una mano para frenar mi pregunta—. Mi hijo está enamorado de ti, Harper. Desde hace tiempo. Por eso ya no va a casa los domingos. Hace cosa de un mes vino a vernos y nos dijo que, mientras estuvieses con Brandon, no podía soportar estar junto a ti, que era demasiado duro.

Juro que estaba a punto de desencajárseme la mandíbula.

—Cuando dijiste que estabas embarazada, supe que se quedaría destrozado, pero, cuando dijiste que Brandon no era el padre, esperé que fuera Chase. No me malinterpretes, ojalá no os sucediera esto siendo tan jóvenes y sin estar casados, pero lo hecho, hecho está. Incluso había comentado la posibilidad de mudarse al terminar la universidad. Yo sabía que lo haría si descubría que estabas embarazada, sobre todo si era de un chico cualquiera.

—¡Mamá! ¿Por qué no me lo dijiste? No sabía que yo fuese la razón por la que ya no iba a casa. ¡Debías de odiarme! ¿Por qué dejasteis que me instalara allí?

—Porque te queremos, Harper. El hecho de que él no lo lleve bien no significa que Robert y yo vayamos a dejar de quererte. Aunque él se fuera, no habría sido culpa tuya. Habría sido su decisión.

—Madre mía —murmuré recostándome en el asiento.

—Lo mismo digo —intervino Bree.

—Harper, cielo —comenzó a decir Claire—, tienes que decírselo. Si descubre por otra persona que estás embarazada y no sabe que es suyo, se irá.

Yo lo quería, no quería que se fuera. Pero su posible abandono era lo que me había frenado desde el principio. Claire se equivocaba, Chase sabría que era el padre y aun así se marcharía.

—No va a querer tener un bebé y no soportaré que se vaya. Lo quiero, este bebé da fe de ello, pero me aterroriza que me abandone algún día. Siempre hace eso. Un día me quiere y después se pasa semanas sin hablar conmigo.

—Se mantiene alejado porque no soporta verte con Brandon. Cuando ibas a su casa, él siempre venía a la nuestra para no tener que veros juntos. Yo no sabía que hubieseis hablado de ello. Habla de ti como si tú no supieras que te quiere. No te abandonará. No sé si sabes que nunca había hablado de ninguna chica con nosotros, hasta que apareciste tú el otoño pasado —en mi cara debió de notarse que no me lo creía—. Quiera o no quiera tener un bebé, él es el padre y tiene que ayudarte.

—¡No! —exclamé con demasiado ímpetu, así que bajé la voz—. No. Quiero que quiera estar conmigo. No le obligaré a soportar esto conmigo. Durante toda mi vida mi padre se ha arrepentido de tenerme y no pienso soportar que Chase haga lo mismo.

—No lo haría —me interrumpió Bree.

—Puede que sí —las miré a las dos y dije con severidad—: Se lo diré pronto, pero tenéis que dejar que tome su propia decisión.

Ambas asintieron y sonrieron abiertamente. Ojalá yo pudiera sentirme igual. Terminamos de comer, pagamos la cuenta y nos fuimos a mi cita con la ginecóloga. La primera parte la pasamos sentadas en la consulta mientras yo hablaba con la doctora, una joven extremadamente simpática llamada doctora Lowdry.

—¿Cuál fue el primer día de tu última regla, Harper?

—El veintinueve de diciembre —dije con tono de confidencialidad.

—¿Y tienes idea de cuándo pudo haber sido concebido el bebé?

—Sí. O el doce o el trece de enero.

La doctora agarró una ruedecita de plástico y la hizo girar durante un minuto.

—De acuerdo. Deberías salir de cuentas el cuatro de octubre. ¿Qué te parece si te hacemos la primera ecografía? Prácticamente estás de ocho semanas. Podremos oír el latido.

Claire sonrió y dio palmas mientras Bree parecía estar haciendo cálculos mentales. La seguimos hasta otra estancia y, tras cambiarme y colocarme sobre la mesa, apagó las luces y comenzó a ecografía. Al principio lo único que veía era una pantalla gris con un círculo oscuro en el centro, después acercó la imagen y vi lo que parecía un oso de gominola. Mamá contuvo la respiración y yo abrí mucho los ojos.

—¡Ese es tu bebé! —dijo la doctora Lowdry con una sonrisa mientras pulsaba diferentes botones—. Vamos a tomar algunas medidas… ¡sí! Yo diría que estás de siete semanas y seis días.

Dios mío, era real. Era real, ¿verdad? Sí, lo era. Había un osito de gominola creciendo dentro de mí. Creo que la doctora estaba señalando la cabeza y los brazos, pero yo no prestaba mucha atención; estaba hechizada por la pantalla.

—¡Harper!

—¿Eh?

Las tres se rieron y yo me pregunté cuánto tiempo llevarían intentando captar mi atención.

—¿Estás preparada para oír el latido?

Vi la sonrisa cálida de la doctora Lowdry y asentí. Pulsó un botón y todo mi mundo cambió. Todas aguantamos la respiración cuando una especie de zumbido inundó la habitación. No era lo que me esperaba. Era muy rápido y no se parecía a lo que imaginaba que sería un latido, pero resultaba inconfundible. Bree me agarró la mano y Claire buscó un pañuelo para secarse las lágrimas. Yo ya no podía ver la pantalla y me di cuenta de que estaba llorando, así que cerré los ojos y escuché el sonido más asombroso del mundo.

—¡Voy a ser abuela! —exclamó Claire con alegría.

—Oh, Dios mío, y yo voy a ser madre.

La doctora Lowdry encendió las luces y me entregó las fotos de la ecografía.

—¿El padre va a venir a las siguientes? Normalmente es mejor que los padres estén presentes todo el proceso.

Yo no sabía qué responder sin parecer incómoda, pero por suerte Claire se me adelantó.

—Oh, mi hijo estará aquí la próxima vez.

Dios, esperaba que tuviese razón.

Cuando terminó la consulta, recogimos mis vitaminas prenatales y después nos fuimos las tres a hacernos la pedicura antes de volver a casa y esperar a que Robert regresara de trabajar. Mamá no pudo esperar hasta esa noche, le había llamado de camino al médico para decirle que Chase era el padre y al parecer él estaba igual de aliviado. Qué locura. Cuando nos sentamos a cenar aquella noche, se emocionó cuando le mostré las fotos y bromeó conmigo sobre la idea de convertirlo en abuelo siendo tan joven. Todos sonreían, incluida yo, y deseé que Chase pudiera haber estado allí también.

No me preguntéis cómo lo hice, pero logré ver a Chase solo seis veces en las siguientes cuatro semanas y aun así evitar tener que hablar con él. A mamá y papá les preocupaba que se enterase y se marchase, ya que la ropa me quedaba cada vez más ajustada, y Bree directamente estaba enfadada.

—Harper, no ha estado con otra chica desde agosto, ¿y sigue preocupándote que te vaya a abandonar? ¡Ni siquiera estáis saliendo y está comprometido contigo!

—Lo sé, lo sé. Pero no es tan fácil estar con él sin más, Bree. No puedo hacerle eso a Brandon todavía.

—¡Brandon ya lo sabe! —razonó ella.

—Sí, pero piénsalo de este modo. ¿Y si tú te quedaras embarazada de otro que no fuera Konrad? Aunque se lo dijeras, ¿podrías empezar a salir con el otro chico? ¿Podrías ir de la mano con él en clase, delante de Konrad?

Ella no respondió.

—No, no podrías. Porque sería una crueldad para Konrad y, aunque le hubieras roto el corazón, aún le querrías.

—¿Tú sigues enamorada de Brandon? Bueno, entonces dile a Chase que el bebé es de Brandon y vuelve con Brandon.

—¿Qué? ¡No! Eso es enfermizo. Jamás podría hacerle algo así a Brandon. ¡Eso sería aún peor que la conversación en la que le dije que estaba embarazada! Es como decir: «¡Eh, deja que te retuerza un poco el cuchillo que te he clavado en el corazón!».

—Vale, es verdad. Pero tienes que darle una oportunidad a Chase. Díselo, pero dile que en público tendréis que ser discretos.

—Sé que ya le estoy haciendo daño al rechazarlo, pero ¿te estás oyendo? Eso sería horrible también, Bree. Sería como si él fuera mi oscuro secreto y no quisiera que nadie más lo supiera. Ya tengo que hacer un esfuerzo cada vez que lo veo para no correr a sus brazos y contárselo todo, ¿y esperas que le diga que estoy embarazada de él y que tenemos que seguir separados? Vale que yo esté triste, pero no puedo hacerle a él lo mismo.

—No lo había visto de ese modo, pero se te tiene que ocurrir algo.

Suspiré y me dejé caer sobre la cama.

—Lo sé, Bree. Créeme, no hay nada que puedas decir que no haya pensado ya. Después de esa ecografía, no podía pensar en otra cosa que no fuera decírselo a Chase. Es como si toda mi perspectiva hubiera cambiado y por fin siento que estoy lista para arriesgarme con él. Pero sé que tengo que esperar un poco más. Le debo a Brandon el darle tiempo para superar su dolor, y le debo a Chase el ser capaz de mantener una relación con él cuando lo sepa.

Bree se tumbó a mi lado y me estrechó la mano.

—Pero, ¿cuándo llegará ese momento? ¿Cuando tengas una pelota de playa bajo la camiseta?

—No. No podría permitir que Chase se enterase de ese modo, tampoco sería justo para él. Y sé lo que vas a decir, que se me empieza a notar un poco, así que tiene que ser pronto —no se me notaba mucho todavía, solo parecía que había comido mucho, pero cada día parecía más un bulto extraño y pronto la gente empezaría a murmurar.

—Me duele veros separados, pero entiendo lo que dices, cariño.

Ambas nos incorporamos y vimos a mamá de pie en la puerta. Supongo que había oído gran parte de la conversación, si no toda.

—Dado que es mi hijo, obviamente pienso en su felicidad antes que en la de Brandon, así que solo pienso en lo mucho que está sufriendo. Y, aunque lo que dices es muy maduro para tu edad, estoy deseando que esto quede atrás y que podáis vivir vuestras vidas juntos.

Yo no soportaba estar haciendo daño a tanta gente. Era evidente que Claire sufría por Chase, porque seguía sin ir a casa. La había fastidiado más de lo que pensaba.

217

—Lo siento, mamá. Prometo que no estoy intentando haceros daño. Solo intento encontrar la mejor manera de solucionar esto, para que cuando empecemos a tener una relación sea perfecta.

Bree me apretó la mano y Claire fue a tumbarse a mi otro lado.

—No creo que estés intentando hacer daño a la gente, cariño, solo lo vemos desde nuestra perspectiva —dijo con un suspiro.

—Siento ser pesada contigo, Harper. Pero veo lo triste que estás sin él y no entiendo por qué pasáis por esto cuando está claro lo mucho que os deseáis. No me parece justo.

—Lo entiendo, Bree. Tenéis razón. Tengo que decírselo pronto. Es que es mucho más difícil de lo que pensaba.

Nos quedamos allí en silencio mientras Claire miraba el reloj y se incorporaba.

—Bueno, supongo que podemos deducir que tampoco va a venir a la cita de hoy —se rio y se relajó la tensión de la habitación—. A mí me parece bien. Soy egoísta y me apetece estar allí.

Entonces me incorporé.

—¿No vais a venir a las citas cuando lo haga Chase? Necesito que vayáis.

—No, cariño, puede que aún no lo comprendas, pero la primera vez que él esté allí, confía en mí cuando te digo que querrás estar a solas con él.

—De acuerdo. Bueno, yo estoy lista si vosotras lo estáis.

Bree se puso en pie y tiró de mí.

—¡Yo estoy lista! ¡Vamos a ver a mi sobrina o sobrino!

Me reí y me miré el estómago.

—¿Lo has oído? ¡Vamos a ir a verte, osito de gominola!

Claire y Bree se rieron mientras caminábamos hacia el coche. Estaba deseando ver de nuevo a mi bebé, pero me daba pena saber que Chase no estaría allí, que ni siquiera estaba enterado. Me prometí a mí misma que la próxima vez estaría allí.

Guardamos silencio durante la consulta mientras veíamos dormir en mi estómago a mi osito de gominola, que ya parecía un bebé.

El latido era fuerte y de nuevo cerré los ojos para ser consciente únicamente de aquel hermoso sonido.

—Bueno, tendremos la próxima cita dentro de cuatro semanas. Para entonces ya estarás de dieciséis semanas y, si el bebé colabora, tal vez podamos ver el sexo —dijo la doctora Lowdry mientras salíamos de la consulta.

—¿De verdad? Lo siento, pero no sabía que podríamos averiguarlo tan pronto —definitivamente tenía que contárselo a Chase. Si había una cita en particular en la que quería que estuviera era aquella en la que averiguaríamos si íbamos a tener un niño o una niña. Así se lo comuniqué a Claire y a Bree cuando llegamos al coche y ambas suspiraron aliviadas sabiendo que, en un mes, Chase y yo estaríamos juntos. Yo quería recalcar el hecho de que aún no sabíamos si él querría quedarse conmigo y con el bebé una vez lo supiera, pero estaban tan contentas que no quería aguarles la fiesta—. Me gustaría darle algo de tiempo antes de la cita, por si acaso necesita pensárselo, pero ya no le veo a no ser que sea en clase, y tampoco quiero hacerlo allí. ¿Creéis que, si no ha venido antes de mi cumpleaños, podríamos invitarle a lo que sea que hagamos? Se lo diré entonces.

—Puedo llamarle y decirle que tiene que venir a casa este domingo, cariño.

—No, mamá, no quiero que se sienta obligado a venir. Preferiría que viniera por propia voluntad, pero, si no lo ha hecho para entonces, podemos invitarle a cenar o algo. No creo que se pierda mi cumpleaños.

—El cinco de abril… ¿dos semanas? Van a ser las dos semanas más largas de nuestras vidas —se quejó Bree.

—Oye, acabo de fijarme una fecha límite, pensé que te alegrarías un poco más —bromeé.

—Y me alegro, pero ahora, cada vez que lo vea, me va a dar un ataque de nervios sabiendo que pronto se enterará.

—Bueno, tampoco lo vemos tanto, así que con suerte no tendrás muchos ataques de nervios.

De acuerdo, no hubo muchos ataques de nervios, pero hubo tres más de los que yo esperaba. Lo que significaba que hubo un total de tres. En la facultad. El primero no fue para tanto. Bree y yo íbamos corriendo a una clase y lo vimos salir del edificio. Estiró el brazo para rozarme la mano cuando pasamos por delante y se le iluminó la cara con una sonrisa cuando le saludamos apresuradamente antes de abrir la puerta y entrar en clase. Las otras dos veces fueron más peligrosas, teniendo en cuenta mi estado.

—Joder, princesa —dijo Drew riéndose—. ¿Estás intentando ganar unos kilos?

Me quedé helada cuando Chase le dio una colleja de camino a su asiento. Yo no estaba intentando comer por dos, dado que sabía que todavía no había razón para ello, pero tenía mucha hambre a todas horas. Era la primera vez que Chase andaba por allí y la primera que alguien decía algo además de Bree y de sus padres. Me llevé la mano de inmediato al vientre, pensando que vería mi barriga a pesar de estar oculta detrás de la mesa. Por suerte Bree me apartó la mano y me la echó a un lado antes de que diera la impresión de que estaba tapándome. Cosa que, por cierto, hacía cada vez más. La tripa empezaba a notarse con todas mis camisetas ajustadas, así que solo me ponía ropa ancha o que me llegara por debajo de las caderas. Todavía no había empezado a llevar ropa premamá, porque quería tener cuidado hasta que Chase lo supiera. Brandon me miró de inmediato a los ojos, suspiró, se levantó de la mesa y se fue. Yo quería morirme.

Aquella era la primera vez que veía a Brandon desde que habíamos roto y había resultado intenso como mínimo. Me había parado en seco al verlo sentado a la mesa, pero Bree me había dicho que tenía que hacerlo en algún momento. Yo sabía que tenía razón, pero verlo de nuevo me dio ganas de llevármelo a alguna parte y rogarle que volviera conmigo, aunque acabara de decirle a Bree que nunca podría hacerle eso. Quería a Chase y sabía que, si tenía que estar con alguien, era con él. Pero seguía completamente enamorada de Brandon. A Bree no se lo dije, pero seguía imaginándomelo en mi futuro y, si me lo hubiera pedido aquel día, me habría casado con él. Pero, obviamente, ese día nunca llegaría. Esa idea me destrozaba el corazón, aunque yo hubiese sido la culpable. De los cinco tensos minutos que estuvimos sentados a la mesa, lo observé durante cuatro y medio, y seguí haciéndolo hasta que abandonó la cafetería.

—Bree —le susurré a mi amiga—, quizá tengamos que marcharnos pronto antes de que me dé a mí un ataque de nervios.

Justo en ese momento la novia de Derek, Maci, y una de sus otras amigas se sentaron a la mesa.

—Vaya, Harper, hoy estás increíble —dijo con los ojos muy abiertos—. O sea, que no es que no estés guapa siempre, pero te juro que hoy estás resplandeciente.

Bree soltó un grito ahogado que todos pudieron oír. Mierda. Yo no pude evitarlo, miré a Chase y respiré aliviada al verlo sonriéndome. Yo sonreí nerviosa, pero Bree se levantó de la silla con tanto ímpetu que la tiró al suelo.

—¡Tenemos que irnos! —explicó mientras los demás la miraban como si estuviese loca.

Me alejé con ella y hablé cuando por fin estuvimos a solas.

—Sutil, Breanna. Muy sutil.

—Lo siento, pero te juro que pensaba que alguien iba a decir algo. ¿Puedes creerte lo que acaba de ocurrir?

—No —respondí—. Tienes razón. Ha sido raro que dijeran esas cosas con pocos minutos de diferencia. Me he puesto nerviosa yo también. ¿Te has fijado en alguien más? Yo solo he mirado a Chase. Él no se ha enterado, pero eso no significa que los demás tampoco.

—Solo he mirado a Maci. Me alegra que nadie haya resaltado el hecho de que siempre llevas camisetas anchas.

—Sinceramente, Bree, creo que solo lo sabemos nosotras, y es porque ambas decidimos que sería lo mejor. Creo que estamos nerviosas porque sabemos que estoy… bueno… ya sabes.

—Probablemente. Solo tres días más y entonces él lo sabrá.

Yo casi empecé a hiperventilar.

—¡Relájate, Harper! Respira.

—¡Dios, ni siquiera he pensado en cómo se lo voy a decir! —miré a mi alrededor rápidamente para asegurarme de que nadie estuviera viendo mi ataque.

—Cálmate, amiga —Bree se acercó a mí—, será fácil. A los demás se lo dijiste sin problemas.

—Eso era diferente. Fue más fácil porque yo ya estaba disgustada conmigo misma. Pero él es el padre y, aunque sigo disgustada conmigo, me alegro por lo del bebé. Es diferente. Muy diferente.

—¿Qué es diferente? —Konrad abrazó a Bree para darle un beso.

—¡Dios, cariño! Me has dado un susto de muerte —le dio un golpe en el pecho, pero lo besó también.

Él sonrió y volvió a mirarme.

—¿Qué pasa, chica? ¿Qué es diferente?

—Eh, es que… acabo de ver a Brandon y ha sido raro.

Konrad asintió y rodeó a Bree por la cintura.

—¿Lista, preciosa?

Bree me miró con una ceja levantada.

—¿Estás bien?

—¡Sí! Sí, estoy bien. Nos vemos después de clase —miré a Konrad, que por suerte no creyó que pasara nada. Necesitaba que aquellos tres días pasaran volando, porque no decírselo a Chase empezaba a ser muy difícil, sobre todo pensando que todos lo descubrirían de algún modo.

Vi a Chase por tercera vez el día antes de mi cumpleaños y fue al salir corriendo de clase para vomitar en el cuarto de baño más cercano. No había tenido náuseas en tres días, pero claro, justo tuvo que ser en aquel momento, y justo él tuvo que estar presente. Estaba vomitando en el retrete cuando noté su mano dibujando círculos en mi espalda. Cuando empecé con las náuseas matutinas y estas se extendieron a todo el día, comencé a llevar el pelo recogido todos los días para no tener que preocuparme por ello. Aquel día me alegré de no haber tenido tiempo de hacerme nada más. Ya me sentía humillada sabiendo que acababa de verme vomitar, encima no quería tener que limpiarme el vómito del pelo delante de él.

—Vete —murmuré antes de escupir en el retrete.

Se marchó, pero regresó al momento con un trozo de papel mojado.

—Aquí tienes, princesa —me dijo suavemente.

Acepté el papel y me humedecí la cara antes de limpiarme la boca e incorporarme para mirarlo.

—Gracias.

—¿Estás bien? ¿Quieres que te lleve a algún sitio?

—No. Estoy genial —era raro, lo sé, pero después de vomitar me sentía como si nada hubiese ocurrido. De hecho tenía hambre otra vez.

—¿Genial? Acabas de vomitar, Harper.

Lo miré a los ojos y me arrepentí al instante. Aparté la mirada y me acerqué al lavabo para enjuagarme la boca.

—Lo sé, pero ahora me encuentro bien.

—Si no quieres que te lleve yo, al menos déjame llamar a Bree para que te lleve a casa. Hablando de lo cual, ¿cuándo ibas a decirme que te habías mudado a casa de mis padres?

Escupí el agua, cerré el grifo y me metí un chicle en la boca. Nunca salía de casa sin llevar al menos dos paquetes de chicle.

—¿Eso te molesta?

—En absoluto, pero me he enterado esta mañana de que llevabas viviendo allí más de un mes. Habría ido más por casa si hubiera sabido que estabas allí y no escondiéndote de mí en tu residencia.

—No he estado escondiéndome de ti, Chase.

Él dejó caer la cabeza.

—¿Estás segura?

Le vi con la cabeza agachada y luché contra la tentación de contárselo todo. Pero no era el momento, no podía decirle en un cuarto de baño mugriento que íbamos a tener un bebé.

—He estado ocupada y tú tampoco te has dejado ver mucho. Llevas meses sin ir los domingos a comer.

Se rio con ironía.

—Ya te dije que te estoy dando el tiempo que me pediste, Harper.

Dios, tenía que dejar de pedirle que me diera tiempo, porque cada vez que lo hacía desaparecía. Los chicos tenían que entender que, a veces, queremos decir justo lo contrario de lo que decimos. Quizá yo necesitara tiempo, pero quería que me demostrase que me deseaba.

—Ah.

Agarré mi mochila y esperé a que me siguiera fuera. Por suerte no había nadie por allí, porque habría resultado raro vernos salir juntos del baño de chicas. Salimos del edificio y vimos a Bree esperando con Konrad. Abrió los ojos con sorpresa y se volvió para hablar con Konrad, probablemente para evitar otro ataque de nervios.

—Harper, ¿puedes decirme una cosa?

—Te diré cualquier cosa, Chase —salvo que estaba embarazada de él.

—¿He… he perdido mi oportunidad?

—¿A qué te refieres?

—Me refiero a lo nuestro. ¿He perdido la oportunidad? —frunció el ceño, parecía aterrorizado de que pudiera decir que sí.

Me acerqué y le rodeé la cintura con los brazos.

—Siento que tengas que preguntarme eso. Ojalá supieras lo mucho que te quiero, Chase. Ha sido una época difícil para mí —me acercó a él y yo intenté apartar las caderas sin que lo notara—. No sabía que aún estuvieses dándome tiempo. Pensaba que ya te había perdido —se me quebró la voz al final. Dios mío, hasta que no había dicho esas palabras no me había dado cuenta de que eso era justo lo que pensaba. ¿Sería esa la razón por la que no había sido capaz de decírselo aún?

—Dios, cariño, eso es imposible —me dio un beso en la coronilla y me apretó con fuerza—. ¿Qué es lo que pasa? ¿Sigue siendo por lo de Brandon? ¿O ha pasado algo más?

En ese momento se acercó Bree.

—Harper, tenemos que irnos —dijo.

Yo la miré con la esperanza de que comprendiera que no podía haber aparecido en un momento mejor. No podía decírselo a Chase allí, pero tampoco podía soportar seguir hablando con él sin decirle nada del embarazo. De nuevo Chase apartó los brazos y dio un paso atrás al verla. A mí me dieron ganas de poner los ojos en blanco, pero me contuve. Su hermana ya le había oído decir «te quiero» la última vez, ¿y él seguía pensando que tenía que disimular delante de ella? «Un día más», me dije. «Solo un día más».

—Ya nos veremos —le acaricié el brazo a Chase antes de volverme hacia Bree.

—Adiós, princesa.

225

CAPÍTULO 10

—¡Despierta, despierta, despierta! —gritó Bree a la mañana siguiente.

—Arg. Bree, no tenemos clase hasta dentro de cuatro horas. ¡Lárgate!

—¡Ni hablar! ¡Es tu cumpleaños, tienes que salir de la cama!

Oh, cierto, mi cumpleaños.

—A nadie le importa, vuelve a dormirte —murmuré antes de cubrirme la cabeza con la colcha.

—A nosotros nos importa, ¡así que mueve el culo! —arrancó la colcha de la cama y la tiró al suelo.

—A veces me entran ganas de darte un puñetazo.

—Lo sé —respondió ella con una sonrisa radiante—. ¡Me quieres!

—Eso también.

La seguí escaleras abajo y casi me hice pis encima cuando mamá y papá gritaron «¡FELIZ CUMPLEAÑOS, HARPER!». Cuando entramos estaban colocando tortitas, huevos, beicon y regalos en la mesa de la cocina.

Era imposible que aquella gente fuese más maravillosa. Primero Navidad y ahora aquello. Desayunamos juntos y después abrí los regalos. Bree me había comprado tres camisetas que podría ponerme entonces y cuando estuviese como una ballena, mamá y papá me regalaron otro libro sobre el embarazo además de un libro sobre nombres de bebé, una pulsera y una bolsa para las cosas del bebé de parte de los tres.

¿Cómo podría darles las gracias por todo, no solo por los regalos?

—Gracias. Sois asombrosos. Os quiero a todos.

Me bombardearon a abrazos y no pude evitar desear sentir también los brazos de Chase. Sonreí al recordar que aquel era el día. Dado que Bree y yo no teníamos clase al día siguiente, saldríamos todos a cenar esa noche y volveríamos a casa a ver películas. Leí la semana número catorce de *Qué esperar cuando estás esperando*, marqué la página con la foto de la última ecografía, ojeé el libro de nombres de bebé y después me metí a la ducha. Era la primera que estaba emocionada porque fuera mi cumpleaños y quería estar guapa. Así que me esmeré con el pelo y el maquillaje para asegurarme de estar perfecta en mi vida, y también para cuando hablara con Chase. Me puse mis vaqueros favoritos de Lucky, unas chanclas y una de las camisetas que Bree me había regalado. Era de color gris oscuro, con cuello en uve, larga y ajustada, pero muy elástica. Sí, podría ponérmela durante todo el embarazo. Estuve a punto de quitármela al ver lo mucho que se me notaba la tripa bajo la tela, pero supuse que había llegado el momento de dejar de esconderlo. Tal vez la gente no se fijara en que tenía las tetas cada vez más grandes, pero, si alguien mirase hacia abajo, sabría sin duda lo que pasaba. Cuando entré en la cocina, mamá y Bree estuvieron encantadas con mi vestuario porque sabían que solo podía significar una cosa, y mamá se acercó a acariciarme la barriga.

—¡Nos vemos esta noche, chicas! ¡Os quiero! —tenía la mayor sonrisa que le había visto desde que le dijera que Chase era el padre, y era innegablemente contagiosa.

Casi habíamos llegado a nuestra primera clase y giré la cabeza sorprendida al ver una silla junto a la puerta. Me acerqué despacio, agarré el ramo de lirios naranjas. Tenía una nota con mi nombre en el sobre. Miré a Bree, que miraba a su alrededor confusa, y regresé junto a ella. Por todas partes había gente a la que conocía vagamente, pero, salvo mamá y Bree, solo dos chicos sabían aquello. Y ninguno de ellos andaba por allí. Abrí la nota y sonreí abiertamente al leer aquella caligrafía masculina.

Feliz cumpleaños, princesa.

Me mordí el labio y busqué con la mirada a un chico alto, bronceado y tatuado, con el pelo rubio y desgreñado, ojos azules y una sonrisa para morirse.

—¿De quién son? —preguntó Bree quitándome la nota de las manos.

—De Chase. ¿Le ves?

—No. ¿Quién habría dicho que mi hermano podía ser cariñoso?

Miré una última vez a mi alrededor y la seguí hacia el aula. Nada más sentarnos vibró mi teléfono.

Chase:
Hoy estás muy guapa.

Yo:
¿Estabas observándome?

Chase:
Quizá. Por fin he podido regalarte lirios.

Yo:
Ya me regalaste lirios hace unos meses, ¿recuerdas?

Chase:
No podría olvidar ese día aunque lo intentara.

Yo:
Pues podrías habérmelos dado en persona. Me hubiera gustado verte.

228

Chase:
Ha merecido la pena ver esa sonrisa en tu cara.

Yo:
:) Gracias por las flores. Me encantan.

Chase:
¿Qué vas a hacer por tu cumpleaños?

Yo:
Cenar con tu familia esta noche y pelis en casa después. Estás invitado.

Chase:
Veré lo que puedo hacer.

Una vez más, no era un «no» exactamente, pero tampoco era un «sí», e intenté no decepcionarme. Las palabras crípticas eran su especialidad.

—Grr, mírate, Harper —susurró Bree.

—¿Qué?

—Ya tienes ese brillo especial de las embarazadas y ahora se te ha iluminado la cara como si fuera el sol después de escribir a mi hermano.

Yo la miré confusa.

—¿Cómo sabes que estaba hablando con él?

Me miró con los párpados entornados y enarcó las cejas.

—Como acabo de decir, se te ha iluminado la cara como si fuera el sol —me dio un golpe en la rodilla y se volvió para escuchar al profesor.

Miré las flores con una sonrisa de nuevo e intenté imitar a mi amiga. La clase pasó volando y fuimos a comer para ver a los demás. Chase no estaba allí, pero Brandon sí, y parecía muy sorprendido. Todos los chicos me habían dado abrazos de oso y, después de que él me diera uno incómodo, se quedó de piedra y retrocedió lentamente para mirarme la tripa. Para mí había sido real el día de la primera ecografía, pero creo que para él no lo fue hasta que vio mi barriga prominente por encima de mis caderas. Se me encogió el estómago y el corazón me dio un vuelco al pensar en el amor que había perdido, pero sabía que tenía que superarlo. Era yo la que lo había fastidiado y tenía que superarlo para poder seguir también con mi vida. Las chicas no llegaron a la mesa hasta que ya estábamos sentados y, aunque Brandon no dejaba de mirar hacia mi tripa, oculta bajo la mesa, nadie más se dio cuenta. Como el restaurante estaba al final de la calle del campus, después de comer, Bree y yo fuimos a una cafetería cercana a la facultad e hicimos casi todos nuestros deberes antes de tener que irnos a cenar.

Nos reunimos con Claire y con Robert en el restaurante a las seis e intentamos pasárnoslo bien sin Chase. Claire contó historias divertidas sobre sus dos embarazos y cosas tronchantes que habían hecho Breanna y Chase cuando eran pequeños. Estábamos todos muertos de risa cuando el camarero vino con la cuenta. Volví a mirar el móvil y dejé caer los hombros al ver que todavía no sabía nada de Chase. Claire había hablado con él aquel día para invitarlo a cenar y él había rechazado la invitación. Yo no lo entendía. Pensaba que, tras nuestra breve conversación del día anterior, las cosas empezaban a mejorar y, después de las flores, estaba segura de que así era. Se me encogió el corazón, pero intenté poner buena cara por la gente que me quería. Al parecer no lo logré, porque Claire estiró el brazo por encima de la mesa y me estrechó la mano con cara triste.

—Cariño, no te preocupes por ello, por favor. Todo saldrá bien, estoy segura —pero, por una vez, nadie parecía creérselo.

Asentí y sonreí.

—¿Nos vamos a ver películas?

Nos miramos todos con incomodidad, pero salimos del restaurante y nos fuimos a casa. Bree me había pasado un brazo por los hombros y estaba diciendo lo imbécil que era Chase cuando abrimos la puerta de la entrada y nos quedamos todos con la boca abierta.

Había lirios naranjas y blancos por todas partes. Chase. Sonreí al mirar a mi alrededor y buscarlo con la mirada en la entrada, en el comedor y en el salón. Robert silbó con admiración y cerró la puerta. Dejé de sonreír en cuando le oí gritar en la otra habitación.

—¿Es una broma? ¿Cómo habéis podido ocultarme una cosa así? —exclamó desde la cocina mientras bordeaba la barra y caminaba hacia nosotros a través del salón—. ¿Dónde diablos está? ¡Juro por Dios que lo voy a matar! —con su cuerpo musculoso, sus brazos tatuados y su cara de odio, parecía que efectivamente era capaz de matar a alguien. Agarré a Bree del brazo y me encogí detrás de Claire, tirando de ella hacia mí. Hasta aquel momento, Chase nunca me había dado miedo, ni siquiera la noche en la que me había provocado los moratones.

—¡Chase! —ladró Robert colocándose frente a nosotras—. Cálmate. ¿Qué pasa?

—He visto los libros. ¡He visto las jodidas fotos de la ecografía!

Yo me estremecí. Dios, no tenía que ocurrir así. Como él no había pasado por casa desde hacía meses, lo habíamos dejado todo sobre la mesa de la cocina desde aquella primera consulta.

Robert se cruzó de brazos.

—¿Y?

—¿Y? ¡Papá! ¿Bree está preñada y solo se te ocurre decir «y»?

Bree resopló, se apartó de mí y se cruzó de brazos.

—Por favor. No soy tan estúpida como tú, no estoy embarazada.

—¡Breanna! —murmuró Claire entre dientes. Me dirigió una mirada de disculpa en nombre de su hija, pero era cierto, y sé que Bree no lo había dicho para insultarme.

Chase le puso una de las fotos a Bree en la cara.

—Entonces, ¿qué diablos es esto?

Yo me coloqué junto a ella, le quité la foto y hablé con calma, intentando disimular mi temblor.

—Es mía, Chase.

Se hizo un silencio sepulcral en la habitación. Chase había suavizado la expresión al verme, pero se sorprendió al entender lo que acababa de decir. Pasados unos segundos, sonrió abiertamente y me miró a los ojos.

Después bajó lentamente la mirada hasta mi vientre.

—¿Estás embarazada, princesa?

—Sí —susurré.

Levantó la cabeza para sonreírme y volvió a agacharla para fijarse en mi tripa. En esa ocasión nadie me detuvo cuando bajé la mano para ponerla sobre la barriga.

—¿Es… es mío?

—Claro que es tuyo.

—¿Vamos a tener un bebé?

—Sí.

—¿Este es nuestro bebé? —alcanzó la foto que yo tenía en la mano.

—Sí —respondí sonriente.

Su expresión fue tan hermosa que empecé a llorar al instante.

—Vamos a tener un bebé.

Me reí a pesar de las lágrimas y asentí con la cabeza.

Chase se pasó una mano por el pelo y soltó una carcajada. Volvió a desviar la mirada desde la foto hasta mi tripa.

—Te quiero tanto —murmuró antes de recorrer la distancia que nos separaba y besarme en los labios.

No me importó que su familia estuviese mirando. Le rodeé el cuello con los brazos y dejé que me levantara del suelo. Después de besarme me dejó de nuevo en el suelo y se arrodilló. Pasó la mano por mi tripa, me levantó la camiseta y me dio dos besos en el vientre. Dejé escapar un sollozo y miré a Claire, que lloraba abiertamente apoyada en Robert. Hasta Bree estaba secándose las lágrimas.

Chase volvió a levantarse y me rodeó la cara con las manos.

—¿Por qué no me lo habías dicho?

—Estaba asustada —contesté encogiéndome de hombros—. Aún lo estoy.

—No tienes por qué —me susurró antes de darme un beso en la nariz—. Yo cuidaré de nosotros.

Miré al resto de la familia.

—¿Nos disculpáis un momento, chicos?

Le di la mano a Chase y lo conduje escaleras arriba hasta su habitación. No había estado allí desde aquella acalorada noche y, nada más entrar, me vinieron los recuerdos a la cabeza. Me senté al borde de la cama, pero él tiró de mí para que me acurrucara a su lado. Agarró mi mano y jugueteó con ella sobre su pecho, a veces entrelazando nuestros dedos y a veces dándole la vuelta para poder darme un beso en la palma.

—No puedo creer que vayamos a tener un bebé.

Resoplé con fuerza. Aquello era lo que había estado esperando y lo que había albergado la esperanza de poder saltarme.

—Sobre eso… Chase…

—No, no hagas esto otra vez, por favor.

—Escúchame, ¿quieres? Tienes veintidós años, estás a punto de terminar la universidad y yo no quiero arrebatarte la vida. Si quieres vivir tu vida, no te detendré. El hecho de que el bebé sea tuyo no significa que tengas que estar conmigo… con nosotros —me incorporé para poder mirarlo—. Yo quiero que estés con nosotros, no me malinterpretes. Pero te dejaré marchar si es lo que necesitas.

—¿Has acabado? —preguntó él con una sonrisa.

—Sí.

—Harper, te quiero más de lo que puedes imaginar. Conocerte ha cambiado mi mundo. Incluso cuando pensaba que nunca serías mía, no podía seguir llevando una vida que sabía que odiabas. La noche que me dijiste que me querías fue la mejor noche de mi vida, hasta hoy. No quiero dejarte marchar. Quiero estar contigo el resto de mi vida. Quiero casarme contigo algún día, Harper —hizo una pausa y me miró a los ojos—. Haría cualquier cosa por ti. No sé qué hacer para que me creas, pero pasaré el resto de la vida intentando demostrártelo.

—¿Quieres casarte conmigo?

—No sabes cuánto —tiró de mí hasta que quedé medio tumbada sobre su pecho.

233

—¿No solo porque esté embarazada?

—En absoluto —dijo tras darme un beso—. He de admitir que me sorprende un poco, pero siempre he pensado en estar contigo y formar una familia. Y, aunque es más pronto de lo que pensaba que sería, estoy muy emocionado. ¿Cuándo nacerá el niño?

—¿El niño?

—Claro, va a ser un niño.

Me reí y le acaricié el pelo.

—Salgo de cuentas el cuatro de octubre.

Hizo cálculos mentales y sonrió al terminar.

—Seis meses, ¿eh? ¿Quieres tomarte un año sabático el próximo curso?

—No puedo volver a clase.

—Claro que puedes, yo te ayudaré.

—No, no es eso. Sé que lo harías —me mordí el labio y me tumbé sobre la cama—. Le dije a mi padre que estoy embarazada.

—¿Y? —preguntó apretándome la mano con fuerza.

—No va a seguir pagándome la universidad y ha dicho que ya no soy bienvenida en su casa.

—¿Hablas en serio? Ya se nos ocurrirá algo. Si quieres terminar la universidad, encontraremos la manera.

Yo podría encontrar la manera si quisiera, pero el osito de gominola había cambiado mis prioridades.

—En serio, ni siquiera deseo volver después de este cuatrimestre. No estoy triste por eso. Es que no me gusta que sea así. Me rechaza por haber nacido.

Chase me estrechó contra su cuerpo y me acarició el costado.

—No es culpa tuya. Es un imbécil y él se lo pierde porque tiene una hija asombrosa.

—Temía que tú también me rechazaras por quedarme embarazada. Querías parar y yo insistí.

—Tampoco es que tuvieras que insistir mucho, porque te deseaba como loco.

Asentí y le acaricié el pecho.

—No te rechazo, Harper, y nunca lo haré.

Nos quedamos allí tumbados un rato más, abrazándonos y besándonos. Bree asomó la cabeza por la puerta para decirnos que pronto comenzaría la película y se marchó para darnos unos minutos más.

—Harper, quiero que seas mía, no solo porque vayamos a tener un bebé. Aunque, te lo advierto, pienso decírselo a todos —sonrió y me dio un beso en la nariz—. Pero quiero poder abrazarte en público, quiero demostrarles a todos que estás pillada y que me perteneces. Que siempre me pertenecerás. ¿Vamos a dejar ya de torturarnos estando separados?

—¿Vas a dejar de abandonarme?

Se detuvo junto a mis labios.

—No volveré a abandonarte nunca, cariño.

—Entonces soy tuya —acerqué la cara y lo besé en los labios.

CAPÍTULO 11

Ahora que Chase sabía lo del embarazo y se había subido a bordo, todo era diferente en la casa. Todos estaban felices, Chase pasaba por allí a diario e incluso consiguió arrastrarme hasta su casa algunas veces para que pudiera pasar tiempo con los chicos, pero había resultado bastante incómodo. Brandon había estado allí dos veces y sabía que Chase ya estaba al corriente. Su expresión al vernos juntos la primera vez me destrozó. Chase se había preocupado cuando empecé a hiperventilar, pero no le dije lo que pasaba. La segunda vez había captado la indirecta y solo me llevaba a la casa cuando sabía que Brandon no estaría allí. Si aquello le disgustaba, nunca lo mencionó, y desde luego no lo demostró. Creo que se alegraba tanto de que por fin estuviéramos juntos que nada podía ponerle de mal humor. Y yo también estaba contenta, de verdad. Quería a Chase y me encantaba el papel de padre que ya había adoptado. Me enamoraba de él cada día, pero eso no disminuía el amor que sentía por Brandon. En su lugar, era como si mi corazón creciera para albergarlos a los dos. Bueno, a los tres, si tenía en cuenta a mi osito de gominola. Chase no me preguntó cómo le había contado a Brandon lo ocurrido y, para ser sincera, creo que no quería saberlo. En el fondo debía de saber que yo seguía queriéndolo, y probablemente fuese esa la razón por la que me arrastraba en dirección contraria cada vez que veíamos a Brandon después de aquel segundo encuentro en la casa. Yo deseaba hablar con Brandon, a solas, para ver cómo lo llevaba,

236

pero no estaba segura de poder controlar la conversación, así que seguía disuadiéndome a mí misma.

Acabábamos de entrar en la consulta de la ecografía, Chase no paraba de sonreír y prácticamente daba saltos de emoción. La doctora Lowdry había parecido encantada de conocerlo y le había puesto al día de todo lo ocurrido en las dos primeras consultas, además de informarle sobre lo que cabía esperar en esa consulta y en las posteriores a lo largo de los meses siguientes. Cuando se apagaron las luces y comenzó la ecografía, entendí al fin por qué Claire me había dicho que solo querría estar allí con Chase. Fue… una experiencia extrasensorial. Algo mágico. Prácticamente podía verse el amor y la alegría que recorría nuestros cuerpos. En vez de cerrar los ojos para escuchar los latidos, Chase y yo nos quedamos mirándonos durante un par de minutos, sonriendo y escuchando a nuestro bebé.

—¡No puedo creer la posición tan buena que tiene ahora mismo el bebé! Es increíble —anunció la doctora Lowdry riéndose mientras pulsaba algunos botones para sacar fotos—. ¿Queréis saber el sexo del bebé o preferís que sea una sorpresa?

—Yo ya lo sé —respondí sonriendo a la pantalla. Era inconfundible.

Chase se rio y me apretó la mano con más fuerza.

—Ya te lo dije, cariño. Te dije que sería un niño.

Ambos miramos a la doctora.

—Es un niño, ¿verdad? —pregunté yo. Sí, desde luego parecía un niño, pero yo no era la profesional.

—Efectivamente, es un niño —dijo ella riéndose de nuevo, y sacó algunas fotografías más mientras el bebé se giraba ligeramente.

Chase se inclinó sobre mí y me dio un beso.

—Te quiero —susurró contra mis labios, me miró la tripa y después volvió a mirarme a los ojos—, y también quiero a nuestro bebé, Harper —me acarició las mejillas con los pulgares y volvió a besarme mientras la doctora Lowdry encendía las luces.

Nos entregó las fotografías y salimos del edificio. En cuanto llegamos al aparcamiento, Chase me agarró la mano, me acercó a él y me besó en la boca. Yo me reí y le rodeé con los brazos cuando me apoyó en su camioneta.

—¡Ha sido absolutamente asombroso! —exclamó antes de volver a besarme.

—Que hayan venido ha hecho que fuera muy especial. Las dos últimas ocasiones solo podía pensar en lo mucho que deseaba que pudieras estar para experimentarlo conmigo. Siento haber tardado tanto en decírtelo.

Él negó con la cabeza y me abrió la puerta.

—Hoy nada de «lo siento». Te quiero y vamos a tener un hijo. Hoy solo puede ser un día de «te quiero».

Sonreí y me metí en la camioneta sintiéndome feliz. Nos detuvimos a comprar algo de comer y después nos dirigimos hacia casa, pero me sorprendió que Chase se metiera en un concesionario de Ford.

—Eh…

—He estado pensando —dijo él con una sonrisa pícara—. Pronto necesitarás tu propio coche, y resulta que sé que quieres un Expedition.

—Chase…

—Puede que haya pedido que traigan uno a este concesionario.

—No puede ser —me quedé con la boca abierta y miré por la ventanilla.

—He dicho que puede —dijo él encogiéndose de hombros—. No he dicho que lo haya hecho.

Le di un golpe en el brazo, me bajé de la camioneta y él se reunió conmigo en el lado del copiloto para estrecharme entre sus brazos.

—¿Hablas en serio?

—Claro que sí —respondió antes de darme un beso en el cuello—. Pero podemos echar un vistazo por si prefieres otra cosa.

—¡Cariño! —exclamé, aunque contuve la emoción—. No puedo comprarme un coche —bueno, eso no era del todo cierto. Había trabajado casi cuarenta horas a la semana casi todas las semanas durante seis años y lo había ahorrado todo hasta que me mudé a California, e incluso entonces Brandon había insistido casi siempre en pagar lo que quería comprar. Seguía conservando el noventa y ocho por ciento de mis ahorros. Aunque mi padre me hubiera cerrado el grifo, yo podría haber terminado de pagar la universidad con lo que me quedaba, pero iba a tener un bebé y ya no trabajaba. Necesitaba ahorrar todo lo posible para mantener al bebé y para comprar una casa. Aunque Chase no sabía cuánto tenía; al igual que a Brandon, no me gustaba hablar de mi dinero.

—Puede que no, pero juntos podemos.

—¿Quieres comprarlo a medias? —pregunté confusa.

Él se rio y se le iluminaron los ojos.

—No exactamente. Bueno, dímelo si te parece que voy demasiado deprisa, pero, dado que pienso casarme contigo dentro de poco —arqueó una ceja para asegurarse de que comprendía lo que eso significaba y yo tomé aliento—, quería meterte en mi cuenta del banco para que puedas tener acceso a mi dinero.

—Chase, no necesito que hagas eso y no necesito que me compres un coche.

—Lo sé, princesa, pero quiero que tengas acceso a él. Yo gano un buen sueldo en la tienda, pero a Bree y a mí nos dieron un buen pellizco cuando murieron los padres de mi padre. Así que tengo más que suficiente ahorrado para cuidar de los tres y para comprarte un coche. No es para tanto.

Me mordí el labio y cambié el peso de un pie al otro.

—Sé que deseas hacerlo y, para ser sincera, me emociona que quieras compartir todo eso conmigo. Pero lo que quiero decir es que realmente no necesito que lo hagas. Si vamos a compartir tu cuenta bancaria, entonces deberíamos compartir también la mía.

—Harper, no es necesario —sonrió y me estrechó entre sus brazos, pero palideció cuando le susurré lo que tenía ahorrado—. ¿En serio? ¿Solo de trabajar en la base? —asentí y él dejó escapar un silbido—. Madre mía, cariño. Eso es fantástico. Si quieres sumarlo a nuestros ahorros, me parece bien. Pero preferiría no tocar ese dinero. Podemos ahorrarlo para emergencias. Deja que cuide de ti.

—De acuerdo —le di un beso y suspiré entre sus brazos.

—¿Estás preparada para ir a buscar un coche?

Sonreí y di un paso atrás.

—¡No! No me hace falta buscar. ¡Sé que quiero el Expedition!

Chase se rio y me condujo hacia el interior del concesionario. Tras hablar con un par de personas, trajeron mi coche y yo intenté no gritar. Era negro, con los embellecedores negros y con asientos de cuero negros. Me encantaba aquel coche. Chase me dejó probarlo y yo daba saltos de alegría mientras rellenábamos los papeles. Me quedé con la boca abierta cuando Chase lo pagó al contado allí mismo. Sabía que tenía más dinero que yo, pero pagarlo así me parecía una locura. Incluso el tipo que nos dio a firmar los documentos arqueó una ceja cuando Chase dijo que lo pagaría todo ese mismo día. Cuando por fin terminamos, fuimos al banco cada uno en nuestro coche para que Chase pudiera meterme en su cuenta y yo pudiera sumar mis ahorros a los suyos. Por suerte ya éramos clientes del mismo banco, así que no tardamos mucho, pero pensé que me iba a dar un ataque cuando vi todo el dinero que teníamos entre los dos. No había razón para que una pareja de veintidós y diecinueve años a punto de tener un bebé y estudiando en la universidad tuviese tanto dinero. La mayoría de parejas casadas de cincuenta años no tenían tanto dinero. Ahora entendía por qué Bree me compraba bolsos de marca como si no fuera gran cosa. Porque, al parecer, no lo era.

Volvimos a casa de papá y mamá y, tras mostrarles a todos mi nuevo coche, nos sentamos a cenar y les contamos las novedades de la consulta en el ginecólogo. A todos les hizo una ilusión tremenda y sacamos allí mismo el libro de nombres para empezar a buscar. Resaltamos aquellos que nos gustaban y nos reímos de los nombres *hipsters* más ridículos. Una hora después de la cena, Chase se inclinó por encima del respaldo del sofá y me rodeó con los brazos.

—¿Puedes hacerme un favor? —me susurró al oído, y se me puso la piel de gallina solo con oír su voz.

—Lo que quieras —murmuré ladeando la cabeza para que pudiera besarme el cuello.

—Ve a hacer una maleta para unas pocas noches y reúnete conmigo aquí dentro de diez minutos —deslizó los labios hacia mi oreja y su voz se volvió sexy y aterciopelada—. No necesitarás mucha ropa.

Se me encendieron de inmediato las mejillas.

—¿Vamos a tu casa? —me incomodaba ligeramente. No nos habíamos tocado en ese sentido desde el fin de semana que me quedé embarazada y prefería no hacer nada en una casa en la que estuviera mi exnovio.

—No, pero es una sorpresa. No puedo decírtelo.

—Tú y tus sorpresas —me reí y puse los ojos en blanco—. De acuerdo, estaré lista en diez minutos.

Corrí escaleras arriba, agarré una bolsa de viaje y metí algunas cosas de baño y muy poca ropa. Y cuando digo «muy poca» me refiero a que solo llevé un conjunto extra y un pijama, aunque sabía que no lo usaría. En siete minutos estaba ya en la camioneta de Chase. Condujo durante un buen rato, pero el tiempo pasó volando mientras hablábamos de las cosas que habíamos planeado para el futuro de nuestro hijo. Me quedé con la boca abierta cuando aparcó frente a una preciosa posada en Dana Point.

—Dios mío —susurré mientras bajaba del coche—. Chase, no sé cómo vas a poder superar este día. Primero descubrimos que vamos a tener un niño, luego me compras un coche, unimos nuestras cuentas bancarias, ¿y ahora esto?

—Te prometo que siempre intentaré superar esto, pero quería que hoy fuese perfecto —agarró nuestro equipaje y yo lo seguí. Cuando llegamos a nuestra habitación, me estrechó entre sus brazos y me miró a los ojos—. Sé lo que te dije antes, pero no creas que tenemos que hacer algo este fin de semana. Solo quería pasar tres noches a solas contigo. No espero nada.

—Ya sé que no, pero yo también deseo esto, Chase —le agarré del dobladillo de la camiseta, tiré hacia arriba y dejé que él terminara de quitársela. Cuando cayó al suelo, deslicé los dedos por su torso y por su abdomen y los coloqué en la cintura de sus vaqueros. Comencé a desabrochárselos, pero me detuvo.

—¿Estás segura, Harper?

Me reí y me señalé la tripa.

—Eh...

—El hecho de que vayamos a tener un bebé no significa que tengamos que hacer nada.

—Chase, no me refería a eso. Pero sí, estoy segura. Ahora no intentes detenerme y deja que te ame.

Se rio y acercó mi cara a la suya antes de apartarse y dejarme terminar de desnudarlo. Cuando acabé, empezó a desnudarme él a mí muy despacio. Ya estaba tremendamente excitada antes de que me quitara los pantalones. Nos quedamos allí mirándonos, completamente desnudos, sin tocarnos, hasta que él se agachó para darme un beso en la tripa, después en el tatuaje y finalmente levantarse para besarme en la boca. Me tomó en brazos, me tumbó sobre la cama y se colocó encima para poder seguir explorándonos con los labios y con las manos hasta que acabamos con la respiración entrecortada y yo le rogué que me poseyera. Fue lento y apasionado, justo como lo recordaba de las dos primeras veces.

El resto del fin de semana fue asombroso, y no solo un festín de amor, aunque es cierto que nos dejamos llevar por completo un par de veces cada día cuando los besos se volvían intensos y eso nos llevaba a más. Pero pasamos la mayor parte del tiempo abrazados, hablando de todo. Desde los días que habíamos pasado separados, antes y después del fin de semana de enero, hasta los días que llevábamos juntos, pasando por lo que deseábamos hacer en el futuro. Cuando llegó la mañana del domingo y solo nos quedaban unas pocas horas, yo me entristecí, porque no estaba preparada para que se acabara aquello.

—Podemos hacerlo todos los fines de semana si quieres —me dijo antes de darme un beso en la coronilla y deslizar los dedos por mi pelo.

—Es tentador, pero entonces perdería su atractivo. No sería una escapada romántica de fin de semana; serían simplemente nuestros fines de semana.

—Cierto. Pero no estoy preparado aún para que se acabe.

Dejé escapar el aliento y me metí en la cama para poder mirarlo a los ojos.

—Yo tampoco, pero tenemos que volver al mundo real.

—Bueno, pero todavía no. Aún nos quedan unas horas —sonrió y me tumbó boca arriba—. Estoy seguro de que se nos ocurrirá algo que hacer en ese tiempo.

Tomé aire cuando comenzó a bajar con los labios desde mi cuello hasta mi vientre. Me dobló una pierna y deslizó las manos lentamente por la cara interna del muslo antes de hacer lo mismo con la otra. Volvió a subir hasta mis labios, unió su cuerpo al mío y emitió un gemido ahogado. Me puso una mano en la espalda y me acercó más a él mientras nos movíamos, disfrutando de la última vez que tendríamos ese tipo de intimidad durante algún tiempo. Cuando terminamos, nos quedamos abrazados, susurrándonos nuestro amor antes de abandonar la cama y hacer las maletas para marcharnos.

—Ey, princesa, ¿puedes pasarte por la tienda?

Miré el reloj y apreté los labios.

—Voy a cenar con Bree en poco más de una hora, pero puedo pasarme un momento por allí. ¿Necesitas algo?

—Solo tu presencia. Brian está enfadado porque no vienes por aquí. Y tenemos una nueva tatuadora que quiere conocerte después de todo lo que le hemos contado sobre ti.

—¡Pero si estuve la semana pasada! —ambos nos reímos mientras hablábamos por teléfono. Brian era otro tatuador al que había conocido cuando Chase y yo nos hicimos pareja. Nada más verme había decidido que el bebé era suyo y que Chase estaba muy confundido. Era uno de sus mejores amigos allí y, tras conocer a su despampanante esposa, Marissa, habíamos salido los cuatro en varias ocasiones. Incluso Marissa preguntaba cómo iba el bebé—. Salgo ahora mismo. Te veo enseguida.

—Te quiero.

—Yo también te quiero, Chase.

Me puse rígida al ver a una mujer sentada en el mostrador de Chase, riéndose con él, con la mano en su brazo y rozándole la pierna cada vez que la movía. Chase me vio y se le iluminó la cara como si estuviese mirando a la persona más asombrosa del mundo. Me quedé confusa al ver que no reaccionaba como si le hubiera pillado con las manos en la masa.

—¡Ven aquí, cariño! —cuando me acerqué me rodeó con los brazos y me besó antes de girarme hacia la mujer—. Harper, esta es Trish. Trish, esta es mi preciosa Harper.

—Encantada de conocerte, Trish —le ofrecí la mano, pero ella se negó a responder y a estrechármela. Me miró descaradamente de arriba abajo con una expresión de suficiencia—. O no —murmuré dejando caer la mano. Me recordó al día en que Chase había conocido a Carter, salvo que Chase ni siquiera se había cerciorado de lo que pasaba, porque estaba hablando con Jeff. Miré a Trish una última vez antes de darme la vuelta para unirme a la conversación de los chicos.

Si hubiera tenido que adivinarlo, habría dicho que la mujer tenía veintitantos años y era increíblemente guapa. Parecía una *pin-up* tatuada y, aunque no hubiera tocado a Chase, me hacía sentir incómoda. Terminé de abrazar a Jeff y oí una voz estridente que gritaba desde la trastienda.

—¿Por fin puedo ver a mi futura mamá?

Chase y yo nos reímos y Brian me dio un abrazo y un beso en la mejilla.

—¿Dónde te habías metido? ¿Ahora no me vas a dejar ver a mi hijo?

Yo me acaricié la tripa y sonreí.

—Nunca haría algo así. ¿Por qué te crees que estamos aquí?

—¿Qué pasa, pequeño BJ? —dijo Brian acariciándome la barriga antes de darle un golpe cariñoso a Chase en el brazo.

—Eh… ¿BJ? —pregunté con una ceja levantada.

—Sí. Brian Junior. Le llamaremos así.

Chase, Jeff y yo nos reímos.

—¿Se lo has preguntado a Marissa? Estoy segura de que no necesita a otro Brian al que cuidar —bromeó Chase, y pegó mi espalda a su pecho para poder rodearme con los brazos y besarme el cuello.

«Punto para mí, Barbie Pin-up», pensé.

Estuvimos los cuatro hablando unos minutos hasta que entraron clientes para Brian y Chase. Me di la vuelta y vi que Trish seguía sentada en el mostrador de Chase.

Yo tenía que irme de todos modos, así que me acerqué e intenté ser amable.

—Bueno, ha sido un placer conocerte. Ya nos veremos por aquí —le ofrecí la mano y, una vez más, ella la rechazó.

—Me aseguraré de cuidar de tu novio cuando tú no estés por aquí —se enderezó y su sonrisa se volvió auténtica—. Ey, tío, ¡menuda chica tienes!

—¿A que sí? ¿Vas a quedarte a mirar, cariño?

Apreté los dientes y me volví para mirar a Chase.

—No. He quedado con Bree. Nos vemos en casa.

—De acuerdo. Te acompaño fuera —su cliente seguía mirando un libro de diseños, así que me rodeó con el brazo y me llevó a la calle—. Gracias por venir. Todos te echaban de menos.

Yo asentí y saqué mis llaves.

—¿Estás bien?

—No. En realidad no —respiré profundamente—. No me cae bien Trish.

Nunca les había dicho a Chase o a Brandon que no me caía bien una chica de la que fuesen amigos. Cierto, me habían entrado celos cuando las chicas se pegaban a Brandon, pero normalmente me contenía. Las fotos de Amanda habían sido otra historia, pero, en cualquier caso, no era una de esas novias que les decía que no quería que se relacionasen con ciertas chicas, porque sabía que yo no les habría hecho caso si me hubieran dicho que no me relacionase con ciertos chicos. Carter era un buen ejemplo de ello. No tenía sentido ser así, te hacía parecer insegura, pero no soportaba a esa mujer.

—¿Qué? Trish es asombrosa. ¿Por qué no te cae bien?

—Puede que sea porque se ha negado a devolverme el saludo, o porque me ha dicho que va a cuidar de ti cuando yo no esté.

Chase se rio y me abrazó.

—Oh, princesa, está de broma. No tienes nada de lo que preocuparte. Es lesbiana.

—Te prometo que no lo es.

—Sí que lo es. Me lo dijo ayer.

—De acuerdo, Chase —negué con la cabeza y le devolví el abrazo. ¿De verdad iba a creerse eso? Yo sabía reconocer un flirteo cuando lo veía y sabía exactamente lo que significaba el comentario de Trish. Si Chase prefería pensar que era lesbiana, allá él—. En serio, tengo que irme. Te veré cuando llegues a casa.

Me dio un beso y se apartó lo justo para mirarme a los ojos.

—Alégrate, cariño. Yo también te quiero.

Fui murmurando para mis adentros durante todo el camino hasta encontrarme con Bree y, tras contarle punto por punto lo ocurrido, declaró que la *pin-up* era una perra y dijo que tendríamos que pasarnos por allí otro día para ver si volvía a hacerlo. Yo sonreí abiertamente. Mi amiga siempre me respaldaba. Estaba intentando no atragantarme con el té helado, riéndome mientras escuchaba a Bree decir que iba a darle una paliza a Trish, cuando Derek, Zach y Brandon entraron en la cafetería.

Pidieron la comida y, al vernos, se acercaron a saludar. Zach y Derek nos dieron un abrazo, pero Brandon se quedó a un lado sin decir nada. No parecía grosero, solo hacía falta mirarle a la cara para entender por qué no se sumaba a la conversación. En sus ojos se veía tanto dolor y tanto anhelo que no pude evitar mirarlos. Era como un accidente de tren que no querías mirar, pero no podías apartar la vista. Abrió la boca, pero volvió a cerrarla, se acercó al mostrador donde ponían los pedidos para llevar, agarró la comida y se marchó. Derek me dirigió una sonrisa triste y me dio un beso en la coronilla antes de sacar a Zach de la cafetería.

—Aún le quieres —afirmó Bree cuando nos quedamos solas.

Yo la miré con miedo a que se enfadara conmigo, pero estiró el brazo por encima de la mesa y me estrechó la mano.

—No pasa nada, Harper. Nadie esperaba que fueses a desenamorarte de él. Es una situación difícil.

—No soporto lo que he hecho, Bree.

Ella asintió y me apretó la mano.

—¿Aún le quieres tanto como antes de romper?

Podría haberle mentido, pero se habría dado cuenta y además no se merecía más mentiras.

—Más. Mucho más.

—También quieres a Chase, ¿verdad? —asentí y se inclinó hacia delante—. ¿Y eres feliz con él?

—Lo soy, Bree. No sé cómo explicar lo encontradas que son mis emociones.

—No tienes por qué hacerlo, amiga. Creo que empiezo a entenderlo y siento que estés pasando por ello. Te has metido en un buen lío, pero lo estás llevando lo mejor que puedes —abrí la boca, pero ella me detuvo—. Sé que quieres a Chase y que no estás utilizándolo. No me hacía falta preguntarlo para estar segura, solo intentaba ver tu reacción. Sé que serás feliz con mi hermano y lo querrás mejor de lo que podría quererlo nadie. Pero entiendo que nunca superarás lo de Brandon. Todos lo entendemos, incluido Chase. La gente se enamora y se desenamora a todas horas y a veces las personas tienen numerosos amores a lo largo de sus vidas. Pero tú tienes dos amores épicos y da igual con quién estuvieras, porque no creo que pudieras olvidarte del otro.

—¿Crees que soy una persona horrible? —porque yo desde luego me sentía así.

—En absoluto. Y tú tampoco deberías —me miró con una ceja levantada. Me conocía tan bien...

La noche siguiente estábamos sentados en torno a la mesa de la cocina, tomando fruta y escuchando a Bree contar la historia de una loca a la que se había encontrado en el centro mientras estaba con Konrad. Chase se rio a carcajadas y, cuando le preguntó a su hermana si le había dado dinero a la indigente bailarina, yo noté algo extraño. Me quedé de piedra y me miré la tripa.

—¿Me tomas el pelo? ¡Claro que sí! Esa mujer era divertidísima, teníamos que darle dinero —Bree se bajó de su silla e intentó recrear el baile.

Chase se rio y de nuevo volví a notar algo extraño. Otra vez me quedé de piedra y miré hacia abajo antes de mirar a los demás. No sabía por qué pensaba que serían conscientes de todo lo que ocurriera en mi interior, pero nadie me miraba. Yo me había quedado mirándome la tripa y apenas prestaba atención a lo que estaba diciendo Robert. En cuanto Chase comenzó a hablar, noté dos cosas, solté un grito ahogado y le agarré la mano a Chase.

—¿Estás bien? —me preguntaron todos al unísono.

—Di algo, Chase —susurré con la mirada puesta en mi camiseta.

Él se inclinó e intentó mirarme a la cara.

—Cariño, ¿qué sucede?

Tomé aliento y empecé a reírme.

—¡Está dando patadas! ¡Da patadas cada vez que hablas!

Chase se levantó de la silla, se arrodilló y me cubrió la tripa con las manos. Se acercó a la barriga y comenzó a hablar lentamente. Sentí otra patada cuando Chase apartó la cabeza y me miró asombrado.

—¡Dios mío! —volvió a acercar la cara a mi tripa y siguió hablando y riéndose cada vez que sentía una patada.

Todos se turnaron para ponerme las manos en la tripa y, para cuando volvió a tocarle el turno a Chase, solo hubo una patada más.

—Creo que se ha dado la vuelta —no sé por qué susurraba, pero Chase había sido el único en hablar y su voz sonaba tan baja que me resultaba extraño romper ese silencio—. ¡Ha sido increíble! —me reí cuando Chase se levantó y me dio un beso largo y lento.

—Lo mismo pienso yo —me susurró antes de volver a besarme.

Cuando se lo contamos a la doctora Lowdry a la mañana siguiente, arqueó una ceja,

—Un momento, ¿decís que los demás también lo notaron?

—Sí —respondimos a la vez sin dejar de sonreír.

—Perdón, creo que no lo había entendido al principio. Harper, normalmente las madres sienten al bebé alrededor de la decimoquinta semana, pero en el caso de las madres primerizas lo normal es no sentir nada hasta que estás de veinte semanas. Y tú estás justamente en ese punto, ¿verdad? —asentí y continuó—. Así que eso es normal, pero generalmente los demás no pueden notarlo hasta dos semanas y media después, como mínimo.

—Oh —miré a Chase y después volví a mirarla a ella—. ¿Y eso es algo malo?

—No, no. No es nada malo, simplemente es un poco pronto, nada más. Vamos a hacer una ecografía para medirlo —cuando entramos a la sala, tomó las medidas y después volvió a tomarlas—. Tu bebé mide unos diecinueve centímetros, más cerca de los veinte.

—De acuerdo —yo no sabía si eso era normal o no.

—Normalmente rondaría los dieciocho a estas alturas, así que parece que se está desarrollando bastante deprisa. Va casi con dos semanas de adelanto —la doctora Lowdry se acercó a su ordenador y comprobó algunas cosas—. En tu última visita medía justo lo que tenía que medir —dijo más para sí misma.

—No pretendo ser grosero —dijo Chase apretándome la mano—, pero me está asustando. ¿Es malo que se esté desarrollando más deprisa que la mayoría de los bebés?

—No, no quiero que penséis eso. Está sano. Lo que significa es que cabe la posibilidad de que a Harper se le adelante el parto. No me preocupa que dé a luz demasiado pronto, pero seguiremos monitorizando su crecimiento. En el peor de los casos tendrá que guardar reposo absoluto dentro de dos meses, o dará a luz unas semanas antes, lo cual tampoco sería malo, siempre y cuando haya terminado de desarrollarse. En el mejor de los casos, saldrá de cuentas en la fecha establecida y tendrá un bebé grande. En cualquiera de los dos casos, no hay nada de lo que preocuparse.

Ambos respiramos aliviados, le dimos las gracias y regresamos a casa con las nuevas fotos. Estuvimos un rato ojeando el libro de nombres de bebé, pero decidimos cerrarlo. Aún teníamos diez nombres que nos gustaban, pero Chase decía que quería esperar hasta que naciera para decidir el nombre. Vi una película en sus brazos hasta que tuvo que irse a la tienda, así que me marché para ir a comprar la cena para todos. Chase no volvería a casa hasta más o menos las dos de la mañana, así que después de cenar estuve un rato con Bree, con Claire y con Robert y me quedé dormida mucho antes de que Chase saliera de trabajar.

CAPÍTULO 12

La graduación era ese domingo, así que, como despedida para todos, los chicos iban a celebrar una gran fiesta en casa de Chase el viernes por la noche. Chase me dijo que se quedaría en casa de sus padres conmigo, puesto que yo no pensaba ir, pero prácticamente le eché a patadas y le dije que era la última vez en la que podría estar con los chicos antes de que todos volvieran a sus casas. Bree fue más fácil de convencer, ya que pensaba pasar todo el fin de semana con Konrad antes de que este volviera a Oregón, pero aun así se quejó cuando me negué a ir con ellos. Por suerte, Claire entendió perfectamente por qué prefería quedarme en casa y apoyó mi decisión de obligarlos a ir. Habría sido un poco inapropiado que una adolescente embarazada de cinco meses y medio fuese a una fiesta en la que todos iban a estar borrachos y jugando a juegos de beber. Sabía que, de haber ido, Chase y Bree no se habrían despegado de mi lado para asegurarse de que estuviera bien, y yo quería que disfrutaran de la fiesta. Cuando se fueron, Claire, Robert y yo pedimos comida mexicana y nos acomodamos en el sofá a ver películas y a notar cómo mi osito de gominola me daba patadas en la tripa. Normalmente no lográbamos que se moviera a no ser que Chase estuviera hablándole a mi barriga, y aun así lo único que solía hacer era girarse. Pero la comida mexicana estaba haciendo que mi niño bailara. En las dos últimas semanas las patadas se habían vuelto más fuertes y solo en algunas ocasiones los demás no lo notaban también. La segunda película acababa de terminar cuando Bree me escribió.

251

Breanna:

Eh... la chica esa con la que trabaja Chase... ¿cómo se llama? ¿Trish? ¿Trixie?

Yo:

Trish... ¿qué pasa con ella?

Breanna:

Que acaba de presentarse aquí.

Yo:

Arg. ¿En serio? No la soporto. ¿Qué pinta en una fiesta universitaria? Espera, ¿quién la ha invitado?

Breanna:

Eso digo yo. Creo que Chase.

Yo:

Genial. Bueno, vigílala y avísame con lo que sea. Zorra.

Breanna:

Eso haré, amiga. Aunque siempre podrías venir tú...

Yo:

No. Estoy a punto de irme a la cama. Además, no quiero que Chase piense que no confío en él, porque sí confío. Es en ella en quien no confío.

Breanna:

Vale. Te avisaré si pasa algo. Buenas noches. Te quiero.

Yo:

Yo también te quiero. Gracias.

252

Me molestaba más de lo que quería, pero no pensaba preguntarle a Chase qué estaba haciendo allí. Tampoco era que las fiestas fueran exclusivas para universitarios, pero estaba bastante segura de que Chase me había dicho que Trish tenía veintiocho años, y sabía que no me caía bien. Como ya he dicho, no soy de esas novias que no permiten que su chico tenga amigas, porque él tenía muchas, pero todas sabían que estábamos juntos y ninguna flirteaba con él después de anunciar que íbamos a tener un bebé. Aparentemente a Trish no le importaba que estuviese pillado o a punto de tener un bebé conmigo. Le escribía en mitad de la noche sin ninguna razón, las pocas veces que yo había vuelto a la tienda desde que la conociera siempre estaba en su sección riéndose y tocándole el brazo, incluso aunque tuviera clientes esperándola. Y no olvidemos que casi a diario le invitaba a cenar a su casa después de cerrar la tienda, aunque Chase siempre decía que no, y todos esos tatuajes nuevos que solo permitía que le hiciera él. Chase decía que era como uno de los chicos, pero yo soy mujer y ahora estaba segura de que no era lesbiana y sabía lo que estaba haciendo. Y me cabreaba.

Apenas dormí aquella noche. A pesar de decirme que vendría, Chase no volvió a casa, lo que significaba que no podía ponerme cómoda sin sus brazos rodeándome, no supe nada de él y no volvió. No era que ya no se quedara en su casa a dormir, pues al fin y al cabo era su casa, pero casi todas las noches nos quedábamos dormidos en la misma cama, fuese en una casa u otra. Por suerte casi todas las noches las pasábamos donde sus padres, porque yo seguía sin sentirme cómoda restregándole a Brandon mi relación con Chase. Pero seguíamos yendo allí y las pocas veces que sucedía estaban cuidadosamente coordinadas para no encontrarnos con él.

Seguí diciéndome a mí misma que probablemente Chase hubiera decidido beber la noche anterior, ya que era su última fiesta con los chicos, y me alegré de que no condujera borracho. Tampoco era que tuviera un informe detallado de lo que hacía cuando no estábamos juntos, pero en esa ocasión yo sabía que Trish estaba en la fiesta y eso era lo que realmente me molestaba. Al menos Bree no había vuelto a escribirme, lo que significaba que no había pasado nada, pero eso no parecía importarme en ese momento. Ya me había duchado, me había vestido, había preparado el desayuno y estaba ojeando el libro de los nombres con un fluorescente de otro color para reducir más aún la lista de nombres, y solo eran las siete de la mañana. Respiré aliviada y me reprendí a mí misma por ser tan paranoica cuando Chase me escribió.

Chase:
Hola, preciosa. Pásate por casa, tengo una sorpresa para ti.

Yo:
¿Una sorpresa? ¿Ahora?

Chase:
;-) Sí. Ahora nos vemos.

Me quedé mirando la pantalla con el ceño fruncido. Chase nunca ponía caritas sonrientes. Negué con la cabeza... paranoica, completamente paranoica. Tenía que calmarme o acabaría volviéndome loca. Agarré las llaves y me monté en mi Expedition. Conduje hasta su casa intentando averiguar cuál sería la sorpresa y por qué estaría levantado tan temprano. Intenté no hacer ruido para poder llegar hasta su habitación sin despertar a nadie, pero la voz ronca de Brandon me detuvo.

—Eh, Harper, ¿dónde estabas anoche?

Me di la vuelta y lo vi sentado en la encimera de la cocina con una taza de café en la mano. Me dio un vuelco el corazón al mirarlo a los ojos. Deseaba acurrucarme entre sus brazos y borrar los últimos cinco meses.

—Eh, pensaba que sería un poco raro, teniendo en cuenta... —hice un gesto con la mano para abarcar mi tripa.

—Ah, sí —se quedó mirando mi barriga—. Sí, claro. ¿Cómo va eso?

—Va bien —dije suavemente, y lo miré a la cara mientras pronunciaba las siguientes palabras—. Es un niño.

Uno de los días en que estábamos en Arizona durante las Navidades, yo estaba en la cocina guisando descalza con su madre. Brandon bromeó diciendo que ya solo me faltaba estar embarazada para que la imagen fuese perfecta. Yo le lancé un guante de horno que él esquivó y me devolvió antes de rodearme con los brazos y besarme en el cuello. Prometió que estaba de broma, pero dijo que, cuando tuviéramos hijos, quería tener un niño para llamarlo como su padre. En aquel momento yo no estaba preparada para hablar de matrimonio, pero la alegría de aquel día hizo que me riera y le prometiera darle un niño lo antes posible. Él sonrió y le brillaron los ojos. El corazón se me encogió al recordar aquel momento.

Brandon resopló y cerró los ojos; probablemente él también se acordaba de aquel día.

—Eso es… es genial, Harper. Me alegro por ti.

Mi osito de gominola se dio la vuelta y me dio una dolorosa patada. Solté un grito y me llevé la mano a la tripa. Hasta entonces nunca me había dolido.

Brandon se bajó de la encimera y corrió hacia mí.

—¿Estás bien? ¿Qué ha pasado?

Me reí y le quité importancia.

—Estoy bien. Acaba de darme una patada. Me ha dolido un poco y me ha sorprendido.

—Pensaba que todavía no podían golpear con tanta fuerza.

Ladeé la cabeza y le sonreí. No entendía por qué Brandon sabía que aún era pronto.

—Sí, bueno, la doctora dijo que no es frecuente que el bebé se mueva tanto aún, pero dijo que, como está sano y es más grande de lo habitual, no pasa nada. Y también es probable que nazca antes de tiempo. Pero, ¿cómo lo sabías?

Sonrió avergonzado y agachó la cabeza; resultó extraño ver aquel gesto en un hombre como él.

—He estado documentándome.

El corazón me dio un vuelco.

—¿Cómo sabías de cuánto estaba?

—Oí a Chase hablar con Brad sobre la fecha en que salías de cuentas —se puso serio al mismo tiempo que mi osito de gominola comenzó a darme patadas de nuevo.

—¡Lo está haciendo otra vez! —le agarré la mano a Brandon y la coloqué sobre mi tripa.

No sé por qué lo hice, no era justo para él. Estaba maldiciéndome en silencio por hacerle más daño aún, pero se le iluminó la cara y susurró que notaba las patadas. Nos quedamos así un par de minutos, hasta que recordé que Chase estaba esperándome y que tal vez podría pillarnos. No le importaba que sus compañeros de piso o de trabajo me tocaran la tripa, pero estoy segura de que le habría dado un ataque si hubiera visto a Brandon hacerlo. Me aparté, pero seguí sonriéndole para no parecer maleducada.

—Eh, ¿por qué estás levantado tan temprano?

Brandon parpadeó, apartó la mirada de mi tripa y fue a recoger su taza.

—No podía dormir, así que me he ido a hacer surf.

—¿Había buenas olas?

—No estaban mal —se encogió de hombros—. ¿Y qué haces tú aquí tan pronto? Creía que Chase se había ido anoche donde sus padres.

—No. Se quedó aquí. Me ha escrito hace un rato diciéndome que viniera. Hablando de lo cual, probablemente deba ir a decirle que estoy aquí —Brandon y yo no habíamos intercambiado más que algunas palabras desde nuestra ruptura y sinceramente me habría encantado sentarme con él en el sofá y hablar durante horas, porque había muchas cosas que quería decirle.

Brandon asintió y me dirigió una sonrisa rápida.

—Me alegro de verte, Harper.

—Yo también —me dirigí hacia la entrada del pasillo, me di la vuelta y lo vi mirándome con expresión triste, la misma que ponía cada vez que nos habíamos visto en los últimos meses—. Nunca quise hacerte daño, espero que lo sepas.

256

Corrí por el pasillo y giré el picaporte de la puerta de Chase. Estaba cerrada, así que llamé y esperé unos segundos. Pegué la oreja a la hoja, pero no oí ningún movimiento. Probablemente hubiera vuelto a quedarse dormido, dado que yo había tardado en llegar. Suspiré, me di la vuelta y regresé a la cocina, donde estaba Brandon fregando su taza. Se dio la vuelta para marcharse y dio un respingo al verme.

—Pensé que ibas a...

—Su puerta está cerrada por dentro. Probablemente se habrá quedado dormido.

—Ah —miró hacia el pasillo situado al otro lado del salón, que conducía hacia su habitación, y después me miró de nuevo—. Puedo hacerte el desayuno. No tengo nada que hacer hoy.

—No te preocupes, ya he desayunado. Creo que voy a...

Se abrió una puerta al final del pasillo y me quedé con la boca abierta al ver a Trish salir solo con su ropa interior y la camiseta de los conciertos favorita de Chase. Se frotó los ojos, se estiró y eso hizo que se le levantara más aún la camiseta.

—¿Había alguien llamando a la puerta? —preguntó medio dormida.

Oh, Dios mío. Era imposible que acabara de salir de la habitación de Chase. Miré a Brandon, que tenía la cara roja de ira mientras miraba hacia el pasillo, después pasé frente a Trish y entré en la habitación de Chase, que ahora tenía la puerta abierta. Chase estaba dormido en la cama, solo con sus *boxer* y con un brazo estirado donde probablemente hubiera estado Trish. Me quedé sin aire y tuve que agarrarme al marco de la puerta con una mano y al picaporte con la otra para no caerme.

—Harper —susurró Brandon detrás de mí.

Me di la vuelta y empecé a llorar al verlo. Le había hecho daño, le había engañado y le había destrozado a pesar de que él no había hecho otra cosa que quererme. Y ahora estaba allí, viendo a mi novio, al padre de mi futuro hijo, después de pasar la noche con otra mujer. Brandon podría haber sonreído con suficiencia, haberme dicho que era el karma, que me lo merecía. En su lugar me miró preocupado y después miró a Chase como si quisiera matarlo. Me alejé por el pasillo y me detuve en seco al ver a Bree. Estaba al otro lado del salón con Konrad. Parecía que se acababan de despertar y no entendían qué hacía Trish en la cocina. Bree se quedó con la boca abierta al verme con Brandon detrás y abrió los ojos sorprendida al volver a mirar hacia la cocina.

—¡Zorra! —gritó lazándose hacia Trish. Konrad la agarró de los brazos y la aprisionó contra su pecho—. ¡Puta! ¡Va a tener un bebé!

Dejé escapar un sollozo de dolor cuando Trish me sonrió con suficiencia y después a Breanna.

—Tengo que… tengo que irme —saqué las llaves del bolso y se me cayeron. Antes de que pudiera agacharme a recogerlas, Brandon me las devolvió y me llevó hacia la puerta de entrada.

Me acompañó hasta mi coche y abrió la puerta del copiloto.

—Entra, no pienso dejarte conducir así.

—¡Harper! —gritó Bree mientras corría desde la puerta—. Harper, ¿estás bien?

—¿Por qué iba a estar bien? ¡Pensé que ibas a vigilarlos!

—Los vigilamos. Te juro que pensábamos que había vuelto a casa de papá y mamá, así que nos fuimos a dormir.

Me tapé la cara y me recosté en el asiento.

—Dios, sabía que iba a pasar esto.

—Deja que te lleve a casa, Harper.

—No puedo, Bree. No puedo ir allí todavía. No puedo contarle esto a mamá.

Ella me desabrochó el cinturón de seguridad y me abrazó mientras su cuerpo temblaba por el llanto.

—No puedo creer que esté pasando esto, Harper. Lo siento mucho. Te juro que estábamos vigilándolos. ¡Te lo juro!

—Te creo, no es culpa tuya —apoyé la cabeza en su hombro—. Siempre supe que me abandonaría.

—Le voy a castrar por esto, Harper.

Tomé aliento y volví a recostarme en el asiento.

258

—Bree, para. Ha sido su decisión. Yo he sido una estúpida al pensar que querría quedarse conmigo y criar al bebé —Bree quiso hablar, pero la interrumpí—. ¿Puedes decírselo a mamá y a papá, por favor? No puedo verlos aún y no creo que pueda decírselo.

—¿Dónde vas a ir? —preguntó ella.

—No lo sé. Iré a casa, pero todavía no. No quiero encontrarme con él ahora mismo.

Bree miró con desconfianza a Brandon, que estaba sentado al volante. Después me miró a mí otra vez.

—Llámame. No nos abandones solo porque él la haya fastidiado, por favor. Todos te queremos, Harper.

—No lo haré, te lo prometo. Pero necesito unas horas para pensar. Te veré esta noche. Te quiero, Bree.

—Yo también te quiero, amiga —me apretó la mano antes de cerrar la puerta y volver junto a Konrad sin dejar de llorar.

—Conduce, Brandon, por favor. A cualquier lugar.

Puso el motor en marcha y giró para salir del vecindario. Me vibró el teléfono antes de haber recorrido una manzana, era un mensaje de Chase. Aunque sabía que no debía, abrí el mensaje y me llevé la mano a la boca para amortiguar mi llanto.

—¡Harper!

—¡Sigue conduciendo!

Apagué el teléfono, lo lancé hacia la parte de atrás del coche y golpeó el asiento trasero con fuerza. Cerrar los ojos no me ayudó, porque lo único que veía eran esas malditas fotos, así que me obligué a abrirlos e intenté concentrarme en las casas, los árboles, las farolas y los coches que veía. No funcionaba. Solo veía a Chase y a Trish, él agarrándole un pecho desnudo, con los ojos cerrados, sus labios besándose. En la otra foto aparecía besándole el cuello, ella con la cabeza echada hacia atrás y la boca entreabierta de placer. El antebrazo de Chase desaparecía por la parte inferior de la foto, pero, a juzgar por la manera en que bajaba el brazo hacia la mitad de su cuerpo, no me cabía duda de dónde tenía puesta la mano. Una parte de mi cerebro captó la ironía de que Brandon estuviese alejándome de la casa después de ver las fotos del teléfono de Chase, pero aquello era diferente. Brandon no me había engañado, Amanda había enviado las fotos para que nos separásemos. Chase aparecía y participaba en las fotos que acababa de recibir y además nuestra relación estaba mucho más adelantada, mientras que con Brandon llevaba solo una semana.

—¿Qué era? —preguntó él tras varios minutos conduciendo.

Me quedé mirando la carretera y después miré por la ventanilla. Dejé pasar otro minuto antes de responder.

—Fotos de ellos. Juntos —sabía que Trish era la que había sacado las fotos, dado que tenía el brazo estirado, y estaba segura de que era ella la que las había enviado desde su teléfono, pero eso no cambiaba nada. Había ocurrido de todos modos.

Brandon agarró el volante con fuerza hasta que los nudillos de su mano derecha se le pusieron blancos. Se llevó la izquierda al pelo, la bajó por su cara y se detuvo en la boca.

—Lo siento mucho, Harper.

Yo resoplé y giré la cabeza para mirarlo.

—¿Por qué? Me lo merezco. Es lo que yo te hice a ti.

—No es verdad —respondió él con severidad—. No te lo mereces en absoluto —aparcó el coche y apagó el motor.

—¿Dónde estamos? —miré hacia el acantilado que daba al océano. Era una vista preciosa y había bancos cerca del borde.

—Solía venir aquí con frecuencia después de enterarme de lo tuyo con Chase. Lo siento, puedo llevarte a cualquier otra parte, es que no sabía dónde ir.

—Me parece bien.

—Si quieres estar sola ahí fuera, te esperaré aquí. O, si quieres quedarte aquí dentro, yo puedo salir.

—Voy a salir, pero no tienes que quedarte aquí, Brandon.

Me estrechó la mano con cariño.

—Estaré aquí y le diré a Bree dónde estás —cuando me quedé mirando nuestras manos unidas, me soltó la mía y colocó las suyas en el volante.

Asentí, me desabroché el cinturón y me fui a uno de los bancos. Me quedé allí sentada, gritando en silencio. Gritaba a Trish por ponerse continuamente delante de mi novio y por haberlo estropeado todo. Gritaba a Chase por hacerle eso a nuestro hijo, por romperme el corazón y por abandonarme por otra mujer cuando había prometido que no lo haría. Y sobre todo me gritaba a mí misma por hacer daño a Brandon y por ser tan estúpida como para pensar que Chase y yo podríamos estar juntos durante algún tiempo. Cuando remitió la rabia, volvió el dolor con toda su fuerza y lloré y me agarré la tripa, y le prometí a nuestro hijo que me aseguraría de que tuviera una vida perfecta. Me había preparado para una vida con mi bebé, una vida en la que Chase no querría implicarse, pero los últimos dos meses había sido tan convincente interpretando su papel de padre emocionado que ahora me dolía la idea de hacerlo sola. Pese a lo que decían Claire y Bree, Chase era de su familia y sería su prioridad. Yo no sabía si seguiría siendo bien recibida en esa casa y, durante unos segundos, me entró el pánico al pensar en dónde me alojaría, pero sabía que, llegado el momento, podría sacar mi dinero de la cuenta e irme donde fuera necesario. Ya se me ocurriría, todo saldría bien. Estaríamos mi osito de gominola y yo. Lloré hasta quedarme sin lágrimas y después me quedé ahí un poco más intentando asimilar lo que había ocurrido y lo diferente que sería todo a partir de entonces.

Brandon se sentó a mi lado y habló con ternura.

—Tengo que llevarte a comer algo.

¿Hablaba en serio? Lo último en lo que yo pensaba era en la comida.

—No tengo hambre.

—Me parece muy bien —dijo con un suspiro, y me giró la cara para que lo mirase—, pero estás embarazada, Harper, así que tienes que comer algo.

—Ya te he dicho en casa que acababa de desayunar.

—Son casi las cinco —dijo con suavidad.

Miré al cielo y vi dónde estaba el sol. Tenía razón, llevábamos allí más de ocho horas. Ahora que sabía cuánto tiempo había pasado, empezaba a darme cuenta de que me dolía la espalda, se me había dormido el trasero y me rugía el estómago. Intenté levantarme, pero me costó después de estar en la misma posición durante tanto rato. Brandon me pasó un brazo por la cintura, me incorporó y me ayudó a ir hasta el coche. Fuimos hasta Panera y Brandon me condujo a una mesa situada en la parte de atrás y se quedó sentado en silencio hasta que me hube terminado casi todo el sándwich.

—¿Quieres hablar de ello?

Desde que me adoptaran en su familia, Claire me había dicho docenas de veces que tenía que empezar a compartir mis sentimientos. Decía que un día explotaría de tanto guardármelos. Yo me había reído, pero también había empezado a abrirme cada vez más y me sorprendió darme cuenta de que me sentía mejor después de hacerlo.

—Eh, sí, creo —observé la expresión paciente de Brandon durante algunos minutos para asegurarme de no derrumbarme en mitad del restaurante. Esa debía de ser la razón por la que me había llevado a una mesa de la parte de atrás—. Estoy enfadada. No solo por mí, sino por el bebé. Una cosa es abandonarme a mí y otra abandonarlo a él. Incluso aunque dijera que quiere estar en su vida cuando nazca, a mí me preocuparía que al final acabara haciéndole daño a él también. Quiero que tenga dos padres que se quieran y que lo quieran. Tú entiendes eso mejor que nadie.

Brandon simplemente asintió.

—Estoy triste porque haya hecho esto, pero no sé por qué lo estoy. Desde el principio supe que Chase no era alguien con quien tener una relación, y entonces después de ese estúpido fin de semana con él, empecé a rechazarlo porque sabía que algún día me abandonaría. Desde el día en que lo conocí, nos rechazábamos y él me ignoraba durante largos periodos de tiempo. Su familia me dijo que era porque yo estaba contigo, porque no podía soportar vernos juntos. Pero no lo supe hasta que tú y yo rompimos, e incluso entonces no estaba segura de creérmelo —sabía que no debía decirle lo siguiente, pero era como si no pudiese dejar de hablar ahora que había empezado. Llevaba tiempo queriendo hablar con Brandon de todo y, al parecer, iba a hacerlo en aquel momento—. Me arrepentí de aquel fin de semana al instante. No podía creer lo que te había hecho. Estaba muy enamorada de ti —me atraganté ligeramente y tuve que aclararme la garganta antes de tomar aliento para continuar—. Y, por alguna estúpida razón, también estaba enamorada de él. Siempre lo había estado, y no lo soportaba. Quería sacármelo de la cabeza, del corazón y de mi vida. Tú eras lo único que deseaba. Pero la fastidié, me rendí, corrí el riesgo con él aunque sabía que al final nos haría daño a los dos. Cuando volviste de Arizona, prometí que nunca volvería a hacer nada en tu contra, que te amaría e intentaría ser digna de tu amor. Por desgracia, como bien dijiste tú, no podía dejar de pensar en él. Estaba volviéndome loca, pensando en ti y en nuestro futuro, pensando en lo poco que soportaba a Chase, y también lo mucho que lo amaba a pesar del odio que sentía. Daba vueltas en círculos, pero sabía lo que deseaba, y era una vida contigo. Acababa de empezar a darme cuenta de que nunca me olvidaría de él hasta que le hubiera puesto fin, pero una parte de mí temía lo que ocurriría cuando volviera a verlo.

Brandon permanecía callado, pero sus ojos brillaban con las lágrimas que intentaba contener.

—Entonces descubrí que estaba embarazada y supe que era mi castigo por lo que te había hecho. Como si el universo no quisiera que quedase impune sin pagar por ello. Tenía que contártelo de inmediato. No soportaba la idea de ocultarte lo de ese fin de semana y no iba a poder ocultarte también aquello. Te merecías saberlo antes que él, te merecías oírlo de mi boca en vez de ver las evidencias y sacar tus conclusiones. Y te merecías tener un poco de tiempo para intentar seguir con tu vida antes de que se lo contara a Chase y tuvieras que vernos juntos.

—El tiempo no cambió nada, Harper —hizo una pausa antes de continuar—. Pero llevo tiempo dándole vueltas a algo y, ahora que te he escuchado, me siento más confuso que nunca. No tienes que responder si no quieres.

—Te debo una explicación.

Se pasó las manos por la cara, después envolvió un puño con la otra y apoyó la frente en ellas.

—Entiendo que quieres a Chase y que, cuando estábamos juntos, nos querías a los dos, pero no querías dar el siguiente paso. A mí no me importaba esperar todo el tiempo que fuera necesario, pensaba que no estabas preparada, y entonces de repente estás embarazada de Chase. ¿Por qué con él sí y conmigo no? Y después, tampoco querías hacerlo conmigo, pero dices que deseabas tener una vida conmigo, no con él. No lo comprendo.

Aquello iba a dolerle.

—No estaba preparada, y entonces esa noche ocurrió lo de Chase y todo encajó. Recuerdo que pensé que aquella era precisamente la razón por la que nunca había podido dar el siguiente paso contigo —Brandon se estremeció y apretó los labios—. ¡Lo siento, Brandon! Lo siento mucho. Pararé. Solo intento ser completamente sincera contigo.

—No. Sigue. Necesito saberlo —me vio mientras observaba su cara, mientras intentaba averiguar si debía continuar o no—. Harper, por favor, no te guardes nada.

Tomé aliento y continué donde lo había dejado.

—Bueno, cuando regresaste, no me sentía capaz de acostarme contigo. Ya sabía que era contigo con quien deseaba estar, pero no paraba de repetirme que no podía hacerle eso a Chase, y temía que, si me acostaba contigo, sería para aliviar mi conciencia. Nada de eso era cierto. Gran parte de la razón por la que no podía tener sexo contigo después de haber estado con Chase era que tú seguías teniendo la impresión de que era virgen, y habías sido muy paciente conmigo. Entonces esa noche sentí que estaba preparada, pero llamó el espantapájaros y después te hirieron durante el combate. Por eso estaba tan frustrada al regresar. Al fin había decidido que estaba preparada y aun así no pude hacerlo. Lo interpreté como una señal de que debía esperar. Pensé entonces que, a no ser que supieras la verdad, no podría decirte que estaba preparada. Y obviamente no tenía ni idea de cómo decírtelo, ni de si podía decírtelo. Y de pronto eso ya no importaba. Tenía que contarte lo ocurrido y sabía que te destrozaría.

—Así fue.

—Ojalá supieras lo mucho que lo siento.

—¿Por qué me cuentas esto ahora, Harper? ¿Es por lo que te ha hecho Chase?

El estómago me dio un vuelco al pensar en Chase con Trish.

—No. Llevo mucho tiempo queriendo hablar contigo. Pero no sabía cómo, y tampoco sabía si tú me darías la oportunidad de haberlo intentado. Sinceramente, creo que Chase se aseguró de que no coincidiéramos.

—¿Por qué? Ya me habías dejado por él. Vais a tener un bebé.

Me encogí de hombros. Brandon sabía por qué, no hacía falta que se lo dijera.

—¿Has estado saliendo con alguien?

—No —resopló, negó con la cabeza y miró hacia las otras mesas antes de volver a mirarme—. No sé cómo no te diste cuenta, pero estaba locamente enamorado de ti, Harper.

—Sí que me di cuenta —respondí.

—Nunca he querido a nadie de ese modo. Sé que era pronto, pero sabía que me casaría contigo algún día. He salido con muchas chicas, he mantenido relaciones largas con algunas, pero ninguna era comparable a ti. Eso no es algo que se supere fácilmente, por mucho que lo desees —tomó aliento, agachó la cabeza y se quedó callado durante un rato—. Sigo sin poder imaginarme mi vida con alguien que no seas tú. Sigo queriéndote, Harper, con bebé incluido.

¿Por qué me decía esas cosas? Habría sido difícil mantener esa conversación en cualquier momento, pero ahora, después de lo ocurrido con Chase, era peligroso. Si no paraba, me lanzaría a sus brazos en cuestión de minutos. No podía ceder al síndrome del caballero con la armadura, aunque una relación con él nunca sería así. Quería a Brandon. Pero le hice daño para estar con Chase y ahora Chase me había hecho daño a mí. No podía volver con Brandon porque Chase me hubiera rechazado. Sería como una pelota de ping pong, rebotando de un lado a otro hacia quien me resultara más conveniente en cada momento.

—Yo también te quiero. Algún día espero casarme con alguien tan asombroso como tú. Harás muy feliz a alguien, Brandon, y estoy segura de que yo la odiaré por tenerte —le dirigí una sonrisa—. El motivo para mudarme a San Diego fue escapar de mi antigua vida y descubrir quién soy. Pero no me di la oportunidad de hacerlo porque te conocí nada más llegar y me enamoré de ti al instante. Temía que mis sentimientos hacia ti fueran tan fuertes porque fuiste mi primer beso, mi primer novio, mi primer amor… pero ambos sabemos que no es así. Lo que tuvimos fue especial. Yo la fastidié y casi de inmediato empecé a salir con Chase. Necesito descubrir quién soy al margen de una relación antes de intentar mantener otra. Y tú necesitas encontrar a alguien que te trate mejor que yo. Tienes que seguir con tu vida, Brandon.

Me levanté de la mesa y me eché el bolso al hombro. Brandon se puso en pie también y me dio un largo abrazo. Intenté memorizar el roce de sus brazos a mi alrededor, su torso definido moviéndose contra mi cabeza cada vez que respiraba.

—Para empezar, tengo que dejar de huir de todo y de todos. ¿Puedes por favor llevarme a casa? Tengo que hablar con Claire y Robert y enfrentarme a Chase, si es que está allí.

Brandon me soltó con una sonrisa triste y me condujo hasta la calle. Salvo por una breve llamada para preguntarle a Konrad si podría recogerlo después de dejarme a mí en casa, el trayecto lo realizamos en silencio. No fue del todo incómodo. Ambos estábamos demasiado absortos en nuestros pensamientos como para intentar hablar. Tras aparcar y bajar del coche, Brandon rebuscó en la parte de atrás hasta dar con mi teléfono y devolvérmelo. Nos quedamos callados durante unos segundos, mirando con odio la camioneta de Chase antes de dirigirnos hacia la puerta de entrada.

—¿Me prometes una cosa, Harper?

—Depende de lo que sea —respondí con sinceridad.

Vi su sonrisa sexy durante un segundo antes de que se pusiera serio.

—Si superáis esto, por favor, no vuelvas con él solo porque sea el padre del bebé.

Lo miré fijamente a los ojos y esperé que viera la verdad de mi respuesta.

—Te lo prometo.

—Esperaré a Konrad aquí fuera. No creo que sea buena idea que vea a Chase ahora mismo.

—Gracias por todo, Brandon. Te veré más tarde —le di un abrazo y dejé que me rodeara la cara con las manos durante unos segundos antes de caminar hacia la puerta.

—¡Harper! —oí el tono de preocupación de Bree antes de verla doblar la esquina y abrazarme con cuidado de no tocarme la tripa—. Estaba muy preocupada por ti.

—¿No habías hablado con Brandon?

—Sí, pero no es lo mismo —se apartó y vi su cara humedecida por las lágrimas.

—Lo siento, Bree, pero necesitaba tiempo para estar sola.

—Lo comprendo.

Apareció Konrad por detrás de ella, le dio un beso en la mejilla y después me abrazó y me besó la coronilla.

—¿Brandon está fuera? —asentí—. Entonces le llevaré a casa. Siento que haya pasado esto, niña.

Yo me reí.

—¿Sabes? Dado que voy a tener un bebé, no creo que puedas seguir llamándome niña. Además, solo eres dos meses mayor que yo.

Bree y Konrad pusieron los ojos en blanco ante mi intento fallido por aliviar la tensión del momento. Se besaron y ella me estrechó las manos mientras él salía por la puerta.

—¿Estás lista o necesitas más tiempo? Él no te molestará si es así.

—No. Tengo que hacer esto.

Entramos en el salón y estuve a punto de salir corriendo al ver a Chase sentado en el sofá. Levantó la cabeza al oírnos entrar y empezó a levantarse, pero Robert le detuvo. Tenía los ojos rojos e hinchados y las mejillas todavía húmedas. Robert intentó sonreír, pero le salió una mueca, y Claire parecía destrozada. Me rodeó con sus brazos y comenzó a llorar. Pasado un minuto, después de reflexionar sobre el miedo de Bree a que no regresara, me di cuenta de por qué los demás estaban disgustados también. Claire y Robert pensaban que me marcharía y me llevaría a su nieto conmigo.

Le apreté la cintura y le susurré al oído:

—No pienso quitarte a tu nieto, mamá, te lo prometo.

—Oh, cielo, me alegro mucho, pero no es eso lo que me preocupa. Sufro por ti, te quiero como si fueras mi hija —me dio un beso en la mejilla y después salió del salón junto a su marido y su hija. Chase y yo nos quedamos solos.

—Cariño…

—No me llames así —murmuré entre dientes.

—Harper, por favor, la he fastidiado —dejó escapar un sollozo y las lágrimas comenzaron a resbalar por sus mejillas—. No me acuerdo de nada. Tienes que creerme. Nunca te haría algo así.

—¿Por qué con ella, Chase? ¡La única persona a la que odio! ¿Cómo has podido hacerme esto? ¿Cómo has podido hacérselo a nuestro bebé? —me dejé caer en una silla cercana sin dejar de mirarlo a los ojos.

—No lo he hecho. Quiero decir que no lo sé. ¡No me acuerdo de nada! Estaba en la fiesta y lo siguiente que recuerdo es despertarme con Bree y con Konrad gritándome y con Trish en mi cama. Pero te juro que no la toqué. Jamás tocaría a nadie. ¡Te quiero!

Así que la muy zorra había vuelto a meterse en su cama después de que los demás nos fuéramos. Cuánta clase.

—¿De verdad esperas que me lo crea? Sabes lo que pienso de ella, Chase, ¿y aun así la invitas a una fiesta en la que yo no voy a estar? Todos pensaban que habías vuelto anoche a casa, y de pronto ella sale de tu habitación esta mañana llevando tu camiseta. ¡Y tú estabas prácticamente desnudo en la cama!

—Yo no la invité. Ella volvió a invitarme a ir a su casa y le dije que no con la excusa de la fiesta. No sabía que iba a presentarse allí.

—¿Por qué tenías que usar la fiesta como excusa? ¿Por qué yo no puedo ser excusa suficiente? Deberías haberle dicho hace tiempo que tenía que parar, que estabas en una relación, que ibas a ser padre y que no estaba bien que flirteara contigo. En su lugar, permitiste que siguiera flirteando contigo e invitándote a su casa en mitad de la noche. Cuando yo estaba delante no se separaba de ti, ¿y esperas que me crea que no te has acostado con ella cuando no estaba delante?

—¡Pensaba que era lesbiana! ¡Pero nunca me acostaría con ella, cariño, tienes que creerme!

—¿Sigues con eso? Por eso precisamente no te creo. Ni siquiera puedes decirme la verdad cuando sabes que he visto las fotos.

—¿Qué fotos? —preguntó él, desconcertado. Al ver que yo no respondía, se levantó del sofá y habló con tanta fuerza que estuve a punto de taparme los oídos—. ¡¿Qué fotos, Harper?!

—Vamos, Chase. Fueron hechas con tu teléfono y enviadas desde él.

Se sacó el teléfono del bolsillo y lo examinó durante unos segundos.

—Yo no veo nada —murmuró.

Encendí el mío y esperé a que dejase de vibrar con las docenas de mensajes que había recibido de Chase, de Bree y de Claire. Cuando terminó, abrí los mensajes de Chase e ignoré todos los que me había enviado desde esa mañana hasta llegar a las fotos. Le mostré el teléfono y esperé a que se acercara a recogerlo. Lo agarró con una mano temblorosa y, pasados unos segundos que parecieron eternos, se quedó con la boca abierta.

—Dios, no. No, no puede ser —le fallaron las piernas y cayó al suelo con fuerza.

—Bueno, evidentemente sí que puede ser —dije con voz temblorosa, pero mantuve la calma.

—No lo recuerdo. ¡Yo jamás te haría una cosa así! ¡Sabes que te quiero!

—A lo mejor estabas muy borracho.

—¡Anoche no bebí, te lo juro! ¡Pregúntale a Bree!

—Chase —dije en voz baja, casi un susurro—, deja de mentirme.

—¡No te estoy mintiendo! —se acercó a mí y colocó las manos en mis muslos—. ¡Por favor, créeme!

Aparté sus manos y tomé aliento.

—Chase, si quieres formar parte de la vida del bebé, me parece bien. Pero no puedo seguir con esta relación. Además, ambos sabemos que estaba condenada desde el principio.

—¡No es verdad!

—No confío en ti, Chase. Y menos después de esto.

—Harper, no podemos romper —me agarró las manos y noté que todo su cuerpo temblaba—. ¡Iba a pedirte matrimonio después de la graduación de mañana!

Me estremecí con la idea de que me pidiera matrimonio mientras me engañaba con otra.

—Tenemos que hacerlo —continué—. Obviamente quieres volver a tu antigua vida y yo no puedo estar preocupándome por lo que haces cada vez que no esté contigo.

—¡No quiero volver a mi antigua vida! ¡No quiero nada sin ti! Tú lo eres todo para mí, Harper. El bebé y tú lo sois todo —dejó caer la cabeza sobre mi regazo mientras los sollozos invadían su cuerpo.

Me quedé allí sentada en silencio, pasándole los dedos por el pelo hasta que se calmó y volvió a mirarme a la cara.

—Quizá más adelante, cuando hayas tenido tiempo de pensar lo que realmente deseas, podamos volver a intentarlo.

—Princesa, por favor, no hagas esto. No puedo perderte.

—No tienes por qué —susurré—. Podemos seguir siendo amigos, puedes venir a todas las citas con el médico y seguiré viviendo en esta casa si es lo que quieres. Pero me has roto el corazón por lo que probablemente solo sea una noche con Trish. Por esa razón no puedo ser tuya ahora mismo. No puedo ser la novia ingenua que espera en casa con un bebé mientras tú estás por ahí con otras mujeres.

—No será así. Solo te deseo a ti.

Me quedé allí sentada, concentrada en tomar aire y expulsarlo.

—Tardaré tiempo en volver a creerte, Chase, pero estoy dispuesta a darte la oportunidad de ganarte mi confianza. Pero tendremos que empezar siendo amigos.

—¡No quiero ser tu amigo, Harper!

—Es eso o nada, Chase —intenté mantener la compostura por el bien de los dos.

—Cariño, lo siento mucho. Te prometo que nunca te haría algo así. No me acuerdo de nada.

—Ya te he dicho que te daré una oportunidad si la quieres. Pero necesito unos días antes de poder intentar que seamos amigos. Me has hecho daño, Chase. Siento como si hubieras confirmado todos los miedos que tenía sobre mantener una relación contigo. Y todavía no sé cómo enfrentarme a ello.

Me dio un beso y me rodeó la cara con las manos.

—Averiguaré todo lo que ha pasado. Te quiero, Harper, más de lo que puedas imaginar —volvió a besarme en los labios y yo permití que lo hiciera durante unos segundos. No podía evitarlo, no sabía cuándo volveríamos a compartir algo así, si acaso volvíamos a hacerlo.

Sonó su teléfono y nos devolvió a la realidad. Fue a ignorar la llamada, pero entonces se fijó en la pantalla y respondió.

—¡¿Qué diablos me has hecho?! ¿Tienes idea de lo que has hecho? —se dirigió hacia la cocina, rojo de ira—. ¡No! ¡Me has arruinado la vida! ¿Te das cuenta? ¡No te disculpes conmigo, joder! Harper es la única con la que deberías disculparte. Pero, si vuelves a ponerte en contacto con ella, o conmigo, ¡haré que el resto de tu vida sea un infierno! —colgó, lanzó el iPhone contra la pared y los pedazos de la carcasa salieron disparados hacia mí—. ¡Dios, Harper, lo siento!

Me encogí en la silla cuando se acercó a mí. Parecía dispuesto a matar a alguien. Cuando vio mis movimientos, se tranquilizó.

271

—Tengo que irme antes de fastidiarla más —me acarició la mandíbula con los nudillos—. Siento mucho todo. No me cansaré de decirlo. Lo siento mucho, Harper. Por favor, no rompas conmigo. Volveré a ganarme tu confianza, pero no hagas esto.

—No nos lo pongas más difícil. Ya sabes cómo me siento. Vamos a esperar unos días y veremos si podemos volver a empezar como amigos. Da igual lo que nos ocurra a nosotros, Chase, quiero que formes parte de la vida del bebé.

—Te quiero, princesa —me dio un beso mientras las lágrimas brotaban de sus ojos y después salió por la puerta.

CAPÍTULO 13

No me di cuenta de que había terminado y de que la gente se había reunido en torno a nosotros hasta que Bree tiró de mí para ponerme en pie. Nos miramos sin saber qué decir ni qué hacer. Claire nos agarró las manos como si fueran un salvavidas mientras Robert se quedaba tras ella, sujetándola por los brazos para que no se derrumbara. Miembros de su familia se acercaron y nos separamos para recibir sus abrazos. Yo no sabía quién era la mayoría, pero todos me conocían. Todo el mundo había llorado en la iglesia, pero, cuando colocaban la mano sobre mi vientre, estallaban de nuevo en llanto. Parecían incapaces de creer que yo albergara en mí lo único que quedaba de él en este mundo. Chase.

Habían pasado cuatro días desde el accidente.

Cuatro días desde que me dijo que me quería y yo no respondí.

Cuatro días desde su muerte.

Veinte minutos después de que Chase se marchara, Claire, Robert, Bree y yo estábamos sentados a la mesa de la cocina hablando de todo lo sucedido aquel día. Todos estaban más sorprendidos que yo, claro que ellos no habían estado presentes en todos los momentos exasperantes de nuestra relación a lo largo del último año. Sonó el teléfono de Bree y supe que era Konrad por su manera de responder. Miré el reloj, sabía que pronto regresaría con mi coche después de dejar a Brandon en casa de Chase.

—No —susurró mi amiga, que se había puesto pálida—. No, estás mintiendo. No tiene gracia, cariño.

Incliné la cabeza hacia el teléfono y estuve a punto de caerme de la silla cuando Bree soltó un grito.

—¡NO!

—¡Breanna! —murmuró Claire—. ¡Cálmate!

Bree se quedó mirando el teléfono con cara de horror.

—¡Tenemos que irnos! —gritó antes de salir corriendo de la cocina—. ¡Tenemos que irnos ya!

Los tres nos quedamos sentados a la mesa hasta que oímos cerrarse la puerta de la entrada y después el motor de su coche. Bree estaba gritando desde el vehículo para que nos diésemos prisa y lloraba sin parar. Robert abrió la puerta del conductor, la sacó y la dejó en el asiento trasero antes de que yo me sentara a su lado.

—¡Dios mío, Dios mío, Dios mío! ¡Papá, date prisa! —gritó, se llevó las manos a la cabeza y empezó a mecerse hacia delante y hacia atrás.

Yo le froté la espalda y, tras mirar a sus padres sin entender nada, Robert al fin arrancó.

—Breanna, cariño, ¿dónde vamos? —hablaba con voz suave y melódica, como si ella fuera una paciente y él el terapeuta.

Entre sollozos, Bree dio la dirección de un cruce.

Claire se volvió desde el asiento del copiloto y le quitó las manos de la cara a su hija.

—Breanna, estás siendo melodramática. Cálmate y dinos qué ha pasado.

Volvió a sonar su teléfono y pulsó el botón para responder, pero no dijo nada. Le quité el teléfono de su mano agarrotada, miré primero la pantalla, me lo llevé a la oreja y hablé.

—Eh, ¿Konrad? ¿Qué ha…?

—¡No se despierta! ¡No puedo sacarlo, hay sangre por todas partes y no se despierta!

—¿Quién, Konrad?

—Está llegando la ambulancia. ¡Daos prisa!

Le oí gritar a quien supuse que serían los técnicos de emergencias y entonces se cortó la llamada. Me di cuenta de que nosotros también oíamos sirenas desde el coche, levanté la mirada y vi que estábamos solo a unas pocas manzanas de distancia. Bree seguía murmurando palabras ininteligibles.

—Creo que ha estrellado mi Expedition —supuse, aún confusa. Entonces me di cuenta. Brandon. Se suponía que Konrad iba a llevar a Brandon a casa. Dios, no. Por favor, no. No me lo arrebates.

Doblamos la esquina y vimos una ambulancia, un camión de bomberos y tres coches de policía que bloqueaban parte de la calle. Robert avanzó lo suficiente para poder aparcar sin obstruir el resto del tráfico y fue entonces cuando lo vi todo. Dos agentes de policía se llevaban a Konrad, que forcejeaba para regresar junto a la camioneta de Chase, que parecía haberse fusionado con la parte delantera de un camión de dieciocho ruedas. Dejé escapar un grito parecido al de Bree y salí del coche antes de que se detuviera del todo. Pasé corriendo frente a los agentes que sujetaban a Konrad y dejé atrás a algunos más antes de que un bombero me agarrara y me apartara del accidente.

—¡Chase! —grité, y le supliqué al hombre que me soltara—. ¡Chase! —todo estaba en silencio y al mismo tiempo había un ruido ensordecedor. No oía las sirenas, no oía los gritos ni los sollozos de su familia, ni siquiera oía mi propia voz. No puedo describir lo que inundó mis oídos, solo sé que era ensordecedor.

Seguí forcejeando para llegar hasta Chase y de pronto me di cuenta de que ya no me arrastraba nadie. Debía de haberme caído al suelo y ahora había dos personas sujetándome para que no pudiera levantarme. Vi que Konrad estrechaba a Bree contra su pecho a pocos metros de distancia; ambos sollozaban y cayeron también al suelo. No sabía dónde estaban Claire y Robert, pero no podía girar la cabeza para buscarlos. Volví a mirar hacia la camioneta y vi que varios hombres sacaban a Chase por la puerta del copiloto. Estaba inerte y cubierto de sangre. Un torrente de adrenalina recorrió mi cuerpo y, sin apenas darme cuenta, me zafé de quienes me sujetaban y corrí hacia la camilla en la que le habían tendido.

—¡Chase! ¡Despierta! ¡Por favor, despierta! —agarré su mano sin vida antes de que una técnica de emergencias intentara apartarme de nuevo. Le grité y volví hacia él—. ¡No me dejes así! ¡Despierta, Chase, por favor!

Me llevaron hasta un coche de policía donde un agente intentó calmarme y averiguar mi relación con la víctima. Yo ya no podía concentrarme en él, porque el silencio ensordecedor había regresado. Vi que la familia de Chase estaba de pie junto a otros dos agentes. Robert era el único que hablaba, Claire y Breanna se abrazaban mientras Konrad era trasladado a una segunda ambulancia para que pudieran examinarle los brazos. Se había hecho varios cortes al intentar sacar a Chase de la camioneta. Otro médico se acercó a la familia y habló con los agentes. No me hizo falta oírlo para saber lo que decía. Bree soltó un grito mudo y Claire cayó al suelo mientras Robert se doblaba a la altura de la cintura, se llevaba una mano al pecho y la otra al pelo. Yo me rodeé la tripa con los brazos al notar que mi osito de gominola daba una patada.

—Papá se ha ido, cariño —susurré.

Konrad regresaba después de hablar con Brandon y dejarlo en casa de Chase. Lo había visto todo. Chase se había saltado un semáforo en rojo sin aminorar la velocidad y el conductor del camión circulaba a casi cien kilómetros por hora.

—Si hay algo que podamos hacer por vuestra familia, decídnoslo, por favor —una pareja a la que recordaba vagamente de la fiesta de Nochevieja nos abrazó a los cuatro antes de marcharse.

Yo miré hacia el ataúd y sentí que me quedaba sin aire. Me había cuidado de mirar a cualquier parte menos al ataúd, pero ahora que lo miraba era como si no pudiera apartar la mirada. Agarré a Bree del brazo y traté de recuperar el aliento.

—Respira, Harper —me dijo una voz profunda mientras alguien me agarraba de las muñecas.

Recuperé el aire, pero respiraba aceleradamente y me pitaban los oídos. Chase estaba allí. Chase estaba dentro de aquella caja, muerto. Era culpa mía. ¿Por qué le había permitido marcharse aquella noche? Unas manos grandes me rodearon las mejillas y me obligaron a girar la cabeza para apartar la mirada. En cuanto dejé de ver el ataúd, cerré los ojos y me concentré en respirar.

—Buena chica, Harper, sigue respirando —noté que me secaba las lágrimas con los pulgares—. Sigue respirando.

Abrí los ojos y me encontré con unos ojos color avellana que me miraban.

—¿Mejor?

Asentí, le rodeé con los brazos y hundí la cara en su camisa azul.

—Gracias por venir, Brandon.

Dibujó círculos en mi espalda para tranquilizarme hasta que me aparté de él y me aferré de nuevo a Bree. Desde que me sacaran de la cama de Chase esa mañana para asistir al funeral, sentía como si necesitara constantemente estar tocando a alguien para asegurarme de que todo aquello era real. Deseaba volver a casa, acurrucarme en su cama, respirar su aroma y volver a anestesiar mi corazón y mi alma. Era todo más fácil de sobrellevar cuando no sentía nada.

Noté que Bree dejaba escapar un grito ahogado y que su cuerpo se tensaba.

—Tienes mucho valor presentándote aquí.

Trish estaba de pie junto a Claire, quien, después de fijarse en su cuerpo tatuado y en su aspecto de *pin up,* sacó conclusiones y se apartó.

—Necesito hablar contigo, Harper —dijo conteniendo un sollozo.

Brandon y Konrad se pusieron entre nosotras.

—No creo que sea muy buena idea y desde luego no es el lugar —le advirtió Konrad.

Ella se asomó por detrás de Brandon y me miró suplicante.

—Tengo que hablar contigo, no lo entiendes —se echó a llorar y dio un paso hacia mí—. Tienes que saberlo.

Me abrí paso entre los chicos, me acerqué a ella y esperé a que dijera lo que considerase tan importante como para ir a vernos allí.

Trish pasó varios segundos intentando contener las lágrimas y finalmente comenzó a hablar.

—Chase no te engañó. Te quería y no hacía otra cosa que hablar de ti. Admito que estaba celosa y pensé que te habías quedado embarazada a propósito para que tuviera que quedarse contigo —miró nerviosa hacia la familia de Chase y después otra vez a mí—. Esa noche en la fiesta yo… le drogué —la miré perpleja. ¿Qué estaba diciendo?—. Esas fotos no eran reales. Él estaba inconsciente —se llevó la mano a la boca y empezó a llorar—. Lo siento mucho. Nunca sabrás lo mucho que lo siento.

La palma de mi mano impactó contra su cara con tanta fuerza que el sonido rebotó en las paredes de la iglesia.

—¡Nada de esto habría ocurrido si no fuera por ti! —grité y volví a levantar la mano, pero Brandon me la agarró y me sujetó los brazos—. ¡Ha muerto por tu culpa! —comencé a sollozar y me encogí contra el pecho de Brandon.

—Creo que deberías irte —le dijo Konrad, situado junto a mí.

No debería haberla abofeteado, no debería haberle gritado, pero no pude evitarlo. Por culpa de aquella mujer, los Grayson habían perdido a un hijo y a un hermano, y mi bebé nunca conocería a su padre. Por su culpa, en la última conversación que Chase mantuvo conmigo le dije que no confiaba en él, rompí con él y me abstuve de decirle que le quería. Por culpa de Trish mi corazón se había roto y el de Chase se había detenido. Jamás perdonaría a aquella mujer por arrebatárnoslo.

Durante dos horas después del funeral la gente siguió yendo a la casa para darnos sus condolencias, llevar comida y compartir historias sobre Chase. Cuando todos se fueron, Claire, Robert, Konrad, Bree y yo nos abrazamos, nos dijimos que nos queríamos una y otra vez y lloramos. Después nos separamos para ir a dormir un poco;

Konrad con Bree, Robert con Claire y yo con mi osito de gomino-la. Fui consciente del paso del tiempo, de que la habitación queda-ba a oscuras, de que Claire me llevó comida y se quedó a mi lado hasta que me lo terminé todo y de que Bree se pasaba cada pocas ho-ras para tumbarse a mi lado y llorar. Salvo para ir al cuarto de baño, no salí de la cama en mucho tiempo. No encontraba razón para ha-cerlo. Solo quería estar rodeada de sus cosas.

Brandon se sentó en la cama. No sé qué día era, solo sé que en-traba luz por las ventanas.

—Hola, cariño —me susurró mientras me acariciaba la espalda con las yemas de los dedos.

Intenté preguntarle qué estaba haciendo allí, pero llevaba mu-cho tiempo sin usar la voz y me sorprendió ser capaz de emitir algún sonido.

—Tienes que salir de la cama, Harper. Te vas a duchar, vas a sa-lir a tomar el sol e intentarás continuar con tu vida.

Negué con la cabeza y susurré:

—No puedo.

—Tienes que hacerlo. Chase no querría esto, y además tienes que cuidar de tu bebé —abrí la boca y juro que fue como si me hu-biera leído el pensamiento—. Comer y tomarte las vitaminas no es suficiente. El funeral fue hace cinco días, Harper, tienes que salir de casa.

—¿Qué estás haciendo aquí? ¿Por qué no estás en Arizona?

—Bree me llamó. Están todos preocupados por ti, Harper. Esta familia está sufriendo, pero intenta seguir adelante. Tú también tie-nes que hacerlo.

—No sé cómo —murmuré entre sollozos—. Es todo culpa mía.

—No lo es. No es culpa de nadie —me senté en su regazo y me acunó contra su pecho.

—Debería haberle dicho que le quería. No debería haber permi-tido que se fuera. Debería haber confiado en él. ¡Murió pensando que le odiaba! —le mojé la camiseta con las lágrimas y seguí dicién-dole todas las cosas que desearía poder cambiar de aquel día.

Brandon se quedó allí meciéndome en silencio hasta que dejé de sollozar y me quedé sin lágrimas. Pasados unos minutos se levantó de la cama sin soltarme y me llevó al cuarto de baño. Me dejó sobre la repisa, abrió el grifo de la ducha y comprobó la temperatura. Bree debía de estar esperando aquello, porque apareció poco después de que el agua empezara a correr. Brandon me bajó de la repisa y me sujetó por los hombros hasta que me enderecé. Cuando quedó convencido, me dio un beso en la sien, dijo que esperaría abajo y salió.

Bree me ayudó a desnudarme y a ducharme. Yo ni siquiera tenía energía para sentirme avergonzada porque tuviera que cuidar de mí como si fuera un niño pequeño. De hecho creo que con un niño habría sido más fácil. Me limité a quedarme allí quieta sin ayudar en absoluto. Aunque he de admitir que, después de ducharme y de compartir mis pensamientos con Brandon, me sentía mucho más viva de lo que me había sentido desde que sacaran a Chase de su camioneta. Me sequé el pelo, Breanna me maquilló y escogió un conjunto para que me lo pusiera. A mí no me habría importado salir con el pelo mojado, un chándal y la cara lavada, pero, según ella, a no ser que empezara a cuidarme, no empezaría a curarme. No sé qué tenía que ver una cosa con la otra, pero ella acababa de perder a su hermano y parecía mucho más repuesta que yo, así que no me quejé ni hice preguntas.

Oí suspiros de alivio cuando bajé las escaleras y abracé a Claire y a la abuela de Chase. La madre de Claire había decidido quedarse con nosotros durante un tiempo, pero no sabía que siguiera allí. Me disculpé por haberme escondido de ellos y prometí empezar a vivir y a cuidar de mí misma. Una vez más me había olvidado de pensar en los demás, solo me había preocupado mi propio dolor. Nos sentamos todos a la mesa de la cocina y estuvimos hablando mientras Claire me acercaba piezas de fruta. Yo no tenía hambre, pero sabía que estaba preocupada, así que me comía todo lo que me ponía delante. Konrad entró una hora más tarde y, tras darle un beso a Bree, nos abrazó a los demás y me acarició la tripa. Se me había olvidado que él también estaba viviendo allí. Después del accidente, había decidido no regresar a Oregón. A juzgar por su pelo húmedo, supuse que se acababa de duchar después de volver de entrenar.

—¿Estáis listas para irnos? —preguntó levantando a Bree de la silla.

—¿Vamos a alguna parte? —intenté no fruncir el ceño. Tenían razón, necesitábamos salir.

—Vamos a pasar el día fuera. Lo necesitáis, chicas.

Bree y yo nos miramos y caminamos hacia la puerta. Claire y la abuela tenían también su propio día planeado y nos dieron instrucciones estrictas de no regresar hasta las diez de la noche como mínimo. Trece horas fuera de casa, lejos de las cosas de Chase. Tuve que tomar aire varias veces antes de seguir andando hacia la puerta. Brandon se sentó en la parte de atrás conmigo, pero se mantuvo pegado a su puerta y yo me alegré. Agradecía que hubiera estado a mi lado desde el sábado anterior por la mañana, pero temía que, después de haber caído en sus brazos tantas veces durante mis crisis nerviosas, pensara que deseaba tenerlo a mi lado todo el tiempo.

Salvo por la música que sonaba de fondo en el coche, hicimos el trayecto hasta la playa en silencio. Caminamos hacia la orilla y Bree y yo seguimos andando hasta quedar a pocos metros del agua mientras Konrad y Brandon colocaban la manta y nos esperaban.

—Siento haberme desentendido, Bree. Ni siquiera te he preguntado cómo lo llevas desde el funeral.

—Estoy aguantando —murmuró ella y se secó las mejillas—. ¿Y tú?

Lo pensé durante unos minutos.

—No estoy segura. Pensaba que prefería sentirme anestesiada, pero no puedo vivir así para siempre. Incluso habiendo pasado tan poco tiempo desde que Brandon y tú me habéis rescatado, me doy cuenta de que sería horrible para mí seguir viviendo así.

—Chase no querría que estuviéramos así —me agarró la mano y repitió las palabras que Brandon había dicho antes—. Nos dolerá durante mucho tiempo, puede que para siempre, pero sabes que se enfadaría si nos viera todo el rato lamentándonos.

Dejé escapar una carcajada triste y le apreté la mano con más fuerza.

—Tenemos que intentar seguir hacia delante, Harper, por él.

—Entonces eso es lo que haremos —respondí con un suspiro.

Konrad se llevó a Bree a dar un paseo cuando regresamos y yo me acomodé en la manta con Brandon.

—Brandon…

—¿Sí?

—No me malinterpretes, pero ¿por qué estás aquí?

—¿Quieres que me marche?

—No. No, claro que no. Pero deberías estar en Arizona, deberías salir con otras chicas. No estar aquí consolando a la chica que te rompió el corazón.

—Ya te dije el pasado fin de semana que…

—Sé lo que me dijiste, pero no puedo ser más que tu amiga, Brandon. Deberías estar por ahí buscando a alguien que te haga feliz.

—Harper —suspiró, se tumbó sobre la manta, colocó un brazo detrás de su cabeza y dejó el otro apoyado sobre su vientre, donde la camiseta se le había levantado.

—No tienes idea de lo mucho que agradezco que estés aquí, pero no puedo hacerte esto.

—Si no quieres que esté aquí, me iré, Harper. Pero no porque creas que me estás reteniendo.

—¿Y qué pasa con Arizona? ¿Qué pasa con tu madre y con Jeremy? Tienes que volver a casa.

Me miró antes de volver a mirar hacia el cielo.

—Iba a decírtelo aquella mañana en la cocina, antes de que el día se fuera a la mierda. Se mudaron para estar más cerca de la familia de mi padre.

—Entonces, ¿están aquí, en San Diego?

—En Carlsbad. Mi madre compró una casa y lo trasladó todo aquí a lo largo del mes pasado. Se mudaron cuando Jeremy terminó las clases.

—Ah.

—Mira, Harper, si solo me quieres como amigo, entonces seré solo eso. Pero me necesitas, así que no pienso ir a ninguna parte.

Me recosté sobre los codos, cerré los ojos y dejé que los rayos de sol calentaran mi piel.

—Necesito que vivas tu propia vida —susurré.

—Eso hago —se arrodilló y se inclinó sobre mí—. Aquí es donde deseo estar. Yo también te necesito.

Me dio un beso en la frente y fue bajando por la sien y por la mejilla hasta llegar al cuello antes de que todo su cuerpo se pusiera rígido. Se incorporó, se quitó la camiseta y comenzó a caminar hacia el océano. Yo intenté no mirarlo, pero los ojos me traicionaron. Mientras caminaba hacia el agua, admiré los músculos de sus hombros y de sus brazos. Ya estaba lejos y no podía estar segura, pero me parecía ver algunos tatuajes nuevos, y fruncí el ceño al distinguir un enorme moratón que se extendía por su espalda. No es que tuviera derecho a saber nada de su vida, pero no estaba al corriente de que hubiera vuelto a pelear. Nunca le había pedido que lo dejara cuando estábamos juntos, pero creo que mi reacción cuando acabó en el hospital después de aquella pelea le había obligado a dejarlo. Tras caminar varios metros por el agua, se sumergió entre las olas y nadó durante unos minutos antes de regresar a la manta.

—Lo siento. No debería haber hecho eso.

Yo sabía por qué se disculpaba, aunque no quería que lo hiciera. No podía asimilar sus besos otra vez, pero tampoco había respondido y él sabía que solo podríamos ser amigos.

—¿Ir a refrescarte? Deberías sentirlo, porque hace mucho calor hoy y yo no he traído bañador —me volví para mirarlo y vi su expresión seria, pero me miraba con agradecimiento.

—Podemos meter los pies en el agua, si quieres.

A Bree y a Konrad no se los veía por ninguna parte y era cierto que hacía bastante calor.

—De acuerdo —me levanté y caminé hacia el agua. Por suerte Bree había escogido para mí unos pantalones cortos, así que podría meterme sin mojarme la ropa—. ¡Dios mío, está helada! —grité mientras retrocedía—. He cambiado de opinión. No hace tanto calor.

Brandon me agarró la mano antes de que pudiera llegar lejos y tiró suavemente de mí hacia el agua. Volví a gritar cuando me llegó al tobillo, pero me mordí el carrillo y seguí andando.

—¿Aún te lo parece? —preguntó sonriente, y estuve a punto de perderme en aquella sonrisa. Hacía mucho tiempo que no le veía sonreír y mostrar su hoyuelo y me alegraba.

Me castañeteaban los dientes y asentí vigorosamente. Me llevé las manos a la tripa y sentí algo.

—¡Ja! Creo que a él tampoco le gusta mucho.

—¿Qué hace?

—Ven aquí —le puse una mano sobre mi tripa y observé su cara por encima de mi hombro. Tenía el pecho y los abdominales pegados a mi costado y me permití recostarme contra su cuerpo. Mi osito de gominola siguió con sus patadas durante varios minutos y yo sonreí al sentirlo dentro de mí. Había estado tan absorta que ni siquiera había prestado atención a si se movía o no.

Brandon siguió mirándome la tripa, moviendo lentamente la mano para que cada patada golpeara su palma.

—Creo que te equivocas —dijo.

—¿A qué te refieres?

—Seguro que se alegra de que estés en el agua. Va a ser surfista cuando sea mayor.

—¿De verdad? —me toqué también la tripa por el otro lado—. Lamento pincharte la burbuja, pequeño, pero mami no sabe hacer surf. Lo siento.

—Yo le enseñaré.

Se me aceleró el corazón; aquella conversación con la postura en la que nos encontrábamos resultaba demasiado íntima. Brandon debió de darse cuenta también, porque apartó la mano y retrocedió.

—Bueno —dijo para romper el silencio—, ¿y dices que crees que nacerá antes de tiempo?

—Sí. ¿Te dije que la doctora dijo que era muy grande y se desarrollaba deprisa?

Brandon asintió.

—Y además de eso, ya sé que el cuerpo de cada mujer responde de manera diferente al embarazo, pero yo tengo bastante más tripa de la que debería. Creo que estoy ganando demasiado peso.

—Aun así estás perfecta. No ha cambiado nada en ti salvo la tripa.

—Pero veo las fotos de otras embarazadas y yo estoy como las que están de veintiocho semanas. Y eso cuando lo comprobé hace más de una semana, cuando solo estaba de veintidós. Hoy ni siquiera me he fijado —fruncí el ceño al darme cuenta de que hacía mucho tiempo que no prestaba atención a mi osito de gominola. Ni siquiera sabía dónde había metido el libro de *Qué esperar cuando estás esperando*—. Pero esta camiseta me queda más apretada… creo que me la puse el día antes del funeral.

—Harper, te prometo que estás preciosa. Creo que estos dos últimos meses has estado más guapa que nunca. Y eso es mucho. Probablemente vayas a tener un bebé grande. Chase medía más de metro noventa, así que tiene sentido. Alégrate de que no vayas a tener un hijo bajito como tú.

Me reí y fue una sensación tan agradable que deseé que pudiera durar más tiempo.

—Idiota —dije golpeándole el brazo—. Tengo una estatura media… más o menos —a Brandon le encantaba que fuese tan bajita porque mi cuerpo encajaba a la perfección con el suyo cuando nos acurrucábamos juntos. Pero eso no le impedía burlarse junto con los otros chicos de Bree y de mí por ser bajitas. No era culpa mía que él me sacase más de una cabeza.

Levantó las manos para fingir que se rendía.

—Lo decía por decir. ¿Te imaginas tener un niño tan pequeño? Una niña vale, pero no un niño.

—Supongo que tienes razón —sonreí, entrelacé los dedos con los suyos e inmediatamente dejé caer la mano al ver su mirada y darme cuenta de lo que estaba haciendo—. Estoy muy cansada, voy a dormir un poco.

Brandon se quedó mirándome con una expresión indescifrable antes de suspirar y volverse hacia la playa.

—Iré contigo.

Me quedé allí parada, con el corazón encogido.

—Por eso no podemos hacer esto. No puedo estar contigo sin actuar como cuando estábamos juntos.

—Quiero… —echó el aire por la nariz, agachó la cabeza y se llevó los puños a las caderas—. Harper —comenzó de nuevo, se giró para mirarme y se acercó, demasiado—, eso debería indicarte algo —me acarició las mejillas y yo tuve que obligar a mi cabeza a no reaccionar.

Cuando se me acercaba tanto, no podía pensar con claridad. Cubrí sus manos con las mías, se las aparté y di un paso atrás.

—No puedo, Brandon —las lágrimas comenzaron a resbalar por mis mejillas—. No puedo asimilar esto. Ahora mismo no —acababa de morir. El padre de mi hijo acababa de morir. Daba igual que yo amase a Brandon también, porque eso sería como una bofetada para el recuerdo de Chase y para su familia. Comencé a caminar hacia la orilla y, cuando vi a Bree y a Konrad observándonos, eché a correr hacia ellos.

Bree me abrazó con cariño y, cuando me aparté, vi su mirada cómplice. No le pregunté qué era lo que creía saber, simplemente los ayudé a doblar la manta para que pudiéramos irnos a comer. Brandon no volvió a tocarme, salvo para darme un abrazo de despedida aquella noche. No resultó incómodo durante la comida, ni durante el cine, ni la cena. Hablamos y reímos con Konrad y con Bree, pero éramos conscientes de esa línea invisible que sabíamos que no debíamos traspasar.

CAPÍTULO 14

Se cerró la puerta de la entrada y se me aceleró el corazón. Me obligué a mantener la calma y terminé de arreglarme, pero mi cuerpo deseaba bajar las escaleras. Brandon había pasado por allí todos los días desde la operación «Sacar a Bree y a Harper de la casa» hacía dos semanas, y he de admitir que anhelaba las horas que pasaba allí. Intentaba darme espacio pasando bastante tiempo con Konrad, con Bree y con Claire, pero, cada vez que yo levantaba la cabeza, estaba mirándome, y siempre parecía gravitar hacia él. Tenerlo cerca hacía que mis días fuesen mejores y que el peso de mi pecho fuese más ligero. En cuanto se marchaba por las noches, empezaba a luchar contra la ansiedad hasta que me acurrucaba en la antigua cama de Chase y me aferraba a una de sus camisetas, que todavía olían a él. Me sentía patética, pero iba mejorando día a día. Todos mejorábamos.

—Harper, ¿estás presentable?

Dejé escapar el aliento y me agarré a la repisa del tocador. Esa voz. Dios, esa voz era como estar en casa.

—Sí, estoy en el baño.

Dobló la esquina y me entregó un *smoothie* de mango.

—Si ya has desayunado, no tienes que bebértelo.

Había desayunado, pero volvía a tener hambre, así que bebí parte del delicioso batido helado.

—Gracias —dije con un gemido.

Brandon se rio y me acarició la tripa.

—¿Qué pasa, colega?

—Esta mañana está peleón —di otro trago y empecé a trenzarme el pelo por encima de la cabeza para después recogerme la trenza en un moño descuidado y volver a agarrar el vaso—. ¿Qué tal estás? —lo miré a los ojos a través del espejo y no contestó al principio.

—Estoy bien —su voz sonaba suave. Me ofreció la mano, me ayudó a levantarme y me rodeó con un brazo—. ¿Cómo estás tú, Harper?

—Estoy… estoy bien —observé su pecho, que subía y bajaba aceleradamente, después su boca y finalmente sus ojos—. Gracias por venir hoy.

—Siempre estaré aquí —me acarició el cuello y se inclinó despacio hacia mí.

—Brandon, no —le rogué.

Se detuvo en seco, apartó los brazos y retrocedió unos pasos.

—Eh… estaré abajo.

—Brandon.

—¿Sí? —seguía dándome la espalda.

—No puedo estar contigo —«lo deseo muchísimo, no tienes idea de cuánto»—. No podemos seguir haciéndonos esto.

—Lo sé, es que… lo sé —suspiró y salió de mi habitación.

—Te quiero mucho —susurré cuando la puerta se cerró tras él.

Pasados unos minutos bajé las escaleras y me maldije a mí misma por haberme recogido el pelo cuando las mejillas se me encendieron al verlo. Me sonrió y me hizo un gesto para que me uniera a él en la mesa, donde estaba jugando a las cartas con Konrad y Bree.

—Buenos días, amiga.

—Buenos días, niña.

—Hola chicos, buenos días —me froté la tripa y me senté junto a Brandon. Cuando los otros dos siguieron con su conversación, le estreché la mano y me incliné hacia él—. Por favor, no te enfades conmigo. Es que no puedo hacerlo.

Me frotó la mano con el pulgar y me la apretó antes de soltarla.

—No estoy enfadado contigo, estoy frustrado porque no paro de hacerte sentir incómoda.

«Si supieras lo mucho que deseaba que me besaras», pensé.

—No seas tan duro contigo mismo. Volvamos a lo de antes, ¿de acuerdo?

—De acuerdo —intentó sonreír y me miró las cartas—. Gracias a Dios que no estamos jugando con dinero.

—¿Tan malas son? —hice una mueca, pero me alegré de que hubiera cambiado de tema.

—¿Malas? Harper, no tienes ni una pareja. Claro que son malas —sonrió más abiertamente y me mostró su hoyuelo.

Me quedé sin respiración. Si fuese lista y generosa, le habría pedido que se fuera en ese momento y que no regresara. Pero no era ninguna de las dos cosas. Lo necesitaba más de lo que estaba dispuesta a admitir y deseaba que estuviera allí aunque tuviera que ignorar mis sentimientos.

Las partes más difíciles del mes siguiente habían sido limpiar el puesto de Chase en la tienda y recoger las cosas de sus habitaciones en ambas casas. Yo encontré el anillo con el que pensaba pedirme matrimonio, pero no tuve valor para abrir la cajita. Se lo entregué a Bree y ella salió de la habitación antes de mirarlo. Claire y ella lo metieron en una caja fuerte; habíamos acordado quedárnoslo, aunque yo siguiera sin poder mirarlo. Salvo en esas ocasiones, nuestros corazones seguían curándose y fortaleciéndose, junto con mi osito de gominola. Tanto él como mi tripa eran más grandes de lo normal para las treinta semanas que llevaba de embarazo, y la doctora Lowdry estaba ya convencida de que no llegaría a las cuarenta semanas. Bree se metió una pelota de baloncesto debajo de la camiseta y aun así yo tenía más tripa. Fruncí el ceño al ver la foto, pero los demás se rieron y dijeron que era la embarazada más mona que habían visto jamás. Mis brazos y mis piernas no habían cambiado en absoluto, mis caderas seguían siendo igual de estrechas, la única diferencia era el pecho y la tripa. Para demostrármelo, me hicieron una foto de espaldas y vi que parecía la Harper de siempre... hasta que me daba la vuelta. Nos dedicábamos a hacer apuestas sobre cuándo nacería el bebé. Claire decía que sería el veintitrés de agosto, Robert y yo apostábamos por el tres de septiembre, Brandon votaba por el quince de septiembre y Bree y Konrad pensaban que iría más allá de las cuarenta semanas y llegaría hasta el ocho de octubre. La mayor parte de nuestro tiempo juntos la pasaba con alguien tocándome la tripa, porque mi osito de gominola no paraba de bailar, de darse la vuelta y de practicar kárate dentro de mí.

Claire y Robert hacían muchos viajes de fin de semana últimamente, y Breanna y Konrad estaban casi siempre juntos. Aunque íbamos curándonos y volviendo a la normalidad poco a poco, todos eran conscientes de lo frágil que era la vida y siempre intentaban pasarla con sus seres queridos. Con eso en mente, todos y cada uno de nosotros, incluso Konrad y Brandon, habíamos intentado ponernos en contacto con mi padre de alguna manera para ver si retiraba sus palabras y me dejaba entrar en su vida. Ninguno obtuvimos respuesta. Dos semanas atrás por fin les había dicho a todos que dejaran de intentarlo. Mi padre era muy testarudo y no iba a cambiar solo porque seis personas estuvieran insistiéndole durante unas semanas.

Claire y Bree disfrutaban eligiendo ropa y cosas para el bebé, y comprándome a mí ropa de premamá. Era como si yo fuera una muñeca a tamaño real. Aunque no me quejaba; era divertido y los hacía felices, así que les seguía el juego con todo. La familia al completo solo pudo juntarse el Cuatro de Julio, así que celebramos un *baby shower* anticipado aprovechando que habían ido todos a la ciudad para asistir a la fiesta anual de Claire y Robert. Las únicas chicas de las que yo era amiga además de Bree se habían licenciado a principios de junio, así que no había muchas mujeres en la fiesta del bebé, pero todas lo pasamos bien y estar junto a la familia de Chase hizo que fuera perfecto. Habíamos invitado a la madre de Brandon, pero Jeremy y ella habían ido a Arizona a pasar dos semanas con la familia de ella. Aquel día la vería por primera vez desde Navidades.

Brandon siguió viniendo todos los días y, pese a lo que ambos deseábamos de manera evidente, seguíamos siendo amigos. No digo que no fuese difícil, pero era lo que teníamos que hacer. No habíamos vuelto a hablar del día de la playa ni de mi cuarto de baño, y él parecía contento de estar cerca. Cada vez que lo veía me daba un abrazo, se agachaba hasta que su cara estaba casi pegada a mi tripa y saludaba al bebé. A veces solo decía «hola» y «¿qué tal tratas hoy a tu madre?», pero en otras ocasiones le contaba con detalle su mañana de surf con Konrad. Eso me producía un vuelco en el corazón y mariposas en el estómago, pero no se lo decía.

Como había sospechado, Brandon había vuelto a pelear y, aunque no me gustaba, mantuve la boca cerrada. No era asunto mío y a él le gustaba y le daba dinero, así que ¿quién era yo para dar mi opinión? Todavía no había perdido ninguna pelea y gracias a Dios no había vuelto al hospital. Eso no significaba que no tuviese algún moratón o ceja partida de vez en cuando. Jeremy, Konrad, Bree y yo íbamos a ver todas las peleas, yo me quedaba sentada, temblando hasta que terminaba, y después de ducharse y cambiarse le inspeccionaba las nuevas lesiones en caso de haberlas. Brandon se reía siempre, pero me dejaba examinarle sin quejarse.

Breanna, Claire y yo regresábamos de otra maravillosa ecografía y de hacernos la pedicura cuando el corazón me dio un vuelco. El Jeep de Brandon ya estaba aparcado en la entrada, y yo estaba deseando mostrarle las nuevas fotografías. Lo que vendría después, ver a su madre, no me hacía tanta ilusión. Yo había engañado a Brandon semanas después de verla por última vez y estaba segura de que no le hacía gracia que Brandon y yo volviésemos a ser amigos. Me obligué a caminar despacio hacia la casa, pero no creo que Claire y Bree se dejaran engañar. Nada más cruzar la puerta, Brandon me abrazó y agarró las fotos.

—¡Míralo! ¡Estaba dormido, pero mira cómo se chupa el pulgar!

—exclamé. Bree y Claire se rieron en voz baja al pasar junto a nosotros. No, no se dejaban engañar.

Se puso en cuclillas frente a mí y colocó las manos con cariño en mi tripa.

—¡Hola, hombrecito! —su voz siempre sonaba suave y melódica cada vez que le hablaba—. ¿Cómo has podido estar dormido durante la ecografía? Tu mamá esperaba poder ver cómo te movías hoy. La próxima vez, ¿vale, colega?

Yo observé aquella conversación unidireccional mordiéndome el labio para no sonreír como una idiota. Brandon sería un padre fantástico. «¡Eh! ¿De dónde ha salido eso? No vayas por ese camino, Harper».

Brandon se incorporó y siguió acariciándome la tripa sin darse cuenta.

—¿Qué ha dicho la doctora Lowdry?

—Ha dicho que todo va muy bien —ese era otro detalle, Brandon siempre preguntaba cómo habían ido las ecografías. Ni siquiera Konrad y Robert hacían eso—. Tengo que volver dentro de dos semanas. Ha dicho que sigue siendo grande, así que cabe la posibilidad de que me mande reposo absoluto después de la próxima consulta para intentar conseguir que el bebé se quede ahí dentro todo lo posible.

—¿Reposo absoluto? —me miró con preocupación—. Pero, ¿no ha dicho que todo iba bien?

Le acaricié la frente para borrar su ceño fruncido y lo miré a los ojos. Por fin había descubierto de qué color eran. Eran marrones si no llevaba camiseta, o si llevaba una camiseta marrón o blanca. Grises si llevaba algo gris o negro. Verdes si llevaba algo verde, lógicamente. Y cualquier otro color hacía que sus ojos adquirieran una mezcla perfecta de los otros tres.

—Todo va bien, no te preocupes. Si tengo que hacerlo, será solo para asegurarnos de que no nazca demasiado pronto —todavía parecía nervioso—. ¡Bueno! ¿Vamos a ver a tu madre?

Pasados unos segundos, la preocupación se esfumó de su mirada y una sonrisa insegura iluminó su cara.

—Tengo algo para ti, Harper.

—¿De verdad? ¿Qué es?

Me dio la mano y comenzó a llevarme por el pasillo.

—Prométeme una cosa. Si no te gusta, me lo tienes que decir.

—Estoy segura de que me va a encantar… ¿lo tienes en el cuarto del bebé? —pregunté confusa al ver que nos dirigíamos hacia la puerta.

—Prométemelo.

—Te lo prometo —le apreté la mano y abrí la puerta. No me hizo falta buscar para ver el regalo—. Dios mío, Brandon. ¿Has comprado tú esto? —sí, lo sabía, era una pregunta estúpida, pero es que no podía creérmelo.

—¿Te parece bien?

—No, o sea, sí. Claro que sí. Pero, Brandon, ¡esto cuesta mucho dinero! —había una cuna, una cómoda y un cambiador de madera de cerezo, además de una mecedora de cuero. Recordaba lo mucho que ganaba Brandon con las peleas, pero sabía exactamente cuánto costaba todo aquello porque pensaba comprarlo yo misma, y desde luego no era barato.

Él se encogió de hombros.

—Solo necesito saber si te gusta.

—Claro que me gusta. Me encanta —incluso había colocado la ropa de cama que yo había comprado—. No deberías gastar tu dinero en esto —me acerqué para tocarlo todo, agarré una de las mantas de bebé que Bree había comprado y la coloqué al borde de la cuna.

Brandon se puso detrás de mí y me dio la vuelta para que lo mirase.

—Quería hacer esto por ti.

—Pero es muy caro, Brandon.

—Harper —me dijo suavemente—, por favor, no te preocupes por eso.

Sonreí y volví a mirar a mi alrededor.

—¿Y lo has montado tú todo?

Asintió con la cabeza.

—Bree me escribió en cuanto os marchasteis esta mañana. Acababa de terminar cuando me ha dicho que ya estabais llegando.

—¿Y también has puesto la ropa de cama?

—No —respondió con una carcajada—. Estoy seguro de que lo habría hecho mal. Deben de haberse adelantado ellas para hacerlo mientras nosotros hablábamos.

Eso tenía más sentido.

—Gracias —me estiré y le di un beso en la mejilla—. Muchas gracias.

—De nada, Harper —susurró él con la voz rasgada. Nos quedamos unos minutos abrazados hasta que sonó su teléfono—. ¿Qué pasa? Sí, estaremos allí en una hora. De acuerdo. Adiós.

—¿Jeremy? —supuse.

—Sí. Ha dicho que mi madre temía que no fuésemos a aparecer. ¿Estás preparada?

Asentí, aunque por dentro negaba con la cabeza.

Nos despedimos de la familia y nos dirigimos hacia casa de su madre. Por el camino paramos a comprar Golden Spoon para los cuatro, porque últimamente se me antojaba cualquier cosa dulce y además creía que sería mejor aparecer con alguna ofrenda de paz. Estaba temblando cuando aparcamos frente a la maravillosa casa que daba a la playa. Ni siquiera había estado tan nerviosa la primera vez que la conocí. Brandon llevaba la bolsa de Golden Spoon llena de yogur helado y coberturas y yo quería arrancársela de las manos para poder usarla a modo de escudo, pero la puerta ya estaba abriéndose.

—¡Hola, cariño! —su madre sonrió y me dio un cariñoso abrazo. Supongo que el escudo no habría sido necesario.

—Hola, señora Taylor.

Brandon se rio e intentó disimularlo con una tos. Imagino que había oído cómo me temblaba la voz.

—Oh, vamos, sabes que puedes llamarme Carrie.

¿Ese ofrecimiento seguía en pie? Era bueno saberlo. Sonreí e intenté hablar con normalidad.

—¿Qué tal todo? Me encanta tu nueva casa. ¡Y me alegra que hayáis decidido mudaros aquí!

—¡Nosotros también! Necesitábamos un cambio y me encanta esta parte de la familia —soltó un grito ahogado y se llevó la mano a la boca antes de acariciarme la tripa—. ¡Estás enorme! ¿De cuánto estás ya?

—De treinta semanas —respondí desconcertada. ¿Se pensaría que el bebé era de Brandon? Se comportaba igual que en Navidad.

—¡Ya no te queda nada! ¿Estás preparada para que nazca el niño?

¿Incluso sabía que era un niño? Miré a Brandon, pero él estaba colocando las cosas en la encimera.

—Sí y no. Quiero abrazarlo y verlo, pero creo que echaré de menos esto —dije señalándome la tripa.

—Así me sentí yo con los dos embarazos. Creo que es normal —volvió a frotarme la tripa y se volvió hacia Brandon—. ¡Habéis comprado yogur helado! ¡Dios, me habéis leído el pensamiento! Llevo todo el día con ganas de yogur helado.

Al parecer me había estresado por nada. Aquello no había ido como me temía. Brandon me dio mi cuenco y dijo que iba a ver a Jeremy. Carrie se sentó a la mesa junto a mí y me apretó la mano.

—¡Te he echado de menos! ¿Qué tal todo? ¿Cómo estás después de lo de Chase? Me quedé destrozada al enterarme.

—Estoy bien, y también su familia. Estamos intentando seguir con nuestras vidas, pero fue muy difícil al principio.

Me dirigió una sonrisa compasiva.

—Sé lo difícil que puede ser. Brandon estaba muy preocupado por ti, pero eres fuerte y yo sabía que lo superarías.

—Eh, Carrie, sobre lo de Brandon —tragué saliva para intentar aliviar el nudo que sentía en la garganta—, ¿por qué estás siendo tan amable conmigo? Pensé que me odiarías.

Pareció pensar en sus palabras durante unos segundos y siguió sonriendo con brillo en la mirada.

—Sinceramente, sufrí por mi hijo cuando me contó lo sucedido, pero ni siquiera entonces pude odiarte. Habías cometido un error y estabas intentando afrontar las consecuencias —miró por encima de su hombro hacia el lugar por el que había salido Brandon hacía unos minutos—. De un modo u otro, Brandon y tú siempre estaréis unidos. Te mira como me miró a mí Liam durante quince años. Y tú sigues mirando igual a mi hijo, incluso después de lo ocurrido. ¿Cómo podría odiar a alguien que quiere a mi hijo y alivia su corazón?

—Pero no estamos juntos —susurré, y pareció casi una pregunta.

—Puede que eso siempre sea así —se encogió de hombros—, o puede que no.

Debería haberle dicho que teníamos que seguir siendo solo amigos, para que no siguiese imaginando que algún día podríamos volver a estar juntos, pero no me atreví a hacerlo.

—Y no creas que no me he dado cuenta de que no has negado estar enamorada de él —me guiñó un ojo y comió un poco de yogur.

Mierda.

Brandon regresó unos minutos más tarde, Jeremy corrió a darme un abrazo y después estuvimos los cuatro hablando hasta que por la noche empezaron a cerrárseme los ojos. Nos despedimos y Carrie me hizo prometerle que iría a visitarlos más a menudo, a lo que yo accedí encantada. Era demasiado divertida y cariñosa como para no querer tenerla cerca. Sin darme cuenta de cómo había llegado hasta allí, abrí los ojos cuando Brandon me dejó sobre mi cama.

—Lo siento —susurré con la voz áspera por la somnolencia—. No era mi intención quedarme dormida.

Él sonrió y me colocó un mechón de pelo detrás de la oreja.

—No te preocupes por ello. Estabas cansada.

—Mmm. Pero me lo he pasado muy bien, gracias por llevarme.

—Cuando quieras. Ahora duerme un poco —se inclinó y me dio un beso en la frente. En cuanto sus labios me rozaron, el bebé se despertó.

—No creo que vaya a poder dormir —dije riéndome—. Ha estado dormido hasta ahora. Pronto empezará a dar patadas y se tirará así unas horas.

Brandon se tumbó en la cama, metió las manos por debajo de mi camiseta y las colocó sobre mi tripa. Tomé aliento, pero no dije nada. Ya habíamos dejado atrás la zona de las caricias de amistad cuando me había abrazado y cuando le había besado en la mejilla aquella mañana. Tal vez le hablara al bebé todos los días, pero, cuando me tocaba, siempre lo hacía por encima de la camiseta. Ahora, sin embargo, no era así. Ahora estaba tumbado en la cama, con las manos sobre mi piel, acariciándome la tripa con cariño y mirándome a los ojos. Yo solo podía pensar en besarlo. Mi bebé se estaba volviendo loco, moviendo las piernas y los brazos de un lado a otro, y Brandon parecía tan feliz que cerré los ojos y me imaginé un mundo en el que aquello estuviese bien. Un mundo en el que Brandon y yo hubiéramos seguido juntos, nos hubiésemos casado y ahora estuviésemos esperando un hijo.

Después de lo que debieron de ser por lo menos diez minutos, Brandon se inclinó hacia delante y habló con voz hipnótica.

—Sé bueno con mamá, hombrecito. Necesita dormir —después me besó la tripa con tanta suavidad que no supe si lo habría imaginado. Luego se acercó más a mí—. Buenas noches. Te veré mañana, cariño.

Le rodeé el cuello con las manos y acerqué su cara a la mía. Cuando nuestros labios estaban a punto de tocarse me detuve para darnos la oportunidad de parar. Nos quedamos mirándonos a los ojos unos segundos y finalmente lo besé. Nuestros labios se quedaron quietos al principio, pero después comenzaron a moverse al unísono. Él deslizó la lengua por mi labio inferior y yo abrí la boca para permitirnos explorarnos por primera vez desde hacía casi seis meses. Sentí un torrente de calor que invadía mi cuerpo y tiré de él. Brandon fue bajando con la boca por mi mandíbula hasta la oreja y después hacia el cuello. Me mordió la base de la garganta y yo dejé escapar un gemido. Volví a tirar de su cabeza hacia la mía, pero los besos fueron sosegándose hasta que nuestros labios apenas se rozaban.

—Te veré mañana, Harper. Dulces sueños —susurró contra mi boca antes de darme otro beso.

Yo estiré las manos hacia él.

—¿Puedes quedarte conmigo?

Vi el calor en sus ojos.

—Esta noche no. Quiero que estés segura de lo que deseas —quise protestar, pero me silenció con otro beso apasionado y, cuando se apartó, estábamos los dos sin aliento—. Consúltalo con la almohada y hablaremos mañana.

Me desperté temprano a la mañana siguiente y me quedé en la cama casi dos horas pensando en lo que deseaba. Sabía lo que quería, pero no sabía si podía tenerlo. Creo que había perdido el derecho a tenerlo, y ¿cómo se sentiría la familia si empezara a salir con Brandon otra vez? Quizá pensaran que nunca había querido a Chase y que no deseaba constantemente tener una máquina del tiempo para poder retroceder y detenerlo. Sentía como si fuese a ser un jarro de agua fría para ellos. Mientras me duchaba, me reprendí a mí misma por dejarme llevar por mis sentimientos hacia Brandon la noche anterior. Después me vestí y bajé a desayunar.

—Hola, mamá —le di un beso en la mejilla y le di las gracias por el *smoothie* de proteínas—. Justo a tiempo.

—Te he oído en la ducha y pensaba que no tardarías en bajar. ¿Qué tal fue todo ayer?

—Pues fue muy bien. Extrañamente bien.

Claire puso su cara de «no entiendo nada, pero sé que me lo vas a contar de todos modos así que me callo», y esperó. Le conté la extraña conversación con Carrie nada más llegar y le hablé de todo el tiempo que había pasado con la familia de Brandon. Terminé admitiendo que le había besado la noche anterior antes de que se fuera.

Ella sonrió y me estrechó la mano.

—Sé que piensas que no puedes, pero sí que puedes seguir avanzando en esa parte de tu vida también. De hecho deberías hacerlo. Chase no querría que criaras al bebé y que vivieras tú sola.

—No estaré sola —respondí—. Os tendré a vosotros.

—Claro que nos tendrás a nosotros, siempre, pero no le cierres la puerta al amor. Chase querría que tuvieras un marido, querría que el bebé tuviese un padre —se secó una lágrima de la mejilla.

—Pero, ¿no es demasiado pronto? Estoy confusa. Es como cuando me resistía a mis sentimientos por Chase cuando salía con Brandon, pero ahora siento que me estoy comportando como si Chase no me importara al pensar en tener algo con Brandon.

—Para mucha gente, dos meses es poco tiempo. Pero tu situación es completamente distinta debido a lo que ocurrió entre vosotros tres antes. Así que eso no es aplicable a ti y a Brandon. Si estás preocupada por nosotros, Harper, no lo estés. Todos queremos que seas feliz y entendemos que Brandon te hace feliz. No le habríamos llamado para que viniera a ayudarte a superar la pena si temiéramos que fueses a volver con él. Si quieres hacer esto sola, entonces adelante. Pero, si quieres estar con él, no dejes pasar de nuevo la oportunidad. Es bueno para ti y, aunque tiene todo el derecho del mundo a estar molesto por lo del bebé, ya le quiere más de lo que podría quererlo ningún otro hombre en tu vida —se quedó callada durante unos segundos y se recostó en su silla—. Sé lo que Chase pensaba de él y te prometo que estaría encantado con tu decisión. Él sabía que Brandon cuidaría de ti y te querría mejor que nadie. Por eso durante mucho tiempo no interfirió en vuestra relación.

Nos quedamos sentadas en silencio durante unos minutos mientras yo asimilaba todo aquello. Era como si supiera justo lo que necesitaba oír, saber que la familia no me juzgaría y, sobre todo, saber que Chase querría que fuese feliz y siguiese con mi vida. Claire se acercó para darme un abrazo antes de volver a hablar.

—Creo que la verdadera pregunta es: ¿qué sentiste después de besarlo?

—Sentí que al fin podía respirar de nuevo —respondí con sinceridad—. Aún le quiero, mamá.

—Ya lo sé, cielo.

—¿Eso está mal?

—En absoluto. Eso no disminuye el amor que sentías y que aún sientes por Chase. Sé que siempre los has querido a los dos. Dime una cosa —de pronto adquirió una sonrisa pícara—, ¿cómo fue el beso? Desde luego estuvo arriba más tiempo del que yo pensaba, teniendo en cuenta que tuvo que subirte en brazos porque estabas dormida.

Me sonrojé y no pude evitar sonreír.

—Asombroso —dije casi sin respiración al recordar sus labios en mi cuello. Claire se rio al ver mi expresión.

—Mmm… —Bree entró en la cocina con Konrad—. Mamá se está riendo y Harper está roja. Necesito saber de qué va esto —me dio un abrazo y se sentó en el regazo de Konrad junto a mí.

—Anoche Harper besó a Brandon —anunció Claire, inclinada sobre la mesa como si estuviera compartiendo un cotilleo de lo más jugoso.

—¡Vaya, ya era hora! —exclamó Bree fingiendo estar enfadada. Yo la miré perpleja.

—¿Cómo puedes decir eso? Solo han pasado dos meses, Bree.

—Lo sé —dijo con una sonrisa compasiva—, pero te estás conteniendo solo porque temes olvidarte de Chase. Dime una cosa, amiga, ¿algo ha cambiado en tu corazón? Si Brandon te pidiera hoy mismo que te casaras con él, ¿qué le dirías?

Que sí. No tuve que pensarlo ni un segundo ni responder a la pregunta.

—Pero, Bree…

—Permitirte estar con Brandon no es algo malo. Y tampoco es menospreciar lo que tenías con Chase. Es lo que él querría para ti. Todos lo queremos.

Era justo lo que había dicho Claire. Me quedé mirándolos a los tres y entorné los párpados.

—¿Habíais estado hablando de esto? ¿Por qué me estoy enterando ahora?

—Porque necesitabas tiempo para recuperarte y saber si deseabas estar con Brandon o no. No queríamos presionarte diciéndote que no pasaba nada —respondió Claire—. Cariño, en serio, si quieres estar con él, deberías. No dejes que nada te impida amarlo y dejar que él os ame al bebé y a ti.

—Pero no sé cómo hacerlo. ¿Qué sería apropiado en una relación con él?

—¿Qué quieres decir? —preguntó Bree.

—No sé. Todo este asunto es muy raro y confuso. Ya pienso —los miré y se me encendieron las mejillas por la vergüenza—, ya pienso en él como padre del bebé. Es muy cariñoso y no paro de pensar que sería un padre fantástico. Creo que, si estuviera otra vez con él, daría por hecho que Brandon querría desempeñar ese papel y no sería justo para él. ¿Y si él no desea tener ese papel en absoluto? No puedo presionarle para que tome esa decisión.

—Niña —dijo Konrad resoplando—, perdona, pero ¿en serio? ¿En serio piensas eso?

—No. Pero siento que me estoy aprovechando de él o algo así.

—Vale, para nosotros es más que evidente que Brandon no dudaría ni un momento en estar contigo y con el bebé. Pero te oigo decir esto y me siento frustrado sabiendo lo que os estáis haciendo mutuamente.

—¿Qué quieres decir?

—Te quiero, niña, pero a veces eres muy espesa. Él te quiere. Y sé que lo sabes. Pero le aterroriza espantarte con sus sentimientos. No ayuda que tú no pares de decirle que no podéis estar juntos —apartó una mano del muslo de Bree para detenerme cuando abrí la boca—. Sé por qué le dices eso y él también lo sabe. Pero los demás estamos esperando el día en que al fin reconozcáis el hecho de que no podéis vivir el uno sin el otro. Así que estás aquí diciéndonos que tienes miedo de presionarle para hacer algo que crees que tal vez no querría hacer, o que crees que no debería tener que hacer.

Y cuando voy con él a entrenar o a hacer surf no para de hablar de lo mucho que quiere cuidar de ti y del bebé durante el resto de vuestras vidas, pero teme que, si te dice algo, le eches de tu vida para siempre. Me dijo que preferiría ser tu amigo el resto de su vida antes que arriesgarse a no poder haceros felices.

—Oh, Brandon —susurré—. Dios, he sido muy egoísta. Tiene que vivir su vida. Tengo que hacer que se vaya.

—No, has sido una estúpida. Lo siento —levantó las manos en actitud de rendición al mirar a Claire—, pero alguien tiene que decírselo. Harper —esperó hasta que lo miré a los ojos—, tú le quieres y quieres estar con él. Él te quiere, quiere al bebé y daría cualquier cosa por estar contigo. Así que deja de resistirte. Esto es diez veces peor que cuando no le decías a Chase que estabas embarazada. Y sí, yo también lo sabía —Bree, Claire y yo nos quedamos mirándolo perplejas—. Estaba con Bree y contigo todo el tiempo. Era evidente lo que pasaba.

Llamaron a la puerta y los tres se quedaron mirándome con una sonrisa.

—Konrad tiene razón, amiga. Si realmente lo deseas, díselo a Brandon. Eres tú la única que ha estado impidiéndolo.

Me sonrojé y me dirigí hacia la puerta con el corazón desbocado. Lo único que pude mirar cuando abrí fueron los ojos grises y la amplia sonrisa de Brandon. Me abrazó y se agachó para contarle a mi osito de gominola que aquella mañana un tipo le había dado una paliza en el gimnasio porque estaba muy distraído. El bebé me dio un codazo y Brandon me besó la tripa antes de levantarse y mirarme a los ojos. Si Konrad tenía razón, y no me cabía duda de que la tenía, entonces sí que estaba siendo una estúpida por tratar de ponerle freno a aquello. Lo quería y la idea de no estar con él un solo minuto más me parecía una auténtica tortura. Tenía que solucionar aquello. Arreglarlo. Ya.

—Buenos días —dijo con voz suave e insegura.

—Me alegra que estés aquí. Temía que después de lo de anoche no volvieras.

—Claro que he vuelto. ¿Estás bien? Después de lo que pasó, quiero decir. Si te presioné demasiado, me lo dices y daré marcha atrás.

Sonreí y lo agarré del brazo.

—Creo recordar que fui yo quien empezó —lo acerqué a mí, me puse de puntillas y lo besé.

—Harper —dijo mientras apoyaba la frente en la mía después de separarnos—. Necesito que me digas lo que esperas de esto. Probablemente sería una mala idea que yo diera por hecho lo que está pasando entre nosotros.

Tomé aliento y le pasé los dedos por la nuca.

—No puedo imaginarme la vida sin ti, y aceptaré cualquier cosa porque no te merezco, pero… —dejé escapar una carcajada de frustración y noté que mis miedos amenazaban con detenerme—. No es justo que te pida nada.

—Deja que sea yo quien decida eso —me dio un beso en la nariz y apoyó de nuevo la frente en la mía.

«Él también lo desea. Él también lo desea. Y tú te estás resistiendo». Tomé aliento otra vez antes de hablar.

—Aunque antes la fastidiara, nunca dejé de quererte y quiero estar contigo de todas las maneras posibles. Cada vez que te oigo hablar con el bebé, cada vez que cuidas de nosotros aunque no tengas razón para ello, te visualizó ayudándome a criarlo, como una familia. Y deseo eso. Lo deseo mucho. Pero me siento fatal por decírtelo. No es tuyo, y lo que me llevó a quedarme embarazada fue lo que te rompió el corazón. Así que no puedo pedirte que hagas eso. Da igual lo mucho que lo desee, no puedo pedir un futuro contigo por lo que hice, sería egoísta.

—He intentado vivir sin ti, Harper, he intentado dejarte ir y no he podido. Para mí no hay nadie más. Has sido tú desde el día en que te conocí. Te quiero, lo que significa que también quiero al bebé. Yo también me veo criándolo contigo —me rodeó la cara con las manos y se apartó para mirarme a los ojos—. No importa que no sea mío. Si me lo permites, lo criaré como si lo fuera, cuidaré de los dos durante el resto de mi vida y te prometo que estaré a tu lado para hablarle de Chase y contarle lo maravilloso que era su padre.

Los ojos se me llenaron de lágrimas y al final empezaron a resbalar por mi cara. No sé qué había hecho para merecer hombres como Chase y Brandon, y sus familias, pero daba gracias a Dios por ponerlos en mi vida.

—Si hacemos esto —le advertí—, no podrás librarte de mí nunca más —me reí y le di un beso—. Esto es para siempre si tú quieres —le susurré.

—Para siempre —convino él, me tomó en brazos y me llevó al salón sin dejar de besarme.

Nos sentamos en el sofá, me aparté ligeramente para sonreírle y vi que mi familia seguía sentada a la mesa. Me fijé bien y vi que sonreían, y que Bree y Claire lloraban. Recordé el eco que tenía el recibidor y supe entonces que lo habrían oído todo. Significaba mucho para mí que me apoyaran y que se alegraran por mí, y sé que para Brandon también.

Él también los miró y se volvió para sonreírme.

—Te quiero, Harper.

Si mi corazón pudiera cantar, aquel habría sido el momento. Nos habíamos dicho que aún nos queríamos cuando discutíamos, pero oírselo decir en ese momento fue como si el mundo al fin volviera a estar en orden.

—Yo también te quiero —deslicé los dedos por su mandíbula y me estiré para volver a besarlo—. ¿Estás seguro de que deseas hacer esto? Ser padre, darle de desayunar por las mañanas, las clases, los deportes, la adolescencia... estar conmigo los próximos sesenta años.

—Creo que podríamos aspirar a setenta años —susurró él antes de besarme. Ahora que habíamos vuelto a saborearnos, parecía que nos dolía físicamente que nuestras bocas estuvieran separadas—. Y sí a todo lo anterior.

—¿Va todo bien, Brandon? —le pregunté algunas horas más tarde, cuando estábamos sentados junto a la piscina después de comer. De pronto se había quedado muy callado.

Reflexionó durante unos segundos antes de responder.

—Tengo miedo de estar yendo demasiado deprisa para ti. Estabas con Chase y pensabas tener un futuro y una familia con él hasta el momento del accidente. Yo no he podido dejar de pensar en ti y sabía que no habría nadie más. A lo largo de los últimos dos meses, he intentado ser solo tu amigo y habría seguido así si me lo hubieras pedido. Eso no me impidió pensar en todo lo que haría si alguna vez te recuperaba. Pero, ahora que te tengo de nuevo, me doy cuenta de que el tiempo que hemos pasado separados solo me ha hecho desearte más. Así que estoy otra vez en el mismo punto en el que estaba antes de que rompiéramos, deseando comprar una casa y casarme contigo. Pero no sé cuándo es un buen momento para hacerlo teniendo en cuenta lo que ocurrió. Y sé que has dicho que quieres que lo críe contigo, pero no sé si eso es lo único que quieres que haga en lo referente a él; ser el hombre que te ayuda a criarlo. Quiero ser el padre que lo críe, su padre. No sé si eso te parece bien o si crees que estoy intentando ocupar el lugar de Chase.

—Brandon —fruncí ligeramente el ceño. Pensaba que con lo que habíamos hablado antes estaríamos los dos en el mismo punto, pero al parecer no—. Vamos a aclarar todo esto para que no haya más confusiones. Teniendo en cuenta todo lo que tuvimos antes, creo que ya no tenemos que preocuparnos por ir demasiado deprisa. Quiero casarme contigo más que nada. Pero no me importa cuándo. Puede ser mañana o dentro de dos años. Intenté explicárselo a Chase, pero no sé si él entendió que no necesitaba casarme solo por estar embarazada. Sin embargo con él no había planeado tener un futuro hasta que descubrió lo del bebé. Contigo en cambio ya sabía que quería casarme. Admito que temía que para otras personas pudiera ser demasiado pronto después del accidente, pero, teniendo en cuenta lo que siento y después de hablar con Claire, con Bree y con Konrad, no creo que sea demasiado pronto. Claire tenía razón, nuestra situación es completamente diferente y no importa lo que piensen los demás. Esta es nuestra vida, no la suya —me tumbé boca arriba y me cubrí la cara con la mano para protegerme los ojos del sol—. Respóndeme a una cosa antes de continuar. ¿Ser su padre es lo que realmente deseas?

Brandon se giró hacia mí y detuvo la cara a pocos centímetros de la mía.

—Sí.

—Bien —sonreí y le rodeé el cuello con una mano—. No quiero que seas solo el hombre que lo críe. Lo que has dicho esta mañana ha sido más que perfecto. Quiero que seas su padre, quiero que sea tu hijo. Quiero que seas mi marido y, si tenemos más hijos, no quiero que sean nuestros hijos y este sea solo mío —dije señalándome la tripa—. Opino que debe saber quién era Chase, pero tú serás un padre para él y él será de los dos. Igual que cualquier otro hijo que tengamos. Quiero que vengas conmigo al resto de ecografías si tú quieres. Y no te preocupes, porque la doctora Lowdry sabe quién eres. Durante la segunda consulta me llevó aparte y me preguntó por el padre. Yo acabé derrumbándome y contándole toda la historia. Te juro que esos médicos están entrenados para ser terapeutas también. Sabe que Chase murió y sabe que tú has estado apoyándome. Sinceramente, es como Bree y Claire. No creo que le sorprenda verte allí. Así que, si quieres ir, a mí me encantaría. Quiero que me ayudes a ponerle nombre y, si te parece bien, quiero que estés en la sala de partos cuando dé a luz. No voy a elegir qué cosas puedes hacer y qué cosas no. Quiero que estés a mi lado para todo. Siempre ha sido así, pero negando mis emociones. Ahora que hemos dejado de fingir, estoy preparada para todo, pero has de decirme si te incomoda algo de esto.

—Si fueras cualquier otra chica, me incomodaría. Pero para mí lo eres todo, Harper. Da igual lo extraña que pueda ser nuestra situación, porque estar contigo y formar una familia me parece lo correcto.

—Estoy completamente de acuerdo —susurré contra su cuello—. Entonces, ¿todo aclarado? ¿Hay algo más que quieras saber?

—¿Te vendrás a vivir conmigo, dejarás que cuide de ti y te casarás conmigo?

—¿Me estás pidiendo matrimonio, Brandon Taylor? —bromeé mirándolo a los ojos.

Él sonrió y me besó en los labios.

—No hasta que no encuentre un anillo para ti, cariño.

—Bien, porque habría sido una pedida horrible. Y, citando al hombre que amo, sí a todo lo anterior.

CAPÍTULO 15

Brandon y yo habíamos encontrado un chalé adosado ese fin de semana y nos mudaríamos al día siguiente. Era una casa de tres dormitorios, dos baños y medio, un garaje con dos plazas y un jardín trasero. Era perfecta. Estaba a menos de diez minutos de casa de Claire y Robert y, aunque les entristeciera que ya no fuese a vivir con ellos, se alegraban de que Brandon y yo por fin siguiésemos con nuestras vidas. Claire dijo que montaría otra habitación para el bebé en su casa para poder cuidar de él y para garantizar que fuésemos a visitarlos con frecuencia. El día anterior habíamos terminado de escoger y comprar todo lo necesario para amueblar nuestra nueva casa, y las cosas que no estaban ya almacenadas en el garaje de Claire y Robert las entregarían a la mañana siguiente. En aquel momento acabábamos de empezar con la primera ecografía con Brandon desde que habíamos vuelto a estar juntos. Como sospechaba, a la doctora Lowdry no le sorprendió verlo allí y se alegró de que estuviera conmigo.

Brandon se quedó sin respiración y me apretó la mano cuando el latido del bebé inundó la habitación y el niño apareció en la pantalla.

—Oh, Dios mío, Harper.

Le sonreí y volví a mirar a la pantalla. Pasar por eso en aquel momento era muy diferente a lo que había sido con Chase. Con él había sido casi mágico, emotivo después de su muerte, pero con Brandon me parecía un nuevo comienzo perfecto.

—De acuerdo, Harper, como ves, el bebé ya se ha dado la vuelta y ha descendido. Eso tendría que ocurrir dentro de dos semanas, así que, por desgracia, voy a tener que mandarte reposo absoluto. Probablemente nazca antes de todos modos, pero sinceramente podría ocurrir en cualquier momento. Tenemos que asegurarnos de que se quede ahí dentro al menos unas semanas más para que todo se desarrolle por completo. Si llega el caso, hay medicamentos que podemos usar, pero preferiría no tener que recurrir a eso. Así que, cuanto menos te muevas, mejor —la doctora Lowdry se volvió hacia Brandon—. Cuento contigo para asegurarte de que se lo toma con calma, ¿de acuerdo?

Él me sonrió.

—Le prometo que estará bien atendida.

Yo puse los ojos en blanco. Él sabía que no podía soportar que estuviesen pendientes de mí durante demasiado tiempo porque me empezaba a volver loca. Normalmente no tardaba más de dos días.

El día siguiente fue ridículo. Yo quería colocarlo todo en nuestra nueva casa, pero, después de instalar los muebles, me obligaron a tumbarme en el sofá y a indicarles desde allí dónde quería las cajas. No paré de quejarme hasta que Brandon regresó con otro cargamento de cajas y yogur helado de Golden Spoon para mí. Con eso me callé y decidí ser buena el resto del día. Pedí *pizza* para todos cuatro horas más tarde, cuando hubieron terminado, y nos quedamos solos a las ocho, Brandon y yo caminamos de habitación en habitación para que pudiera ver cómo habían quedado los muebles, y me encantó el resultado final. Acabábamos de salir del nuevo dormitorio del bebé cuando Brandon me detuvo en el pasillo.

—Cierra los ojos, cariño.

—¿Por qué? —pregunté alargando ligeramente la última palabra.

Brandon se acercó, pegó los labios a mi oído y empezó a acariciarme la tripa.

—Tengo una sorpresa para ti. Por favor, ciérralos.

Obedecí, me estrechó las manos y me condujo hacia otra habitación. Me quedé con la boca abierta cuando abrí los ojos.

—¿Cuándo has hecho esto? —contemplé nuestro dormitorio, que estaba a oscuras salvo por la luz de las velas. Había enormes ramos de lirios naranjas por todas partes. Y al menos dos docenas más de flores esparcidas sobre la cama.

Me dio un beso y me acercó a la cama.

—Me he asegurado de que estuvieras ocupada durante un rato. ¿De verdad pensabas que Bree no sabía dónde poner los objetos del bebé y de la cocina? —me sentó en el colchón, se inclinó y volvió a besarme.

—Gracias por todo, Brandon.

—Harper, te querré siempre y te prometo que cuidaré de ti y de nuestros hijos el resto de mi vida —se inclinó hacia un lado y sacó algo del cajón de la mesilla de noche, después se arrodilló frente a mí y yo me quedé con la boca abierta—. ¿Quieres casarte conmigo?

Como era de esperar, las lágrimas empezaron a resbalar por mis mejillas y yo asentí.

—¡Sí! —grité mientras acercaba su cara a la mía para besarlo hasta casi perder el sentido.

Dejé escapar un grito ahogado cuando abrió la caja y vi un anillo de oro blanco con tres enormes diamantes encima. Lo sacó y me lo puso en el dedo anular de la mano izquierda. Me reí al ver que el anillo caía hacia un lado por el peso, besé a Brandon en los labios y tiré de él para que se metiera en la cama conmigo. Se acurrucó junto a mi cuerpo mientras me besaba con pasión y fue bajando hacia mi tripa, que también besó con ternura antes de decirle al osito de gominola que mamá y papá iban a casarse. Vi el fuego en sus ojos cuando volvió a acercar su cara a la mía y comenzó a desabrocharme la camisa. Para ser sincera, teniendo en cuenta lo grande que tenía la tripa, no pensé que pudiera desearme en ese momento, pero, a juzgar por su manera de besarme el cuello y de acariciarme el cuerpo, él no pensaba lo mismo. Yo ansiaba estar con él, pero, pasados unos segundos, soltó un gruñido y se echó a un lado de la cama. Ambos respirábamos entrecortadamente.

—¿Por qué paras?

Él se pasó una mano por la cara y me miró.

—¿Qué? ¿Estás preparada? —yo asentí y me sonrojé, y él dejó escapar una carcajada frustrada antes de estrecharme contra su pecho—. Así que una vez más decides que estás preparada y algo nos detiene.

—No. Has sido tú quien ha parado.

—Cariño, confía en mí cuando te digo que no quiero parar, y menos después de lo que me has dicho. Pero la doctora Lowdry me dijo que no podíamos.

—¿Qué? ¿Cuándo? —me incorporé sobre un codo y lo miré.

—Cuando fuiste ayer al baño me dijo dos cosas. Una, que me asegurase de que estuvieses siempre en el sofá o en la cama. Dos, que no tuviera relaciones sexuales contigo. Dijo que normalmente anima a las parejas a tener sexo, pero, con lo preocupada que está porque des a luz demasiado pronto, dijo que teníamos que contenernos —sonrió y me dio un beso en la mejilla—. Así que, claro, tú estás preparada.

—Lo siento, Brandon.

Me rodeó la cara con las manos y me miró con brillo en los ojos.

—No lo sientas. Cuando al fin lo hagamos, será asombroso —me besó en los labios, después me agarró la mano y besó el anillo que acababa de ponerme—. Ha sido un día muy largo. Vamos a dormir un poco, cariño.

Me desperté confusa al principio, pero sonreí y me acurruqué entre los brazos de Brandon al darme cuenta de que estábamos en nuestra casa, en nuestra habitación, en nuestra cama. Él tenía un brazo debajo de mi cabeza y el otro rodeándome la tripa. Me miré el anillo y lo giré para que los diamantes reflejaran la luz que entraba por entre las persianas. Brandon comenzó a dibujar círculos con la mano sobre mi tripa cuando el bebé dio un codazo al cambiar de posición.

—Hacía mucho tiempo que no me despertaba contigo entre mis brazos —dijo antes de besarme en la coronilla—, y me alegra que te guste tu anillo.

—Me encanta. Te quiero.

—Yo también te quiero, mi preciosa prometida.

Sonreí y me aparté para poder girarme hacia él, porque la tripa a veces era un estorbo. Le di un beso debajo de la mandíbula y sus brazos me rodearon con fuerza.

—¿Qué te parece la época navideña?

—¿Para qué? —preguntó mirándome confuso.

—Para casarnos. No quiero estar embarazada cuando nos casemos, y no quiero que parezca una boda de penalti. Además, quiero llevar un vestido precioso, no un vestido de premamá.

—¿Cuatro meses y medio? —yo asentí y él sonrió y me dejó ver ese hoyuelo que tanto me gustaba—. Suena perfecto —me besó y salió de la cama—. Voy a preparar el desayuno y tú vas a apagar nuestros teléfonos y te reunirás conmigo en la cocina cuando estés lista. Breanna me va a odiar, pero vamos a ignorar al resto del mundo y a no salir de casa en todo el fin de semana. Ya les contaremos el lunes lo de nuestro compromiso.

Brandon y yo hicimos justo lo que él había dicho; apagué los teléfonos, me di una ducha rápida y me puse unos pantalones cortos de pijama y una camiseta elástica. Él preparó tortillas de jamón y queso, café para él, té descafeinado para mí y cortó un melón. Nos sentamos a la mesa de la cocina, apoyé las piernas en su regazo, desayunamos y nos quedamos allí mucho tiempo después, hablando y disfrutando de tener nuestra propia casa. El resto del fin de semana lo pasamos en el sofá viendo películas, sentados en el jardín por las tardes o acurrucados en la cama. Después de pasarme la comida del primer día quejándome, Brandon por fin accedió a dejarme ayudarle a cocinar, aunque me di cuenta de que preparaba comidas que no requirieran mucho tiempo. Mi familia y la suya vendrían a cenar el lunes por la noche para reunirlos a todos ahora que teníamos la casa completamente decorada y también para darles la noticia; Brandon solo me había permitido trabajar cinco minutos cada hora y el resto lo había hecho él, pero hube de admitir que todo había quedado estupendo y me encantaba ver que se esforzaba por convertir nuestra casa en nuestro hogar.

Desde que Brandon y yo volvimos a estar juntos, había estado pensando en algo y, ahora que me había pedido matrimonio, ya solo podía pensar en hablar con él del tema. Estaba sentada en la cama esperando a que saliese de la ducha el lunes por la noche y, en cuanto entró en el dormitorio vestido solo con unos vaqueros, decidí que aquel era un momento tan bueno como cualquier otro.

—Oye, ¿puedo preguntarte una cosa?

—Claro —se subió a la cama conmigo y me besó antes de sentarse y estrecharme entre sus brazos—. ¿Qué pasa?

Me mordí el labio y me quedé embobada con lo guapo que era. Me miró con los ojos llenos de amor y de alegría y, viniendo de un chico con un aspecto tan intimidatorio, eso le hacía parecer más atractivo.

—He estado pensando en un nombre para el bebé.

—¿Sí? —sonrió con paciencia. No parábamos de revisar la lista con los diez nombres que Chase y yo habíamos escogido, pero éramos incapaces de reducirla. A Brandon le parecía muy divertido—. ¿Y qué has pensado?

Tomé aliento y me incorporé.

—Tienes que prometerme que, si te molesta, me lo dirás, ¿de acuerdo? —recordé aquel día en la cocina de su madre en Arizona, después de Navidad, y también el día en la cocina de Chase cuando le dije que iba a tener un niño.

—Te lo prometo, cariño —dijo poniéndose serio.

—Bueno —me temblaba el cuerpo, no podía creer lo nerviosa que estaba por decirle aquello. Ya me había dicho que quería un hijo que llevase el nombre de su padre y sabía que pensaba en mi bebé como si fuera suyo, pero no sabía si el hecho de que no fuera realmente suyo cambiaría algo para él—. Estaba pensando que podíamos llamarlo Liam Chase Taylor.

Brandon tomó aire y abrió la boca ligeramente. Me miró a los ojos durante lo que pareció una eternidad antes de sonreír y besarme en la boca.

—Gracias, Harper —susurró contra mis labios—. Te quiero. Muchas gracias.

—¿Deduzco que te gusta el nombre? —pregunté casi sin aliento mientras bajaba hacia mi cuello.

—Me encanta. Es perfecto para él... para nosotros —me acarició la mejilla y me dio un beso en la nariz—. Entiendo que pensaras que pudiera molestarme, pero te prometo que jamás he sido más feliz que este fin de semana. Soy muy afortunado por tenerte, Harper.

—Yo soy la afortunada —susurré.

Sonó el timbre, él se levantó de un salto y fue a ponerse una camiseta.

—¿Podemos decirles el nombre esta noche? —me preguntó mientras me arrastraba hacia la entrada.

—Creo que sería perfecto —lo besé en la mejilla y abrí la puerta. Me vi rodeada de besos y abrazos de mi familia. Claire, naturalmente, no tardó en preguntarme qué hacía de pie—. Mamá, estoy bien. Me he levantado de la cama cuando habéis llamado —le di un abrazo y Bree soltó un grito.

—¡Oh, Dios mío! ¿Estáis prometidos? —gritó de nuevo, me abrazó y corrió hacia Brandon para abrazarlo también. Debía de haberme visto la mano en la espalda de Claire al abrazarla.

—Enhorabuena, niña —Konrad me dio un beso en la coronilla y le estrechó la mano a Brandon.

—¡Déjame ver, déjame ver! —Claire y Bree me sujetaban la mano mientras Robert nos abrazaba a los dos—. Konrad, ¿ves esto? Pues toma nota —Bree le mostró mi anillo y siguió examinándolo—. ¿Te lo acaba de pedir?

Yo miré a Brandon con una ceja levantada y sonreí.

—Me lo pidió el viernes por la noche después de que os fuerais.

Breanna me soltó la mano.

—¿Qué? ¿Y me entero ahora? Se supone que tienes que contarme estas cosas de inmediato, no esperar... —hizo la cuenta con los dedos—... ¡tres días!

—Ha sido culpa mía. Le dije a Harper que estaríamos los dos solos durante el fin de semana y le pedí que esperase a contártelo.

Mi amiga centró su mirada de odio en Brandon.

—Durante los próximos cinco minutos tú y yo no somos amigos.

Todos nos reímos y yo la arrastré hacia el salón. Antes de que pudiéramos sentarnos, volvió a sonar el timbre y Brandon dejó entrar a su madre y a Jeremy.

—Oh, Harper, ¡mira qué enorme estás! ¡Parece que te ha crecido la tripa durante el fin de semana! ¡Estás estupenda, cariño! —Carrie me abrazó y, al apartarse, le mostré el anillo. Dio un grito y me agarró la mano—. ¡Dios mío, enhorabuena a los dos! —golpeó a Brandon en el brazo—. ¿Cómo no le habías dicho a tu propia madre que ibas a pedírselo? ¡Te habría dado consejos!

Jeremy nos abrazó con una sonrisa.

—Me alegro mucho por vosotros, chicos.

—Gracias, Jeremy. Y, Carrie, créeme, hizo un gran trabajo —me reí y les conté a todos cómo me lo había pedido mientras les enseñábamos cómo había quedado el resto de la casa.

A todos les encantó nuestro hogar y, para cuando terminó la visita, las mujeres me llevaron al sofá. Yo puse los ojos en blanco, pero no dije nada, porque me alegraba de tenerlas allí. Los chicos se fueron al jardín para poner las hamburguesas en la parrilla y yo me quedé con ellas hablando de planes para la boda. A todas les encantó la idea de casarnos en Navidades y reconocieron que era mejor esperar hasta después del nacimiento del bebé. Carrie y Claire empezaron a hablar de cuidar a su nieto para que Brandon y yo pudiéramos tener luna de miel, aunque solo fuera pasar una noche o dos a solas en nuestra casa.

—Oye, Bree.

—¿Sí, amiga?

—¿Estás enfadada conmigo por no habértelo dicho antes?

Ella resopló.

—En absoluto. Estaba de broma. ¡Me alegro mucho por ti!

—Bueno, entonces, si no estás enfadada —sonreí y le guiñé un ojo—, ¿quieres ser mi dama de honor?

—¡Sí! ¡Claro que sí! ¿A quién más se lo vas a pedir?

—Solo a ti. Sé que Brandon se lo va a pedir a Konrad y a Jeremy. Será algo desigual, pero en realidad no soy amiga de nadie más, salvo de los que estáis aquí. Brian y Marissa no han vuelto a hablar conmigo desde el funeral, así que no puedo pedírselo a ella.

—Creo que no pasa nada porque sea solo Bree. Cualquiera de los chicos puede acompañarla hasta el altar, o pueden estar con Brandon y que ella vaya sola —añadió Carrie.

—¿Creéis que podremos organizar algo para entonces? No tiene que ser nada extravagante. Solo quiero llevar un vestido, quiero que estéis todos allí y quiero casarme con él. Aparte de eso, me da igual si nos casamos aquí mismo.

—Ah, no —dijo Bree—. Mamá tiene contactos. Será asombroso.

—¡Sí que los tengo! —convino Claire—. Para entonces habremos planeado una boda alucinante.

—¡De acuerdo! —exclamé sonriente—. Creo que Brandon y yo nos hemos decidido por el quince de diciembre. Si no puede ser ese día, nos da igual el fin de semana anterior o el de después. Dios mío, no puedo creerme que esto esté pasando.

—¿Estás contenta, Harper? —me preguntó Claire.

—Estoy muy contenta.

Las tres me miraron sonrientes y seguimos hablando del bebé y de los planes de boda. Cuando estuvo lista la cena, cenamos fuera y sumamos a los chicos a nuestra conversación. Brandon ya les había pedido a Konrad y a Jeremy que fueran sus padrinos, ya teníamos decididos los colores y habíamos seleccionado algunos sitios para celebrar la boda que miraríamos esa semana. Casi todos los amigos de Brandon se habían licenciado ese año y, aunque pensábamos enviarles invitación, no sabíamos si todos querrían volar hasta allí. Casi todos los invitados serían suyos, y también los Grayson y su familia. Claire dijo que podíamos intentar contactar de nuevo con mi padre, pero yo no albergaba muchas esperanzas. No había recibido ni siquiera un *email* desde que le dijera que estaba embarazada y no esperaba que eso fuese a cambiar ahora. Cuando anocheció, regresamos al salón y estábamos cada uno en diferentes conversaciones cuando Brandon habló.

—Tenemos algo que deciros.

—¿Os vais a casar? —preguntó Bree.

—¡Cómo lo sabes! —exclamé yo. Todos nos reímos y Brandon volvió a intentarlo.

—Vale, tenemos algo más que deciros —me miró y me quedé sin aliento al ver la ilusión en su rostro. Los demás empezaron a reírse con disimulo—. Cariño, ¿quieres decírselo?

—Ya hemos decidido un nombre para el bebé —yo sonreía tanto que me dolían las mejillas. Aparté la mirada de Brandon y miré a nuestra familia—. Vamos a llamarlo Liam Chase Taylor.

Todos se quedaron con la boca abierta y enseguida empezaron a decir que les parecía perfecto y les encantaba. Al poco rato estaban todos llorando y abrazándose. Cuando volvimos a sentarnos, Brandon me abrazó con fuerza.

—No creo que haya un nombre más perfecto para él —dijo Robert, y el resto del grupo estuvo de acuerdo.

—Eso pensamos nosotros —respondió Brandon—. Gracias a todos por ayudarnos en todo. Hemos pasado momentos muy difíciles hasta llegar aquí, pero Harper y yo os agradecemos vuestro apoyo. Significa mucho para nosotros.

Le di un beso en la mandíbula y apoyé la cabeza en su hombro. Yo no podría haberlo dicho mejor.

—Breanna —Claire se inclinó hacia delante y miró a su hija. Bree se levantó de su asiento, se fue a la cocina y regresó con su enorme bolso—. Os hemos hecho una cosa. ¿Seguís pensando en hablarle al niño de Chase?

Se me cerró la garganta, así que Brandon respondió por mí.

—Así es. Creemos que es importante que lo sepa.

Claire asintió mientras Bree nos entregaba un enorme álbum.

—Si por cualquier razón no fuese así, no pasaría nada, nadie os culparía por ello. Pero, en caso de que lo hagáis, hemos hecho esto para que, además de contarle historias, podáis mostrarle a Liam quién era Chase.

Brandon se sentó con el álbum en su regazo y lo abrió, de manera que la cubierta quedó apoyada en el mío. Me quedé con la boca abierta al ver página tras página de imágenes de Chase. Fotos de él nada más nacer, en su infancia, en el primer día de colegio, la primera vez que fue a hacer surf. Verlo crecer ante mis ojos fue increíble y, a medida que nos aproximábamos al final, las lágrimas comenzaron a brotar de mis ojos. Aquel era el Chase que yo había conocido. El tatuador alto y guapo. Había fotos de todos los chicos en la casa que él había alquilado para que vivieran sus amigos durante los últimos dos años, fotos de él con Bree, fotos de él en la tienda y fotos de nosotros juntos al final. La primera era el día de mi cumpleaños, después de que Chase y yo bajásemos de la habitación. Él estaba de pie detrás de mí, sujetando la foto de mi segunda ecografía sobre mi tripa, pequeña por entonces, y yo tenía la cabeza levantada para que pudiéramos besarnos. En otra foto aparecíamos sentados en la plataforma de su camioneta con Bree y con Konrad un día en la playa. Me resultó difícil mirar las dos últimas, pero agradecía que estuvieran allí. Una había sido tomada después de la última clase de Chase en la universidad; aparecíamos abrazados, frente con frente. La otra foto era de la última noche de su vida; estábamos delante de casa de Robert y Claire hablando. Recuerdo perfectamente aquella conversación. Él estaba dándome razones de por qué no debía ir a la fiesta y yo insistía en que tenía que ir. Ni siquiera sabía que alguien hubiera sacado una foto de aquel momento, pero era preciosa. El sol se ponía a nuestra espalda, Chase estaba arrodillado en la entrada y yo me reía mientras le acariciaba el pelo. Me sujetaba la tripa con la cara tan cerca que casi podía tocarme el ombligo con la nariz. Decía que, si nuestro osito de gominola daba una patada, no iría a la fiesta, así que no paraba de hablarle a mi tripa con la esperanza de que el bebé se despertase. Pero no se despertó y al final Chase se marchó. Aquel fue nuestro último momento de felicidad en común.

Cuando cerramos el álbum, Brandon se volvió hacia mí, me acarició la cara y me secó las lágrimas con los pulgares antes de darme un beso en cada mejilla. Se levantó, atravesó la estancia, levantó a Claire de su silla, la abrazó y le dio las gracias mientras ella lloraba. Esa era una de las muchas razones por las que le quería. Más allá de su apariencia de tipo duro era un chico sensible y cariñoso. Lo que Chase y yo habíamos hecho le había destrozado. Al enterarse, decidió echarse a un lado en vez de descargar su rabia contra nosotros. Me había acompañado cuando pensaba que Chase me había roto el corazón y después me ayudó a salir de mi dolor cuando murió. Nos quería al bebé y a mí, a pesar de los errores que yo había cometido, y ahora estaba abrazando y dándole las gracias a la madre de Chase por elaborar un álbum que nos ayudaría a contarle a Liam «lo genial que era su padre», como el propio Brandon dijo aquel día. Cuando Claire dejó de llorar, la abracé mientras Brandon abrazaba a Bree, a Robert y a Konrad.

—Brandon —dijo Claire con voz temblorosa antes de aclararse la garganta—, espero que sepas lo mucho que te queremos. Nos alegramos de que Harper y tú estéis juntos. No podríamos imaginárnosla con nadie más. Sabemos que cuidarás de ella y de Liam.

—Lo haré. Siempre —prometió él.

CAPÍTULO 16

Me sentía incómoda. Estaba cansada de que nadie me permitiese hacer nada sola. Estaba cansada de estar tumbada y estaba cansada en general. Estaba tan gorda que parecía una ballena, aunque Brandon seguía diciéndome lo guapa que estaba. Dejaba que me quejara a todas horas y siempre sonreía. Yo sabía que estaba haciendo un esfuerzo por no reírse y se lo agradecía. Sabía que estaba siendo ridícula, pero no podía evitarlo y, si se hubiera reído, probablemente me hubiera enfadado.

Habíamos tenido otra consulta con la doctora hacía dos semanas y a ella seguía preocupándole que diese a luz antes de tiempo. Como nos aconsejó, ya teníamos preparada la bolsa para el hospital, habíamos colocado la sillita en mi Expedition y ya no se me permitía ayudar a cocinar. Yo tenía la absurda necesidad de ponerme a cuatro patas, limpiar la casa entera y revisar todos los cajones de la habitación del bebé para asegurarme de que todo estaba donde lo quería. Pero, repito, no me estaba permitido, así que me tumbaba en el sofá, murmuraba para mis adentros y hablaba con mi pequeño Liam.

Brandon había empezado las clases tres semanas antes, pero por suerte había hablado con su consejero académico antes de que comenzara el cuatrimestre y había descubierto que solo necesitaba matricularse de dos clases y podría licenciarse en diciembre, una semana antes de nuestra boda. Era asombroso, siempre me daba cualquier

320

cosa que necesitara y también cosas que ni siquiera se me había ocurrido pedir. Cuando estaba en clase, se aseguraba de que Carrie o Claire estuvieran haciéndome compañía, porque sabía que estaba volviéndome loca. El único problema eran las numerosas peleas que estaba haciendo. Le había dicho al espantapájaros que, cuando naciera el bebé, se tomaría dos meses libres y, aunque teníamos suficiente dinero para mantenernos unos años, participaba en peleas en todas partes, desde Los Ángeles hasta San Diego, para ahorrar todo lo posible. Yo no podía quejarme demasiado, porque solo la semana anterior había ganado más de diez mil dólares, pero no me gustaban las peleas y solo me permitía asistir con los demás cuando el combate iba a ser pan comido. Le daba miedo el público en las peleas importantes, así que con frecuencia me quedaba en casa poniéndome de los nervios hasta que me llamaba para decirme que había ganado.

Esa mañana me había dejado donde Claire para que pudiera ir a hacerme la pedicura con Bree y con ella y después volvió a recogerme para irnos a la consulta de la semana treinta y seis. Como ya he dicho, no me dejaban hacer nada por mí misma. Ni conducir ni pintarme las uñas de los pies, aunque tampoco lo hiciera habitualmente ni pudiera alcanzarme los pies, pero aun así, no me lo permitían.

—Bueno, Harper, todo está bien. Sigue sin realizar ninguna actividad y crucemos los dedos para que aguante al menos una semana más. Para entonces técnicamente habrás terminado todo el proceso de gestación, pero en realidad no pasaría nada si naciera ahora mismo. Quiero empezar a verte una vez por semana a partir de ahora, aunque no sé cuántas consultas más nos dará tiempo a tener —la sonrisa de la doctora Lowdry era cálida mientras hablaba—. ¿Estáis preparados? ¿Tenéis alguna pregunta o temor? ¿Estáis familiarizados con el hospital?

—A principios de esta semana realizamos la visita y creo que no tengo ninguna pregunta. Estoy preparada para que llegue. No duermo nada.

Ella se rio y me acarició la pierna.

—Es normal sentirse incómoda. Piensa que tu bebé te está preparando para despertarte a todas horas por las noches —volvió a reírse—. ¿Y tú, Brandon?

—Creo que no tengo ninguna pregunta, solo me preocupa que se ponga de parto y que yo no esté en casa —me agarró el muslo mientras hablaba—. No quiero que esté sola cuando suceda.

—Lo comprendo, pero, aunque no estés allí, la mayoría de las mujeres tarda horas en tener al bebé después de romper aguas, así que tendrás tiempo de sobra para ir a buscarla y traerla al hospital.

Él asintió, pero yo sabía que no serviría de mucho. Cada vez que se marchaba a una pelea, le decía a Liam que, si elegía venir al mundo esa noche, al menos esperase a que él hubiese regresado de la pelea. Ni siquiera me saludaba cuando me llamaba después del combate, lo primero que decía era «te quiero. ¿Ha ocurrido algo? ¿Cómo te sientes?». Si a mí no me diera tanto miedo que volviese a casa con algo roto, me habría reído al pensar que daba palizas a la gente y al mismo tiempo se preocupaba porque su prometida fuese a ponerse de parto.

—¡Bueno! —la doctora Lowdry se puso en pie y me dio un abrazo—. Si ocurre algo o si necesitáis cualquier cosa, llamadme. Si no, nos veremos en una semana.

Le dimos las gracias y nos fuimos a casa a pasar otra divertidísima velada en el sofá. Sí, debería dejar de quejarme. Las cosas podrían ir mucho peor. Brandon podría no implicarse, o podría enfadarse con mis cambios de humor, o peor, podría no estar conmigo en absoluto. Y además me encantaba pasar las noches en casa. Después de la cena me ponía los pies en su regazo y me daba un masaje hasta que se me deshinchaban. Después se acurrucaba a mi lado y me estrechaba contra su pecho para poder abrazarme mientras veíamos la tele. Como ya he dicho, es asombroso. Es que yo estaba muy irritable.

—Brandon, ¿crees que podríamos hacer algo esta noche? Quizá ir a dar una vuelta, o a la playa. No me apetece meterme en casa otra vez.

322

Él se mordió el carrillo y me miró durante unos segundos antes de volver a sacar el coche de la entrada, donde acabábamos de aparcar.

—Siempre que me prometas que, si te cansas, me lo dirás.

Yo ya estaba completamente despierta y casi daba saltos en el asiento sabiendo que íbamos a alguna parte.

—¡Lo prometo! ¿Adónde vamos?

—Bueno, es tu noche, ¿adónde deseas ir?

—A la playa y al Pinkberry —en serio, últimamente tomaba helado o yogur helado todos los días. No tenía remedio.

La risa aterciopelada de Brandon me puso la piel de gallina y no pude evitar sonreír solo con escucharla.

—Entonces vamos a la playa y al Pinkberry.

Sacó la manta de la parte de atrás del Jeep y me acompañó hasta la orilla antes de extenderla en la arena y sentarme entre sus piernas con la espalda pegada a su pecho. Me levantó la camiseta y empezó a hacer dibujos con los dedos sobre mi tripa. Liam empezó a moverse en cuanto Brandon me puso las manos encima.

—Estoy deseando conocerlo —dijo, y su voz profunda recorrió mi cuerpo—, pero echaré de menos esto. Eres la embarazada más guapa que jamás he visto, Harper.

Suspiré y me acomodé contra su cuerpo.

—¿Te he dicho lo asombroso que eres y lo mucho que te quiero últimamente?

—Yo también te quiero —me apartó el pelo y me dio un beso en el cuello—. ¿Qué es lo que te hace más ilusión?

—Ver cómo le enseñas cosas. A lanzar una pelota y a hacer surf… —respondí yo. Pensaba en eso durante todo el día—. ¿Y a ti?

—Todo.

—¡Eso no es justo, cariño! Tienes que decir algo.

—Quiero verte con él en brazos —respondió tras pensarlo durante un minuto.

—¿Quieres verme con él en brazos?

—Sí. Cuando te veo sujetarte la tripa cada vez que se mueve o piensas en él, me enamoro mucho más de ti. Es muy tierno y está

323

lleno de amor aunque todavía no haya nacido. Así que estoy deseando verte con él en brazos.

—Oh —y oírle decir eso me hizo enamorarme mucho más de él. Me giré para poder mirarlo y le di un beso en el cuello—. Vas a ser un padre asombroso, Brandon. Tu padre estaría orgulloso de ti.

—Eso espero.

—Estoy segura de ello.

Se encogió de hombros, pero me sonrió.

—No creo que quisiera que me ganase la vida peleando. Él era hombre de negocios y siempre pensé que yo también lo sería.

—¿Y quieres serlo? Algún día, me refiero.

—No estoy seguro. Aunque probablemente tenga que decidirlo pronto. No puedo pasarme la vida peleando.

Gracias a Dios.

—No hay prisa. Tenemos dinero suficiente para mucho tiempo. Quiero que estés conmigo los primeros meses, no quiero que te preocupes por tu carrera de momento, ¿de acuerdo?

—Lo dudo, pero gracias. Me quedaré en casa contigo todo lo que sea posible, pero ya llevo un tiempo dándole vueltas a mi futuro, aunque todavía no sé a qué dedicarme.

—Ya lo averiguaremos.

—Claro que sí —me besó antes de darme la vuelta para que mi espalda quedara de nuevo pegada a su pecho.

Nos quedamos allí hasta que se puso el sol; para entonces estábamos los dos tumbados sobre la manta. Yo seguía con la camiseta levantada y teníamos cada uno una mano puesta en mi tripa mientras nuestro bebé intentaba encontrar una postura cómoda en la que quedarse dormido.

—Se está haciendo tarde, cariño. Vamos al Pinkberry y a casa.

—Gracias por traerme, aunque haya estado tumbada casi todo el tiempo, pero ha sido agradable estar al aire libre cerca del agua —dejé que me levantara y le ayudé a doblar la manta.

Fuimos al Pinkberry y se me hizo la boca agua. A Brandon mis antojos de azúcar en los últimos meses le parecían adorables, pero juro que me convertía en un animal enloquecido cuando sabía que iba a tomar azúcar. El único problema era que, si había opciones, me resultaba imposible decidir, razón por la cual solía ir él solo y elegía por mí. Me quedé allí mirándolo todo y él permaneció a mi lado porque sabía que estaríamos un buen rato. Me rodeó con los brazos, apoyó la barbilla en mi cabeza y de vez en cuando me daba un beso detrás de la oreja y susurraba lo mucho que nos quería a Liam y a mí. Después me besaba por el cuello y yo tenía que empezar de nuevo a tomar la decisión.

—Así no me ayudas, cariño —levanté la mano para acariciarle el pelo, sabiendo que eso impediría que me distrajera durante unos minutos. Miré hacia la derecha y vi a dos empleadas suspirando con ojitos de cordero degollado. Miré por encima del hombro y vi que junto a nosotros solo estaba la pared. Volví a mirarlas y me di cuenta de que, en efecto, estaban observándonos a nosotros—. Vaya, da igual lo que hagas, las mujeres babean con solo mirarte.

—¿Qué quieres decir?

—Peleas solo con unos pantalones cortos y las mujeres se suben unas encima de las otras para verte. Caminas por la facultad o por una tienda y se chocan para seguir mirándote. Hablas o te ríes y se quedan con la boca abierta. Entonces haces algo tan dulce como rodear con los brazos a tu prometida embarazada y susurrarle tonterías al oído y prácticamente se desmayan.

Él se tensó y noté que miraba hacia todas partes sin mover la cabeza.

—Eso da un poco de miedo. Pero, oye, ¿cómo te das cuenta de esas cosas?

Volví a mirar para asegurarme de que seguían suspirando y mirándonos y susurré:

—Me doy cuenta porque sé lo que es mirarte y yo hago lo mismo. Están a nuestras tres en punto, por cierto.

—¿Te molesta? —bromeó y, cuando miró hacia la derecha, se rio suavemente.

—En absoluto. Eres mío. Me hace gracia saber lo mucho que todos desean a mi hombre.

—Te lo advierto, estoy a punto de demostrarles que soy tuyo.

—¿En serio?

—Si quieren mirar, por lo menos vamos a darles espectáculo —me dio la vuelta y empezó a besarme en los labios.

Yo coloqué una mano a cada lado de su cuello para acariciarle la mandíbula con los pulgares, sabiendo que las chicas podrían ver mi anillo, y estuve a punto de carcajearme al pensar en lo idiota que estaba siendo. No es que antes les cupiera alguna duda, pero ahora estaban seguras de que éramos pareja. Me aparté y le sonreí.

—Eso ha sido ridículo —le di la mano y tiré de él hacia la pared de los yogures.

—Ha sido divertidísimo —me corrigió.

—Sí, salvo que ahora van a fantasear con que las besas a ellas. Buen trabajo, cariño. Están perdidas.

Su carcajada hizo que me estremeciera y me mordiera el labio.

—No voy a mentirte, ha sido divertido. Yo me aseguro de que los chicos sepan que eres mía a todas horas, así que ha sido gracioso aclararles a las chicas que estoy pillado.

—No es verdad que hagas eso —dije dándole un golpe cariñoso en el pecho.

—Sí es verdad. Cuando empezamos a salir la primera vez, pensaba que los chicos te miraban demasiado. Pero deberías verte ahora. Me resulta frustrante ver sus caras cuando te miran.

—Mentiroso.

—Harper —me levantó la barbilla para que lo mirase a los ojos y habló en voz baja—, tal vez no te ayude que te diga que estás preciosa, así que déjame probar de otra manera. Sé que crees que tienes mal aspecto, pero estás increíblemente sexy. El embarazo te sienta muy bien. Créeme. Tengo que hacer un esfuerzo para no arrancarte la ropa y hacerte mía de una vez por todas pese a lo que diga la doctora. Y, cuando te miran otros chicos y veo sus miradas, sé que están fantaseando con lo mismo.

Yo puse los ojos en blanco, pero le di un beso de todos modos. Tras llenar mi copa de yogur helado, me incliné hacia él y susurré:

—Sí que ha sido divertido. Les he enseñado el anillo mientras me besabas.

La carcajada de Brandon rebotó en las paredes.

—Esa es mi chica.

Un empleado nos ayudó a poner la cobertura en los yogures y llevó las copas al mostrador, donde se habían reunido tres chicas para mirar a Brandon. Él se rio en voz baja y negó con la cabeza mientras me rodeaba con un brazo para llevarme fuera. Nos tomamos el yogur helado en su Jeep, aparcado fuera, y acababa de poner el coche en marcha cuando sonó su móvil. Era el espantapájaros y Brandon conectó el altavoz.

—Tío, tienes que venir, podríamos ganar más dinero del que hemos ganado hasta ahora. Ya tengo algunas apuestas y son altas.

—Allí estaré. ¿Dónde es?

El espantapájaros le dio la dirección y Brandon soltó un taco.

—No puedo, tengo a Harper aquí conmigo. Estamos a diez minutos y no llegaría a tiempo si la llevo a casa.

—Vamos, tío, no me hagas esto. Las apuestas son altas solo si tú eres el oponente. Te necesito.

Brandon me miró, tomó aire y lo expulsó por la nariz.

—De acuerdo. Pero vigílala y, si le ocurre algo, mi próxima pelea será contra ti. ¿Entendido?

—¡Dios, sí! Sabía que mi chico no me decepcionaría. Te veo en unos minutos —colgó el teléfono antes de que Brandon pudiera decir nada más.

—Lo siento, cariño, pero tengo que llevarte conmigo. Si no quieres que vaya esta noche, dímelo y volveré a llamarle.

—Bueno, no quiero, nunca quiero que vayas. Pero sé que esto significa mucho para ti.

—Gracias —dijo acariciándome la mandíbula con los nudillos—. Te quiero.

—Yo también te quiero. Llama a tus chicos, yo llamaré a Konrad y a Jeremy.

Cuando me coloqué en la plataforma con el espantapájaros, vi que Breanna, Konrad, Jeremy y un amigo suyo llegaban y se dirigían hacia nosotros. Les sorprendió verme en una pelea tan importante, pero, después de explicarles que habíamos salido y que Brandon no habría llegado a tiempo, lo entendieron y los chicos hicieron un círculo a nuestro alrededor. Recientemente me habían dado por accidente un fuerte codazo en la tripa y esa había sido la última gran pelea a la que Brandon me había llevado; desde entonces, siempre que me permitía ir, me rodeaban de ese modo.

El espantapájaros daba saltos y no podía dejar de reírse y de sonreír. Finalmente se inclinó hacia mí y me dijo que, si ganaba Brandon, se llevaría por lo menos cuatro mil quinientos dólares. Yo me quedé helada, porque eso solo podía significar que su oponente era muy bueno. El máximo que había ganado hasta entonces eran tres mil dólares. El espantapájaros presentó a los luchadores y la pelea comenzó junto con mis temblores. Bree me estrechó la mano, porque sabía lo poco que me gustaba aquello. El combate pareció durar una eternidad, ambos luchadores lanzaban patadas y puñetazos por igual. Al fin Brandon logró tumbar a su oponente y estuvo a punto de ahogarlo hasta que el tipo, apodado «Demonio», se rindió.

Yo respiré aliviada y me abracé con Bree. El espantapájaros nos abrazó y se dirigió hacia el *ring*. Miré a mi prometido, que estaba saludando a la multitud al otro extremo del sótano donde nos encontrábamos. Vi que el Demonio empujaba a alguien que le gritaba y se lanzaba hacia Brandon. Justo cuando Brandon se dio la vuelta, el Demonio le dio un puñetazo con tanta fuerza que cayó al suelo. El Demonio se sentó encima y comenzó a golpearle una y otra vez hasta que el espantapájaros y algunos más se lo quitaron de encima. El espantapájaros volvió corriendo junto a Brandon, pero mi prometido no se levantaba ni se movía. Yo gritaba e intentaba acercarme, pero muchas manos me sujetaban en el sitio. Recordaba el cuerpo inerte de Chase en la camilla, su mano sin vida en la mía. Bree me apretó el brazo con tanta fuerza que supe que ella estaría recordando lo mismo. Algunos chicos ayudaron al espantapájaros a levantarlo del suelo y sacarlo de la habitación, yo me zafé de quien fuera que estuviera sujetándome y corrí junto a Brandon. Respiraba, pero no abría los ojos ni respondía a nada.

Probablemente no fuese muy buena idea, pero había un hospital a un kilómetro de distancia, así que los chicos lo llevaron escaleras arriba y lo metieron en el asiento trasero de su Jeep. Jeremy se sentó a mi lado para conducir después de lanzarle sus llaves a su amigo. Konrad dijo que nos seguiría hasta el hospital. Al llegar, Jeremy bajó del vehículo y entró corriendo en Urgencias; cuando salió, lo seguían unas enfermeras con una camilla. Se llevaron a Brandon para examinarlo, pero a nosotros nos hicieron quedarnos en la sala de espera. Yo me abracé a Jeremy y lloré desconsolada. Había visto a Brandon dejar inconscientes a otros luchadores, pero, tras un minuto oliendo sales aromáticas siempre se despertaban. Brandon no se despertaba. Aquello no podía estar pasando.

Bree, Konrad y el amigo de Jeremy entraron juntos. Bree lloraba igual que yo. Konrad estaba pálido. Aquello era demasiado después de lo que habíamos presenciado hacía poco más de tres meses.

Kevin, el amigo de Jeremy, estaba de pie junto a él y susurró:

—Entiendo que le han dejado inconsciente y todo eso, pero esta gente tiene que calmarse.

Konrad se lanzó hacia él, pero Jeremy se interpuso.

—Yo me encargo —le dijo a Konrad, se volvió hacia su amigo y lo empujó hacia la puerta—. Contrólate, tío —le oí decir antes de que salieran.

Konrad se sentó en el sofá y puso a Breanna en su regazo. Ella se acurrucó junto a él y le empapó la camiseta de lágrimas mientras él me rodeaba con su otro brazo. Ninguno decíamos nada, el único sonido eran nuestros sollozos. Yo era incapaz de apartar la mirada del brazo izquierdo de Konrad, con el que sujetaba a Bree. Las gruesas cicatrices del día que intentó sacar a Chase de la camioneta parecían resaltar más ahora. Me hacían recordar el cuerpo de Chase tendido en el suelo y a Brandon inconsciente hacía un rato. Pasados unos minutos, Jeremy me levantó y abrazó. Aún iba al instituto, pero era tan alto como su hermano, aunque un poco más desgarbado, y podía abrazarme con la misma facilidad que él.

—No pasa nada, hermanita, todo saldrá bien —me aseguró—. Se pondrá bien.

Se acercó una enfermera con una carpeta y varios papeles, que rellenamos con ayuda de Jeremy. Cuando volví a sentarme en el sofá, Kevin, que hasta entonces estaba sentado en una silla al otro extremo de la sala, se acercó a nosotros y nos miró avergonzado.

—Lo siento mucho. No sabía lo de… —miró a su alrededor durante unos segundos y se mordió el labio.

—No pasa nada —murmuré yo.

El espantapájaros entró corriendo y fue directo hacia nosotros.

—¿Está bien? ¿Se ha despertado?

Bree y yo empezamos a llorar de nuevo al oír esas preguntas. «¡No se despierta!», recordaba los gritos histéricos de Konrad aquella noche y mis súplicas para que Chase se despertara cuando los de emergencias me alejaron de él.

Jeremy estuvo un minuto hablando con él y después siguió intentando consolarme. Konrad tampoco estaba teniendo mucha suerte con Bree, pero parecía como si él también estuviese en *shock*. El espantapájaros me mostró un fajo de billetes y yo lo miré asqueada. Tomé aliento para decirle lo que pensaba de él y de su dinero, pero Jeremy me abrazó, agarró el dinero y me lo metió en el bolso mientras le decía al espantapájaros que era mejor que se fuera. Fue un buen hermano al impedirme decir una estupidez.

—Hermanita, mírame —me ordenó, y yo levanté la mirada con reticencia—. Se va a poner bien. Sé lo que significa esto para todos vosotros, pero se va a poner bien.

—¿Señor Taylor?

Jeremy y yo nos levantamos de un brinco y corrimos hacia el médico.

—¿Son ustedes familia del señor Taylor?

—Yo soy su hermano y ella es su prometida —respondió Jeremy sin soltarme el brazo por si acaso me desmayaba, cosa que parecía estar a punto de hacer.

—Se ha despertado y pueden entrar a verlo. De uno en uno, pero antes tengo algunas preguntas. ¿Pueden decirme cómo ha ocurrido?

Jeremy narró lo acontecido después de la pelea, el médico asintió y miró el reloj.

—Dentro de unos minutos tendremos el resultado de la radiografía. Si hay algo sospechoso, le haremos más pruebas, pero ahora pueden entrar a verlo si quieren.

Tras asegurarse de que no me iba a caer, Jeremy me soltó y regresó con los demás.

—¿Señorita? ¿Necesita una silla de ruedas? —me preguntó el médico al ver mi tripa y mi cara pálida.

—Estoy bien. Por favor, lléveme a verlo.

Caminamos por unos pasillos y entramos en una habitación. Brandon suspiró aliviado y estiró un brazo hacia mí.

—Ven aquí, cariño.

Le agarré la mano con las mías y dejé de preocuparme por las lágrimas que seguían resbalando por mis mejillas.

—¿Estás bien?

—Estoy bien, pero siento como si me hubieran dado una paliza —dijo con una carcajada.

—No tiene gracia. ¡No te despertabas, Brandon!

—Lo sé —tiró de mi brazo para acercarme a su cuerpo—. Ven aquí —me dio dos besos y después me rodeó la cara con las manos—. Lo siento. Ha jugado sucio, no me lo esperaba. Me aseguraré de que no vuelva a ocurrir. Es la primera vez que alguien me hace eso.

Me aparté bruscamente.

—¿Que no vuelva a ocurrir? ¡No! Brandon, no puedes volver a luchar. ¿Sabes lo que ha sido verte así? Estabas en el suelo y no reaccionabas. No puedo perderte a ti también —sollocé y me dejé caer en la silla que había junto a la cama.

Brandon intentó levantarse, pero la vía se lo impidió.

—No vas a perderme, cariño, te lo prometo. Tendré más cuidado.

Yo no paraba de temblar e intentaba controlar la respiración, pero no resultaba fácil. Pensaba que ver a Chase muerto en el suelo era lo peor que viviría en mi vida. Pero me equivocaba. Ver a Brandon así y pensar que iba a perderlo a él también era el peor momento que había experimentado hasta la fecha.

Llamaron a la puerta.

—¿Señor Taylor?

Levanté la mirada y vi entrar al médico. Ojalá tuviese una cara más expresiva, porque era imposible saber si venía con buenas o malas noticias.

—Parece que se pondrá bien. Tiene una conmoción bastante seria y tendremos que mantenerlo en observación para asegurarnos de que no ocurre nada. Pero no está muy hinchado, lo cual es buena señal. Pero quiero recalcar una cosa. Pelea con frecuencia, ¿verdad?

Brandon asintió.

—Yo no puedo decirle lo que debe hacer, pero sería aconsejable que se planteara dejar las peleas. Golpes como el que ha recibido esta noche pueden provocar daños más severos. Daños permanentes. Esta noche ha tenido mucha suerte, pero, dado que ha sufrido un traumatismo, un mal golpe, aunque fuera menos fuerte, podría causarle daños —revisó unos papeles y siguió hablando mientras los miraba—. Le tendremos en observación las próximas cuatro horas y, si se recupera bien, podrá irse a casa. ¿Alguna pregunta?

Brandon me miró y habló suavemente.

—No. Gracias, doctor —después de que el médico se fuera, Brandon siguió viéndome llorar en silencio y sujetarme la tripa durante unos minutos—. Harper…

Negué con la cabeza y me aparté de él.

—Eh, chicos —dijo Jeremy al entrar en la habitación—. Hermanita, ¿te importa si hablo con él un momento?

No dije nada, simplemente me levanté y salí. Brandon me llamó dos veces, pero seguí andando. Cuando me reuní con Konrad, con Breanna y con Kevin, les conté lo que había dicho el médico y les dije que Brandon pensaba seguir peleando. Konrad se fue al baño y Bree me abrazó mientras esperábamos a que Jeremy regresara. Por suerte los chicos no hablan mucho y regresó al poco tiempo.

—Quiere hablar contigo.

Asentí y recorrí de nuevo los pasillos hacia su habitación. La puerta estaba entreabierta y oí la voz de Brandon en el interior.

—Sé que tenía mala pinta, pero estoy bien, de verdad.

—Es que no lo entiendes, tío. Tú no estabas allí aquella noche con Chase —me di cuenta de que era Konrad quien hablaba y me acerqué más a la puerta.

—Lo sé, pero es la primera vez que me ocurre algo así y ni siquiera ha sido durante la pelea. Gano mucho dinero, más que suficiente para mantenerlos a ella y al bebé. No puedo parar solo por un golpe.

—No podrás mantenerlos si recibes otro golpe como ese y te quedas paralítico.

—No pasará —insistió Brandon.

—Mira, puedes hacer lo que quieras. Pese a lo que haya dicho Harper esta noche, te quiere lo suficiente como para no impedirte hacer algo que quieres hacer. Pero tu chica no era la única que pensaba que te habías ido. Para nosotros ha sido como revivir aquella noche. La gente normalmente se despierta después de oler las sales, pero tú no. Tú ni siquiera te movías.

—No sabía que las hubieran usado.

—Pues lo han hecho, en tres ocasiones. Harper tenía todo el derecho a temer que iba a perderte igual que perdió a Chase. Pero esta vez no sé si habría podido seguir con su vida. Entiendo que tú no vieras cómo estaba después de romper, pero nosotros sí lo vimos. Todos sabíamos que seguía locamente enamorada de ti, incluso Chase, pero nunca sacó el tema. Sabíamos que él nunca ocuparía su corazón como lo ocupabas tú. Pero tú la viste la mañana antes de que él muriera, y viste cómo se quedó después de su muerte.

—Fue como si ya no estuviera allí —susurró Brandon.

—Exacto. Yo vi cómo dos agentes de policía la sujetaban y aun así se zafó para llegar hasta Chase. La vi gritar para que se despertara aun sabiendo que no lo haría. Pero ¿esta noche? Había tipos desconocidos junto a nosotros intentando evitar que se acercara al *ring*. Se ha zafado de cuatro hombres adultos esta noche. ¡Cuatro! Y está a punto de tener un bebé. Jamás había visto ese miedo en sus ojos y en su voz. Era como si su razón para existir estuviese inconsciente en el suelo. Perderte acabaría con ella, no me cabe duda. Así que haz lo que quieras, pero piensa en ella y en el bebé antes de volver a pelear.

—Pienso en ellos. ¡Lo hago para mantenerlos!

—Podrás encontrar otra manera de mantenerlos. ¿Quieres que Harper esté siempre con miedo a que no vuelvas a casa una noche cualquiera?

—No —Brandon tomó aire varias veces—. Al verla así esta noche ha sido como si alguien me apuñalara y se dedicara a retorcer el cuchillo. No soporto haberle hecho eso.

—¿Y aun así le has dicho que no pensabas dejar de pelear? —le preguntó Konrad—. Si la quieres como dices, cuidarás de ti mismo para poder cuidar de ellos.

—La quiero más que a mi vida —gruñó Brandon.

Konrad suspiró.

—Lo sé, tío, no debería haber dicho eso. Los dos significáis mucho para mí, os quiero como si fuerais de mi familia. No quiero que lo paséis mal —dio un par de pasos hacia la puerta y se detuvo—. Mira, Harper ya la fastidió una vez y está pagando por ello. Pagará durante el resto de su vida, pero jamás volvería a hacer algo que te hiciera daño. Piensa en eso —Konrad cruzó el umbral, cerró la puerta tras él y dio un respingo al verme allí—. Eh, niña.

Yo lo abracé con fuerza y lloré sobre su hombro.

—¿Has oído eso?

—Casi todo.

—Maldita sea. Lo siento, niña, no pretendía que lo oyeras.

Me sequé las lágrimas y me enderecé.

—No pasa nada. Gracias por hablar con él, te lo agradezco mucho —acaricié sus cicatrices y su cuerpo empezó a temblar—. Agradezco todo lo que has hecho. Y yo también te quiero, Konrad —sonreí y, después de que me diera otro abrazo, esperé a que se fuera y llamé a la puerta antes de entrar.

—Hola, cariño —la voz de Brandon sonaba cargada de emoción y apenas podía sonreír.

—¿Te encuentras bien?

—No. La verdad es que no —respondió negando ligeramente con la cabeza.

—¿No? —alarmada corrí a su lado—. ¿Qué pasa?

—No, no. No es eso. Lo siento, no pretendía asustarte... otra vez.

Acerqué la silla a su cama para poder tocarlo.

—Te he oído hablar con Konrad.

—¿De verdad?

—Sí —susurré.

—Harper, espero que sepas lo mucho que te quiero.

—Lo sé, créeme, lo sé.

—Siento haberte hecho pasar por esto hoy. No me daba cuenta de lo que había sido. No entendía lo que habríais vivido los que seguíais despiertos.

Sonreí y le pasé una mano por el pelo.

—Me has asustado. Pensaba que iba a perder a mi mejor amigo y al amor de mi vida.

—Lo sé, Harper, y lo siento mucho. No me canso de decirlo, no sabes lo mucho que lo siento. No debería haber luchado esta noche y no volveré a hacerlo. Ninguna cantidad de dinero me hará volver.

—Tú y yo ya hemos tenido suficiente pérdida en nuestras vidas. ¿Crees que podríamos intentar no tener más?

Asintió y tiró de mí.

—No pienso ir a ninguna parte. Te prometí que sería para siempre, ¿no?

—Para siempre —repetí yo.

335

—Ven aquí —se corrió hacia el otro extremo de la cama y se giró hacia mí—, se supone que tienes que reposar y esta noche no he podido cuidar de ti.

Me tumbé boca arriba, suspiré al sentir el cuerpo caliente de Brandon a mi lado y al fin empecé a relajarme. Tal vez la doctora Lowdry tuviera razón con lo del reposo absoluto, porque todo mi cuerpo deseaba tumbarse.

Brandon me dio un beso y colocó una mano en mi tripa.

—¿Estáis los dos bien? Físicamente.

—Sí. Liam se ha quedado dormido antes de que yo entrara aquí la primera vez.

—Bien. Quiero que tú también duermas. Te despertaré cuando nos vayamos a ir a casa.

Yo ni siquiera pude protestar, había sido un día muy largo y lo ocurrido esa noche me había agotado hasta el punto de creer que podría quedarme dormida de pie. Sentí los labios de Brandon en mi frente y le oí susurrarme su amor, pero me quedé dormida antes de poder responder.

336

CAPÍTULO 17

—¿Cómo te encuentras, cariño? —preguntó Brandon al asomar la cabeza por la puerta del baño, donde yo estaba terminando de maquillarme.

—¡Me encuentro de maravilla! Me encanta que volvamos a salir de casa, ni te lo imaginas —tampoco hacía tanto desde la última vez, porque habíamos salido el jueves por la noche, la noche de la pelea, y ahora estábamos a lunes. Pero había tenido tanta energía los dos últimos días que Brandon había prometido que, si me duchaba y me vestía y seguía sintiéndome bien, me llevaría a cenar y después a ver a Claire y a Robert.

Me rodeó con los brazos y me rozó suavemente el cuello con los labios. Yo suspiré al sentir el placer que recorrió al instante mi cuerpo.

—Estás increíble.

—Tú tampoco estás mal —le dije sin aliento, recordando nuestra primera cita, y él se rio contra mi garganta.

—¿Estás preparada? Porque, si no nos vamos pronto, no nos iremos nunca —pegó su cuerpo más al mío y apretó con los brazos.

—En estos momentos odio a la doctora Lowdry.

Brandon se rio y me soltó.

—Hemos llegado hasta aquí, así que podremos esperar unas semanas más. Ve a cambiarte, yo estaré en el salón.

Hice pucheros, pero salió del cuarto de baño y yo me fui al vestidor. Elegí una de las camisetas que Bree me había regalado por mi cumpleaños. Me había durado todo el embarazo. Descolgué la camiseta azul oscuro y una falda de algodón blanca y volví a salir del vestidor. Metí los pulgares bajo la cinturilla de los pantalones de chándal y, cuando me disponía a bajármelos, noté una pequeña explosión y calor y humedad en las piernas. «¡Dios, acabo de hacerme pis!», pensé. Tenía que ser una broma. Había superado todo el embarazo sin tener un accidente, ¿y me hacía pis encima el día que me ponía mona para tener una cita? Ni siquiera tenía ganas de ir al baño. Frustrada, eché los pantalones a la cesta, regresé al cuarto de baño y me metí en la ducha con cuidado de no mojarme el pelo ni la cara. Cuando estiré el brazo para cerrar de nuevo el grifo me quedé helada. Dios mío.

—¡Brandon! —salí de la ducha y me envolví en una toalla—. ¡Brandon!

Él entró corriendo a los pocos segundos.

—¿Qué pasa? —tenía pánico en la mirada—. ¿Estás bien?

Asentí y me reí.

—¡Acabo de romper aguas!

—¿En serio? —se quedó imperturbable durante unos instantes y después sonrió. Se acercó a mí y me besó hasta que me temblaron las piernas. Cuando se apartó, me rodeó las mejillas con las manos—. ¿Así que ya viene?

—Eso parece. ¿Estás preparado?

De pronto Brandon dio un respingo.

—¡Espera, tenemos que irnos! ¡Eso significa que tenemos que irnos! —se dio la vuelta y se fue corriendo al dormitorio. Para cuando terminé de secarme, le oí al teléfono con mi familia o con la suya.

Yo estaba extrañamente tranquila, me puse la camiseta azul y busqué unos pantalones de chándal limpios. Brandon salió corriendo de la habitación con la bolsa del hospital, oí abrirse y cerrarse la puerta de la entrada, después volví a oírlo antes de que regresara corriendo. Yo estaba sentada en la cama y sonreía al ver cómo se comportaba.

—Harper, tenemos que irnos. Vamos, cariño, ¿quieres algo más?

—Los cargadores del móvil —le vi arrancarlos de la pared—. Unos cascos. ¿Y puedes llevar una de tus sudaderas? —me daba igual que fuera septiembre, porque por las noches refrescaba y, cuando habíamos estado en el hospital la semana anterior, había pasado mucho frío.

—¿Qué más?

—Quiero que me beses, que te calmes y que me lleves al hospital —sonreí contra sus labios mientras me ayudaba a levantarme y me sacaba de casa.

En cuanto arrancamos, empezó a hablar por teléfono con el resto de nuestra familia. Estaba muy emocionado, tenía la sonrisa más amplia que jamás le había visto, y lo único que podía hacer yo era contemplar mi hoyuelo favorito. Estiré el brazo, le acaricié el pelo y él me dirigió una mirada rápida antes de centrar su atención en la carretera.

—¿Te encuentras bien? —me preguntó al dejar el teléfono en uno de los posavasos—. Estás muy callada.

Yo me encogí de hombros.

—Estoy muy bien. Pensaba que me iba a doler o que me asustaría. Pero estoy muy feliz. Me siento en paz. ¿Es raro?

Eso no duró mucho. Justo antes de que me llevaran a mi habitación, las contracciones empezaron a ser muy dolorosas, dos horas más tarde iban a peor y con más frecuencia de la que me hubiera gustado. Le agarré la mano a Brandon con fuerza al notar que venía otra y él me apartó el pelo de la cara antes de apoyar la frente en la mía.

—Buen trabajo, Harper, ya casi está. Te quiero mucho —su voz profunda sonaba tranquila y pausada. Creo que era lo único que me impedía ponerme a gritar en aquel momento.

Resoplé cuando pasó la contracción y relajé la mano. Me dio un beso en los labios y se sentó en la silla sin soltarme. Si había una próxima vez, me aseguraría de que me pusieran la epidural; me daba igual lo que tuvieran que pincharme en la espalda. Vi a mi familia y

339

sonreí. Estaban todos conversando, leyendo o hablando por teléfono con familiares y amigos. Jeremy entró con bolsas y cajas de una hamburguesería.

—Te odio —murmuré al captar el delicioso olor de la comida.

—Lo siento, hermanita —Jeremy sonrió y empezó a repartir la comida—. A ti te he traído un vaso con hielo.

Entorné los párpados y todos menos Brandon se rieron. Él negó con la cabeza cuando Jeremy le pasó su comida y yo aparté la mano.

—Sé lo que estás haciendo. Si no vas a comer, no dejaré que te quedes aquí cuando llegue el momento —obviamente no habíamos salido a cenar, así que me moría de hambre, y Brandon no soportaba que lo único que pudiera hacer por mí fuese darme más hielo.

Me miró durante unos segundos con el ceño fruncido, pero suspiró y se dirigió hacia donde estaba la comida. Yo volví a ponerme los cascos y cerré los ojos. Al notar la siguiente contracción, me agarré al borde de la cama e intenté no tomar aire con demasiada fuerza, porque sabía que Brandon volvería junto a mí si sabía lo que pasaba. Pero, como no podía oírlos, me había olvidado de los monitores y en cuestión de segundos volví a notar su mano agarrando la mía hasta que pasó el dolor. Cuando me relajé, me dio un beso en los dedos y siguió cenando.

Pasó una hora más y para entonces estaban todos acurrucados en los sofás y en las sillas, viendo algo en la televisión sin volumen. Brandon me ayudó a ponerme de lado y, cuando me acomodé, acercó su silla a la cama para poder mirarme y apoyó la cabeza junto a mi pecho. Utilizó una mano como almohada y me sujetó la otra para cuando volviera a necesitarla. Me alegré de que fuera a dormir un poco. Al ponerme de lado, imaginé que pensaría que yo también iba a dormir, así que haría lo mismo. Pero no había sido ese mi razonamiento. Sentía tanto dolor que ya no podía disimularlo y no quería que la familia lo viera. Apreté la mandíbula al notar otra contracción, pero me obligué a no apretarle la mano a Brandon. Se me escaparon algunas lágrimas y suspiré cuando pasó. Brandon comenzó a dibujar círculos con el pulgar sobre la palma de mi mano, yo abrí los ojos y lo vi mirándome con la cabeza todavía apoyada en su otra mano. Parecía como si a él también le doliese solo con tener que verme.

Se levantó de la silla, se agachó para secarme las lágrimas y después apoyó su frente en la mía.

—¿Hay algo que pueda hacer por ti, cariño?

—Ya lo estás haciendo —respondí. Ni siquiera habría podido pasar esa parte sin él. Era mi salvavidas—. ¿Qué hora es?

Brandon miró su teléfono antes de volver a guardárselo en el bolsillo.

—Casi las once. Intenta dormir, enseguida habrá pasado todo —me dio un beso suave y después presionó con más fuerza sobre mis labios.

—Siempre y cuando tú también duermas un poco.

Volvió a sentarse en la silla, apoyó la cabeza en su mano, pero esta vez cerca de la mía, de manera que nuestras narices se tocaban. Me acarició la mejilla con la otra mano y en cuestión de minutos se había quedado dormido. Le sonreí y soporté otra contracción dolorosa antes de quedarme dormida también.

Unos pitidos persistentes me despertaron. Brandon se levantó de un brinco y se volvió hacia los monitores. Se asustó y corrió hacia la puerta, pero en ese momento entró una enfermera y empezó a comprobarlo todo. Me tumbó de nuevo boca arriba e hizo que todos salvo Brandon y Claire abandonaran la habitación. Entró otra enfermera y empezaron a hablar mientras me pedían que hiciera ciertas cosas. Claire me sujetaba una mano y Brandon me apretaba la otra sin dejar de mirarme. Sentí que todos aguantábamos la respiración mientras esperábamos a que el monitor volviese a la normalidad, o a que una de las enfermeras nos dijera qué estaba pasando. Entró la doctora Lowdry, habló con las enfermeras y ocupó el lugar de una de ellas, pero yo no podía mirarlo. Brandon tenía mi cara entre sus manos y me susurraba para intentar calmarme, aunque veía el pánico en su mirada.

—De acuerdo, Harper, ¿estás preparada? —me preguntó la doctora Lowdry desde el pie de la cama. Brandon me soltó la cara y al fin la miré—. Vamos a tener que hacerlo ahora. El bebé tiene el cordón umbilical enrollado al cuello, pero no pasará nada. Haz justo lo que yo te diga y en pocos minutos lo tendremos aquí.

Yo asentí, tomé aliento y le apreté la mano a Brandon como si fuese lo único que me mantuviese unida a la tierra. Claire me apretó la otra mano y me dijo que todo saldría bien. Brandon me besó y siguió susurrándome palabras de amor durante los siguientes seis minutos. Todos lloramos de alivio al oír el grito penetrante de Liam. Mientras lo limpiaban y se aseguraban de que todo estaba bien, Brandon se inclinó hacia mí, me besó sin dejar de sonreír y apoyó su mejilla en la mía para decirme lo orgulloso que estaba de mí. Una de las enfermera nos llevó a Liam y repitió la información que habían estado diciendo durante el chequeo. Treinta y cinco centímetros, dos kilos ochocientos setenta gramos, nacido a las doce y tres minutos de la noche.

Me entregó a Liam y supe que nunca volvería a ser la misma. Ya no lloraba, tenía los ojos muy abiertos y me miraba con la boca abierta, como si no supiera si debía llorar de nuevo o permanecer callado. Era precioso. Claire estaba de pie junto a mí, llorando en silencio. Brandon estaba agachado junto a nosotros, acariciando a Liam. Le brillaban los ojos y no paraba de sonreír mientras miraba a nuestro hijo.

—Hola, Liam —se me quebró la voz al mirarlo.

Él sacó las manos de debajo de la manta y empezó a retorcerse los dedos. Mientras le acariciaba, Brandon le rozó los puños a Liam con el pulgar y el bebé se lo agarró al instante. Brandon dejó escapar el aliento, nos miramos y nos sonreímos antes de volver a mirarlo. Claire acarició al bebé antes de darnos un beso en la mejilla a cada uno y salir para darle la noticia al resto de la familia.

La enfermera lo tomó en brazos y se lo entregó a Brandon mientras la doctora terminaba de examinarme. Comprendí de inmediato por qué Brandon deseaba verme con él en brazos. Verlo a él con su metro noventa sujetando a nuestro bebé de menos de tres kilos hizo que las lágrimas comenzaran a resbalar por mis mejillas.

—Hola, hombrecito —susurró.

—Cariño —levantó la cabeza, me miró y yo solo pude fijarme en su sonrisa—, ¿has oído a la enfermera? ¿Has oído la hora a la que ha nacido?

Brandon asintió y volvió a mirar a Liam.

—En el momento justo, hijo. No podrías haber elegido un día más perfecto.

—¿Queríais que naciera el once de septiembre? —preguntó la enfermera.

Miré a Brandon, vi las lágrimas en sus ojos y supe que no podría responder.

—No es que lo quisiéramos, en realidad no lo esperábamos todavía. Pero es perfecto para nuestra familia. Se llama así por el padre de Brandon, Liam. Iba en uno de los aviones que se estrellaron contra las torres gemelas —expliqué.

La doctora Lowdry y las dos enfermeras se quedaron con la boca abierta. Después de que la doctora terminara de limpiarme, miró al bebé, que seguía en brazos de Brandon, y dijo:

—Este día siempre será significativo para los tres. La pérdida y un regalo. Es agridulce, pero estoy de acuerdo, es perfecto.

Brandon se acercó a mí y volvió a ponerme a Liam en brazos. Mantuvo una mano en él y la otra en mí.

—Has estado increíble. Te quiero mucho, Harper.

—Yo también te quiero —Liam dejó escapar un pequeño llanto y volvimos a mirarlo—. Míralo, Brandon. Es perfecto.

—Lo es —convino él—. Por fin ha llegado.

—Sí, es surrealista.

Liam empezó a llorar con más fuerza, pero, viéndolo agitar sus bracitos, yo no podía dejar de sonreír. Brandon colocó los dedos junto a su mano temblorosa y, en cuanto Liam los tocó, se los agarró y se quedó callado.

—¿Papi hace que te sientas mejor, pequeño Liam?

Brandon me miró con cara de orgullo, amor y alegría, y yo empecé a llorar de nuevo.

—Soy padre —dijo con un nudo en la garganta. Me besó en los labios y se apartó ligeramente—. Gracias, cariño, no tienes idea de lo feliz que me hace esto. De lo feliz que me haces.

Le acaricié la mandíbula con la mano que tenía libre.

—Creo que me hago una idea. Lo eres todo para mí, Brandon. No podría haberlo hecho sin ti, y tampoco habría querido.

Claire regresó seguida de Carrie. Se turnaron para tomarlo en brazos y, mientras lo hacían, Brandon y yo nos besábamos y nos mirábamos con complicidad. Cuando le dijo a su madre a qué hora había nacido Liam, ella sonrió antes de entender lo que quería decir eso. Entonces se le humedecieron los ojos.

—Hola, Liam —dijo como si estuviera viendo a su marido por primera vez en muchos años—. Tú sí que sabes cómo entrar en escena.

Me dio un vuelco el corazón al recordar las historias que había compartido conmigo. La noche que conoció a Liam, llovía a cántaros y ella estaba a punto de marcharse de una cafetería con sus amigas. Liam abrió la puerta y, al entrar, resbaló sobre el suelo mojado, empujó a Carrie y ella cayó encima de él. Se rieron tanto que tardaron casi dos minutos en levantarse y, al hacerlo, él se disculpó y se presentó ofreciéndole la mano.

Ella se la estrechó y dijo:

—Vaya, tú sí que sabes cómo entrar en escena, Liam Taylor.

Cuando se giró para marcharse, Liam la miró y le dijo:

—¿De verdad vas a marcharte después de que algo así nos haya unido?

En vez de marcharse con sus amigas aquella noche, decidió darle una oportunidad a aquel desconocido y se tomó otro café con él. Hablaron hasta que cerró la cafetería y se casaron seis meses después. Aquella primera frase que le dirigió se convirtió en una broma en su relación y también en su familia cuando nacieron los chicos. Y ahora, nuestro pequeño Liam continuaba con la tradición.

—Cariño —murmuró Brandon medio dormido—, ¿es tu turno o el mío? ¿Qué hora es?

Giré la cabeza hacia la mesilla donde estaba el despertador, pero todavía no podía abrir los ojos.

—No lo sé. Aunque probablemente sea mi turno —al fin me obligué a abrir los ojos y parpadeé al mirar los números verdes brillantes. Eran poco más de las cuatro de la mañana. Sonreí al pensar que al menos Liam había dormido más esta vez. Agarré la colcha, me destapé y se la eché a Brandon por encima. Pero, antes de que pudiera salir de la cama, él me agarró del brazo y me retuvo.

—Si crees que es tu turno, entonces probablemente sea el mío.

—Tengo que darle de comer de todos modos, Brandon. Lleva tres horas dormido. Iré yo —saqué las piernas de la cama y me incorporé. Brandon me agarró por los hombros y volvió a tumbarme antes de colocar su cabeza sobre la mía.

—Entonces deja que te lo traiga aquí —me dio un beso en los labios y después otro en el cuello—. Ponte cómoda. Enseguida vuelvo.

Suspiré tranquila y coloqué las almohadas contra el cabecero para recostarme. Liam tenía poco más de seis semanas y, aunque algunas noches teníamos que despertarlo para darle de comer, esa noche no era una de ellas. Brandon había estado ayudándome mucho y no podía creerme lo afortunada que era de tenerlo a mi lado. Pensaba que, como yo era la mujer, me tocaría a mí despertarme todas las veces para estar con Liam, o cambiarle el pañal. Estaba dándole el pecho, así que, claro, era yo quien le daba de comer, pero a veces Brandon me lo llevaba a la habitación para que pudiera quedarme en nuestra cama. Y siempre nos turnábamos para todo lo demás. Brandon era un padre asombroso. Quería mucho a Liam y siempre estaba encantado de verlo, y a nuestro hijo le pasaba lo mismo. Cada vez que Brandon le hablaba, Liam se quedaba callado mirándolo. Si Brandon le daba besos o le ofrecía los dedos para que se los agarrara, Liam sonreía a su padre y a mí me daba un vuelco el corazón al verlos. Ambos hacían que mis días fuesen mejores, pasar tiempo con ellos era lo que me hacía levantarme de la cama por las mañana y, aunque quería que Brandon estuviese conmigo todo lo posible, también valoraba el tiempo que pasaba a solas con Liam cuando él se iba a clase.

Brandon regresó a la habitación con el niño en brazos y, por supuesto, Liam estaba callado.

—Alguien tiene hambre. Intentaba alcanzarme el pecho.

—¿Le has dicho que el restaurante estaba cerrado? —bromeé yo cuando me entregó al niño. Sonreí al ver aquella sonrisa sin dientes y le di un beso en la frente antes de ponerlo a mamar. Daba igual que estuviéramos agotados, porque me encantaba ver a mi hombrecito.

—Le he dicho que ese restaurante nunca ha estado abierto —respondió Brandon riéndose antes de darnos un beso y meterse en la cama junto a mí. Encendió la tele y puso las noticias, que eran lo único interesante a esas horas de la madrugada.

—¿Qué tal tu sueñecito, Liam? —le pregunté, jugando con su mano mientras él mamaba con voracidad, como si fuese su última comida.

Brandon me puso una mano en el muslo y se inclinó hacia nosotros.

—¿Qué tal tu sueñecito, Harper? Has estado durmiendo menos que yo.

—Lo sé —suspiré y apoyé la cabeza en la suya—. Pero no puedo evitarlo. Desde que lo llevamos a su habitación, siento que, si me duermo, le va a pasar algo.

—El niño está bien y seguirá estándolo. Pero tú necesitas dormir. Tal vez si…

—No, Brandon, no quiero molestarlas.

—Harper —apartó la cabeza de mí y me levantó la barbilla hasta que lo miré—. Sabes que no sería una molestia. Vienen aquí casi todos los días y siempre preguntan si pueden cuidarlo, así que no digas que no podemos llamar a tu madre o a la mía. Dime qué es lo que te impide realmente pedírselo.

Yo miré a mi hijo antes de levantar la cabeza y mirar a mi asombroso prometido. Los ojos empezaron a llenárseme de lágrimas.

—Cariño, ¿estás llorando? ¿Por qué?

—No puedo, Brandon… no puedo —dejé escapar un sollozo y me llevé un puño a la boca para amortiguarlo. Liam había empezado a quedarse dormido otra vez.

—Harper, ¿qué sucede? Por favor, dímelo.

Estaba intentándolo, pero no podía hablar todavía, así que levanté un dedo para pedirle que me diera un segundo para calmarme un poco.

—No puedo dejarlo solo. Me aterroriza lo que pueda pasar si lo hago. Chase y tu padre murieron sin más. No quiero perderlo a él y no quiero que él nos pierda a nosotros. Ambos sabemos lo que es estar sin un padre. No puedo hacerle eso.

—Cariño, eso no va a ocurrir. Entiendo que estés asustada, pero no podemos vivir así. No podemos permitir que lo ocurrido en nuestro pasado condicione nuestro presente y nuestro futuro. No sería justo para nosotros ni para Liam. No va a ocurrir nada, tienes que permitirte disfrutar de la vida. Yo tampoco quiero separarme de él, pero admito que quiero pasar tiempo a solas contigo. Necesitamos pasar tiempo a solas. Aunque solo sean un par de horas, una vez a la semana.

—Lo siento —estreché a Liam contra mi pecho e intenté sacarle los gases antes de volver a llevarlo a su habitación.

—¿Por qué?

—Por haberte descuidado. Tienes razón, necesitamos tiempo para nosotros.

Brandon se rio y me quitó las almohadas de la espalda para poder acurrucarse detrás de mí.

—Harper, no has estado descuidándome. En absoluto. Hemos estado muy ocupados y para mí pasar tiempo como una familia es más importante que todo lo demás —su voz se volvió más profunda y se inclinó hacia mí para mordisquearme la oreja—. Pero soy egoísta y a veces quiero tener a mi chica solo para mí. ¿Crees que podremos encontrar la manera?

Se me aceleró el corazón al sentir sus labios en mi piel y me di cuenta de que no habíamos hecho nada más que abrazarnos y besarnos desde el nacimiento de Liam.

—Creo que tenemos que hacerlo —contesté casi sin aliento.

—¿Todos los jueves?

—Qué apropiado que hoy sea jueves —dije sonriendo mientras me acurrucaba contra su pecho.

Brandon acarició la cabeza de Liam antes de deslizar las manos por mi cintura y por el lugar donde antes estaba mi tripa.

—¿La echas de menos? —había detenido las manos un instante antes de deslizarlas por mi vientre plano. Lo sé, lo sé, ya hay muchas mujeres que me odian. Cuando vamos a las consultas de Liam, todos me preguntan si lo hemos adoptado porque, una semana más tarde, mi vientre ya había vuelto a la normalidad. Era sorprendente incluso para nosotros, y además sabíamos que no hacía mucho había tenido la tripa como si fuera un enorme balón de playa. Solo tenía una estría, pero pasaba desapercibida porque coincidía con uno de mis lirios tatuados. Pero, de no ser por eso y por el pecho, pensaría que me había inventado el embarazo y había robado un bebé del hospital.

—En cualquier caso, eres la mujer más guapa que jamás he visto —se encogió de hombros y me dio un beso en la coronilla—. Yo sí la echo de menos, pero me alegra que por fin esté aquí. Tardaré un tiempo en acostumbrarme a no tener tu tripa. Como ahora. Me dirijo a acariciártela y, al no encontrarla, me quedo desconcertado durante un segundo.

—¿Que tú te desconciertas? Piensa en cómo me sentí yo cuando fui a poner ese cuenco sobre mi barriga y se me cayó en el regazo.

Brandon se rio y aquello me provocó un escalofrío.

—Lo siento, pero es que fue muy divertido. Deberías haberte visto la cara.

Liam se movió y ambos contuvimos la respiración hasta asegurarnos de que seguía dormido.

—Voy a llevarlo de vuelta a la cuna —susurré—. Enseguida vuelvo.

Me levanté de la cama tras dejar que Brandon le diera un beso en la frente y me fui a su habitación. Lo mecí durante un minuto, le di un beso en la cabeza y lo dejé en la cuna.

—Te quiero, Liam Chase —tras mirarlo una última vez, dejé la puerta entreabierta y regresé a nuestro dormitorio.

—¿Se ha despertado?

Negué con la cabeza y me acurruqué junto a él en la cama. Le quité el mando a distancia, apagué la tele y llevé los labios a la base de su cuello. Desde allí deslicé la lengua por su clavícula.

—¿Estás cansado?

Brandon soltó un gemido y me rodeó con los brazos.

—En absoluto —me tumbó boca arriba sobre la cama y se quedó encima de mí.

—Estaba pensando que podríamos tener una cita antes de nuestra cita —me estremecí al rodearlo con las piernas y acercarlo a mí.

—Harper —murmuró contra mi cuello—, tienes que decirme si algo ha cambiado. No hemos hecho nada en mucho tiempo y, a no ser que pongas ahora las barreras, no sé si podré parar cuando hayamos empezado.

—Lo único que ha cambiado es que ahora te deseo más que antes. No quiero esperar más, quiero estar contigo.

Me besó en la boca y tiró ligeramente de mi labio inferior con los dientes mientras me incorporaba. Con un movimiento rápido me quitó la camiseta y volvió a recostarme sobre la cama. Sentir mi pecho desnudo contra su torso era increíble y noté el calor en mi vientre. Arqueé la espalda hacia él cuando empezó a dibujar un camino de besos desde el cuello hasta el pecho. Cuando llegó a la tripa, metió la mano derecha bajo mis pantalones y comenzó a tirar. Yo respiraba entrecortadamente mientras esperaba ansiosa lo que por fin estaba a punto de suceder entre nosotros. Después de quitarme los pantalones y las bragas y tirarlos al suelo, exploró mi cuerpo despacio con los labios y con las manos, pero, cada vez que yo intentaba hacer lo mismo, me agarraba las manos y me las ponía por encima de la cabeza. Yo gimoteaba para cuando me soltó y colocó las manos a ambos lados de mi cuerpo sin dejar de besarme. Deslicé las manos por los músculos de su espalda, por su cintura estrecha y por sus caderas antes de agarrar la cintura de sus pantalones cortos. Aguantó la respiración cuando deslicé los dedos de un lado a otro y me reí cuando volvió a besarme. Antes de que pudiera bajarle los pantalones, Liam se despertó de nuevo y empezó a llorar. Brandon blasfemó, se echó a un lado y me tumbó a mí encima. Me mantuvo abrazada mientras lo escuchábamos durante un minuto, ambos rezando para que el niño volviese a dormirse. Al ver que no sucedía, apoyé la frente en la suya y suspiré.

Brandon seguía intentando recuperar la respiración, tenía los labios apretados y los ojos cerrados.

—Esta noche —murmuró—, nada nos detendrá. Pienso tomarme mi tiempo y te haré el amor durante toda la noche.

—Esta noche —le prometí. Le di un beso en la mejilla, me quité de encima, salí de la cama y me vestí para ir a ver a Liam.

Cuando entré en la habitación y lo saqué de la cuna, empezó a llorar con más fuerza y tardé unos minutos en lograr que se calmara. Di vueltas por la habitación a oscuras con él en brazos intentando tranquilizarlo. Al fin dejó de llorar cuando me agarró un mechón de pelo. Me miró a los ojos y se quedó con la boca abierta.

—Hola, señor gruñón —le dije con cariño—. Treinta minutos es muy poco tiempo, incluso para ti —me volví al oír un ruido en el pasillo y vi a Brandon apoyado en el quicio de la puerta. Me fijé en su cuerpo bronceado y musculoso y me mordí el labio al pensar en los pocos momentos que habíamos compartido y en las horas que pasaríamos juntos esa noche. Se me aceleró la respiración al pensar en su cuerpo pegado al mío. Hacía mucho tiempo que no nos besábamos así, y más aún desde que no hacíamos otras cosas. La última vez que habíamos llegado tan lejos había sido antes de nuestra horrible ruptura.

—Sigue siendo lo que más me gusta —dijo, y me sacó de mi fantasía.

—¿El qué, cariño?

—Verte con él en brazos —sonreí y él se acercó a nosotros—. ¿Cómo está?

—Ahora bien. Estaba enfadado porque he tardado demasiado en venir a verlo.

—Ah, ¿él estaba enfadado? —Brandon lo tomó en brazos, le dio un beso en la cabeza y le ofreció un dedo—. Odio tener que decirte esto, hombrecito, pero has interrumpido un momento muy importante con tu madre.

Yo me reí, me senté en la mecedora y de pronto me sentí agotada después de haber dormido tres horas y media en las últimas cuarenta y ocho horas. Vi a Brandon dar vueltas por la habitación durante unos minutos y luché por mantener los ojos abiertos. Se acercó a mí, se inclinó para que yo pudiera darle un beso a nuestro hijo, que ya dormía, y volvió a dejarlo en la cuna. Después me pasó un brazo por debajo de las rodillas, otro por la espalda y me llevó de vuelta a nuestra cama. Intenté quitarme de nuevo la camiseta, pero él me detuvo y me dio un beso.

—Duerme, cariño. Mañana podremos seguir donde lo hemos dejado —me rodeó con los brazos, me estrechó contra su pecho y suspiró satisfecho—. Te quiero mucho, Harper.

Yo le di un beso en el cuello, le susurré «mi amor» y me quedé dormida en cuestión de segundos.

Dejar a Liam con Claire y Robert fue increíblemente difícil. Claro, él no se dio cuenta porque estaba dormido, pero tardé más de cinco minutos en salir de la casa. Casi empecé a llorar cuando me monté en el coche, pero me contuve. Sabía que estaría bien con ellos, eso no me preocupaba en absoluto. Era más bien que, salvo cuando me duchaba y durante las pocas horas que dormía, no me había separado de él desde que volvimos a casa desde el hospital. Tomé aliento y me centré en Brandon y en lo que habíamos planeado para cuando volviera de clase. Miré el reloj, puse el coche en marcha y me fui a casa.

Disfruté de una ducha larga, dado que no había podido hacerlo en casi dos meses. Últimamente mis duchas eran de cinco minutos y necesitaba aquello. Después me entretuve maquillándome y arreglándome el pelo también. Sabía que a Brandon le gustaba sin maquillaje, pero empezaba a sentirme desaliñada porque ya nunca me arreglaba y quería que supiera que deseaba estar guapa para él. Estuve en el vestidor unos minutos intentando decidir qué ponerme, pero al final me decanté por un conjunto de bragas y sujetador de encaje en color rosa y negro. No me sentía lo suficientemente segura de mí misma como para estar desnuda cuando llegase a casa, pero estaba bastante segura de que vestirme sería algo innecesario. Volví al cuarto de baño y me miré al espejo para asegurarme de estar perfecta. Me acaricié el tatuaje con los dedos y me pareció increíble haber dado a luz hacía poco más de seis semanas y que la única prueba de ello fuese mi pecho. Bree y yo habíamos ido a comprar cuando empezaron a crecerme los pechos durante el embarazo, y me alegraba de que me hubiera obligado a comprarme algunos sujetadores sexys, porque todo lo demás no me habría cabido o habría resultado poco erótico. Me puse desodorante y, cuando me disponía a salir del baño, oí abrirse la puerta de la entrada. Se me aceleró el corazón al momento y me obligué a no salir corriendo hacia mi futuro marido.

—¿Harper? Ya estoy en… —se detuvo en seco al verme y me miró con los ojos muy abiertos—. Madre mía.

Sonreí al acercarme.

—¿Bien o mal?

—Bien —me agarró de las caderas, me arrastró hacia él y me besó en los labios—. Muy bien —me tomó en brazos, me llevó de vuelta al dormitorio y me sentó al borde de la cama.

Me ayudó a quitarle la camiseta y se inclinó para volver a besarme. Deslicé los dedos por su pecho y bajé por sus abdominales hasta llegar al botón de sus vaqueros. Igual que la noche anterior, aguantó la respiración cuando los deslicé por la cintura de los pantalones y me reí contra sus labios. Tras bajarle la cremallera, se quitó los vaqueros y me desabrochó el sujetador. Cuando cayó al suelo, volvió a tumbarme sobre la cama y recorrió mi cuerpo con los labios. Se me había acelerado la respiración para cuando me besó en la boca. Agarré sus *boxer* con los dedos y tiré despacio, pero me detuvo.

—Primero deja que te ame —susurró contra mi cuello.

Se apartó y apoyó todo el peso en sus rodillas para poder levantarme más sobre la cama. Me dio otro beso y después deslizó las yemas de los dedos por mi vientre hasta llegar a las bragas. Sin dejar de mirarme me las bajó y las tiró al suelo también.

—Eres preciosa, Harper —dijo mi nombre como si fuera una plegaria mientras recorría mis piernas con las manos.

Cerré los ojos mientras me amaba con las manos y con los labios. Cuando creía que ya no podía aguantar más, acerqué su cara a la mía, le agarré los calzoncillos y agradecí que esta vez no me detuviera cuando se los bajé. Se quedó encima de mí mientras yo memorizaba cada centímetro de su cuerpo con los ojos, después mis manos siguieron el camino de mi mirada. Le di un beso en el estómago y fui subiendo hasta sus labios. Brandon me tumbó boca arriba mientras lo besaba y me separó las piernas con la rodilla. Pensaba que iba a volverme loca cuando se quedó a pocos centímetros de mí impidiéndome moverme.

—¿Seguro que estás preparada?

Le pasé las manos por el pelo y acerqué su cara a la mía.

—Seguro. Creo que no puedo describir lo que siento por ti. «Te quiero» no me parece suficiente. Déjame demostrarte lo que significas para mí.

Me besó en la frente y después se quedó mirándome mientras nos demostrábamos sentimientos el uno al otro que no podíamos expresar con palabras. Brandon gimió y yo aguanté la respiración cuando al fin me penetró y nos quedamos quietos unos segundos, disfrutando de la sensación. Nos movimos como si estuviéramos hechos el uno para el otro, dándonos el uno al otro justo lo que necesitábamos. Yo no quería que acabase nunca, podría pasarme la eternidad amando a Brandon de todas las maneras posibles y aun así no sería suficiente. Nuestros cuerpos permanecieron entrelazados cuando terminamos, nuestros labios y nuestras manos siguieron con la exploración anterior. Nos quedamos mirándonos, susurrándonos palabras de amor, riéndonos, besándonos con tanta pasión que la primera vez se mezcló con la segunda y después con la tercera. Cada vez fue diferente y mucho más asombrosa que la anterior.

Cuando nos separamos, estábamos exhaustos y casi sin aliento. Las alarmas para ir a recoger a Liam habían saltado y nosotros las retrasamos dos veces antes de decidir que había llegado el momento de ir a por nuestro hijo. Cuando sonó la tercera alarma, la apagamos y nos metimos en la ducha. Lo único que impidió que volviésemos a dejarnos llevar por la pasión en la ducha fue el dolor de nuestros cuerpos y la necesidad de volver a ver a Liam. Después de vestirnos, Brandon tiró de mí para besarme antes de conducirme hasta el coche. Llamé a Claire para decirle que íbamos de camino y coloqué la mano sobre la suya, que tenía apoyada sobre mi muslo.

Yo no paraba de sonreír y, tras mirar a mi izquierda, comprobé que a Brandon le pasaba lo mismo.

—Ha sido…

—Perfecto —concluyó él—. Absolutamente perfecto.

—Tienes razón. Siento que hayamos tardado tanto.

—No lo sientas. Si no hubiéramos esperado todo un año, no habría sido lo mismo. No digo que no habría sido fantástico, pero no habría sido así.

Lo pensé durante unos segundos antes de darle la razón.

—Creo que tienes razón —me incliné sobre la palanca y le di un beso en la mejilla.

—Te quiero —giró la cabeza y me besó en los labios antes de que pudiera recostarme de nuevo.

—Nací para amarte, Brandon.

Él sonrió más aún y me acarició el anillo de compromiso con el pulgar.

—Estoy deseando casarme contigo.

—Además del nacimiento de Liam —dijo en voz baja—, casarme contigo será el mejor momento de mi vida.

Cuando aparcamos delante de casa de Claire y Robert, Brandon corrió a la puerta del copiloto, me sacó del coche y me aprisionó contra la puerta después de cerrarla. Las últimas seis horas habían pasado demasiado deprisa.

—No estoy preparada para que termine nuestra noche, pero estoy deseando ver a Liam.

—Ojalá el próximo jueves llegue pronto, cariño —me acarició la mandíbula con la nariz antes de besarme en la boca. Gemí contra sus labios, le rodeé el cuello con los brazos y dejé que me levantara para rodearle la cintura con las piernas. Nos quedamos así, besándonos como dos adolescentes en el instituto, sin querer separarnos. Se nos aceleró la respiración y los besos se volvieron más apasionados.

—No creo que pueda aguantar otro asalto esta noche, cariño. Además, no creo que los vecinos de Claire y de Robert agradezcan el espectáculo.

Se rio, apoyó la frente en la mía e intentó volver a calmarse.

—De verdad, no sé cómo no caigo rendido aquí mismo. Me has dejado agotado, Harper —se rio y volvió a dejarme en el suelo—. ¿Lista para ir a buscar a nuestro hijo antes de volver a casa?

Sonreí y tiré de él hacia la casa. Claire se rio al fijarse en mis labios hinchados, en mi pelo revuelto y en las marcas rojas del cuello, donde Brandon había frotado su mandíbula demasiadas veces.

Me apartó de Robert y me susurró al oído:

—Supongo que lo habéis pasado bien.

Me sonrojé y miré a Brandon hablando con Robert antes de volver a mirarla a ella.

—Dios mío, no te haces idea —me había dado mucha vergüenza la primera vez que oí a Bree hablar con su madre de algo sexual, pero pronto lo superé y ahora me alegraba de tener a alguien con quien hablar de ello—. ¿Dónde están Bree y Konrad?

—Han ido a por helado, así que mi hija tendrá que esperar para saber los detalles jugosos. ¿Qué era… la primera vez?

Asentí y me mordí el labio para ocultar mi sonrisa.

—¡Qué dices! Estaba de broma, no tenía ni idea. Es que parecías demasiado feliz como para no bromear al respecto.

—¡Mamá! —murmuré antes de mirar a los chicos—. Ya te dije que no habíamos compartido eso todavía.

—Sí, antes, pero lleváis meses viviendo juntos.

—Como si hubiéramos tenido tiempo antes de esta noche. Yo estaba embarazada y la doctora Lowdry nos dijo que no, y después hemos estado cuidando a Liam. No podíamos precipitarnos las primeras veces. Habíamos esperado demasiado.

—¿Las primeras?

Yo sonreí mientras caminábamos hacia la habitación de Liam.

—Bueno, ahora que has tenido esas veces, te aseguro que buscarás más tiempo.

—¡Ja! Ahora mismo no puedo pensar en eso. Estoy demasiado cansada.

—Bueno, que sepas que nosotros siempre estamos disponibles para cuidar de él.

—Lo tendremos en mente —me reí y saqué a mi bebé de la cuna. Me dio un vuelco el corazón al tenerlo de nuevo en brazos—. Te echaba de menos, osito de gominola —susurré mientras lo mecía en mis brazos.

—Se ha tomado los tres biberones que nos dejaste, pero no ha dormido mucho, así que con suerte esta noche podréis descansar.

Asentí con la esperanza de que fuera cierto. Necesitaba tiempo para recuperarme de las horas pasadas con Brandon. Cuando volvimos al salón, la sonrisa de mi futuro marido me provocó un vuelco en el corazón. Quería muchísimo a aquel hombre y no podía creer que fuera mío. Se acercó a nosotros y acarició la cabeza de Liam antes de darle un beso.

Liam bostezó y abrió los ojos para mirar a Brandon.

—Hola, hombrecito. Te echábamos de menos —el bebé bostezó de nuevo y volvió a cerrar los ojos—. ¿Preparada para llevárnoslo a casa, Harper?

Asentí y me despedí de Claire y de Robert.

—Venís a casa el domingo, ¿verdad? —para continuar con el día familiar, una vez a la semana nos reuníamos todos en casa de

Claire, de Carrie o en la nuestra para pasar tiempo en familia y, aunque habían dejado de ir a la nuestra últimamente para que yo no tuviera que hacer de anfitriona mientras intentaba ser madre, les había hecho prometer que volverían esa semana.

—Allí estaremos, así que pasadlo bien hasta entonces —dijo Claire con una sonrisa y un guiño. Robert se rio y Brandon se sonrojó. Nunca antes le había visto sonrojarse y no pude evitar reírme también.

Dimos de comer a Liam, le cambiamos y le acostamos en tiempo récord. Nos metimos en la cama, nos besamos y nos quedamos abrazados.

Brandon acercó los labios a mi oreja y susurró:

—Harper…

—¿Cuarto asalto? —pregunté yo con una sonrisa.

Brandon me devolvió la sonrisa y me puso encima de él.

CAPÍTULO 18

—¿Brandon? —pregunté con voz ronca. Su lado de la cama estaba vacío y frío. Miré el reloj y me di cuenta de que había dormido durante seis horas y media y de que probablemente debiera ir a ver a Liam.

Recogí del suelo la camiseta de Brandon y me la puse antes de salir al pasillo. Cuando me acerqué, oí la voz cálida de Brandon, caminé más despacio e intenté oír qué estaba contándole a nuestro hijo. Ya sonreía para mis adentros cuando me asomé por la puerta, que estaba entreabierta, y vi que estaba contándole uno de sus días de surf. No… estaba contándole uno de los días de surf de Chase. Y tenía el álbum de fotos abierto sobre la cómoda. Dejé escapar un suspiro ahogado e intenté respirar relajadamente para poder oírlo sin que Brandon supiese que estaba allí.

—… siempre andaba haciendo locuras así, por eso todos le querían, pero con frecuencia se metía en líos. Nadie habría seguido haciendo surf después de eso, y todos intentamos que volviera a la orilla. Brad y yo fuimos hasta allí para obligarle, porque aquel tío le había dado un puñetazo y tenía un corte en la ceja, pero, para cuando llegamos, ya estaba subido en otra ola. Te juro que sabía cómo fastidiarnos, porque a esos tíos no les hizo gracia vernos allí. Tu padre surfeaba mejor que ellos y yo podía pelearme, pero un consejo, hijo, no intentes nunca pelearte con alguien mientras estás subido a una tabla de surf en el mar. No suele salir bien y pareces un estúpido lanzando puñetazos en el agua. Al final acabamos todos riéndonos y los invitamos a la fiesta aquella noche.

Brandon pasó la página del álbum, se rio y señaló otra de las fotos.

—Como ya te he dicho, estaba loco y siempre andaba haciendo estupideces —pasó de nuevo la página y señaló otra vez—, pero tu madre lo cambió todo.

Yo me quedé helada y acerqué la cabeza más aún.

—El día que conocí a tu madre, supe que estaría en mi vida para siempre. Había algo en ella y supe que ya me estaba enamorando aquel primer día. Ella te hacía querer ser mejor, intentar merecer su amor. Por desgracia tu padre pensaba lo mismo; nadie salvo yo entendía aquel cambio tan drástico en él. Aunque ella estuviera conmigo, Chase dejó de beber, dejó de acostarse con otras chicas, fue como si hubiera madurado al instante y se hubiera convertido en el hombre que quería ser para poder tener una oportunidad con ella. Yo tenía miedo de perderla algún día porque se fuera con él. Me parecía una cuestión de tiempo. Pero tu madre era diferente. Yo había salido con muchas chicas, pero en realidad me daba igual que estuvieran allí o no. Eran mujeres con las que intentaba superar el dolor por la pérdida de mi padre. Así que, cuando la conocí y me di cuenta de mis sentimientos, luché para que se quedara conmigo todo lo posible. No se lo digas a tu madre, pero Chase y yo siempre andábamos peleándonos por ella cuando no estaba delante. Dios, nos peleábamos incluso cuando sí estaba delante. Sabíamos que cualquiera de los dos podía tener a la chica que quisiera, pero ambos deseábamos solo a Harper. Así que, claro, como éramos así, nos insultábamos y nos peleábamos cuando nos quedábamos a solas. Yo nunca se lo he dicho a Harper, pero ya sabía lo que había ocurrido con tu padre antes de que ella me lo contara. Cuando volví a casa de las vacaciones y vi que Chase no volvía a molestarme, supe que algo había pasado, aunque todavía no sabía qué era. Pero, ¿sabes qué? Ni siquiera puedo enfadarme por eso, porque, de no haber sucedido, tú no estarías aquí ahora mismo.

Me llevé una mano a la boca para contener un sollozo y regresé lentamente a nuestro dormitorio. Cuando me metí bajo las sábanas, dejé escapar las lágrimas mientras lloraba por el padre que Liam nunca conocería, y quise más aún al padre que ahora lo tenía en brazos. No sé cuánto tiempo pasó hasta que dejé de llorar, pero al final Brandon regresó a la cama y se quedó quieto al darse cuenta de que estaba despierta.

—Cariño, ¿qué pasa?

—¿Sabes lo mucho que te quiero? —asintió y continué—. A veces me resulta difícil creer que eres real, que estás aquí con nosotros.

Brandon me apartó el pelo de los ojos y me rodeó la cara con las manos.

—Estoy aquí. No querría estar en ninguna otra parte.

—Exacto.

—Harper, por favor, dime qué pasa. ¿Te estás… te estás echando atrás?

—¡No! Estoy deseando casarme contigo, Brandon. Eres tan asombroso que me gustaría poder decirte lo maravilloso que eres y lo mucho que significas para mí. Es que no entiendo cómo puedes ser mío. No sé qué he hecho para merecerte.

Él soltó una carcajada y me dejó ver su hoyuelo.

—Entonces, ¿por qué lloras? No lo entiendo.

—Gracias por hablarle de Chase.

—Ya te dije que lo haríamos, cariño —me envolvió entre sus brazos y me dio un beso en la coronilla—. Siempre le hablaré de Chase.

—Lo sé, pero escucharte contarle historias ha sido… no sé cómo explicarlo. Ha sido maravilloso, me ha alegrado el corazón —dije con una carcajada.

Él bajó la voz.

—Tú me alegras el corazón, Harper —me besó en los labios y fue bajando. Metió la mano izquierda por debajo de mi camiseta y me acarició la cintura, el vientre y las caderas con los dedos—. ¿Te he dicho últimamente lo mucho que me gusta verte con mi camiseta puesta?

—¿Te he dicho yo últimamente lo mucho que me gusta verte sin nada en absoluto? —respondí yo llevando los dedos hasta la cintura de sus pantalones.

Brandon me apartó la mano y colocó nuestros dedos entrelazados por encima de mi cabeza sobre la almohada.

—Ahora no, cariño.

—¿Qué? Sí, ahora —le rodeé la cadera con una pierna y lo pegué a mí.

Él gimió y frotó las caderas contra mí antes de detenerse y apartarse.

—Se supone que no puedes tener sexo hasta después de la boda. Antes no. Técnicamente ni siquiera debería verte hoy hasta que vayas al altar.

—Y sin embargo aquí estás —respondí con una sonrisa, y volví a juntar nuestros cuerpos.

—Aquí estoy —convino él.

Me tumbó sobre la cama y fue bajando la mano que tenía en mi cintura. Yo gemí y le rodeé el cuello con las manos para besarlo. Cuando empezó a deslizar la boca por mi cuello, agarré sus pantalones y en ese momento sonó el timbre.

—No puede ser —mantuve las manos en su cuerpo para que no se moviera. El timbre sonó dos veces más. Me quité de debajo de mi prometido y corrí hacia la puerta—. ¿En serio? —dije al abrir la puerta—. ¡Liam está durmiendo!

Carrie, Claire, Bree y Konrad estaban en la puerta.

—Bonito atuendo —dijo Bree riéndose, y se quedó con los ojos desorbitados al ver a Brandon acercarse a la puerta con el ceño fruncido—. ¡Dios, no! ¡Nada de sexo hasta después!

—¡Breanna! —me puse roja. Con ella y con Claire podía hablar de nuestra vida íntima, pero en esos momentos Konrad nunca estaba, y tampoco Carrie.

—Es evidente, amiga —entró, me agarró de la mano y me llevó al dormitorio—. Dúchate y ponte ropa cómoda, vamos a estar en el salón de belleza casi todo el día.

—Espero que sepas que nos habéis interrumpido antes de llegar a la mejor parte. Voy a estar enfadada contigo el resto del día.

—No es verdad. Primero la boda, después el sexo.

Puse los ojos en blanco y me metí en la ducha.

—Pareces Brandon. ¿Y qué hace aquí Konrad, por cierto? ¿Viene al salón con nosotras? —me reí y me aclaré la espuma del pelo.

—No. Ha venido para pasar el rato con Brandon hasta más tarde. Cuidarán ellos de Liam.

—Oh, Liam.

—¡No, no! No empieces con eso. No pasará nada. Necesitáis una luna de miel, fin de la historia. Si no, te arrepentirás dentro de un año o dos.

—Lo sé, pero somos padres. ¡Me siento fatal!

—En serio, ni siquiera estaréis fuera tanto tiempo. La mayoría de la gente se va una semana. Vosotros estaréis fuera tres noches, incluyendo esta. Imagínatelo como si fuera una cita más larga.

—Bree, te agradezco de verdad que estés haciendo esto por nosotros, pero solo hemos estado separados de él durante siete horas, que se nos hicieron eternas. Esto es muy diferente. ¿Sabes que le he hecho la maleta cuatro veces?

—Qué triste.

Dejé de depilarme un momento y la señalé con la cuchilla, aunque no pudiera verme.

—Cuando tengas un bebé, ya verás. Y yo estaré allí para reírme de ti por ser tan ridícula.

—¿Ya has terminado? Se suponía que tendrías que haber hecho esto antes de que llegáramos.

—Qué grosera. ¿No se supone que has de ser amable conmigo hoy dado que soy la novia?

—¿No sé supone que tú has de ser amable conmigo porque soy tu mejor amiga, tu dama de honor y te he preparado un día asombroso?

—Cierto —cerré el grifo, acepté la toalla que me ofreció al salir y la abracé—. De verdad, eres la mejor. Te quiero, amiga.

—Yo también te quiero.

Brandon entró en ese momento y, al vernos, levantó las manos como si se estuviera rindiendo y retrocedió. No era raro vernos a Bree y a mí abrazadas, pero normalmente yo no iba desnuda.

—¡Se supone que no debes verla! —exclamó Bree por encima de mi hombro—. Ya la has visto demasiado esta mañana. Ve a esconderte hasta que podamos irnos.

—Bree —me quejé mirando hacia el umbral vacío—. ¡Te quiero, Brandon!

—Yo también te quiero, cariño —dijo Brandon, y noté la risa en su voz—. Estoy deseando casarme contigo. Bree, aparta tus manos de mi esposa. Ya tuviste tu oportunidad de hacerla lesbiana... ahora es demasiado tarde.

Bree y yo nos reímos con tanta fuerza que empezamos a llorar. Cuando al fin pude tomar aliento, me envolví el cuerpo con la primera toalla y agarré otra para secarme el pelo.

Me puse mis pantalones de chándal de Victoria's Secret, una camisa sencilla para no estropearme el pelo después y nos fuimos al salón de belleza. Había oído hablar de las novias que se ponían tan nerviosas que vomitaban y no paraban de llorar; pero yo estaba tan feliz que lo único que pude hacer durante todo el día fue sonreír y reírme con las mujeres de mi vida. Pasamos un día estupendo en el *spa,* nos dieron masajes, nos hicieron la manicura y la pedicura, nos peinaron y maquillaron, y nos atiborraron de agua, champán, fruta y queso. Supongo que no les importaba que Bree y yo tuviéramos solo diecinueve años.

Estábamos todas increíbles y ni siquiera nos habíamos puesto aún los vestidos. El maquillaje había quedado impecable, Carrie y Claire llevaban el pelo recogido, la melena rubia de Breanna tenía algunos tirabuzones sueltos, con una trenza que bordeaba el lado derecho de su cabeza, y mi peinado era justo como lo había imaginado. Llevaba la raya a un lado y cada lado iba recogido con una trenza lateral que se unía a la otra en un moño bajo. Después de que las personas que nos habían ayudado nos abrazaran y nos diesen la enhorabuena, nos fuimos todas en el Lexus de Bree al lugar donde se celebraría la ceremonia y el banquete.

Aunque no les entusiasmó la idea, yo había logrado ayudar a organizar la boda, así que lo primero que hicimos cuando llegamos allí fue examinar ambas estancias para asegurarnos de que todo siguiese perfecto. La sala donde se celebraría la ceremonia tenía una iluminación suave y lucecitas titilantes envueltas en tul recorriendo cada lado del pasillo central. No queríamos demasiada decoración allí, así que, aparte de las luces, solo había unos enormes ramos de lirios blancos. La sala donde celebraríamos el banquete era otra historia. Había más tul blanco con lucecitas formando arcos que se juntaban en el centro de la habitación, haciendo que pareciera más una carpa que una sala. Las mesas tenían manteles blancos con adornos verdes, plateados y negros. Distribuidos por las mesas había jarrones llenos de velas. En cada asiento había un botecito para hacer pompas de jabón al final y un frasco con las cosas necesarias para preparar chocolate caliente a la menta. El DJ estaba montando su equipo y había mesas en la parte de atrás, donde estaría la comida. La tarta nupcial era en realidad un solo piso blanco con lazos negros y verdes. Las otras dos capas consistían en cien cupcakes, todos con el mismo diseño. Estábamos en una de las salas vistiéndonos cuando llegaron los chicos con sus trajes.

—¡Oh, Dios mío, ya están aquí! —corrí hacia la ventana para verlos caminar hacia el edificio y sonreí. No sé por qué, pero había estado aguantando la respiración hasta que vi a Brandon. Y estaba increíble, igual que el resto. Robert llevaba un traje gris oscuro con camisa negra, Konrad y Jeremy llevaban trajes negros con camisas verdes, chalecos negros y corbatas del mismo color. El amor de mi vida iba vestido de negro con una corbata verde y llevaba a nuestro hijo en brazos. Imagino que también se había puesto traje para el funeral, pero, como aquel día yo no era consciente de nada, esa era la primera vez que le veía con corbata y traje. Así vestido tenía un aire poderoso, misterioso y muy sexy. Me mordí el labio al imaginarme arrancándoselo esa misma noche. Los vimos hasta que entraron en el edificio y tuve que hacer un gran esfuerzo para no salir corriendo a buscar a mi futuro marido.

Cuando quedaban solo veinte minutos, las chicas me ayudaron a ponerme el vestido, la liga y las Converse blancas, porque no pensaba llevar tacones toda la noche. Mi vestido era bonito y sencillo, sin tirantes, ajustado hasta la cadera y, desde ahí, suelto hasta el suelo, con encaje en la espalda. Claire y Carrie llevaban vestidos brillantes en negro y plata, y mi mejor amiga estaba estupenda con su vestido verde oscuro, que llegaba hasta debajo de las rodillas. Nos abrazamos y nos dimos besos en la mejilla antes de que me entregaran el ramo de lirios blancos y rosas rojas, atadas con una cinta verde oscura, y nos fuéramos a recibir a los chicos.

—Vaya, hermanita —Jeremy me abrazó con cuidado, por miedo a estropearme el vestido, y me dio un beso en la mejilla—, estás increíble.

—Gracias, Jeremy. ¡Vosotros estáis todos guapísimos! —exclamé antes de que Konrad me diera un abrazo.

—Estás preciosa, niña —me dio un beso en la mejilla también antes de abrazar a Bree.

—Gracias, viejo —bromeé, y suspiré al ver a Robert con Liam—. ¡Hola, pequeño! —le di un beso en la cabeza y jugué con sus manitas durante un minuto antes de que Claire se lo llevara para ir a sentarse junto con Carrie.

Jeremy y Konrad las acompañaron hasta sus asientos y después regresaron a por Bree. Ella me guiñó un ojo y, cuando empezó la música, los tres salieron de la habitación para ocupar sus puestos en la parte delantera. Robert me abrazó y se quedó así durante unos segundos.

—Estás preciosa, cariño. Gracias por pedirme que te lleve al altar. Significa mucho para mí que nos hayas permitido ser tu familia. Te queremos y estamos muy orgullosos de quien eres y de lo que has escogido.

Parpadeé para contener las lágrimas cuando me soltó.

—Gracias, papá. Lo sois todo para mí. No habría podido hacerlo sin vosotros.

Me ofreció el brazo y yo coloqué la mano allí.

—¿Estás preparada?

—¡Preparadísima! —hice un pequeño bailecito, de modo que íbamos los dos riéndonos cuando doblamos la esquina y comenzamos a avanzar por el pasillo.

Me fijé en Brandon al instante y su expresión me provocó un escalofrío. Sonreía abiertamente, dejando ver su hoyuelo, y le brillaban los ojos mientras me veía acercarme a él. Si Robert no me hubiera sujetado, habría salido corriendo hacia él, pero seguimos caminando despacio y llegamos hasta Brandon pocos segundos más tarde, que a mí me parecieron horas. Cuando Robert puso mis manos en las de Brandon, yo le sonreí y nos quedamos mirándonos sin prestar atención a nuestro alrededor.

—Hola —articuló con la boca.

—Te quiero —respondí yo.

—Yo también te quiero —me apretó las manos con fuerza y me miró con una expresión que solo podría descubrir como alegría absoluta.

Nos dijimos los votos, repetimos las palabras del cura, nos pusimos los anillos y respondimos «sí, quiero» cuando nos lo preguntaron. El cura nos declaró marido y mujer, Brandon me levantó la cara y me besó. En ese momento, en ese beso, nos prometimos estar juntos para siempre y yo sentí que mi vida al fin estaba completa. Nos separamos a regañadientes para mirar a nuestra familia y amigos antes de volver a recorrer el pasillo y salir de la estancia. En cuanto estuvimos a solas, Brandon me rodeó la cara con las manos y volvió a besarme.

—Estás preciosa, Harper —me dijo entre besos—. Absolutamente preciosa.

Yo le pasé las manos por el pelo cuando apoyó su frente en la mía.

—Estamos casados —murmuré—, eres mi marido.

—Y tú eres mi esposa —sonrió, me besó la mejilla y después el cuello.

Allí nos encontraron nuestras familias y todos nos abrazaron. A mí me alegró ver que Brad y Derek habían ido con sus novias, así como otros amigos de Brandon de la universidad. Nos hicimos algunas fotos; la fotógrafa no paraba de reírse porque Brandon y yo no podíamos parar de besarnos y al final dijo que seguiría haciendo fotos durante el resto de la fiesta. Comimos un poco, bailamos mucho y, al final de la noche, yo ya había bailado con todos los hombres de mi vida varias veces, incluyendo al pequeño Liam Chase. Me sonrojé cuando Brandon me quitó la liga con los dientes. Konrad y Bree agarraron la liga y el ramo respectivamente y yo le guiñé un ojo a Konrad, pues sabía que pensaba pedirle matrimonio a Bree en Nochebuena. Cuando Brandon me rodeó la cintura con los brazos y me susurró al oído, corrí a despedirme de nuestro hijo y se lo entregué a Carrie, que se encargaría de él al principio. La gente hizo pompas de jabón cuando caminamos hacia el coche para irnos a nuestra luna de miel improvisada.

Brandon alquiló un apartamento en la playa cerca de donde vivíamos, así que no tardamos nada de tiempo en llegar. Brandon cruzó la puerta conmigo en brazos y me dejó en la cama antes de volver a mi coche a por las maletas, que dejó en la entrada para volver junto a mí. Le brillaban los ojos y su cara estaba llena de amor y de pasión. Se detuvo al borde de la cama y me devoró con la mirada mientras yo hacía lo mismo. Se había quitado la chaqueta durante la fiesta y se había remangado la camisa hasta los codos. Seguía llevando la corbata, pero más floja que antes. La camisa se ajustaba a sus hombros anchos y a su torso musculoso, y los pantalones acentuaban sus caderas estrechas. Parecía un dios. Un dios increíblemente sexy.

Me incorporé, me acerqué al borde de la cama, le agarré la hebilla del cinturón y tiré. Él sonrió satisfecho y me fijé una vez más en su hoyuelo. Después de quitarle los pantalones y los calzoncillos, me puse en pie y le quité la corbata antes de desabrocharle lentamente el chaleco y la camisa y pasar las manos por su pecho para terminar de desnudarlo. Volvió a tumbarme sobre la cama, me levantó una pierna y se rio al ver la Converse blanca.

—Esta es otra de las razones por las que te quiero —dijo mientras me quitaba las deportivas.

Sus manos dejaron un sendero de fuego por mis piernas cuando me quitó las bragas y se colocó entre medias.

—¿No vas a quitarme el vestido?

Brandon me besó en el cuello y su voz profunda me provocó escalofríos.

—Quizá más tarde —me miró a los ojos y en su mirada vi todo lo que sentía por mí, y me pregunté cómo habría podido ser tan estúpida como para intentar vivir sin él—. Te quiero mucho, Harper —dijo antes de penetrarme.

Yo suspiré con las sensaciones que recorrieron mi cuerpo. Cada vez que hacía el amor con él parecía mejor que la vez anterior, y no creía que fuese a cansarme nunca de aquellos encuentros.

—Brandon —gemí mientras se movía encima de mí—. Dios, yo también te quiero.

—Despierta, Harper.

Murmuré, me giré sobre la cama y volvió a entrar en ese lugar entre el sueño y la vigilia. Sentí algo en el cuello e intenté apartarlo, pero, al no tocar nada, supuse que habría sido un pelo mío y me acurruqué en la cama. Antes de quedarme dormida, volví a notar el roce en mi cuello, pero, al sentir que seguía bajando hacia mi pecho y se detenía durante unos segundos, intenté despertarme del todo para mirar a mi marido. Brandon siguió bajando hacia mi estómago, me mordisqueó una cadera y después hizo lo mismo con la otra. Abrí los ojos y suspiró cuando colocó los labios entre mis muslos.

Solo su risa ya me habría provocado escalofríos, pero dejé de pensar cuando empezó a acariciarme con los labios y con la lengua. Le pasé las manos por el pelo e intenté mantener los ojos abiertos para mirarlo, pero los cerré de nuevo y dejé escapar un gemido. Me introdujo dos dedos mientras seguía estimulando con la lengua mi zona más sensible. Noté el placer cegador que se extendía por mi cuerpo y tuve la impresión de que no podría aguantar mucho más. Giré involuntariamente las caderas y me agarró con más fuerza con la mano izquierda, aunque no intentó detener mis movimientos. Aceleró el ritmo y, pasados unos minutos, agradecí enormemente que no hubiera vecinos alrededor cuando solté un gemido que me salió del pecho. Brandon se colocó sobre mi cuerpo, me penetró mientras me recorría una sacudida de placer y a mis gemidos de satisfacción añadió su gruñido carnal. Empezó a moverse contra mí mientras me mordisqueaba la base del cuello. Cada mordisco era más fuerte que el anterior, igual que sus embestidas. Yo acaricié los músculos de sus hombros, que se juntaban con cada movimiento. Respirábamos entrecortadamente y una fina capa de sudor cubría nuestros cuerpos hasta que finalmente se dejó caer encima de mí. Trató de aguantar casi todo su peso con los antebrazos y acabó tumbándose boca arriba y colocándome a mí encima para que pudiera acurrucarme sobre su pecho.

Entrelazó los dedos con los míos, se llevó mi mano a la boca y me dio un beso suave antes de besarme la cara interna de la muñeca y pasar el pulgar por mi último tatuaje. Brandon y yo nos habíamos hecho tatuajes a juego; en mi muñeca izquierda podía leerse *lo amo* y en su muñeca derecha estaba escrito *la amo*. ¿Cursi? Sin duda, pero nos encantaban. Habíamos ido al antiguo lugar de trabajo de Chase y, aunque al principio me había puesto nerviosa, todos nos habían recibido con abrazos. Trish ya no trabajaba allí. Jeff no había parado de abrazarme y a Brian se le habían humedecido los ojos al apartarse. Les mostramos fotos de Liam y el nombre les gustó tanto como a nuestra familia. Les prometimos invitarlos una noche a cenar para que pudieran conocerlo y Brian bromeó diciendo que Marissa y él nos lo robarían. Ya conocían a Brandon de alguna fiesta, y además él había ido allí a hacerse algunos de sus tatuajes, y a mí me sorprendió que parecieran alegrarse de verdad de que nos hubiéramos casado. Supe que los chicos cotilleaban tanto como las chicas cuando me dijeron que estaban enterados del drama entre Chase,

Brandon y yo, incluso desde que Brandon y yo comenzamos a salir la primera vez.

—Han sido tres días increíbles —dije con un suspiro de felicidad—. Gracias por todo.

—Gracias a ti por casarte conmigo.

Le acaricié el pecho con la nariz y sonreí al notar que su brazo me apretaba con fuerza.

—Ahora siento que todo es perfecto. ¿Es cursi?

Brandon se rio y me dio un beso en la coronilla.

—No, porque yo siento lo mismo. ¿Está… está mal que esté deseando volver con Liam?

—Oh, Dios mío, a mí me pasa lo mismo. Una parte de mí no puede abandonar esta cama, pero al mismo tiempo estoy deseando ver a nuestro bebé.

—Entonces vamos a buscarlo.

Me levanté de la cama y se me puso la piel de gallina cuando le vi mirarme mientras caminaba desnuda por la habitación. Sabía lo que estaba pensando porque yo estaba pensando lo mismo. Me incliné de nuevo sobre él, presioné su pecho con el mío y le susurré al oído:

—Creo que me vendría bien una ducha. ¿Quieres venir? —enarqué una ceja antes de dirigirme hacia el cuarto de baño seguida de mi marido.

CAPÍTULO 19

—¿Quieres ir a ver a papá? —le dije a Liam, él sonrió y susurró «papá»—. Vamos, chico grande —suspiré al levantarlo de la cama y ponérmelo en la cadera—. Dios mío, ¡pesa como una foca!

Bree se rio y le cubrió de besos la cabeza.

—No hagas caso a tu madre. Eres el bebé más mono del mundo, con tus rollos y todo.

—Claro que lo es —estrujé la nariz contra su cara y jugué a comerme sus deditos porque no paraba de metérmelos en la boca—. El hecho de que lleves rollitos incorporados en los brazos y las piernas no significa que no seas adorable.

—Tengo las bolsas. ¿Necesitas algo más antes de irnos? —preguntó Bree mientras caminaba hacia la puerta de entrada.

—¡No! Vamos a verlos —sentamos a Liam en la sillita del coche y nos dirigimos hacia el gimnasio de Brandon.

Dos meses después de nuestra boda, el gimnasio en el que Brandon había continuado su entrenamiento tras mudarse a San Diego, a través del cual comenzó a participar en peleas ilegales, empezó a ir mal porque los dueños estaban en bancarrota. Por entonces Brandon estaba inquieto intentando decidir qué quería hacer con su vida, dado que había dejado de pelear. No es que tuviéramos problemas de dinero, pero sentía que no estaba haciendo su trabajo como marido y como padre al no llevar más dinero a casa. Cuando se enteró de que el gimnasio McGowan iba a cerrar, volvió a casa y me preguntó mi opinión. No correría el riesgo de recibir otro golpe como el de la última pelea, pero echaba tanto de menos pelear que pensaba que ser el dueño del gimnasio sería perfecto. A mí me pareció buena idea y en menos de un mes el gimnasio era suyo. Seguía manteniendo buena relación con el espantapájaros, dado que este le llevaba más luchadores a los que Konrad y él entrenaban, y en los cinco meses desde que adquiriera el establecimiento habían duplicado el número de miembros y McGowan nunca había ido tan bien.

Bree y Konrad estaban prometidos, pronto se mudarían a una casa en la misma urbanización en la que vivíamos nosotros y acababan de empezar su tercer año de universidad. Se casarían a principios de noviembre y yo me alegraba mucho por ellos. Siempre me reía al recordar cómo habían empezado. Konrad era como Bree y Chase y no buscaba una relación más allá de la cama. Pero, desde el momento en que se liaron la primera vez, aquello se acabó. Yo me di cuenta aunque al principio Bree le hiciera esperar antes de convertirse en su novia. ¿Y ahora? Habían pasado dos años y estaban deseando que llegara el día de su boda. Konrad trabajaba para Brandon en McGowan y Brandon le pagaba extremadamente bien. Ambos sabíamos que Breanna nunca trabajaría, a no ser que pudiera ganarse la vida yendo de compras, porque no quería hacer nada que le ocupase demasiado tiempo, así que Brandon se aseguraba de que no les faltara de nada. Otra de las múltiples razones por las que le quería.

—¡Hola, cariño! —dijo desde la pared donde estaban los sacos de boxeo. Tras darle unas indicaciones al tipo que estaba golpeando uno de los sacos, corrió hacia nosotras, tomó a Liam en brazos, lo elevó por encima de su cabeza y volvió a dejarlo caer para darle un beso. Liam chilló y se rio encantado—. ¿Qué tal está hoy mi hombrecito? —Liam seguía riéndose cuando Brandon me rodeó la cintura con el brazo y me dio un beso largo.

Sentí el calor recorriendo mi cuerpo al momento hasta que la risa aguda de Bree me devolvió a la realidad.

—¿Y qué tal está mi esposa? —su voz aterciopelada me provocó escalofríos y deseé poder estar en nuestra cama.

—Estoy genial —dije con una sonrisa y las mejillas sonrojadas—. ¿Qué tal va el día?

Su mirada se endureció un instante y perdió toda expresividad antes de obligarse a sonreír.

—Muy bien. Esta mañana ha venido un grupo de chicos y se han inscrito todos juntos.

Yo fruncí el ceño al ver su expresión.

—¿Cuántos?

—Once.

—¿Once? ¡Eso es fantástico, Brandon! ¿Por qué no parece que te haga ilusión? —había días en los que no se inscribía ningún miembro, así que once en una mañana era una buena noticia.

—Sí me hace ilusión. ¿Qué os trae por aquí? —me dio un beso en la frente y le hizo una pedorreta a Liam en la tripa. El niño le dio un manotazo en la cabeza y empezó a reírse. Sin duda teníamos un bebé feliz.

—Bueno, Bree y yo tenemos que hacer unas cosas de la boda, pero nos preguntábamos si podríamos convenceros para ir a comer.

Su expresión se suavizó y dejó caer la mano hasta mi cadera para apretármela con cariño.

—No puedo marcharme, Harper. Aaron ha llamado esta mañana diciendo que no venía, así que estamos solos Konrad y yo hasta más tarde. Pero él puede ir con vosotras.

—Puedo ir a comprar sándwiches a la tienda del otro lado de la calle —se ofreció Bree.

Brandon se fijó en algo que había detrás de nosotros, después miró a Konrad y volvió a ponerse serio.

—Voy a por mi tarjeta. Harper, ¿puedes venir conmi…?

—Rojita.

Aquella voz familiar hizo que tensara el cuerpo y que Brandon blasfemase en voz baja. Me giré lentamente y seguí mirando los ojos penetrantes de Brandon hasta que supe que tenía que mirar hacia delante. Carter. El corazón me dio un vuelco y los ojos se me llenaron de lágrimas. ¿Por qué lloraba? Ah, sí, claro.

—Oh, Rojita, no. No llores —se acercó a mí y levantó las manos, probablemente para secarme las lágrimas, pero le di un manotazo.

—No me toques.

Vi el dolor en su cara antes de que se pusiera serio.

—¿Podemos hablar?

—¿Qué haces aquí, Jason?

—Es uno de los once de esta mañana —la voz profunda de Brandon recorrió mi cuerpo y me ayudó a calmarme.

Me incliné hacia él y él me rodeó con el brazo que tenía libre.

—¿Por qué? ¿Por qué ibas a venir hasta este gimnasio? Sé perfectamente que tienes todo esto en la base.

—Hace un mes que abandoné la base, Rojita. Terminó mi tiempo allí y decidí no volver.

—Entonces, ¿por qué sigues aquí? —sabía que estaba siendo maleducada, pero verlo de nuevo me hizo revivir el dolor que sentí al perder su amistad y la razón por la que la perdí.

—Algunos de nosotros terminábamos el entrenamiento en la base con pocos meses de diferencia. Hemos alquilado casas en San Diego.

—¿Y qué pasa con tu mujer?

Él resopló y negó con la cabeza.

—Me vació la cuenta del banco cuando yo estaba en Afganistán. Cuando volví a casa se había ido y allí me esperaban los papeles del divorcio para que los firmara.

—Yo podría haberte dicho que algo así sucedería. ¿De verdad pensabas que podías casarte con una zorra de la base y que se quedaría contigo?

—Harper —me advirtió Brandon.

Lo miré a la cara y me sentí como una niña a la que acabaran de regañar.

374

—Lo siento, Cart… Jason. No he debido decir eso. Y siento que te encontraras con algo así al regresar. En cualquier caso, ella no te merecía.

Brandon me apretó la cadera para hacerme saber que eso estaba mejor. Él no soportaba a Jason Carter por razones evidentes, pero se mostraba educado con él, igual que había hecho con Chase.

—Carter —suspiré al verle sonreír cuando lo llamé por su apellido—, ¿qué estás haciendo aquí? —hizo un círculo con el dedo para referirme al gimnasio. Había montones de gimnasios de boxeo en San Diego, era demasiada coincidencia que hubiera elegido precisamente aquel.

—Uno de los chicos que salió antes que nosotros ya era miembro de este gimnasio, me dijo el nombre del dueño y pensé en venir a hablar con Brandon y ver si sabía cómo estabas. No sabía si seguíais juntos, o si hablabais. Pero eres mi mejor amiga, Rojita, tenía que verte y esta era mi oportunidad. Estaba esperando a que Brandon terminara de entrenar a ese tío —señaló con la cabeza hacia los sacos de boxeo— y entonces has aparecido.

—Eso que acabas de decir es el ejemplo perfecto de lo poco amigos que somos en realidad. No hemos hablado en más de un año y medio y, aunque perdiste el derecho a saber nada de mi vida, si fuéramos amigos, habrías sabido que, si encontrabas a Brandon, yo no andaría lejos. Ya no sabes nada de mí y yo no sé nada de ti. Han ocurrido muchas cosas en el último año y medio y tú no tienes ni idea. Eso significa algo.

Carter vio la mano de Brandon en mi cadera y suspiró.

—Bueno, es evidente que seguís juntos. Y tienes razón, ya no sé nada de tu vida. Pero eso no cambia nada, siempre serás mi mejor amiga —me dijo.

Liam comenzó a ponerse nervioso, así que lo tomé en brazos. Cuando volví a darme la vuelta, Carter se quedó con la boca abierta. Hasta entonces ni siquiera se había cerciorado de que Liam estaba allí.

—¿Tienes un niño?

Sonreí ligeramente.

—Sí, y Brandon y yo estamos casados.

Miró brevemente a Brandon y a Liam y después otra vez a mí.

—Joder.

Puse los ojos en blanco y levanté un poco más a Liam.

—Me alegro de verte, Carter, pero tengo que ir a darle de comer —Bree me acercó la bolsa de los pañales y me giré para irme al despacho de Brandon.

—Rojita, espera, ¿podemos hablar alguna vez? Te he echado de menos. Tenemos que ponernos al día. Sé que estás enfadada conmigo por lo que hice, pero no soporto no tenerte en mi vida.

—¿Sigues teniendo el mismo número?

—Sí —había tanta esperanza en aquella sílaba que casi resultaba triste, pero al mismo tiempo le entendía. Si nunca se hubiera pasado de la raya en aquella fiesta, yo también habría extrañado nuestra amistad.

—Lo pensaré, Carter, y ya te diré algo —sin volver a mirarlo, le di la mano a Brandon y caminé hacia su despacho.

—¿Estás bien, Harper? —me preguntó cuando cerró la puerta.

—Sí. Es que no entiendo por qué hace esto después de tanto tiempo sin hablar. Podría haber intentado llamarme.

Brandon tomó a Liam en brazos, se sentó en su silla y lo puso en su regazo mirándome mientras yo sacaba la comida de la bolsa.

—Pero sabe que ignoraría su llamada. Hay que reconocer que tiene pelotas para venir a mi gimnasio a preguntar por ti.

Me reí y le di un beso en la mejilla antes de acercar otra silla.

—Así que supongo que esa es la razón por la que parecías enfadado cuando he llegado.

—Sí. Sabía que seguía aquí, pero no sabía dónde y no quería que te viera. Lo siento, sé que resulta inmaduro, pero no es mi persona favorita en el mundo.

—Cariño, me sorprende que le hayas permitido hacerse miembro. Yo le habría echado nada más verlo —sonreí a Liam mientras comía.

—Se me pasó por la cabeza —respondió Brandon—. ¿Vas a hablar con él?

Me recosté en la silla y saqué otra cucharada de puré de zanahorias.

—No lo sé. Si esa noche en la fiesta no hubiera tenido lugar, no dudaría en hacerlo. Pero lo cambió todo y no creo que podamos volver a ser amigos, ¿entiendes? —negué con la cabeza—. Dios, me siento estúpida por no haberme dado cuenta antes.

—Eras la única persona que no se daba cuenta —respondió él con una sonrisa—. Incluso aunque Bree no parase de decírtelo, tú asegurabas que se equivocaba.

—¡Era mi mejor amigo! Me trataba como a cualquier otro chico de la unidad de mi padre.

—Sí, claro —resopló—. «Mi Rojita, mi chica, no podía dejar que te fueras a California sin mí».

—Brandon Taylor... ¿tenías celos de Carter?

—¿Yo? ¿Celos? ¿De que mi chica me abandonara y se lanzara a los brazos de cualquiera? Ni hablar.

—Mmm —le di a Liam otra cucharada—. Creo recordar que le grité, le dije que se marchara y después corrí a tus brazos a besarte a ti.

—Yo eso no lo recuerdo en absoluto —me dijo sonriente—. Puede que tengas que recordarme cómo fue.

Sus ojos adquirieron un brillo perverso cuando me incliné por encima de Liam y me detuve a un centímetro de sus labios.

—Brandon —susurré.

—¿Sí? —se acercó más y yo retrocedí ligeramente.

Sonreí al oírle gruñir y le rocé los labios con los míos antes de sentarme.

—Bueno, si no lo recuerdas, supongo que nunca ocurrió —dije alegremente antes de seguir dando de comer a nuestro hijo.

—Calientapollas.

—Oh, sí. Así soy yo —le guiñé un ojo y me acerqué para darle un beso inocente.

—Y, en respuesta a tu pregunta —dijo pasados unos minutos—, nunca estuve celoso de Carter. Sabía que, si eras tan ajena a sus sentimientos, era porque no los compartías.

Me dio un vuelco el estómago porque sabía lo que debía de estar pensando. Yo nunca había compartido los sentimientos de Carter, pero desde el principio él había sabido que había algo entre Chase y yo. Recordaba haber escuchado la mañana de nuestra boda cómo le decía a nuestro hijo que siempre había sabido que era una cuestión de tiempo. Tomé aire, lo aguanté durante unos segundos y lo dejé escapar lentamente.

—Si quieres recuperar a tu amigo, Harper, yo nunca te lo impediría. Pero, si vuelve a intentar algo, esta vez le pegaré un puñetazo.

—Gracias, cariño, pero en realidad no estoy segura de querer tenerlo de nuevo en mi vida. Ya viste cómo se ponía después de unas pocas semanas, y los mensajes de voz que me enviaba borracho hablándome de las mujeres con las que se acostaba. Ese no era mi amigo, cambió por completo cuando llegó a California, y no sé si fue algo temporal o si realmente es así ahora.

—Bueno, supongo que no lo sabrás si no hablas con él —dijo Brandon.

—¿Tú quieres que hable con él?

Me puso la mano bajo la barbilla y me la levantó.

—Quiero que hagas lo que desees hacer, pero no quiero que pienses que me enfadaría si volvierais a ser amigos, y sé que echas de menos la amistad que teníais.

Yo asentí.

—Bueno, puedo ver si sigue aquí. Podemos hablar todos juntos.

—Si quieres que yo esté presente cuando habléis, me parece bien.

—Brandon —suspiré y guardé el babero de Liam—, eres mi marido, claro que quiero que estés. Si él tiene algún problema con eso, entonces eso ya me dice lo que necesito saber.

Vi el alivio en su cara y me sonrió con ternura.

—Bueno, entonces enseguida volvemos —se puso en pie y salió por la puerta con Liam.

Yo lo guardé todo en la bolsa de los pañales, contesté a Bree diciéndole qué sándwiches queríamos y me senté en la silla cuando regresaron los chicos.

Carter me miró y después miró a Brandon.

—¿Qué es lo que pasa?

—Has dicho que querías hablar —señalé la otra silla—, pues hablemos.

—Esperaba que pudiéramos hablar a solas.

—Cualquier cosa que me digas se la voy a contar, así que te da igual decirla delante de los dos.

Parecía incómodo, pero se sentó y se secó el sudor de la cara con el dobladillo de la camiseta.

—No... no sé por dónde empezar.

Yo sí lo sabía.

—¿Qué te ocurrió? El Carter que yo conocía no iba a clubes de *striptease* ni se tiraba a un sinfín de chicas, ni se pasaba el tiempo borracho, y desde luego no se casaba con una zorra de la base a la que acababa de conocer —me giré y miré a Brandon—. Lo siento, pero no hay otra manera de describirlas —volví a mirar a Carter y continué—. Tú eras el primero que se burlaba de ese tipo de chicas, ¿y vas y te casas con una? Incluso aunque no lo hubieras hecho, te convertiste en un imbécil.

—Lo sé, créeme, lo sé. No fueron los mejores meses de mi vida.

—Y aun así seguiste haciéndolo, y por alguna razón sentías la necesidad de contarme todo lo que hacías. Es que no lo entiendo.

Abrió la boca, miró a Brandon con desconfianza y volvió a cerrarla.

—Dilo.

—Es que —dejó escapar el aire y se hundió más en su silla—, tuve que mover muchos hilos para venirme aquí contigo, no te haces idea de lo difícil que fue. Llego aquí y estás con otro, y mis esperanzas de estar contigo se van por la borda. Es decir, es evidente que me equivoqué, pero siempre pensé que sabías lo que sentía por ti y que además sentías lo mismo. Así que puedes imaginarte lo mucho que me enfadé al descubrir que estaba equivocado.

—Pero éramos solo amigos, no sé cuántas veces dijimos eso.

—No, para ti éramos solo amigos. Sí, eras mi mejor amiga, pero para mí era algo más. No sabes el tiempo que pasé con tu padre hablando de ti. Él sabía exactamente cómo me sentía, sabía por qué quería seguirte a California, fue él quien me ayudó a conseguir el traslado.

—¿Mi padre? —pregunté yo, desconcertada—. ¿El mismo hombre que no me permitía llevar ropa de mujer?

—Sí.

—Pensé que dijiste que no te permitía salir con Harper mientras estuvieras en su unidad, ¿por qué te iba a ayudar a seguirla hasta aquí? —preguntó Brandon con calma.

—Así es, pero fue él quien me sugirió el traslado.

—¿Qué? —¿quién era ese hombre del que estaba hablando Carter y qué no se parecía en nada a mi padre?

—Lo sé, a mí también me sorprendió. Yo ya había estado pensando en una manera de mudarme aquí cuando me llamó a su despacho aquel lunes después de que tú recibieras la carta en la que te aceptaban. Dijo algo así: «Ya sabes que Harper se irá pronto a California, estará cerca de Pendleton. Si tú estuvieras allí, ya no estarías en mi unidad». Y entonces me dirigió esa mirada, ya sabes, esa con la que espera que sepas lo que está pensando. Después dijo que empezaría con el papeleo si yo deseaba en serio estar contigo, y eso fue todo.

—Eso me parece… —me quedé callada porque no sabía qué decir.

—¿Impropio de tu padre?

—Sí.

—A mí también me sorprendió cuando pasó. Así que tal vez entiendas por qué me quedé tan triste, y supongo que deseaba que supieras lo triste que estaba. Sé que fue una estupidez, pero no pude evitarlo. Y Ashley, bueno, eso fue un error.

Negué ligeramente con la cabeza.

—Sigo sin creerme que hicieras eso, ¿en qué estabas pensando? ¿Es que después de ver a otros chicos de la unidad no te diste cuenta de que era mala idea? ¿Qué me dices de Ramos? ¡Tú estabas allí cuando descubrió lo de su chica! Podrías haber elegido a cualquier chica que te quisiera y que te fuera fiel mientras estuvieses fuera, ¿y en su lugar te fuiste con una de esas guarras? Se quedan sentadas en los aparcamientos de la base esperando a que se les acerque algún tío. Cuando a sus chicos les dan un destino fuera, sabes que al fin de semana siguiente están esperando a que aparezca cualquier otro.

—Lo sé, Rojita —respondió Carter—, ¿te crees que no lo sé, joder?

—Te sugiero que no le hables así a mi esposa —dijo Brandon con los dientes apretados.

Carter tomó aliento y trató de calmarse.

—Perdón —nos dijo a ambos—. Harper, sé que fue una estupidez, sabía lo que ocurriría cuando me fuera, pero se parecía a ti y no pude evitarlo.

Eso daba miedo.

La expresión de Brandon se endureció y devolvió la atención a nuestro hijo. Gracias a Dios que lo tenía en brazos. A juzgar por cómo flexionaba los músculos de los brazos, sabía que tenía ganas de golpear algo y Liam era lo mejor para calmarlo. Les dirigí una sonrisa antes de volver a mirar a Carter.

—¿Y ahora? Después de todo eso, ¿qué has estado haciendo el último año, desde que volviste de Afganistán? ¿Sigues bebiendo a todas horas?

—No, salvo una cerveza con los chicos de vez en cuando, apenas hago nada. Sabía que, si quería tener la oportunidad de estar contigo, tendría que dejar lo que estaba haciendo. Y claro, ahora te encuentro de nuevo y estás casada y tienes un niño —se inclinó hacia delante, apoyó los codos en las rodillas y se llevó las manos a la cabeza—. No puedo creer que tengas un niño —susurró.

—Siento que hayas perdido todo este tiempo, y que te mudaras a California pensando que estaríamos juntos. No quiero hacerte daño, pero nunca te vi como nada más que mi amigo, y siento no haberlo dejado lo suficientemente claro cuando estábamos en Carolina del Norte. Pero no voy a decir que lo siento por estar con Brandon y por tener a Liam. Sinceramente, nunca había sido tan feliz como soy ahora.

—Sí, ahora empiezo a entenderlo. Enhorabuena, por cierto. ¿Qué edad tiene?

—Cumplirá un año en dos semanas —Brandon sonrió e hizo botar a Liam con la rodilla.

—Vaya —dijo Carter, y se quedó mirándolo durante unos segundos antes de volver a mirarme a mí—. Es un niño muy mono.

—Eso pensamos nosotros —respondí. Hubo unos segundos de silencio incómodo, así que volví a mirar a mi antiguo amigo y suspiré—. Bueno, Carter, no sé qué piensas ahora que hemos hablado, pero, si crees que podríamos volver a ser amigos, o mejor dicho... volver a lo que pensaba que era amistad, entonces me parece bien. Pero, si eso no es suficiente para ti, entonces esta será la última vez que nos veamos.

Él frunció el ceño y se apartó ligeramente.

—Rojita, no puedo... no soporto no tenerte en mi vida. Entiendo que nunca vamos a estar juntos. Sé que probablemente he tardado demasiado para tu gusto en comprenderlo, pero ahora lo sé. Sigo queriendo tenerte cerca, o estar cerca de ti. Brandon, no te culparía si no quisieras eso. Sé que actué como un imbécil, pero jamás intentaría nada ahora que estáis casados. No soy tan idiota.

Bree y Konrad entraron y se quedaron con los ojos muy abiertos al ver a Carter con nosotros.

—Eh, ¿traemos la comida? —Bree lo dijo como si fuera una pregunta y articuló con la boca «Qué demonios» desde detrás de Carter.

Yo negué con la cabeza y volví a mirar a Brandon cuando volvió a hablar.

—Si quieres, el próximo sábado vienen unos amigos a casa a una barbacoa. Tus amigos y tú podéis venir. Harper te enviará nuestra dirección.

Yo me quedé con la boca abierta.

¿Cómo?

Carter interpretó aquello como su momento para marcharse y se levantó de la silla.

—Eso sería fantástico, gracias, tío —le estrechó la mano a Brandon y acarició el brazo de Liam con los nudillos—. Gracias por esto, Rojita —me dio un fuerte abrazo durante un segundo y se apartó, porque probablemente no quisiera tentar a la suerte—. Supongo que nos veremos el fin de semana.

—Sí, nos veremos.

Volvió a mirar a todos los presentes en la habitación, salió y cerró la puerta detrás de él.

—¿Qué ha pasado? —preguntó Bree mientras repartía los sándwiches.

—Hemos hablado —yo coloqué mi sándwich en la mesa y agarré a Liam para que Brandon pudiera comer—. Brandon, ¿por qué los has invitado? De verdad, no hacía falta.

Él se encogió de hombros, dio un mordisco al sándwich y habló con la boca abierta.

—La gente la fastidia y comete errores todo el tiempo. Todo el mundo merece una segunda oportunidad, ¿no?

Fue como si alguien me hubiese dado un puñetazo en el estómago. ¿Acaso yo era mejor que Carter? Me había acostado con el amigo de mi novio y me había quedado embarazada. Prácticamente soy la reina de las segundas oportunidades, sobre todo viniendo de Brandon.

—Oye —me susurró al oído—, no lo decía por nada. Te quiero.

—Yo también te quiero —respondí asintiendo con la cabeza, y sonreí cuando me dio un beso en el cuello.

—Entonces, ¿volvéis a ser amigos? —preguntó Bree, desesperada por una explicación.

—En absoluto, pero vamos a intentarlo. Ha dicho que dejaría de ir detrás de mí ahora que sabe que Brandon y yo estamos casados. Así que tal vez volvamos a ser amigos, sí. Supongo que veremos cómo va el fin de semana.

—Es raro, ¿no recuerdas cuan…?

—¿Y qué cosas tenéis pensado hacer hoy para la boda? —la interrumpió Konrad, y me guiñó un ojo.

A Bree se le iluminó la cara y comenzó a hacernos una lista detallada de todo lo que íbamos a hacer. O, mejor dicho, todo lo que ya habíamos hecho.

—Harper, si no quieres que venga, no tiene por qué. Solo intentaba ayudar —me dijo Brandon en voz baja para no interrumpir a Bree.

—No. Creo que es buena idea. Así veremos cómo va. Si no parece haber cambiado en absoluto, entonces no tendremos que volver a verlo.

—Cierto. Y, si vuelve a cabrearme, ahora sé dónde vive gracias a su tarjeta de socio —dijo él con una sonrisa—. ¿A qué hora volverás hoy a casa?

Por el rabillo del ojo vi que Bree me sonreía.

—No estoy segura, a última hora de la tarde. Probablemente tú llegues antes. ¿Quieres que compre alguna cosa o que haga algo por ti?

—Mi madre se ha ofrecido a cuidar a Liam esta noche. Dice que tiene suficientes cosas en su casa y que no tendrías que hacerle una bolsa. Puedes dejarlo con ella cuando vayas de camino a casa.

—Mmm… ¿una cita esta noche? Hace semanas que no tenemos una.

Se inclinó hacia mí y me rozó la oreja con los labios, lo que hizo que se me pusiera la piel de gallina.

—Y ya va siendo hora.

Yo estaba totalmente de acuerdo.

—Bueno, entonces llegaré a casa lo antes posible.

—Esa es mi chica —tomó en brazos a Liam y me pasó mi sándwich.

Bree y yo nos guiñamos un ojo. Si Brandon supiera. Carrie, Bree y yo ya habíamos planeado aquel día, incluyendo la cita nocturna. Solo Bree sabía lo que pasaba realmente, pero Carrie había sugerido actuar como si hubiera sido idea suya. La única razón por la que tenía suficientes cosas en su casa era que ya habíamos preparado una bolsa para Liam. Terminamos de comer y pasamos un rato más con los chicos antes de irnos. No sé quién estaba más ansiosa por irse, Breanna o yo. Pero, por suerte, los chicos se fijaron en nuestras piernas inquietas y en las miradas disimuladas al reloj y prácticamente nos echaron del gimnasio después de besarnos, abrazarnos y presentarnos a algunos de los habituales.

—Harper, ¿ya estás en casa?

Sentí las mariposas en el estómago al oír su voz aterciopelada en el pasillo. No podía creerme que estuviera tan nerviosa en ese momento. Bueno, nerviosa no, muy emocionada. Vale, quizá un poco nerviosa sí. Comprobé cómo tenía la ropa, la poca ropa, para asegurarme de estar perfecta. Llevaba ropa interior negra de encaje y una camiseta de tirantes de seda azul que sabía que le encantaba. Me ahuequé el pelo y me quedé de pie junto a la cama esperando. Empezaron a sudarme las manos y estaba mordiéndome el labio inferior cuando entró en el dormitorio.

—Dios, estás preciosa —dio dos zancadas hacia mí y me levantó en brazos, porque el hecho de que yo estuviera de puntillas no era suficiente para él—. No creía que estuvieras ya en casa —dijo acariciándome el cuello con la nariz.

—Siempre puedo marcharme y volver más tarde…

—Dios, no. He estado pensando en esto todo el día, no pienso retrasarlo más que el tiempo que tarde en darme una ducha.

Sonreí, porque eso era justo lo que había planeado.

—Bueno, pues date prisa —dije pegando mi cuerpo al suyo—. Como dijiste antes, ya va siendo hora.

Deslizó los dedos por mi pecho hasta llegar a la cintura antes de dejarme en el suelo.

—Tres minutos —me mordió el labio inferior, tiró suavemente y pasó la lengua por él mientras me empujaba hacia la cama antes de irse al baño.

Me subí a la cama y me quedé sentada contra el cabecero con las piernas cruzadas al estilo indio, intentando no dar saltos de impaciencia mientras esperaba. Cada segundo que pasaba me parecía una hora y aguantaba la respiración intentando averiguar lo que hacía. Oí el agua correr y me dio un vuelco el corazón. ¿No se había dado cuenta? Lo había puesto junto a la cesta de las toallas, y Brandon siempre agarraba una toalla para dejarla cerca de la ducha antes de meterse. Me retorcí las manos y me obligué a dejar de morderme el labio, lo que hizo que empezara a morderme el carrillo. Pasaron algunos minutos y entonces apareció con una toalla enrollada alrededor de la cintura, con el agua resbalando aún por su cuerpo definido, los ojos desencajados, la boca abierta y algo en la mano.

—Harper, ¿qué es esto?

Yo me obligué a sonreír. No sabía cómo reaccionaría y, por desgracia, en aquel momento no sabía qué estaría pensando.

—¿Es… es…? —se pasó una mano por el pelo y soltó una breve carcajada—. ¿Es lo que creo que es? ¿Estás… cariño, vamos a tener un bebé?

Yo asentí y prácticamente se lanzó sobre mí con una enorme sonrisa. Me rodeó la cara con las manos y me besó una y otra vez sin parar de reírse.

—¿Cuándo lo has sabido? —me preguntó antes de volver a besarme.

—Hace dos semanas —respondí con cierto temor.

Por suerte no dejó de sonreír. Me preocupaba que le disgustara esa parte.

—¿Y me lo dices ahora? —preguntó haciéndose el ofendido antes de hundir la cara en mi cuello.

A mí se me estaba acelerando la respiración y tuve que hacer un esfuerzo por responderle.

—Bueno, hoy tenía la primera consulta y quería esperar hasta entonces para decírtelo.

—Un momento, ¿hoy? —se echó hacia atrás para mirarme—. Pensé que Bree y tú ibais a hacer cosas de la boda.

—Sí, eso lo hicimos ayer. Hoy solo teníamos la consulta. Estaba bastante segura de que sabía lo que iba a decir la doctora y quería estar a solas contigo cuando te enterases, así que llamé a tu madre y le pregunté si podía quedarse con Liam cuando hubiésemos acabado.

—¿Fuiste tú? ¿No ella? —sonrió y negó con la cabeza—. Un momento, un momento. Entonces, ¿Bree ya lo sabe?

—De hecho fue ella la que me obligó a hacerme la prueba —respondí riéndome—. Te juro que tiene un radar para detectar a las embarazadas. Yo no tenía ni idea y de pronto apareció un día con una prueba y me obligó a meterme en el cuarto de baño.

—Típico de ella. ¿Quién más lo sabe?

—Nadie. Y si Bree no hubiera estado esperándome al otro lado de la puerta aquel día, tú habrías sido el primero en saberlo, te lo prometo.

—No puedo culparte porque Bree lo sepa. Esa chica es imparable. Siempre se sale con la suya.

—Tienes razón —sonreí y acerqué su cara a la mía.

Al apartarse, Brandon me levantó el dobladillo de la camiseta de seda y empezó a besarme el vientre antes de ir subiendo por mi cuerpo.

—¿Cuándo sales de cuentas? —preguntó contra mi pecho.

—El veintiséis de mayo. Estoy de diez semanas —respondí casi sin aliento.

—Te quiero mucho, Harper, y no sabes lo emocionado que estoy.

—¿Sí?

Me miró fijamente a los ojos y vi el amor en su mirada.

—Sí.

Sonreí y le di un beso antes de apoyar la cabeza en las almohadas y estirar el brazo para agarrarle la toalla.

—Yo también te quiero.

CAPÍTULO 20

—Bueno, creo que hay que darte la enhorabuena, ¿no, niña? —Konrad me dio un beso en la coronilla al abrazarme.

—¡Gracias! Ahora os toca a vosotros —miré a Bree con odio fingido cuando él me soltó, pero sonreí al ver que se quedaba con la boca abierta.

—¡Te juro que yo no se lo he dicho! —exclamó ella con las manos levantadas.

—Se lo he dicho yo —dijo Brandon cuando apareció por detrás y me rodeó la cintura con los brazos—. Si Bree lo sabía, lo justo era que él también.

—Pero no se lo habéis dicho a Claire, ¿verdad?

Konrad y Bree negaron con la cabeza.

—No —dijo ella—. Sabemos que queréis decírselo a todos en la fiesta de cumpleaños de Liam. ¡Sigo sin poder creer que vayáis a tener dos hijos antes de que yo tenga uno!

—Mmm… supongo que tendréis que poneros a ello —dije guiñándole un ojo.

—Ni hablar. Vamos a estar muy ocupados jugando con los vuestros. Tú sigue procreando y nosotros haremos como si fueran nuestros.

—¡Ah, no! Creo que dos son más que suficientes por ahora. Cuando nazca el segundo bebé, yo no tendré ni veintiún años y Brandon tendrá veintitrés. Si tenemos más, podrá esperar.

Sonó el timbre y Brandon me dio un beso en la mejilla antes de soltarme.

—Seguro que es Jeremy, que viene con algunas de nuestras primas. ¿Os importa dejar de hablar de bebés hasta que se marchen?

—Pensé que ya se lo habías dicho a Jeremy.

—Así es, porque sé que él no dirá nada. Mis primas, por otra parte, no saben tener la boca cerrada. Probablemente llamarían a mi madre antes de que termináramos de contárselo —se rio y corrió hacia la puerta.

Bree se inclinó sobre la isla de la cocina y arqueó una ceja.

—¿Así que Jeremy también lo sabe?

—Sí —murmuré, e intenté alcanzar la pila de cuencos de la estantería de arriba—. No sé por qué le damos tanta importancia a no decírselo aún a los padres. Se lo hemos dicho ya prácticamente a todo el mundo. Supongo que queremos que estén todos reunidos aquí para que lo sepan al mismo tiempo.

Acababa de subirme en la encimera cuando Konrad estiró el brazo, alcanzó los cuencos y sonrió cuando le miré con odio. Ni siquiera le hacía falta ponerse de puntillas.

—Maldigo a la gente alta —dije entre dientes.

—¡Hola, hermanita! Hola, Bree —Jeremy le dio un abrazo y después abrazó a Konrad—. Konrad, ¿qué pasa, tío? —se acercó a mí, que seguía sentada en la encimera, y fruncí el ceño al darme cuenta de que era más alto que yo incluso desde donde me encontraba—. ¿Ya estabas otra vez intentando alcanzar los cuencos, Harper? —me rodeó con los brazos y me dio un beso en la mejilla antes de susurrar—: Felicidades, hermanita. Me alegro mucho por vosotros.

—Gracias, Jeremy —respondí devolviéndole el abrazo—. Y gracias por venir.

—He venido con mi novia, espero que no te importe.

—¿Tienes novia, Jeremy? —se le iluminó la cara con una sonrisa—. ¿Tienes edad para ello? —me reí cuando me dio un puñetazo cariñoso en el brazo.

—Tengo diecisiete años, no doce.

—Ah, sí, claro —dije poniéndome seria—. ¿Cómo iba a olvidarlo? ¿Y dónde está? Quiero conocer a la chica que le ha robado el corazón a mi cuñado.

—Está con Laura y Kate, pero es muy tímida, así que, Bree —se giró hacia ella—, no te pases con ella, ¿de acuerdo?

Bree se llevó la mano al pecho.

—¿Quién, yo? Si la gente tímida es mi especialidad. Pregúntaselo a Harper.

Todos nos reímos y Jeremy me miró con curiosidad.

—Hermanita, ¿qué coño estás haciendo?

—¡Esa boca! —le reprendí, pero empecé a reírme sin control al ver que seguía sin poder bajarme—. No puedo bajar. Normalmente no puedo ni subirme. ¿Cómo diablos me he subido aquí, Konrad?

—¡Esa boca! —Jeremy intentó imitar mi tono censor mientras me bajaba de la encimera—. Dios, qué bajita eres.

—No, es que el resto sois increíblemente altos —lo aparté de mí y me dirigí hacia Bree, dado que ella estaba más cerca de mi altura.

—¿Ya están riéndose de ti otra vez, cariño? —dijo Brandon con una sonrisa al regresar—. No puedo creerme que alguien se ría de tu estatura, porque eres de estatura media, ¿verdad?

Lo miré con odio hasta que me abrazó con mi sonrisa favorita y aquel hoyuelo tan delicioso.

—Exacto —me puse de puntillas y le di un beso apasionado.

—Primero, idos a un hotel. Segundo, Harper, quiero presentarte a Aubrey.

Me asomé por un lado de Brandon y vi a una preciosa chica de tez pálida, pelo negro y ojos marrones del brazo de Jeremy. Dios mío, hacían tan buena pareja.

—¡Hola, Aubrey! —me acerqué a ellos y le di un abrazo, pero dejé caer los brazos y me aparté al recordar lo poco que me gustaba que me abrazaran hasta que Bree me presentó en sociedad.

—Aubrey, esta es Harper, mi cuñada.

Ella saludó tímidamente con la mano y se sonrojó al sonreír. Sí, nos llevaríamos bien.

—Encantada de conocerte, Harper. Tienes una casa preciosa.

—¡Gracias! Aubrey, estos son Breanna, mi mejor amiga, y Konrad, su prometido.

Esperé a que se presentaran y volví a los brazos de Brandon.

—Y supongo que ya conoces a Brandon.

Ella asintió, se mordió el labio inferior y se acurrucó bajo el brazo de Jeremy.

—¡Oh, no! ¿Dónde está el chiquillo? —preguntó una de las gemelas desde el comedor.

Me reí y, cuando Kate y Laura entraron en la cocina, fui a abrazarlas a las dos.

—Esta noche está con Claire y Robert. Pensé que sería más divertido para él. ¿Os acordáis de Konrad y de Bree?

Laura corrió a abrazar a Bree y Kate se cruzó de brazos e intentó parecer enfadada.

—Pero yo quería ver al pequeño Liam —hizo pucheros y arrastró los pies hacia Bree para abrazarla.

—La próxima vez —les prometí—. Además, hoy vienen cuatro o cinco chicos solteros que acaban de salir de los Marines. ¿De verdad queréis pasaros el día jugando con un bebé?

—¡Dios mío! ¿En serio? —preguntaron al unísono.

Yo me reí y asentí. Las gemelas eran las primas de Brandon y de Jeremy, tenían un año menos que yo y eran guapísimas. Me sacaban unos quince centímetros, tenían los ojos azules y un pelo rubio que parecía antinatural. Salvo por sus ojos, yo todavía no había encontrado la manera de diferenciarlas. Por suerte, Kate tenía un ojo que era medio azul y medio marrón. De lo contrario, nunca habría sabido con quién estaba hablando.

—¡Bueno! —exclamó Kate agarrando a su hermana de la mano—. ¡Entonces vamos a ponernos los biquinis!

—Sabéis que no tenemos piscina, ¿verdad? —dije mientras se alejaban.

—¡Da igual!

—Al final acabaré dándole un puñetazo a alguien, ¿verdad? —murmuró Brandon detrás de mí.

—Probablemente —suspiré, lo miré y me alegró ver que sonreía—. ¿Cuándo vas a poner en marcha la parrilla?

—Ya lo he hecho cuando les he abierto la puerta. Pondré a hacer las hamburguesas cuando lleguen todos.

—Gracias —le di un beso en los labios y me relajé contra su pecho—. Y gracias por todo esto. Creo que va a ser un buen día.

—Tienes razón —me levantó, me sentó en la encimera, me dio otro beso que casi me derritió por dentro y se acercó a Jeremy—. Ven a ayudarme con el hielo.

—¡Brandon! Acababa de bajarme de la encimera y Jeremy ha tenido que ayudarme.

—Lo sé —sonrió con malicia y se fue al garaje.

Me volví hacia Konrad.

—¿Te importa ayudarme?

—¿Sabes? Se me ha olvidado traer el hielo de la tienda… ¿vienes conmigo, cariño? —le dio la mano a Bree y salieron juntos de la cocina.

Idiotas.

Miré a la única persona que quedaba en la sala y dije:

—¿Quieres hacerme compañía?

Aubrey se acercó y tuvo que saltar tres veces antes tomar el impulso suficiente para subirse.

—Son muy altos, ¿verdad? No soy solo yo.

—No. No eres tú —dijo ella con voz muy suave metiéndose el pelo detrás de las orejas—. Gracias por invitarnos. Es muy amable por tu parte.

—¡No hay de qué! Es divertido. Mis disculpas si la cosa se pone fea. No conozco mucho a los chicos que vienen.

Ella se rio y balanceó las piernas hacia delante y hacia atrás.

—No pasa nada.

¿De verdad yo hablaba así de bajito?

—Dime, ¿cómo conociste a Jeremy?

—En clase.

—¿Sí? ¿Cuánto hace que salís?

Aubrey se sonrojó y miró hacia la puerta que conducía al garaje.

—Solo una semana. El año pasado me pidió salir varias veces, éramos compañeros en Química, pero no sé… me daba miedo.

—¿Qué? ¿Por qué?

—Bueno, además de su tamaño, es muy popular y extravertido. Ya era popular después de su primera semana de clase, y yo sabía que a muchas chicas les gustaba. No sé. Los chicos como él no salen con chicas como yo. Pensé que era una broma.

La primera mitad no me sorprendió en absoluto. A lo largo del último año había desarrollado sus músculos, tenía la misma complexión que Brandon y se parecía mucho a él. Tenían un tamaño que intimidaba y eran increíblemente guapos. Pero, ¿qué demonios?

—Lo siento, pero creo que me he perdido algo. ¿Chicas como tú?

—Él juega al rugby y es el capitán del equipo de fútbol. A mí no me gustan los deportes ni nada relacionado con la escuela.

—Si sale contigo, entonces te aseguro que eso no le importa. Eres preciosa, Aubrey, y pareces muy dulce. No es raro que le gustes. Jeremy no suele salir con chicas… de hecho no ha tenido novia en los dos años que yo llevo con Brandon. Así que es significativo que te haya pedido salir. Y esos chicos no son nada crueles. Nunca saldría contigo como una broma. Es como su hermano. Son increíblemente protectores y adoran a las chicas de su vida. Nada menos.

Ella volvió a sonrojarse.

—Brandon y tú hacéis muy buena pareja. Jeremy me ha hablado mucho de vosotros y da gusto veros. Es evidente que os queréis.

Sonreí y me apoyé sobre las manos.

—Estamos muy enamorados.

Brandon y Jeremy pasaron frente a nosotras con dos cubos de hielo y sonrieron al vernos subidas en la encimera. Jeremy no podía apartar los ojos de Aubrey. Estaba perdido.

—Entonces no te gustan los deportes. ¿Y qué te gusta?

Aubrey estaba mirando a Jeremy y mordiéndose el labio inferior.

—Eh, ¿qué? —me miró con sus ojos de cervatillo y parpadeó.

—Tus intereses —dije riéndome—. ¿Qué te interesa? Además de Jeremy.

—Ah —se sonrojó de nuevo. Creo que había encontrado la horma de mi zapato en ese terreno—. Bueno, me gusta la fotografía, y leo mucho.

—¿Qué lees? —yo nunca había leído mucho. Los únicos libros que había en mi casa cuando era pequeña eran de Stephen E. Ambrose, R. Lee Ermey o Tom Clancy, y no es que despertaran mi interés.

—Cualquier cosa que contenga una historia de amor. Me encantan los triángulos amorosos.

¿Y eso era emocionante? Yo me había visto en medio de un triángulo amoroso hacía no tanto y no era muy divertido. Me limité a asentir con la cabeza.

—¿Y la fotografía?

Tocó la bolsa que tenía junto a ella y supuse que llevaba allí la cámara.

—Fotografió cualquier cosa. Paisajes, personas, flores…

—Me gustaría verlas alguna vez, si te parece bien.

—¿Ver qué? —preguntó Jeremy al regresar corriendo a la cocina, se colocó entre las piernas de Aubrey y apoyó las manos suavemente en su cintura.

—Ha dicho que le gusta la fotografía.

Jeremy me miró un instante.

—Dios, hermanita, deberías ver lo que hace. Es muy buena. Ha traído su cámara. ¿Por qué no le enseñas las fotos que tienes allí, Aubrey?

Kate y Laura eligieron ese momento para regresar y Aubrey palideció y sacó la mano de su bolsa.

—Más tarde —le susurré, y ella asintió aliviada.

Brandon entró en la cocina hablando con mi teléfono y, aunque lo vi en su mano, me palpé los bolsillos del pantalón para asegurarme de que no lo llevaba encima.

—Sí, verás una camioneta blanca y un Jeep negro en la entrada. Entrad directamente. Estamos en la cocina. Ahora nos vemos —golpeó la pantalla con el dedo y me lo entregó.

—¿Carter?

—Sí. Están en la calle. ¿Dónde ha ido Konrad?

Yo puse los ojos en blanco.

—El muy idiota ha dicho que se había olvidado de comprar el hielo y me ha dejado en la encimera. Por suerte había aquí alguien amable que ha querido hacerme compañía después de que todos los demás me dejaran tirada.

Brandon miró a Jeremy y empezó a reírse.

—Cariño, no se ha olvidado del hielo. Acabamos de echarlo todo en los cubos con las bebidas.

Konrad y Bree entraron en la cocina y vi que Bree parecía extasiada. Lo miré a él con los párpados entornados y le apunté al pecho con el dedo.

—Hielo, ¿no? Idiota.

Él me sonrió avergonzado y se encogió de hombros.

—Lo siento, pero es muy gracioso que no puedas bajarte.

—Estás en mi lista, Konrad Anderson. Estás en mi lista —estábamos todos riéndonos cuando oímos una voz en la entrada.

—¿Hola?

—¡Aquí! —gritó Brandon, y las gemelas sonrieron.

Carter apareció seguido de sus amigos.

—¿Qué pasa, tío? —les estrechó la mano a Konrad y a Brandon y, al verme a mí, se acercó a darme un abrazo—. ¿Qué pasa contigo?

—Nada —murmuré.

—Está enfadada porque Brandon la ha subido ahí y nadie la ayuda a bajarse —Konrad sonrió y se apoyó en otra encimera con Bree entre sus brazos.

—Bueno, Rojita, así no tienen que preocuparse porque te metas en líos.

Lo miré con odio y me acerqué al borde, pero enseguida retrocedí. Aubrey hizo lo mismo y al final Jeremy la ayudó a bajar. Era al menos ocho centímetros más alta que yo y aun así no podía saltar al suelo.

Carter regresó al comedor al oír a más amigos suyos entrar en la casa y Brandon se acercó a mí.

—Es que estás muy mona aquí subida —me dio un beso, me bajó y se aseguró de que mi pecho resbalara contra el suyo al deslizarme por su cuerpo. Vi el calor en sus ojos y mi cuerpo reaccionó al instante. Maldita barbacoa.

Carter volvió con un total de seis marines, dos de ellos con novia, y comenzamos el largo proceso de las presentaciones. Brandon nos presentó antes de que Carter presentara a sus amigos. Vi que Kate se quedaba mirando a Carter con la boca ligeramente abierta. No sé si era su expresión, pero Carter se quedó mirándola también cuando la vio. Ignoró a Jeremy y a Aubrey y, cuando vio a Laura, frunció el ceño, volvió a mirar a Kate y luego otra vez a Laura. Cuando me miró, arqueé una ceja, sonreí y juro que se sonrojó al presentarse.

—¿Has visto eso? —me susurró Brandon al oído. Así que yo no estaba loca.

—Mmm.

—Ja —me dio un beso en la cabeza y se enderezó—. Interesante.

Todos nos quedamos callados cuando Carter terminó con las presentaciones y por suerte Brandon dijo que iba a empezar con la comida, así que los demás chicos lo siguieron con las hamburguesas. Era adorable ver a Jeremy dudar entre los chicos y Aubrey hasta que ella lo empujó hacia la puerta. Yo empecé a preparar el queso para Brandon y a cortar tomates y cebolla para cuando la carne estuviese lista. Bree y Aubrey me ayudaron mientras las otras cuatro chicas se sentaban en los taburetes y charlaban animadamente.

—Eh, Rojita, tu maridito dice que necesita el queso —Carter se acercó a mí, pero miró a Kate por encima del hombro antes de darle las gracias a Bree por la fuente de queso que le entregó.

—Estás babeando, Kate —dije con una sonrisa cuando Carter volvió a salir.

Ella sonrió con picardía y miró hacia atrás un segundo antes de volver a inclinarse hacia delante con los codos apoyados en la encimera como si estuviéramos compartiendo secretos.

—Es mono, ¿verdad?

Bree y yo sonreímos, pusimos los ojos en blanco y Laura le dio la razón. Aubrey asintió en silencio.

—Entonces, ¿tú eres la Rojita? —preguntó una de las novias.

Yo contuve un gruñido y me obligué a sonreír.

—Esa soy yo.

—He oído hablar mucho de ti. Craig vive con Jason.

El nombre de Craig no me resultaba familiar e intenté recordar qué chico había entrado con ella.

—Todo cosas malas, seguro —dije antes de volverme hacia los tomatas y las cebollas—. Aubrey, ¿me ayudas con las fuentes y los cuencos?

—Por lo que ha contado, estáis muy unidos —continuó la chica.

—Más o menos. En Carolina del Norte éramos muy buenos amigos, pero eso fue hace tiempo.

—Qué mono el apodo que te ha puesto —murmuró ella.

Yo dejé las fuentes en la encimera con más fuerza de la necesaria e intenté seguir sonriendo cuando ladeé la cabeza.

—En realidad no. Yo no diría que es mono reírse del rubor de una persona.

—No tiene apodo para nadie más.

—Oh, Dios mío, tiene un apodo para su mejor amiga. ¡Qué raro! —Bree agitó las manos exasperada—. ¿Podemos comer ya? Me muero de hambre.

Dios, cómo quería a Bree.

—Tú fuiste la razón por la que Ashley le dejó, ¿lo sabías?

Me mordí la lengua y conté hasta cinco antes de decir nada.

—Perdona, ¿cómo te llamabas?

—Lauren.

—Lauren, eso. ¿Puedes venir un segundo? —la llevé al comedor y por suerte Bree hizo que las demás se quedaran en la cocina—. Supongo que eres amiga de Ashley.

Ella enarcó una ceja a modo de confirmación.

—Estoy segura de que tienes tus razones para intentar defender a tu amiga, que tuvo el detalle de vaciar la cuenta del banco de Carter y dejarle los papeles del divorcio para cuando regresara de la guerra, pero te aseguro que yo no tuve nada que ver con dicho divorcio. Lo crea ella o no, es su problema. Pero, si aun así quieres inmiscuirte, pregúntale a Carter cuándo fue la última vez que él y yo hablamos antes de la semana pasada. Te diré que fue meses antes de que conociera a Ashley. Yo sabía que se habían casado, pero me enteré por un mensaje.

—Estoy segura. Sé que seguías por ahí y he oído suficientes cosas sobre ti para saber qué tipo de chica eres.

—Lo dudo.

—¿No estabas siempre rodeada de marines? ¿No te acostabas con la mitad de los tíos de la unidad de Jason? A juzgar por cómo habla de ti, seguro que sigues tirándotelo. ¿Sabe tu marido que te has tirado a casi todos los soldados de Lejeune?

—¿Perdona? ¿Quién te crees que eres para venir a mi casa y acusarme de…?

—¿De destrozar un matrimonio? ¡Ya es hora de que alguien te diga lo que eres! ¿Sabes cómo se quedó Ash cuando su marido le dijo que nunca sería como tú?

—Lo que ocurrió entre Ashley y yo queda entre nosotros —Carter se acercó y yo sentí el cuerpo de Brandon detrás de mí—. Y lo que ha ocurrido desde entonces tampoco es asunto tuyo.

—¡Es asunto mío cuando tuve que escuchar a mi amiga llorar durante horas por una zorra!

—Mierda —murmuró alguien desde la puerta trasera—. Lauren, ¿qué coño te pasa? —un tipo atlético, que supuse que sería Craig, se acercó, la agarró del brazo, le susurró algo al oído y acto seguido la chica salió por la puerta—. Perdonad. Voy a llevarla a casa. Harper, Brandon, por favor, perdonad. Está… bueno, lo que ha dicho no es verdad. No eres… bueno, no eres una zorra, Harper. Lo siento muchísimo.

A mí me hervía la sangre y no paraba de temblar, pero me obligué a mantener la calma cuando hablé.

—Vuelve si quieres, pero no la traigas a ella.

Craig asintió y miró a Brandon.

—Brandon, lo…

—No importa —Brandon levantó una mano para detenerlo—, pero Harper tiene razón. No vuelvas a traerla a nuestra casa. Te guardaremos algo de comida si decides regresar.

Craig se despidió con la mano y salió por la puerta de la entrada.

Los tres nos quedamos allí parados contemplando la puerta cerrada durante unos segundos hasta que yo levanté las manos y di una palmada.

—En fin, qué maja era. ¿Alguien quiere hamburguesas?

Carter sonrió y me dio un puñetazo cariñoso en el brazo.

—Claro que sí. Apuesto a que todavía puedo ganarte comiendo.

Como si eso fuera difícil. Me llevé la mano a la tripa y le guiñé un ojo a Brandon antes de volver a mirar a Carter.

—Aunque no sé, porque últimamente tengo mucha hambre.

—Esto no es helado, Rojita. Sabes que no puedes ganarme si no es con eso.

—Cierto —suspiré, le rodeé la cintura a Brandon con los brazos y contemplé su expresión de asombro—. ¿No se supone que tenías que hacerte cargo de la parrilla?

—Está todo prácticamente hecho, pero Jeremy se encarga. Bree ha dicho que teníamos que salvarte.

Yo puse los ojos en blanco.

—Tenía la situación controlada… bueno, quizá no del todo.

—Te has desenvuelto mejor de lo que lo habría hecho nadie. Eres asombrosa, ¿lo sabías? —me miró a la cara y sus ojos se detuvieron en mis labios.

—Y tú eres extremadamente guapo, ¿lo sabías?

Se inclinó, me dio un beso y sonrió contra mi boca cuando dejé escapar otro suspiro de felicidad.

—Dios, tíos, sois asquerosamente adorables —Carter nos dirigió una sonrisa torcida y negó con la cabeza.

—¿Sabes, Carter? Kate está soltera... —apreté los labios y arqueé las cejas.

—¿La de los ojos increíbles?

—Sí —respondimos Brandon y yo riéndonos.

—¿De verdad? Bueno, entonces disculpadme un momento —dobló la esquina, pero después asomó la cabeza otra vez y me miró con decepción fingida—. Sé perfectamente que perfeccionaste tu gancho de derecha, así que espero que lo utilices la próxima vez que alguien te llame zorra. Para algo Prokowski fue tu saco de boxeo. ¡Haz que estemos orgullosos, Rojita!

Carter no se separó de Kate durante el resto de la tarde y, aunque eso me ayudó a respirar tranquila, sé que Brandon todavía no se sentía del todo cómodo con él. Tardé tiempo en entender por qué no paraba de acercarme a él constantemente, hasta que advertí las miradas de anhelo que Carter parecía dirigirme.

—¿Necesitas ayuda?

Me volví y vi a Carter detrás de la barra del desayuno con una sonrisa avergonzada.

—No queda mucho por hacer. Enseguida salgo.

Apartó una silla, se sentó y se llevó la cerveza a los labios.

—Lo de hoy ha sido divertido.

—Mmmm. Me alegra que hayáis podido venir. Ha sido agradable estar rodeada de nuevo por marines. Hacía demasiado tiempo.

—Sabía que nos echarías de menos. Cuando te fuiste a la universidad, las cosas cambiaron mucho. Quiero decir que siempre pasaba algo, pero era como si no tuviéramos nada que hacer sin ti allí.

—Para mí también fue raro, sobre todo con Bree. Nunca me había relacionado con chicas, pero ella es genial, fue la compañera y amiga perfecta. Y todos los chicos con los que salíamos me recordaban a vosotros, así que hizo que resultara más fácil. Habiendo pasado toda mi vida en la unidad de mi padre, sentía que todos los soldados erais mi familia. Vosotros erais mi hogar.

—¿Incluso Jacobs? —me sonrió y yo hice una mueca al recordar a aquel pervertido.

—Bueno, quizá todos no. Creo que cuando llegué aquí te dije que sentía como si hubiera pasado de una familia de hermanos a otra, y es la mejor manera de describirlo. No eran Prokowski, ni Sanders, ni tú, pero me protegían y eran tan divertidos como vosotros, así que era como estar en casa. Bree y la casa hicieron que la mudanza fuese una transición fácil —me giré para guardar el resto del pastel en la nevera y me dio un vuelco el corazón al ver su expresión desolada—. Me alegra mucho verte, Carter. Te he echado de menos.

—Yo también te he echado de menos, Rojita. Estos últimos dos años —dio otro trago antes de suspirar y seguir hablando— no han sido como pensaba que serían.

—A mí me pasa lo mismo —me apoyé en la isla de la cocina y negué con la cabeza mientras me reía—. Desde luego no pensaba que me casaría y que tendría un bebé.

—Yo sí, pero pensaba que sería conmigo. Lo tenía todo planeado. Iba a conquistarte, tú dejarías la universidad y te casarías conmigo de inmediato —dejó escapar una leve carcajada y se pasó la mano por el pelo.

—Bueno, obviamente eso no ha pasado —le dije.

—Obviamente. ¿Qué imaginabas que harías?

—Seguir estudiando, tratar de disfrutar de la vida universitaria, supongo. No lo sé, Carter. Solo quería escapar, ser yo misma o intentar averiguar quién era.

—¿Y entonces conociste a Brandon y todo tu mundo cambió? —pareció entristecerse a pesar de su sonrisa—. He de admitir que pensaba que tardaría en conseguir que te casaras conmigo, pero no podía creer que la chica a la que conocía ya estuviese enamorada de un tipo al que acababa de conocer. Cuando llegué aquí eras muy diferente; más segura, femenina y extravertida. Tenía que hacer un esfuerzo para recordar que eras mi Rojita. Pero ya te había perdido. Me di cuenta a los pocos minutos de estar en la playa. Y verte con él… no sé. Me sorprendió mucho y me mató.

—Para ser sincera, ni siquiera pensaba en salir con alguien cuando me fui de casa. Quiero decir que imaginaba que lo haría, pero nunca pensé que a las dos semanas de estar aquí conocería a alguien con quien querría pasar el resto de mi vida —me reí al decirlo—. Pensaba que lo del matrimonio y los bebés sucedería tiempo después de licenciarme. Pero, como bien has dicho, la vida no siempre sale como la tenías planeada, ¿verdad? Me hizo madurar, quizá demasiado deprisa, pero me parece bien porque se debió al resultado de mis actos. Lo que no me gusta es que esos actos obligaran a mis seres queridos a madurar también —se hizo el silencio en la cocina durante unos segundos antes de que continuara—. Y, aunque no me arrepiento de nada de lo que nos ha traído a Brandon y a mí hasta aquí, sí que me gustaría haberles ahorrado a Chase y a él gran parte del dolor que tuvimos que soportar.

—¿Chase? ¿Aquel tío de los tatuajes? El hermano de Bree, ¿verdad?

Yo asentí y vi que intentaba entender la situación.

—¡Lo sabía! Sabía que algo pasaba. Era muy posesivo contigo como para que solo fuerais amigos. Era peor que Brandon y yo juntos. ¿Dónde está, por cierto?

—Murió.

—Joder. ¿Cuándo?

—Hace más de un año. Se saltó un semáforo en rojo con el coche y lo arrolló un tráiler. Yo estaba embarazada de cinco meses y medio. Chase era el padre.

—¿Qué? —se inclinó sobre la encimera y susurró—: ¿Brandon lo sabe?

—Sí, Carter. Brandon lo sabe todo, te lo prometo. Engañé a Brandon con Chase poco después de que tú te fueras a Afganistán, pero créeme, es demasiado largo y complicado como para intentar explicarlo ahora.

—Rojita, no puedes decirme algo así y no explicarme lo que pasó.

Se me nubló la vista y tuve que parpadear para contener las lágrimas.

—Hoy no, ¿vale, Carter?

—Vale —negó con incredulidad. Pero, ¿actúa como si Liam fuese su hijo?

—Chase fue el progenitor, pero Brandon es su padre. Le quiere como si fuera suyo —me acerqué y me senté a su lado—. No espero que entiendas lo que eso significa. Es difícil de explicar para alguien que no estuvo presente en todo lo que ocurrió.

Carter siguió mirándome con los ojos muy abiertos.

—Joder, Rojita.

—Lo sé.

—Un día tenemos que sentarnos y me lo tienes que contar todo.

—De acuerdo, Carter. ¿Y tú me lo contarás todo sobre ti?

Se echó hacia delante y apoyó los codos en las rodillas.

—Dios, te lo puedo contar ahora mismo. Perdí el control después de aquella noche en la fiesta, me acostaba con una chica diferente cada fin de semana, iba a clubes de *striptease* todos los viernes por la noche, me emborrachaba durante todo el fin de semana. Un viernes, iba hacia mi coche con unos amigos y vi a una chica sentada en la plataforma trasera de una camioneta. Te juro por dios que pensé que eras tú. Me acerqué y vi que no, pero para entonces ella ya se había dado cuenta de que había llamado mi atención y empezó a ligar conmigo. En realidad resultó patético, pero ya no me importaba. Hice que los demás se fueran por su cuenta y pasé la tarde con ella, nos fuimos a Las Vegas esa noche y nos casamos al día siguiente. Fue la cosa más estúpida que he hecho en mi vida y además me ponía de los nervios. Siempre que salíamos, me hacía llevar las placas identificativas por fuera de la camiseta y ella solía llevar una camiseta de las de «Mujer de un Marine». Ni siquiera me llamaba por mi nombre, siempre me llamaba «sargento» y a todos aquellos con quienes hablaba les dejaba claro que estaba casada con un soldado. Lo digo en serio, era lo primero que decía. La gente la miraba de forma extraña al ver que sacaba el tema así. Yo a ella no le importaba, igual que ella no me importaba a mí. Ambos estábamos utilizándonos mutuamente para algo y creo que esa es la única razón por la que nos toleramos durante el mes que tardé en irme a Afganistán.

—¿Y lo que ha dicho Lauren sobre tú y ella?

Carter resopló y puso los ojos en blanco.

—Por error la llamé Rojita una noche y ella se emocionó porque le hubiera puesto un apodo. Pero yo estaba borracho y le dije abiertamente: «Ese apodo no es para ti. Tú nunca serás como ella».

—Jason Carter —me quedé con la boca abierta—. No puedo creer que le dijeras eso a tu mujer —sé que era horrible, pero empecé a reírme y no podía parar.

Carter se reía en silencio.

—Y aun así te estás riendo.

—Lo siento —me sequé las lágrimas y me reí con más fuerza—, pero es que estaba imaginándome su cara cuando se lo dijiste.

—Dios, se enfadó muchísimo. Me dio un bofetón delante de todos. ¡Qué dolor!

—¿Estabais con más gente?

—Estábamos en una hoguera con unos amigos. Esa noche no acabó bien, claro.

—Dios mío, Carter. Es terrible —mis carcajadas dejaban claro que pensaba justo lo contrario.

Él se encogió de hombros.

—Sobra decir que el matrimonio no funcionó.

—Me pregunto por qué —le guiñé un ojo y sonreí antes de ver la expresión de fastidio de casi todas las personas que acababan de entrar por la puerta de atrás. Brandon iba delante, apartó de un manotazo el brazo de Konrad, que intentaba detenerlo. En la otra mano sujetaba el móvil pegado a la oreja. Bree, Jeremy y Aubrey iban detrás; los dos primeros tenían cara de enfado. Aubrey nos miraba nerviosa a Brandon y a mí—. ¿Cariño?

—Ahora te llamo —dijo él antes de guardarse el móvil en el bolsillo—. Harper, tengo que hablar contigo.

—¡No! —exclamó Konrad, y yo lo miré sorprendida.

—¡No puedo creerme que estés pensándotelo, idiota arrogante! —Bree le dio un empujón desde detrás, pero Brandon ni siquiera la miró.

—Cariño, era…

—¿Y sonríes? ¿Me tomas el pelo? —Jeremy tenía la cara roja de ira y levantaba cada vez más la voz—. ¿Cómo puedes alegrarte ahora mismo? ¡Vas a destrozarla! —agarró a Brandon del cuello de la camiseta y se dirigió de nuevo hacia la puerta.

—Aparta, Jeremy —gruñó Brandon, y apartó bruscamente la mano de su hermano antes de volverse hacia mí.

—¿Qué nos hemos perdido? —me susurró Carter.

—No tengo ni idea —me quedé boquiabierta cuando Jeremy intentó hacerle a Brandon una llave de cabeza.

—¡He dicho que te apartes! —Brandon se zafó y empujó a Jeremy contra la pared. Jeremy arremetió contra él, pero Konrad lo agarró y lo sujetó.

—¡Brandon Taylor! —exclamé avergonzada—. ¿Qué es lo que te pasa?

Incluso con Konrad sujetando a Jeremy, Brandon se acercó a su hermano y sus narices se tocaron mientras se miraban.

—¡Para! —me levanté de la silla y me puse entre ellos con las manos en el pecho de Brandon—. ¡Calmaos todos! —cuando Konrad soltó a Jeremy y Brandon me miró al fin, yo le miré con los párpados entornados y hablé con suavidad—. Discúlpate con Jeremy.

Brandon resopló, pero, después de verme la cara, murmuró una disculpa.

—Ahora dime qué pasa.

—Estaba hablando con el espantapájaros por teléfono —Brandon volvió a sonreír.

—Vale, ¿y...? —de pronto entendí la cara de enfado de los demás y la expresión esperanzada de Brandon y me aparté—. Dios mío, no hablas en serio, ¿verdad?

—Harper, escúchame —estiró los brazos hacia mí, pero yo seguí retrocediendo hasta chocarme con Konrad o con Jeremy.

—¿Hablas en serio?

—¿Qué es lo que pasa? —preguntó Carter exasperado.

—Cariño, por favor, escúchame. Quieren una revancha. Su gente ofrece el doble por una revancha. Eso más el resto de apuestas. ¿Sabes cuánto podría ganar?

—¿Su gente? ¿De quién estás hablando? —pregunté, aunque tenía el presentimiento de que ya lo sabía. No hay mucha gente que quiera volver a enfrentarse a Brandon.

—El Demonio.

—¡NO!

—¡Ganaría ocho mil dólares de sus entrenadores y de su representante! ¡Ocho mil, Harper!

Yo negué con la cabeza y me quedé mirándolo con incredulidad.

—No necesitamos ese dinero, Brandon.

—Tampoco nos vendría mal. Cinco minutos y podría ganar fácilmente diez mil dólares. Quizá más.

—¿Por qué haces esto? —se me quebró la voz al final y volvió a acercarse a mí, pero en esa ocasión dejé que me abrazara.

—¿Qué sucede? —preguntó alguien desde la puerta de atrás.

—Buena pregunta —Carter parecía molesto.

—Le han llamado para que vaya a pelear —explicó Konrad.

—¿Y qué tiene eso de malo? —Carter me miró con desconfianza antes de volver a mirar a Konrad—. Cuando le conocí, no había perdido ningún combate, ¿no?

—Nunca ha perdido, punto. Pero en el último al tío al que se enfrentó no le hizo gracia perder y se lanzó contra Brandon de nuevo, le dio un puñetazo tan fuerte que estuvo a punto de causarle daños importantes. Los médicos dijeron que no tendría tanta suerte la próxima vez que recibiera un golpe en la cabeza. Esta pelea es contra el mismo tío.

Sentí escalofríos al oír a Konrad narrar lo sucedido aquella fatídica noche. Brandon me estrechó contra su pecho y me dio un beso en la cabeza.

—Hablemos de ello —me susurró contra el pelo.

Yo me aparté, lo miré a los ojos y se me rompió el corazón al ver su determinación.

—Ya has tomado una decisión.

Brandon frunció el ceño.

—No ocurrirá nada malo, te lo prometo.

Negué con la cabeza y me alejé de sus brazos.

—Entonces ve, Brandon. Si tan seguro estás, vete.

—Cariño, no te pongas así.

—He dicho que te vayas —sin volver a mirarlo me abrí paso entre la gente del comedor y caminé hacia los dormitorios. Me detuve en el cuarto del bebé y apenas llegué hasta la silla antes de que me fallaran las piernas y los sollozos sacudieran mi cuerpo. Oí gritos en el comedor y en el salón durante unos minutos hasta que Brandon entró en la habitación, me levantó de la silla y me envolvió con fuerza entre sus brazos.

—Por favor, no te enfades conmigo.

¿Hablaba en serio? ¿De verdad esperaba que me pareciese bien?

—¿Por qué haces eso? ¿Por qué nos haces esto a Liam y a mí? Y a nuestro bebé. ¡Por qué!

—Lo siento, pero es mucho dinero. Sería estúpido si lo dejara pasar. Por favor, ven conmigo. Te necesito allí.

—¡No pienso volver a una pelea clandestina! No después de lo que vi la última vez. No lo hagas —le rogué—. ¿Y si te ocurre algo? ¿Es que no te importamos nada?

Dio un paso atrás como si le hubiera abofeteado.

—¿Cómo puedes preguntarme una cosa así?

—¡Brandon! ¿Es que no recuerdas lo que pasó después de tu última pelea? Me prometiste no volver a pelear. Juraste que nunca volverías a hacer nada con lo que pudiéramos perderte. ¿Y ahora te llama el espantapájaros y sales corriendo? Este no es un combate cualquiera, es el Demonio. ¡El Demonio! Jamás había pasado tanto miedo viéndote pelear como aquella noche. Era bueno entonces y no me cabe duda de que habrá estado entrenando.

Brandon me miró con los párpados entornados.

—Ya le vencí una vez, puedo volver…

—No digo que tú no fueras bueno, o que no puedas ganar un combate. ¡Pero maldita sea, cariño! ¿Es que esto no te parece muy mala idea? Liam cumplirá un año en menos de una semana, mañana hará un año desde tu última pelea. ¿No te parece un mal presagio?

Él expulsó el aire por la nariz.

—Es una pelea. Acabará antes de que te des cuenta.

—Brandon…

—Necesito hacer esto, Harper —si la determinación de su voz no hubiera sido suficiente, la expresión de su cara me permitió saber que la discusión había terminado.

Contuve un sollozo, asentí con la cabeza y aguanté las lágrimas hasta que me dio un beso y me dijo que me llamaría en cuanto terminara. No había oído nada de lo que acababa de decirle. ¿Tanto echaba de menos los combates? ¿Sería porque se trataba del Demonio? Porque yo sabía que por el dinero no era.

Konrad y Jeremy abrieron la puerta de nuestro dormitorio antes de cerrarla y entrar corriendo en el cuarto del bebé seguidos de Bree.

—¿Va a ir? —preguntó ella sentándose en el butacón situado frente a la mecedora.

Asentí y miré a los chicos.

—Por favor, id a la pelea. Aseguraos de que no le ocurre nada.

—Nos quedaremos contigo —respondió Bree por los tres.

—Ahora mismo necesito estar sola y os necesito allí por si pasa algo. Por favor, mantenedme informada.

En ese momento vibró el teléfono de Konrad y él se aclaró la garganta.

—Se ha confirmado el combate. Ya se sabe el lugar y quiénes son los contrincantes.

—Id —les rogué.

Los chicos me abrazaron antes de salir, pero Bree se quedó.

—Quiero saber quién ha ganado en cuanto que termine, ¿de acuerdo? —al ver que no decía nada, la abracé con fuerza y la acompañé al pasillo—. ¿Puedes disculparte con Carter de mi parte? Dile que ya hablaré con él más tarde.

Bree suspiró, pero me dio un beso en la mejilla y se fue al salón mientras yo me iba al dormitorio y empezaba a guardar algunas cosas en una bolsa. Agarré dinero, las cosas de aseo, un pijama, una muda y todo lo que Liam necesitaría durante dos días y me marché de casa diez minutos después de que se fueran los demás. A Claire le sorprendió verme, pero le dije que todos en casa se lo estaban pasando muy bien y que no quería ir a recoger a Liam demasiado tarde, así que me dio un beso y me entregó a mi hijo para que me lo llevara. Bree me escribió cuando empezó el combate, tan solo diez minutos después de que me hubiera instalado en una habitación de hotel; tenía a Liam en brazos y di vueltas de un lado a otro durante doce minutos que se me hicieron muy largos. En cuanto me dijo que Brandon había ganado y que todos estaban a salvo de camino a nuestra casa, apagué el móvil, me acurruqué en la cama y dejé brotar las lágrimas que habían estado amenazándome desde que salí de casa.

CAPÍTULO 21

Al mirar a Liam a través del retrovisor, me mordí el labio inferior e intenté calmar los temblores de mi cuerpo. Era lunes por la tarde y, en el día y medio que hacía que me había ido de casa, no había encendido el móvil ni hablado con nadie, y me encontraba a cinco minutos de casa. Se suponía que Brandon debía estar trabajando, pero tenía la impresión de que estaría en casa cuando llegáramos, e intentaba prepararme mentalmente para lo que estuviera esperándome allí.

Sabía que había sido una estupidez marcharme así y no estar localizable durante ese tiempo. Pero yo sabía que no estaría fuera más de dos días y necesitaba tiempo para que Brandon y yo pensásemos por separado. El hecho de que estuviese tan dispuesto a volver a pelear después de todo lo que habíamos pasado el año anterior y después de sus promesas me destrozaba. Y seguía sin saber lo que pensaba al respecto, ni por qué lo había hecho. Mi mente no paraba de decirme que, si lo hacía, entonces era que nuestra familia no le importaba tanto, pero yo sabía que eso no era cierto. Brandon nos quería mucho. Lo cual me llevaba a la pregunta que me atormentaba. ¿Por qué arriesgarse a sufrir daños si le importábamos tanto como yo sabía que le importábamos?

El estómago me dio un vuelco al ver el Jeep de Brandon en la entrada. Sin molestarme en entrar en el garaje, por si acaso sentía la necesidad de volver a salir corriendo, dejé el Expedition aparcado fuera

411

y me quedé mirando a la puerta. Estaría muy enfadado. Las pocas veces que le había visto realmente enfadado había sentido mucho miedo, y eso que su ira no iba dirigida a mí. Me quedé mirándome las manos, entrelazadas sobre mi regazo, y me sorprendió ver una lágrima caer sobre mi brazo. Me sequé las lágrimas de las mejillas, tomé aliento y salí del coche con Liam. En cuanto cerré la puerta de la entrada, oí a Brandon correr por el pasillo. Se detuvo al vernos y tomó aire. No estaba enfadado, pero tenía un aspecto horrible. Tenía los ojos hinchados e inyectados en sangre, con ojeras oscuras. Utilizaba una mano para sujetarse contra la pared y se había llevado la otra al pecho desnudo, que subía y bajaba al ritmo de su respiración entrecortada.

—Estáis… estáis… —blasfemó en voz baja y apretó los labios.

Liam empezó a retorcerse al ver a su padre, así que lo dejé en el suelo y lo vi gatear hacia Brandon. Él se arrodilló y lo estrechó contra su pecho mientras sollozaba. Se me encogió el corazón. Ya había visto a Brandon llorar anteriormente, pero siempre lo hacía en silencio e intentaba contenerse. Ver cómo sus hombros temblaban y oírle atragantarse con sus lágrimas me rompía el corazón. Se giró hasta quedar apoyado en la pared, rodeó a Liam con su cuerpo y murmuró palabras que yo no pude oír.

Caminé por el pasillo con piernas temblorosas, me senté en la pared de enfrente y rocé con las rodillas sus pies. Al sentir el contacto, se puso en pie de manera abrupta con nuestro hijo y entró en el cuarto del bebé. Sentí náuseas, pero no había tenido náuseas con ese embarazo, así que supuse que se debería más al hecho de haber empeorado aquella situación aún más. La puerta del cuarto de Liam se cerró poco después y vi la mano de Brandon frente a mí. Se la estreché y dejé que me ayudara a levantarme, después me tomó en brazos y me llevó a nuestro dormitorio. Daba cada paso con cuidado y sin dejar de mirarme a los ojos. Cuando llegamos a la cama, me dejó sobre el colchón con delicadeza, como si pensara que fuese a romperme un poco más. Sin apartarme la mirada, se acurrucó junto a mí y me puso de lado para que pudiéramos mirarnos. Yo le sequé las lágrimas con la mano y acaricié las bolsas bajo sus ojos. Me agarró la mano, me dio un beso en la palma y después en el tatuaje de la muñeca antes de soltarme y rodearme la cara con las manos.

—Brandon, lo…

Me pasó el pulgar por los labios y negó lentamente con la cabeza.

—Fui un estúpido —su voz sonaba más rasgada de lo normal—. Echaba de menos los combates y no me gustaba que la gente pensara que había dejado de pelear porque tenía miedo. Cuando me llamó el espantapájaros… —dejó de mirarme un segundo a los ojos para buscar las palabras—, fue como si lo del año pasado no hubiera ocurrido, como si hubiera sido una lesión sin importancia. Sentía que tenía que demostrarme algo a mí mismo, y al espantapájaros, y al Demonio… a todos. Sabía que irme era lo peor que podía hacer, y sabía que me odiarías cuando regresara, pero no pude evitarlo. Tenía que ir, tenía que pelear. En cuanto acabó el combate, me sentí mal, supe que la había fastidiado. Debería haberme dado cuenta de eso cuando te apartaste de mí al entender lo que pasaba, pero entonces estaba demasiado emocionado para asimilar lo que me estabas diciendo. Llegué aquí lo antes posible, dispuesto a arrodillarme y a rogarte que me perdonaras por hacerte eso… pero nunca se me ocurrió que pudieras haberte marchado —el dolor de su mirada me estaba desgarrando y tuvo que tomar aire varias veces antes de continuar—. Intentamos llamarte docenas de veces, Jeremy se fue a casa de nuestra madre a buscarte y el resto fuimos donde Claire y Robert. Claire perdió los nervios al darse cuenta de que os había dejado marchar. Nadie sabía dónde os habíais metido. Dios, Harper, pensé que no volvería a veros nunca a Liam y a ti. Lo sois todo para mí. No sé cómo vivir sin vosotros. Sé que la he fastidiado, sé que te he hecho daño, pero por favor no vuelvas a hacerme eso. Te quiero más que a mi vida, Harper. Siento mucho haberte hecho daño.

Yo me quedé mirando su cara mientras hablaba.

—Pensaba que no te importábamos lo suficiente si preferías irte a algo así sin pensar en cómo podía afectar a nuestra familia.

Brandon cerró los ojos y colocó la cabeza en el hueco de mi cuello.

—Eso no es cierto…

—¿Brandon? ¿Harper?

Nos incorporamos al oír la voz aguda de Bree y nos levantamos de la cama antes de que llegara a la habitación. Dio cuatro zancadas largas hacia nosotros y me abofeteó antes de darme cuenta de que había levantado la mano.

—¡Breanna! —exclamó Konrad antes de alcanzarla.

Brandon me acarició las mejillas y en su mirada vi la sorpresa, el miedo y la rabia. Antes de que pudiera hacer o decir nada, Bree me agarró y me abrazó con fuerza.

—No puedes hacer eso —dijo llorando—. No puedes marcharte. Pensábamos… pensábamos que te habías ido para siempre. ¡Me dijiste que me fuera para poder irte! ¿Por qué no me lo dijiste? Eres mi hermana, no puedes marcharte. Me he vuelto loca buscándote. Mamá y papá están muy disgustados… —siguió divagando hasta que su cuerpo empezó a temblar.

—Shh —le pasé la mano por el pelo para calmarla—. No pasa nada, Bree. No voy a ninguna parte —nos sentamos las dos en la cama y le acaricié la espalda mientras lloraba. Al mirar a Konrad y a Brandon, me di cuenta de que todos en aquella pequeña familia nos necesitábamos. Habíamos perdido tantas cosas que nos aferrábamos los unos a los otros por cualquier razón. Cualquier cosa que hiciéramos afectaba de inmediato al resto, algo que yo debería haber tenido en cuenta antes de intentar evitar a mi marido durante poco más de un día.

Los sollozos de Bree se convirtieron en hipidos poco después y se apartó para mirarme.

—Siento haberte abofeteado, no puedo creerme que haya hecho eso.

—Creo que me lo merecía, amiga —respondí con una sonrisa.

—Bueno, sí. Te lo merecías —intentó reírse al hablar—. ¿Cuándo has vuelto?

—Una media hora antes de que aparecieras. Siento haberos preocupado a todos.

—¡Oh! ¡Tenemos que avisar a papá y a mamá! —empezó a rebuscar en su bolso.

—Ya los he avisado yo —dijo Konrad desde la puerta, donde se encontraba hablando con Brandon.

—Mi madre y Jeremy también lo saben —añadió mi marido—. Supongo que tenemos unos veinte minutos antes de que empiecen a llegar para hablar contigo. ¿Nos dais un minuto?

Bree aceptó la mano de Konrad antes de volverse para mirarme.

—¿Dónde está Liam?

—Durmiendo —respondió Brandon, y le dijo algo en voz baja a Konrad, que asintió y sacó a Bree de la habitación.

Brandon se acercó a mí lentamente, me acarició la mejilla, que todavía me escocía, y me la besó con ternura.

—¿Estás bien?

—Sí. ¿Y tú?

—Has vuelto, así que sí, lo estoy —me giró la cabeza con los dedos para que lo mirase a los ojos—. Te quiero, Harper Taylor, y quiero a nuestra familia. Por favor, no vuelvas a dudar de eso nunca.

Yo le rodeé el cuello con las manos y acerqué su cara a la mía.

—No lo haré —un escalofrío recorrió mi cuerpo al besar sus labios por primera vez desde el sábado.

Brandon me tumbó sobre la cama, con cuidado de no aplastarme con su peso, aunque sin dejar de presionar su cuerpo contra el mío. Me agarró la mano izquierda y entrelazó nuestros dedos por encima de mi cabeza mientras me besaba el cuello. Cuando le agarré la camiseta con la otra mano, se giró para que no pudiera moverla y me susurró:

—Déjame convencerme de que realmente estás aquí.

Le pasé el brazo por los hombros cuando me besó de nuevo en los labios y seguimos allí besándonos en silencio hasta que empezaron a llegar nuestras familias. Nos dimos un último beso, abandonamos la comodidad de nuestro dormitorio y fuimos a ver a nuestras familias.

Y yo que pensaba que Bree estaba enfadada.

Después de pasar treinta minutos escuchando a Carrie, a Jeremy, a Claire y a Robert gritándome por marcharme de ese modo, y después llorando de emoción porque hubiera vuelto, al fin todos se calmaron lo suficiente para poder hablar de manera racional. Al parecer todos los miembros de nuestra familia habían criticado a Brandon el sábado por la noche y el día siguiente por ser tan estúpido como para pensar en volver a pelear. A nadie le importó que hubiera ganado mucho dinero, pues el riesgo de recibir otro golpe en la cabeza era demasiado elevado como para tomárselo tan a la ligera. Y yo me alegré de no ser la única enfadada con él por haberse arriesgado. Pero mi desaparición había hecho que todos olvidaran su enfado mientras nos buscaban a Liam y a mí.

Habían estado buscando hasta primera hora del domingo, y después Brandon había seguido mirando en todos los hoteles y moteles de la zona, hasta que la familia volvió a reunirse el domingo por la tarde. Tras repartirse la lista de números, cada persona llamó a los mismos lugares que él había comprobado, así como al resto de hoteles, moteles y pensiones en ciento cincuenta kilómetros a la redonda. Para cuando la familia volvió a marcharse el domingo por la noche, Brandon volvió a salir en busca de mi coche, porque supuso, con mucha razón, que con dinero en efectivo yo podría haberme registrado en un hotel con otro nombre. Al no obtener resultados, llamó a Carter y fue a su casa para ver si le había mentido al decirle que no sabía nada de mí. Al no encontrar nada allí tampoco, regresó a casa a las diez de la mañana de ese día y se quedó tumbado en el suelo de la habitación de Liam llamando a mi teléfono cada cinco minutos y esperando a que volviera a estar encendido. No había dormido desde el viernes por la noche y eso se notaba en todo lo que estaba haciendo.

Al ver su agotamiento, nuestra familia empezó a marcharse, aunque todos nos reprendieron una última vez por ser tan inconscientes.

Tras debatir con Carrie, ella se salió con la suya y se llevó a Liam a su casa a pasar la noche. A Brandon le entró el pánico al pensar en volver a separarse de su hijo, pero Carrie lo miró como diciendo «sigo siendo tu madre, así que no me repliques», y le dijo que volvería por la mañana, después de que hubiéramos recuperado las horas de sueño. Konrad le dijo a Brandon que él se encargaría del gimnasio al día siguiente y, después de que Bree y él nos abrazaran, nos quedamos solos.

Yo le di la mano a mi marido y lo conduje hasta nuestro dormitorio. Él no había vuelto a ponerse la camiseta cuando habían llegado todos, así que, tras desnudarme y ayudarle a quitarse los vaqueros, le ayudé a meterse en la cama y me tumbé a su lado. Él me rodeó la cintura con un brazo, hundió la cabeza en mi cuello y me dio un beso. Relajó los músculos de la espalda y de los hombros cuando empecé a acariciarle la cabeza y el cuello con las yemas de los dedos.

—Te quiero —murmuró antes de quedarse dormido. Su respiración profunda y relajada hizo que se me cerraran los ojos poco después.

Me desperté de golpe y me incorporé confusa al no oír llorar a Liam, ni ninguno de nuestros teléfonos, y notar que Brandon seguía respirando tranquilo y relajado a mi lado. Con cuidado de no despertarlo, recorrí el pasillo hasta el cuarto de Liam y estuvo a punto de darme un ataque al corazón al encontrar su cuna vacía. Antes de gritar recordé que Carrie se lo había llevado esa tarde y me di la vuelta para volver a la cama. Me quedé helada al oír la aldaba de la puerta y el pulso se me volvió a disparar. Caminé de puntillas hasta el dormitorio, me puse una de las camisetas de Brandon, me acerqué a la puerta y me asomé por las ventanas laterales.

—Dios, Carter —suspiré y abrí la puerta—. Me has dado un susto de… —me quedé sin palabras y sin aire cuando él me abrazó con fuerza.

—Gracias a Dios que estás bien.

Yo le golpeé el hombro hasta que me soltó con una sonrisa incómoda.

—Estoy bien. ¿Qué estás haciendo aquí? ¿Qué hora es? —fuera no había oscurecido del todo, pero eso no ayudaba mucho.

—Casi las ocho —me miró como si debiera saberlo.

—Brandon y yo estábamos durmiendo, me has despertado.

—¿Sigue dormido?

—Mmmm —lo que me recordó que estaba en una casa a oscuras con Carter y vestida solo con una camiseta. Sin sujetador ni bragas. Solo una camiseta que me rozaba la parte superior de los muslos. Me crucé de brazos y miré hacia abajo para asegurarme de que siguiera tapada—. ¿Qué estás haciendo aquí? —repetí.

—Quería hablar contigo, a solas, si puede ser.

Apreté los labios, me eché a un lado y lo invité a pasar. Lo conduje hacia el salón y fui encendiendo algunas lámparas de camino antes de sentarme en la silla situada frente al sofá donde se había sentado él.

—Hablemos.

—¿Estás bien?

—Carter, ya te he dicho que estoy bien.

—Vale, lo sé. Pero el sábado por la noche estabas muy disgustada y después desapareciste. Si te fuiste, es evidente que Brandon no debería haber ido a esa pelea, así que Konrad me ha sorprendido al decirme que habías vuelto.

—Marcharme fue una inmadurez por mi parte.

—Pero te marchaste, Rojita. Y por eso quiero hablar contigo. Oh, no.

—Mira —comenzó de nuevo y apoyó los codos en las rodillas—. Sé que dije que no haría nada porque estás casada, pero, si sientes que tienes que irte, yo puedo ayudarte. Si tienes miedo de Brandon, solo tienes que decírmelo y yo haré todo lo posible para sacarte de aquí.

—Dios mío, Carter, estás exagerando mucho la situación. Yo

no quiero romper mi matrimonio y desde luego no quiero abandonar a Brandon.

—Pero lo abandonaste. La gente no abandona a sus maridos a no ser que pase algo malo, Rojita.

Yo quise decirle que él debería saberlo, pero me contuve.

—No abandoné a Brandon, solo necesitaba un tiempo para pensar.

—¿Pensar en lo perjudicial que es para ti? Te hizo daño, eso quedó más que claro el sábado por la noche. ¿Y viste cómo empujó a su hermano contra la pared? Sé que ya hemos hablado de esto antes, pero es peligroso, Harper. Es una jodida bomba a punto de explotar.

—Te equivocas —susurré y negué con la cabeza—. Estás muy equivocado, Carter. Las veces que has estado con él no han sido las mejores, pero hasta tú deberías darte cuenta de lo equivocado que estás. Esa noche en la fiesta no te pegó, aunque tuviera todo el derecho a hacerlo. Te permitió hacerte socio de su gimnasio y te invitó a nuestra barbacoa. Tengo el marido más generoso, cariñoso y dulce del mundo. Sí, le gusta pelear, y sí, es muy protector con su familia. Pero me encanta que sea así.

—Rojita, su manera de ser contigo…

Levanté una mano para detenerlo.

—No termines esa frase. ¿No recuerdas que te dije que le había engañado y me había quedado embarazada de su amigo y compañero de piso? Ni siquiera me gritó cuando se enteró, Carter. Se quedó destrozado, pero no levantó la voz ni me llamó todas las cosas que yo ya me estaba llamando a mí misma. Después cuidó de mí cuando ni yo misma quería hacerlo y, a pesar de todo lo que le he hecho, sigue aquí conmigo.

—Así que es eso. ¿Estás con él porque te sientes culpable? ¿Crees que le debes algo?

—¡Por supuesto que no! —dije mirándolo con los párpados entornados—. Le quiero más que a nada. Lo es todo para mí. Cuando rompimos, me sentí perdida. Intenté seguir con mi vida porque sabía que debía hacerlo, y lo habría hecho si Chase no hubiera muerto.

Pero, en cualquier caso, siendo feliz con Chase o no, los meses sin Brandon junto a mí fueron dolorosos e incompletos. No podía imaginarme una vida sin él.

—De acuerdo, lo siento, no debería haber dicho eso. Pero eso no cambia su manera de comportarse contigo. No permite que se te acerque ningún tío sin amenazarlo con darle una paliza.

Yo puse los ojos en blanco al oír su dramatismo.

—No es cierto, solo lo hacía con Chase y contigo. Ya sabes cómo soy, Carter, necesito estar rodeada de chicos. No en plan zorra. Al haber crecido con cientos de hermanos, es normal que encontrara lo mismo aquí. Aparte de Bree y las mujeres de su familia y de la familia de Brandon, no tengo más amigas. Son todo chicos, y a Brandon le da igual porque sabe que para mí eso es lo normal. Algunos incluso han flirteado y él no ha hecho nada salvo reírse. Pero ¿tú? Tú admitiste abiertamente delante de todos que me habías seguido hasta aquí y que estabas enamorado de mí. Aunque mintieras y yo me lo tragara, él supo desde el principio lo que pasaba. Y, para empeorar las cosas, Chase y él se peleaban por mí constantemente. Cosa que yo no sabía. Me enteré hace poco por accidente —tomé aliento, me recosté sobre los cojines y me tapé con una manta—. Así que intentó mantener alejados a dos chicos que también estaban enamorados de mí. ¿Qué novio no haría eso?

—Es posesivo. Eso puede ser peligroso.

Resoplé y le sonreí con incredulidad.

—¿Posesivo? Lo dudo mucho. Sabía que a mí no me gustabas de ese modo, así que se aseguró de mantenerte alejado de mí, cosa que agradezco realmente. Si quieres llamar a eso posesivo, adelante. Pero tenía todo el derecho a pegarte aquella noche y no hizo nada salvo mantenerte alejado. ¿Y sabes qué? Sabía que también estaba enamorada de Chase y, sin ni siquiera enfrentarse a él, se echó a un lado para que pudiéramos estar juntos. Creo que eso es lo opuesto a un hombre posesivo.

—¿En serio?

Asentí y sonreí al ver su expresión de desconcierto.

Estuvo pensando durante unos minutos y finalmente dijo:

—¿Tenías que casarte con un maldito santo, Rojita?

—¿Un santo, eh? Pensaba que habías dicho que era una bomba posesiva a punto de explotar.

—Bueno, se suponía que tenía que servirme de argumento —guiñó un ojo y se rio.

—Oh, Carter, ¿qué voy a hacer conmigo?

—¿Quererme?

—Eh... no —me reí al ver su cara de ofendido—. Pero buen intento —cuando dejamos de reírnos, agregué—: Es asombroso, de verdad, Carter.

—Lo sé —me dirigió una sonrisa triste—. Desearía haber sido yo, Rojita. Siempre desearé haber sido yo en vez de él. Pero sé que es bueno contigo y con tu bebé.

—Bebés.

—¿Qué? ¿Estás embarazada otra vez? —advertí su expresión de dolor pese a su sonrisa—. Vaya. Bueno, supongo que ahora sí que no tengo nada que hacer contigo.

Yo sabía que bromeaba, pero me mantuve seria.

—Tienes que encontrar a alguien que también sea buena para ti. Sé que está ahí fuera, en alguna parte.

—Pero yo solo te veo a ti. Durante los últimos tres años solo te he visto a ti, Rojita.

—Tienes que parar. Tienes que saber que nunca va a ocurrir nada entre nosotros y empezar a vivir tu vida por ti. Y no una vida en la que esperas a que ocurra algo que haga que Brandon y yo nos separemos, porque eso no va a pasar. Busca por ahí, sal con chicas y encuentra a aquella que esté hecha para ti. Sí que te quiero, Carter, pero nunca ha sido como tú deseabas. Así que encuentra a alguien a quien ames y que te ame como Brandon y yo nos amamos.

—Puede que algún día lo haga —dijo él con incertidumbre.

—Espero que sí —bostecé, me levanté del sofá y me envolví con la manta—. Ahora largo de mi casa para que pueda irme a dormir con mi marido o te patearé el culo.

—Por favor. Las embarazadas no pueden patear culos. ¿No es malo para el bebé?

—Muy bien, entonces le diré a Brandon que lo haga.

—De acuerdo, de acuerdo. ¡Ya me marcho! —me abrazó con fuerza y me mantuvo entre sus brazos más tiempo del necesario—. Me alegro mucho de que seas feliz, Rojita. Lo creas o no, eso es lo que realmente deseo para ti.

—Yo también lo deseo para ti.

—Quizá algún día —me dio un beso en la coronilla, me soltó y agarró el picaporte de la puerta—. ¿Volveré a verte pronto?

—El sábado a las dos celebramos el cumpleaños de Liam.

—Fiesta de cumpleaños —dijo y se rio—. Suena bien.

—Kate estará aquí.

—¿Sí? —le brillaron los ojos y su sonrisa se convirtió en algo que yo había visto miles de veces en Chase y en Brandon—. Tengo su número. ¿Te molestaría que la llamara?

—¿Por qué si no crees que te invitaría a una fiesta familiar?

Carter desenfocó la mirada un instante y, cuando volvió a mirarme, frunció el ceño.

—Rojita…

—Carter, no. Si no tienes interés en Kate, me parece bien, no te sientas obligado a venir el sábado. Pero tienes que seguir con tu vida.

—Sí. Me gusta, quiero decir. Es divertida y guapa. Pero… da igual. Tienes razón. Estaré aquí el sábado —me dirigió una última mirada de anhelo y abrió la puerta—. Buenas noches, Rojita.

—Adiós —cerré la puerta detrás de él con un suspiro de cansancio y fui apagando las luces. Cuando me volví hacia el pasillo, Brandon estaba apoyado en la pared vestido solo con unos *boxer* oscuros. Dios, mi marido era increíblemente sexy.

—Lo repito, he de admitir que tiene muchas pelotas por criticarme en mi propia casa —sonrió al estrecharme entre sus brazos.

—Es ridículo. Perdona si hemos hecho mucho ruido. No sabía quién llamaba y, al ver que era él, pensé en dejarte dormir.

—No has sido tú quien me ha despertado, ha sido mi estómago. No he comido desde que te fuiste.

—¡Brandon!

—No podía. No podía hacer nada, Harper. Lo único que podía hacer era buscarte y odiarme a mí mismo por haberte alejado de mí.

—Fui impulsiva —susurré contra su pecho—. No debería haberme marchado. Fue inmaduro y vengativo. Pensaba que, si te arriesgabas a que te perdiéramos, entonces quería que supieras lo que sentías al perdernos a nosotros.

Noté que aguantaba la respiración y me rodeaba con más fuerza.

—Lo siento mucho, cariño, pero necesitabas tiempo para ver si preferías una vida sin nosotros. Porque eso fue lo que me pareció que deseabas cuando tomaste tu decisión. Y, claro, yo lo empeoré al intentar hacerte daño en vez de hablar las cosas.

—No te disculpes. No vuelvas a abandonarme, pero no te disculpes.

—Lo...

—No —me dio un beso en los labios—. No más «lo siento».

Me puse de puntillas y seguí besándolo hasta que le rugió el estómago.

—Vale. Comida. ¿Qué te apetece?

—Eh... —levantó las manos por encima de la cabeza para estirarse y yo devoré su cuerpo con la mirada—. Me apeteces tú, si sigues mirándome así.

Sonreí y le di un beso debajo del pecho, pero me aparté antes de dejarme llevar.

—Primero necesitas comida de verdad. ¿Qué te parece si pedimos comida china?

Volvió a rugirle el estómago a modo de respuesta, así que me condujo hasta la cocina, donde estaba el menú para pedir a domicilio. Fruncí el ceño cuando me senté en la encimera, pero pedí la comida y le devolví el teléfono cuando terminé.

—Estarán aquí en treinta minutos.

—¿Media hora? —sus ojos se encendieron cuando me arrastró hacia el borde de la encimera. Se me aceleró la respiración cuando pegó su cuerpo al mío y me apartó el cuello de la camiseta que llevaba para darme mordiscos desde el cuello hasta el hombro. Yo agarré la cinturilla de sus *boxer* con el dedo del pie, se los bajé y dejó escapar un sonido de placer que calentó mi cuerpo—. Creo que es tiempo suficiente.

CAPÍTULO 22

—¿Has captado eso? —le pregunté a Aubrey cuando Liam se embadurnó la cara con su tarta.

—Oh, sí —volvió a llevarse la cámara a la cara y echó el cuerpo hacia atrás mientras seguía sacándole fotos.

Aubrey era una fotógrafa excelente. Brandon, Liam y yo habíamos ido a visitar a su madre el día anterior y Aubrey había ido a cenar. Me mostró muchas de sus fotos y, tras enviarle algunas a Bree, me llamó y le rogó a Aubrey que hiciera las fotos de su vida. Era la primera vez que iba a recibir dinero por hacer lo que le gustaba y, con toda su timidez, se sonrojó intensamente y sonrió. Al quedarme a solas con ella, le pregunté si querría hacerme fotos durante el embarazo cuando volviera a crecerme la tripa y pareció que le hubiese hecho el mejor regalo del mundo. Es muy cariñosa y espero que Jeremy y ella sigan juntos. Son perfectos el uno para el otro.

Brandon me rodeó con un brazo y me acarició la tripa discretamente. Solo estaba de doce semanas y ya se me notaba el bulto lo suficiente como para saber que era un bebé… no una comida copiosa. Dios, ni siquiera era un bulto, porque la tripa ya empezaba a redondearse. El día anterior habíamos ido a ver a la doctora Lowdry y nos había dicho que era normal que se notase enseguida después del primer embarazo. Al parecer el cuerpo ya sabía lo que iba a ocurrir y respondía antes. Eso me hizo fruncir el ceño. Me había puesto enorme con el embarazo de Liam. Si a esas alturas ya se me notaba la tripa, que había empezado a aparecer de golpe el jueves anterior, no quería ni imaginarme cómo estaría al final del embarazo. Así que ayer y hoy me había puesto camisetas anchas, porque nuestros padres todavía no estaban enterados. Podríamos habérselo dicho el lunes, pero todos estaban muy nerviosos después de la pelea de Brandon y de mi desaparición, así que decidimos que lo mejor sería continuar con nuestros planes.

—Niña —me susurró Brandon al oído mientras me acariciaba la tripa otra vez.

Me volví para darle un beso en la mejilla.

—Niño.

Liam chilló y empezó a balbucear antes de llevarse más tarta a la boca y al pelo. Todos se rieron con él y Brandon me besó en el cuello antes de ir a levantarlo de su trona para llevarlo al fregadero. Nuestro hijo estaba cubierto de tarta. Le quité el bodi y lo aclaré en el fregadero para que la comida se fuera por el sumidero y no se quedara en la lavadora, después ayudé a Brandon a intentar limpiarlo. Nos rendimos pasados dos minutos y Brandon se lo llevó para bañarlo y ponerle ropa limpia. Yo sonreí al verlos regresar. Brandon sonreía mientras caminaba detrás de Liam, que gateaba a toda velocidad hacia mí.

—¿Qué tal está mi cumpleañero? —estrujé la nariz contra su cara y él hizo lo mismo con una sonrisa.

—Lo que no está es cansado, eso te lo aseguro —murmuró Brandon, pero, a juzgar por su sonrisa y el brillo de sus ojos, supe que no se sentía frustrado. Si pudiera, impediría que Liam se echase siestas.

Liam se giró y se inclinó hacia un lado en dirección a otra persona, y estuve a punto de dejarlo caer. Puse los ojos en blanco al entregárselo a Carter. No podía ser de otro modo, Liam estaba encantado con él. Desde que apareciera esa tarde, era la única persona con la que deseaba estar. Si antes tenía alguna duda de que Carter no fuese a darle una oportunidad a Kate, esa duda se disipó cuando se vieron sujetando a Liam en brazos. Kate se había quedado embobada mirándolo y, una hora más tarde, a Carter se le había encendido la mirada cuando Kate había tomado en brazos al bebé para darle un beso y este se había echado a reír. Menos de diez minutos más tarde, Carter ya le había preguntado si quería salir con él esa noche.

Abrir los regalos fue el proceso más entrañable y largo del día. Liam tardaba unos tres minutos en abrir cada regalo, y después teníamos que impedir que se comiera el papel antes de empezar con el siguiente regalo. Al terminar yo estaba agotada, pero feliz, y cada vez más emocionada a medida que se iban marchando los parientes lejanos. Habíamos estado limpiando y recogiendo durante la fiesta, así que por suerte pudimos relajarnos con nuestra familia cuando Carter y Kate se marcharon juntos.

—¿Qué te ha dicho? —le pregunté a Brandon mientras veía a Liam jugar con un enorme camión de basura.

—Me ha preguntado si me parecía bien que saliese con mi prima.

—¿Te ha preguntado eso?

—Sí. Le he dicho que no me correspondía a mí decirle lo que podía o no podía hacer, que ella podía tomar sus propias decisiones. Y va y me dice: «Ya lo sé, pero sé que no eres mi mayor admirador. Y no quiero cabrearte más de lo que ya lo he hecho».

—Ah. Qué considerado por su parte, supongo. ¿Qué le has dicho?

Brandon se encogió de hombros y se rio al ver que Liam no entendía cómo se le había escapado el camión.

—Le he dicho que, siempre y cuando la trate bien, yo no tengo ningún problema.

Brandon era demasiado amable e indulgente con la gente.

—Puede que también le haya dicho que, si eso iba a impedir que fuese detrás de ti...

Le rodeé la cintura y sonreí contra su pecho.

—Eso es más propio de ti, pero por eso te quiero. Estoy llena de tarta. Voy a cambiarme.

—Ponte una camiseta ajustada.

—¿Así es como quieres decírselo? ¿Enseñándoselo sin más?

Brandon sonrió y miró hacia atrás para asegurarse de que nadie nos oía.

—Tú actúa como si no pasara nada, veamos cuánto tardan en darse cuenta. Creo que será divertido, señora Taylor, ¿no le parece?

—Estoy de acuerdo con usted, señor Taylor. Enseguida vuelvo.

Me puse una camiseta ajustada de color azul brillante y unos vaqueros limpios. Regresé al salón e intenté borrar la sonrisa de mi cara.

—Estás increíble, Harper —Brandon me estrechó entre sus brazos y me dio un beso en el cuello—. Lo siento, sé que te sientes insegura, pero verte embarazada es algo maravilloso.

Le rodeé la cara con las manos y tiré de su cabeza mientras me ponía de puntillas.

—Gracias —lo besé rápidamente dos veces y me aparté mínimamente para mirarlo a los ojos—. Te quiero.

—Te quiero —nuestro siguiente beso fue cualquier cosa menos rápido.

—Vosotros dos, idos a un hotel —dijo Robert desde uno de los sofás.

Yo me sonrojé y miré avergonzada a nuestro público, Liam se nos había acercado gateando y empezó a tirar de mi pantalón con una mano mientras intentaba alcanzarme con la otra. Lo tomé en brazos y me lo puse sobre la cadera antes de ir a sentarme a una silla. Claire, Robert y Carrie estaban riéndose de mí y de Brandon, así que no se dieron cuenta cuando pasé por delante de ellos. Fruncí el ceño, pero me senté y supuse que no tardarían en percatarse.

Me equivocaba.

Pasó una hora y media más.

Brandon incluso me había quitado a Liam de encima para que no me tapara la tripa, y yo me había levantado en numerosas ocasiones para ir a rellenar las copas, así como para ir al baño. Bree tuvo que hacer un comentario sobre el color de mi camiseta para que Carrie se llevase la mano a la boca y Claire se pusiera en pie de un salto y diera un grito.

—¡Oh, Dios mío! ¡Dios mío! ¿Estás embarazada? ¡Por favor, dinos que estás embarazada! —Claire se acercó corriendo y me puso las manos en la tripa.

—Bueno, esto sería muy incómodo si no lo estuviera —me reí y acepté sus besos y abrazos, que fueron reemplazados por las felicitaciones de Carrie y de Robert. Al menos él fue más contenido y solo me dio un abrazo y un beso antes de abrazar también a Brandon.

—¡Ya se te nota! —Carrie lloraba de alegría, le dio un beso a su hijo y se volvió de nuevo hacia mi tripa—. ¿De cuánto estás?

—De doce semanas. Créeme, hasta el jueves por la mañana no se me notaba, y de pronto apareció esto.

—¡Doce semanas! ¡Dios mío, enhorabuena! Jeremy Allen Taylor, mueve tu culo hasta aquí y dales la enhorabuena.

—Mamá —Jeremy soltó una carcajada y abrazó a Aubrey, que estaba junto a él—, te llevo ventaja. Vosotros vais un poco por detrás.

Eso, claro está, hizo que me mirara con cierto fastidio y que Brandon se llevara una colleja, pero enseguida nos sentamos todos juntos y empezamos a hablar sobre si sería un niño o una niña. Brandon volvió a ponerme a Liam en el regazo y se excusó para contestar al teléfono. Cuando regresó, pasados cinco minutos, parecía nervioso y yo me pregunté quién le habría llamado, pero intenté no decir nada hasta que él quisiera contármelo. No me ayudó el hecho de que no parase de mirar el teléfono cada pocos minutos, y al final se me agotó la paciencia.

Estreché a Liam contra mi pecho, me apoyé en Brandon y esperé a que me mirase directamente antes de hablar.

—¿Era el espantapájaros?

—¿Qué?

—El que te ha llamado. ¿Era él?

Suavizó la mirada y me dio un beso en la sien.

—No. El domingo le dije al espantapájaros que borrara mi número, que ya no quería saber nada más de las peleas clandestinas.

—¿De verdad? —no pude evitar sonreír.

—Claro. Sé que la fastidié y no pienso volver a hacerlo. Su llamada sería una tentación que no necesito.

Respiré profundamente y di gracias a Dios de nuevo por darme a un hombre como Brandon.

—Bueno, entonces, ¿quién te ha llamado? Pareces nervioso.

Abrió la boca, la cerró y me dirigió una media sonrisa.

—¿Podemos hablar de ello más tarde?

Tal vez hubiese corrido demasiado al dar las gracias.

—¿Debería preocuparme?

Brandon volvió a comprobar su teléfono y me miró a la cara.

—No, creo que no.

El corazón me dio un vuelco.

—¡Cariño, eso no me ayuda! —murmuré entre dientes.

—Lo siento. No te preocupes, todo saldrá bien —se inclinó para besarme, pero, cuando sonó el timbre, se detuvo y resopló. Murmuró algo, me puso una mano en el hombro y dijo que abriría él.

—¿Esperáis a alguien, cariño?

—No, papá, a nadie —me giré para mirar hacia la puerta, pero Brandon había salido, la puerta estaba entreabierta y yo solo veía su espalda tapando a quien fuera que estuviera allí. Me levanté, cambié a Liam de posición sobre mi cadera y me volví justo cuando Brandon volvía a entrar en casa seguido de un hombre mayor de pelo canoso y expresión severa. Me quedé sin aire al verlo y me llevé la mano a la boca.

Brandon me miró preocupado antes de acercarse y darme la mano.

—¿Harper?

¿Qué estaba haciendo él allí? ¿Cómo sabía dónde encontrarme? El hombre rígido que sujetaba una bolsa verde del ejército en la mano derecha me miraba en silencio y yo solo podía hacer lo mismo.

Advertí vagamente que Brandon me quitaba a Liam y se lo pasaba a un miembro de la familia situado a nuestras espaldas para poder abrazarme.

—Cariño, por favor, di algo —a mí seguía sin salirme la voz, así que se inclinó hacia mí y me habló al oído—. Si no quieres que esté aquí, dímelo.

Entonces me di cuenta de que Brandon estaba al corriente. Era él quien le había llamado, por eso estaba tan nervioso. ¿Por qué no me lo había dicho? Pensé en mi aspecto e intenté averiguar si habría algo inaceptable. Llevaba un maquillaje discreto, aunque probablemente siguiese siendo un cambio drástico, y gracias a Dios me había quitado el *piercing* del labio, porque Liam no paraba de agarrármelo. ¿Sería mi camiseta demasiado provocadora? ¿Qué pensaría y por qué no decía nada?

—Brandon —Robert se aclaró la garganta y se acercó a mí—, ¿quién es?

Es… —me detuve un instante para recuperar la compostura, decidida a no llorar. Teniendo en cuenta que mis hormonas ya estaban descontroladas por el embarazo, sobra decir que me estaba costando trabajo—. Es mi padre.

Todos se quedaron callados durante varios segundos.

—¿Y puedo preguntar qué te hace pensar que eres bienvenido aquí?

Me quedé con la boca abierta. Nadie le hablaba así a mi padre.

—Por favor, perdona a mi mujer —dijo Robert acercándose más a mí—. Soy Robert Grayson y esta es mi esposa, Claire —señaló entonces hacia Bree—. Ellos son Breanna, mi hija, y Konrad, su prometido.

Mi padre asintió y se aclaró la garganta.

—Los que llamaban y me escribían —declaró—. Agradezco lo que habéis hecho por Harper.

Brandon se apartó de mi lado para ir a recoger la bolsa de mi padre y dejarla en la entrada.

—Puede sentarse. ¿Le traigo algo de beber o de comer?

—No, gracias, estoy bien —estiró la mano y recorrió la distancia que nos separaba—. Harper, tienes buen aspecto.

Yo di un paso atrás y miré a mi marido.

—¿Tú lo sabías?

Parecía tenso y me miraba preocupado. Mi padre respondió antes de que él pudiera hacerlo.

—Ha estado escribiéndome al menos una vez al mes desde hace más de un año. En su último mensaje adjuntaba un billete de avión.

Yo ya no podía aguantar más, estaba a punto de terminar con lo que Claire había empezado.

—¿Y esa es la única razón por la que vienes a verme o a hablar conmigo? ¿Porque mi marido te ha comprado un billete? ¿Qué te hace pensar que quería verte? ¡Me repudiaste! —me temblaba la voz, pero empecé a subirla—. Me echaste de tu vida, no quisiste saber nada de mí o de Liam —él dio un paso hacia mí y yo volví a retroceder—. ¡Nunca has querido saber nada de mí!

—Eso no es cierto —a mi padre le temblaba la voz y eso hizo que me detuviera.

¿Se había parado el mundo? ¿Se habría congelado el infierno? El padre que yo conocía no tenía emociones. El hombre que tenía delante parecía triste.

—¿Sabes que en los últimos dos años he recibido más amor de esta familia —señalé a todos los que estaban sentados detrás de mí— que de ti en toda mi vida?

—Mamá —dijo Brandon mirando a su madre.

—Ah, claro. Estaremos fuera —dijo Carrie, y todos empezaron a levantarse.

Me di la vuelta y vi a Bree sujetando a Liam y estiré los brazos hacia él.

—Por favor, Bree —necesitaba tener a mi hijo en brazos, necesitaba ese consuelo. Bree me lo entregó y fue la última en salir al jardín.

—Cariño, ¿quieres que yo también salga?

Le agarré la mano con fuerza a Brandon.

—No te atrevas a abandonarme ahora —lo miré a los ojos y

432

negué con la cabeza—. No puedo creer que hayas hecho esto sin decírmelo.

—Harper, incluso después de todo lo ocurrido, sé que deseabas tener una relación diferente con él. Te quedaste destrozada cuando no obtuviste respuesta el verano pasado y yo no podía dejar de intentar localizarlo. Nunca obtuve respuesta, así que le envié un billete abierto hace más de un mes y le dije que aquella era la última carta que le enviaba. Me llamó hace una semana y media, hablamos durante un rato y decidió venir —me acarició la mejilla y nos rodeó a Liam y a mí con su otro brazo—. Sé que esto es duro para ti, y Robert es un gran padre, Harper, pero necesitas a tu verdadero padre en tu vida también. Por favor, entiende por qué seguí intentando contactar con él.

Oh, Brandon. Claro que lo entendía. Solo desearía que me lo hubiese advertido. Lo besé durante unos segundos y le sonreí.

—Gracias. Tienes razón, muchas gracias —el alivio de Brandon fue evidente y ayudó a aliviar la tensión de la habitación. Me volví hacia mi padre y le hice un gesto—. Puede sentarse, señor. Hablaremos.

Él me ofreció una sonrisa muy parecida a la que yo acababa de dirigirle a Brandon y se sentó en la silla que tenía más cerca. Brandon y yo nos sentamos en el sofá frente a él y yo mantuve agarrado a Liam mientras averiguaba por qué mi padre iba a querer estar en mi vida de pronto.

—Se parece mucho a ti —dijo pasados unos incómodos minutos de silencio. Se quedó mirando a Liam… ¿eso era una sonrisa?

Me aclaré la garganta y abracé a mi hijo. Nunca había visto fotos mías de bebé, pero Liam no se parecía en nada a su padre. Salvo en los ojos, no había nada de Chase en él. E incluso eso era diferente, porque los de Chase eran de un azul eléctrico más oscuros y los de Liam eran mucho más claros, lo que hacía que la gente se quedase mirándolos embobada. Parecían los ojos de un husky siberiano.

—Sé que es tarde, pero enhorabuena por la boda y por él… Liam, ¿verdad?

Asentí.

—Liam Chase Taylor.

—Brandon me contó por qué habíais elegido ese nombre. Me parece una manera fantástica de honrar sus vidas.

—¿Y qué más te contó Brandon? —pregunté entre dientes. Aquel hombre no quería saber nada de mi vida, ¿y ahora se atrevía a opinar sobre los motivos por los que habíamos elegido el nombre de nuestro hijo?

—Cariño —me dijo Brandon con suavidad.

—No. Quiero saber todo lo que le has contado —volví a mirar a mi padre y continué—. Y quiero saber por qué has venido. Esta es la conversación más larga que hemos tenido en años. No he sabido nada de ti desde hace más de un año y medio, ¡y de pronto te presentas en mi casa!

—Se lo he contado todo —me dijo Brandon—. Lo de Chase, lo de mis combates, el nacimiento de Liam, nuestra boda, el gimnasio… Salvo lo que ha ocurrido en el último mes, lo sabe todo.

—Bueno, entonces deja que te ponga al corriente —dije yo. Me sentía incapaz de contener mi rabia—. Brandon y yo vamos a tener otro bebé. Brandon volvió a pelear y yo desaparecí durante un día.

Mi padre se quedó mirándome la tripa y Brandon pareció arrepentirse de no haberme contado aquello. Y debería haberlo hecho.

—¡Ah! —proseguí—. Y Jason Carter volvió a nuestras vidas y me dijo que le habías ayudado a venir aquí para que pudiera estar conmigo. Muchas gracias por eso, por cierto. Es agradable saber que intentabais planear mi vida sin preguntarme primero.

Mi padre negó con la cabeza y entornó los párpados ligeramente.

—Esa nunca fue mi intención. Por las conversaciones que mantuve con el sargento Carter, quedaba claro que tú compartías sus sentimientos. Simplemente intentaba ayudar.

—¿Ayudar? Qué bonito —yo me había enterado de que a Carter le habían nombrado sargento cuando terminó su servicio. ¿Cómo lo sabía mi padre? ¿Seguirían en contacto?

—Harper —me susurró Brandon al oído—, cariño, intenta calmarte. Solo quiere hablar contigo.

—Pues habla —le ordené a mi padre.

Brandon suspiró, se pasó una mano por la cara y la dejó allí durante unos segundos. Mi padre se echó hacia delante y se quedó mirándome hasta que empecé a calmarme.

—Sé que no fui el mejor padre del mundo y que hay muchas cosas que debía haber hecho de manera diferente desde que te mudaste aquí —se detuvo para aclararse la garganta—. Pero siempre te quise, Harper, y tú fuiste lo único que me ayudó a seguir con mi vida cuando Janet murió.

Las lágrimas de sus ojos terminaron con la poca rabia que me quedaba. Sentí un vuelco en el pecho al ver que el hombre más fuerte que había conocido empezaba a derrumbarse emocionalmente.

—Si no fuera por ti, no sé cómo habría seguido viviendo, pero no sabía qué hacer con un bebé, y menos con una niña. La familia de tu madre nunca aprobó nuestra relación y yo me alejé de la mía al alistarme en el ejército. Tu vida no fue ideal para ti, estoy seguro, pero era lo único que pensaba que podía hacer por ti. Tu presencia era lo que me hacía levantarme cada día, y sé que no siempre estaba allí, pero te pareces tanto a tu madre que me destrozaba estar a tu lado. No es que eso sirva de excusa, porque no hay excusas para mi comportamiento. No era culpa tuya que me recordaras a ella y debería haber aprovechado esa oportunidad en vez de apartarte de mí. Cuando te fuiste a la universidad, me resultó difícil acostumbrarme, y oír tu voz por teléfono hacía que fuese más difícil aún. Empecé a trabajar más, me quedaba más tiempo en la base y solo me comunicaba contigo por correo. Pensaba que distanciarme más de ti me ayudaría a afrontar tu ausencia.

La cabeza me daba vueltas. No podía creerme todo lo que me estaba diciendo. Yo no había conocido otra vida antes de mudarme a California, así que no había detestado mi infancia hasta que empecé a pasar tiempo con los Grayson. Empecé a odiar a mi padre por su distanciamiento y, aunque siempre imaginé que se debería a mi madre, no tenía ni idea de hasta qué punto su muerte le había afectado. Sin embargo me resultaba difícil seguir odiando a ese hombre después de oír sus palabras. Deseaba abrazarlo por primera vez en mi vida, pero normalmente no decía tantas cosas ni viviendo juntos durante un mes, así que temía que, si me movía o decía algo, todo se esfumaría de golpe.

—Nunca me perdonaré por cómo respondí al correo que me enviaste cuando descubriste que estabas embarazada —susurró mi padre sin dejar de mirarme con los ojos llenos de lágrimas—. Fue lo mismo que le dijeron a Janet sus padres cuando descubrimos que estaba embarazada de ti. No soportaban que estuviese con un militar, me odiaban incluso sin haberme conocido. No llevábamos juntos mucho tiempo, pero yo sabía que deseaba casarme con ella, y lo único que me lo impedía eran sus padres. Cuando la repudiaron por no abortar, nos casamos el fin de semana siguiente y nunca me había sentido tan feliz. Éramos muy jóvenes, ella tenía dieciocho y yo diecinueve, pero estábamos en la cima del mundo y deseábamos que nacieras. Tuve miedo por ti cuando leí aquel correo y pensé que podría mantenerte a salvo si evitaba que hicieras lo mismo que habíamos hecho tu madre y yo. En cuanto te envié el correo, quise morirme. No podía creerme que hubiera hecho eso, sabía que tú nunca harías algo así, y que probablemente nunca me perdonarías. Claire Grayson me llamó aquel día y, por decirlo suavemente, no se quedó con nada dentro. Me alegré de que tuvieras una familia que te quisiera como yo nunca había sabido demostrarte, y supuse que lo mejor para ti sería no perdonarme. Por eso me mantuve callado, incluso cuando intentaste localizarme antes de que naciera Liam, y también para la boda. Pensaba que mantenerme alejado sería lo mejor para ti y para tu nueva familia. Las cartas de Brandon me ayudaron; pude saber más de lo que probablemente habría sabido si hubiéramos seguido hablando como siempre habíamos hecho. Pero, cuando me dijo que iba a dejar de escribirme, me entró el pánico. Pensaba que estaba ayudándote, pero sé que lo único que hecho ha sido herirte. Sí que te quiero, Harper. Siempre te he querido.

Me quedé con la boca abierta. Era la primera vez en mi vida que me decía eso.

—Estoy orgulloso de la mujer en la que te has convertido. Has afrontado todos los obstáculos que te ha puesto la vida de un modo que pocos podrían haber hecho, y agradezco que no permitieras que ciertas cosas arruinaran tu vida como me pasó a mí. Tienes una familia maravillosa, no podrías haber elegido mejor a Brandon. Es evidente que os quiere a Liam y a ti y, si no fuera por él, yo no estaría aquí ahora mismo —miró a Brandon—. Gracias, hijo. Por todo.

Brandon asintió y siguió dibujando círculos en mi brazo. Coloqué a Liam en su regazo, me puse en pie y caminé hacia mi padre. Él se levantó y se quedó temporalmente helado cuando le rodeé la cintura con los brazos, pero después hizo lo mismo conmigo.

—Yo también te quiero —dije pese al nudo que tenía en la garganta.

—Harper —su voz sonaba rasgada por la emoción—, ¿me perdonarás alguna vez?

Dejé escapar una carcajada que pareció más un sollozo y di un paso atrás.

—Esta familia es experta en segundas oportunidades, así que no hace falta que lo preguntes.

Vaciló un instante, pero volvió a abrazarme con fuerza.

—Te he echado mucho de menos. Las cosas no volvieron a ser lo mismo cuando te fuiste.

Yo no sabía qué decir. Aquella conversación no se parecía a nada de lo que había tenido con mi padre hasta entonces, y cambiaba todo lo que había sucedido en los últimos veinte años, sobre todo los dos anteriores. No echaba de menos mi vida con mi antiguo padre, pero, si el hombre que acababa de explicarme sus motivos desapareciera otra vez, lo echaría tremendamente de menos. Nos separamos después de pasar unos minutos abrazados.

—¿Quieres… quieres conocer a tu nieto?

A mi padre se le volvieron a llenar los ojos de lágrimas cuando Brandon se acercó con Liam.

—Este es tu abuelo, hombrecito. ¿Le dices «hola» a tu abuelo?

—¡Adiós! —exclamó Liam con una sonrisa. Daba igual que dijéramos «hola» o «adiós», porque con él siempre era «adiós».

Mi padre no respondió, se quedó con la boca abierta y sonrió. Liam me miró y le dio un golpe en el pecho a mi padre.

—Abuelo —dije de nuevo.

Liam miró a su abuelo, volvió a darle en el pecho y dijo:

—¡Adiós, abuelo!

—Está esperando a que le digas «hola» —le expliqué.

—¡Ah! —mi padre resopló—. Hola, Liam. Me alegro de conocerte al fin.

—Quiere que lo tomes en brazos —dijo Brandon—. ¿Te parece bien?

—Claro… —él colocó los brazos como si fuera a acunarlo y yo me reí.

—Papá, puedes sujetarlo de otro modo, ya no es un bebé. Hazlo así —se lo demostré sin tener que sujetar a Liam.

Mi padre lo tomó en brazos y enseguida una sonrisa iluminó su rostro cuando Liam empezó a decir cosas incoherentes sin parar como si estuviese manteniendo una conversación fluida. El corazón me dio un vuelco al verlo. Nunca pensé que vería aquello, nunca pensé que presentaría a Liam al frío y distante de mi padre, y desde luego nunca pensé ver a mi padre actuar así. Ni siquiera sabía que tuviera la capacidad de sonreír, abrazar o llorar. Y sin embargo todo eso había sucedido en los últimos veinte minutos. Yo no podía estar más desconcertada, ni más feliz.

Supuse que Claire estaría más molesta que yo porque Brandon hubiese actuado a nuestras espaldas, así que dejé a los tres hombres en casa y salí al jardín para explicarles todo lo que había sucedido dentro. Como ya imaginaba, y porque mi familia es así de asombrosa, todos acordaron que harían que mi padre se sintiese como en casa. Cuando empezaron a entrar en casa, yo agarré a Robert del brazo y lo retuve durante unos segundos. Cuando nos quedamos a solas, le di un abrazo y no le solté.

—Siempre serás mi padre. Puede que no me hayas criado, pero él tampoco lo ha hecho. Mamá y tú me habéis mostrado un amor que desconocía, me acogisteis como a vuestra hija sin dudar. Por todo eso tú eres mi padre.

—Oh, cariño —se rio y me dio un beso en la coronilla—. Para nosotros eres muy especial. Te quiero.

—Yo también te quiero —le di otro abrazo antes de soltarle para volver a entrar en casa.

—¿Tanto se me notaban los celos? —bromeó—. ¿Por eso querías tranquilizar a tu viejo?

—En absoluto —dije guiñándole un ojo—. Solo quería que supieras lo que siento antes de que empezaras a dudar.

—Menudo día —dije con un suspiro cuando me acurruqué junto a Brandon aquella noche.

—Estoy de acuerdo.

Celebrar una fiesta de cumpleaños para mi monstruito ya era suficientemente difícil, pero la aparición de mi padre había significado para mí una montaña rusa emocional que me había dejado agotada y, al mismo tiempo, llena de energía. La familia se quedó hasta bien pasada la medianoche y, tras pasar horas hablando con todos, creo que mi padre al fin se encontraba cómodo con ellos. En la tensión de sus hombros se notaba el miedo a ser juzgado, pero después de jugar con Liam toda la noche, y gracias a la capacidad de mi familia para querer a todo el mundo, empezó a relajarse y a reírse. Se había quedado a dormir en nuestra habitación de invitados y por la mañana hablaríamos sobre la posibilidad de que se mudara allí. Al parecer había dejado el cuerpo de Marines meses atrás después de veintidós años de servicio y, tras ver cómo había ido el día, deseaba estar más cerca de nosotros. Yo seguía sin poder creer que aquello no fuera un sueño.

—¿Sigues enfadada conmigo? —me preguntó Brandon, y se apartó ligeramente para poder mirarme.

—No. Me alegra que lo hayas hecho. Es que no podía creer que me hubieras ocultado algo así.

—Sé que debería haberte contado lo de las cartas y lo de su visita, pero temía que te hicieras esperanzas y que no respondiera o no apareciera. Decidí que era mejor soportar tu enfado por no habértelo dicho que verte destrozada porque te hubiera vuelto a decepcionar.

—Eres increíblemente bueno conmigo, Brandon Taylor.

Él negó con la cabeza, me metió el pelo detrás de la oreja y me acarició la mejilla.

—Lo único que quiero es hacerte feliz. Haría cualquier cosa por ti, Harper.

—Lo sé. Gracias —le di un beso en los labios y lo miré a los ojos—. Te quiero mucho.

—Yo también te quiero.

CAPÍTULO 23

Dos años y medio más tarde

—Vamos, chicos, es hora de ir a ver a los abuelos.

Liam y su hermana dejaron las flores y corrieron hacia Brandon y hacia mí.

—¡Adiós, tío Chase!

—¡Hasta luego, tío Chase!

Era el cuarto aniversario de la muerte de Chase y, como todos los meses, habíamos ido a decirle «hola» y a dejar lirios naranjas sobre su tumba. Brandon y yo seguíamos contándoles historias sobre él y, aunque Liam y nuestra hija Kristi no entendían qué queríamos decir cuando les contábamos que se había ido, o que era el padre de Liam, les encantaba oír sus historias. Intentar explicar que era el padre de Liam era aún peor que explicar que nunca lo conocerían, así que por el momento lo conocían cariñosamente como el tío Chase y esperaban con ilusión nuestras visitas mensuales.

Yo me coloqué a Kristi sobre la cadera y le di la mano a Liam mientras Brandon le decía unas palabras a Chase a solas. Lo hacía siempre que íbamos y yo lo amaba por ello. Hacía tiempo le había preguntado qué era lo que le decía, y él simplemente contestó que daba las gracias a Chase por su contribución a nuestra familia y le decía que siempre cuidaría de nosotros.

441

Brandon tomó a Kristi y me rodeó con su otro brazo mientras caminábamos hacia el coche.

—¿Cómo lo llevas, cariño?

—No puedo creer que hayan pasado cuatro años —sonreí a mi marido y apoyé la cabeza en su hombro—. Siento como si hubiera pasado más tiempo, pero al mismo tiempo es como si acabara de suceder —me estremecía al recordar aquella noche horrible.

Él me acarició el brazo con la mano y me besó en la frente.

—Lo sé, cielo. Yo también le echo de menos.

Fuimos a casa de Claire y Robert para la celebración anual de la vida de Chase y yo tomé aliento antes de entrar. Nuestra alocada familia ya estaba allí, así como las nuevas adquisiciones. Kristi y Liam intentaron placar a mi padre, que cayó al suelo y dejó que saltaran sobre él. Era un hombre completamente distinto al padre con el que yo había crecido, y se portaba de maravilla con los niños y Brandon y yo pasábamos muchas noches con él. Se había mudado a California poco después de su primera visita y, tras muchas insistencias por parte de Carrie y Claire, ahora salía con una mujer estupenda llamada Veronica.

Konrad abrazó a Brandon y me dio un beso en la mejilla antes de llevarle un plato de comida a Bree, que estaba a punto de dar a luz y de muy mal humor. Su hija Cadence estaba ayudando a nuestros hijos a derribar a mi padre y la niña número dos nacería cualquier día. Aubrey y Jeremy estaban acurrucados en uno de los sillones y no podía negarse su amor. Seguían en la fase de la luna de miel, teniendo en cuenta que habían regresado de su viaje hacía tres días. El nuevo marido de Carrie, Bruce, estaba ayudando a Robert a llevar la comida de la parrilla, y Kate estuvo a punto de chocarse con él cuando dobló la esquina corriendo.

—¡Harper! Dios mío, ¿cómo lo soportas? —se llevó los dedos a la frente y negó con la cabeza—. ¡Es imposible!

Brandon y yo sonreímos sin extrañarnos.

—¿Qué ha hecho ahora?

—Quiere llamarlo SOCOCA.

—¡Siempre es mejor que Arrugas! —exclamó Carter al acercarse con su nuevo cachorro de Bulldog inglés—. Cariño, no puedes llamar Arrugas a un bulldog macho.

En eso yo estaba de acuerdo.

—¿Qué clase de nombre es Sococa?

Carter me dio un abrazo y una palmada en el hombro a Brandon.

—SOCOCA. ¡SOlo COmo y CAgo!

Brandon y yo nos carcajeamos. Dios mío.

Carter dejó aquella bola rolliza llena de arrugas en el suelo. El animal salió corriendo hacia los niños y, de camino, se chocó contra una silla.

—Siempre podemos llamarlo Choque.

—¡Oh, me encanta Choque! —exclamó Kate dando una palmada.

—¿Sí? Bueno, a mí me encantas tú —dijo Carter con voz profunda y rasgada, lo que hizo que Brandon y yo nos apartáramos.

Kate se lanzó hacia Carter y nosotros intentamos quitarnos de en medio. Esos dos no podían ser más perfectos el uno para el otro. Al parecer Carter no había aprendido mucho, porque, cuando llevaban saliendo menos de un mes, se fueron a Las Vegas para casarse, pero al menos este matrimonio aún le duraba. Se peleaban a diario, pero sus peleas no solían durar más de diez minutos y, cuando terminaban, los que estuvieran a su alrededor les decían que se fuesen a un hotel, porque empezaban a besarse y a tocarse como si estuvieran solos.

Cuando nos alejamos de aquel festival del amor, fuimos por la casa saludando a todos. Claire tenía los ojos vidriosos y me abrazó durante largo rato antes de enviarme a la mesa con otra fuente de comida. Cuando terminé, me eché a un lado y contemplé con una sonrisa la estampa de nuestra gran familia.

—¿En qué estás pensando? —la voz profunda de Brandon aún me aceleraba el corazón y encendía mi cuerpo. Sentir sus labios en el cuello y sus manos rodeándome tampoco me ayudaba mucho.

Dejé escapar un suave gemido y él se rio.

—Eh… bueno, antes de que mi marido empezara a distraerme, estaba pensando en lo mucho que me gusta esto —señalé a toda la familia—. Me encanta nuestra familia… Me encanta nuestra vida.

Brandon asintió y apoyó la barbilla en mi coronilla.

—Hemos tardado en llegar hasta aquí, pero creo que eso es lo que hace que todo sea perfecto cuando estamos juntos.

Como siempre, yo no podría haberlo expresado mejor. Me giré entre sus brazos, me puse de puntillas y él se agachó para besarme en los labios. Suspiré feliz y apoyé la frente en la suya.

—No podría estar más de acuerdo.

AGRADECIMIENTOS

Claro está, tengo que darle las gracias a mi marido por ayudarme a creer que podía hacer esto y animarme siempre con mis historias. Ha tenido que soportar que la colada no estuviera hecha, que hubiera que hacer la compra y que la casa no estuviera limpia en más de una ocasión para que yo pudiera sumergirme en mis libros. Agradezco sus miradas perplejas cuando empezaba a quejarme de algo que estuvieran haciendo mis personajes en la novela y su paciencia infinita cuando hablaba de ellos durante horas como si fueran mis amigos. Pensara o no que estaba prestándome atención, siempre era capaz de decirme qué pasaba con cada uno de ellos, leía todos los capítulos que le ponía delante y siempre me daba su opinión sincera. Es mi mejor amigo y no podría haber hecho nada de esto sin él. ¡Te quiero, cariño!

No me juzguéis, pero tengo que darle las gracias a mi hija peluda, que se acurrucaba en la cama junto a mí cuando no podía perder tiempo en quitarme el pijama porque estaba demasiado absorta en la escritura. Salvo por las veces en las que dejaba caer la pelota de tenis junto a mí o me pedía que le rascara la barriga, se quedaba allí tumbada con la cabeza apoyada en mi brazo, mirando la pantalla como si estuviera enganchada a lo que estaba sucediendo.

A Katie, Angie y Michelle, gracias por emocionaros con mis libros tanto como yo mientras me escuchabais divagar sobre el drama y las relaciones y repasar ideas ridículas que después rechazaba, anotaba en un papel o en mi teléfono. Hacíais que sintiera que no estaba loca y me dabais la motivación que necesitaba.